第 二 十 四 届 北 方 优 秀 文 艺 图 书 奖 一 等 奖

2 0 2 0 年 度 佛 山 市 文 艺 精 品 扶 持 项 目

佛 山 市 群 众 文 艺 作 品 评 选 文 学 类 一 等 奖 获 奖 作 品

千里之外

李铮／著

黄河出版传媒集团
宁夏人民出版社

图书在版编目（CIP）数据

千里之外 / 李铮著．-- 银川：宁夏人民出版社，
2021.12（2023.8 重印）
ISBN 978-7-227-07560-8

Ⅰ．①千… Ⅱ．①李… Ⅲ．①长篇小说 — 中国 — 当代
Ⅳ．① I247.5

中国版本图书馆 CIP 数据核字（2021）第 261788 号

千里之外　　李　铮　著

责任编辑　赵学佳
责任校对　闫金萍
装帧设计　姚欣迪
责任印制　侯　俊

黄河出版传媒集团
宁夏人民出版社　出版发行

出 版 人　薛文斌
地　　址　宁夏银川市北京东路 139 号出版大厦（750001）
网　　址　http://www.yrpubm.com
网上书店　http://www.hh-book.com
电子信箱　nxrmcbs@126.com
邮购电话　0951-5052104　5052106
经　　销　全国新华书店
印刷装订　宁夏银报智能印刷科技有限公司
印刷委托书号　（宁）0027065

开　　本　787 mm × 1092 mm　　1/16
印　　张　25.5
字　　数　300 千字
版　　次　2021 年 12 月第 1 版
印　　次　2023 年 8 月第 2 次印刷
书　　号　ISBN　978-7-227-07560-8
定　　价　48.00 元

序

李铮忽然杀入佛山作家队伍，成了一匹“黑马”，一声不响就弄出个30万字的长篇小说来。扶贫题材，杠杠的正能量。这让我吃惊不小，兴奋之余，也有些脑筋转不过弯来忽然对不上号的感觉。

斯文，慎言，埋头干活，一副专心致志的敬业样，怎么看，他都是“隐蔽战线”的好同志。

多年前有人告诉我，李铮是佛山知名学者，还是佛山科学技术学院经济管理学院的客座教授，加上偶尔也能在省内一些刊物上看到他的名字或他写的经济类文章，一来二去的，也就知道了他的存在。

前几年，有好长一段时间没见李铮在饭堂里“显山露水”了。后来才听人说他被抽调去搞对口扶贫工作了。让搞经济工作的人去从事扶贫工作，我想区里该是用人之长了。对口帮扶点有个精通经济工作的人在张罗，扶贫工作自然会顺很多、有底气许多，成色也会亮丽许多。数字要讲良心，有满脑子经济数据的李铮在为扶贫工作忙里忙外，对口帮扶自然会平添不少希望。这是好事，我乐观其成，为他点赞。

从事扶贫事业瞬逾十载，华南农业大学硕士毕业的他，干出了不少可圈可点的业绩。这点自有公论，无需我再狗尾续貂为他贴金。我了解到，李铮在三十岁前就创作了长篇报告文学《贺兰山下的枪声》，后来又在国家级、省级核心期刊上发表经济类论文达数十篇之多，在业界，他早已是佼佼者了。毋庸置疑，他对扶贫工作有着丰富的实践经验和深刻的理论理解。

李铮拥有佛山对口帮扶中国最贫困地区凉山彝族自治州脱贫致富的丰富阅历，这为他的小说创作提供了厚实的生活基础和写作素材，一般人学不来。得益于早年不俗的文学素养，小说《千里之外》以西江驻大昭县委常委许国为代表的帮扶干部历经磨砺破茧成长的故事为主线，以杨兴昌、都阿英、索玛、刘勇等少数民族干部、贫困户、企业家的故事为副线，伏脉千里，描写了西江市对口帮扶中国最贫困地区邛山自治州脱贫致富的曲折经历，生动呈现了如火如荼的扶贫开发图景，展现了扶贫干部在脱贫攻坚历程中遭遇的种种冲突和在脱贫攻坚广阔天地间“为有牺牲多壮志，敢教日月换新天”的精神风貌，反映了脱贫攻坚工作的艰难性和取得胜利后人们心中的豪情。

从艺术特色看，李铮的这部长篇小说能够以丰富多彩、曲折动人的故事情节引人入胜，作品透露出来的信息量也很大，是一部多角度探讨扶贫事业在民族地区如何开展的好作品。小说故事结构严谨，能较好体现扶贫干部授人以渔、扶贫扶智又扶志的精神脉络。小说采用了多种叙事手法，通过多层次多元素交融的方式，立体地展现了作者的扶贫经历和对扶贫工作的深度思考。多层次的叙事和多角度的思考贯穿全书，故事情节相互依存，交替进行，能让读者真切感受到文学力量带来的心灵体验。可以说，李铮的这部长篇小说是佛山对口扶贫工作的鲜活侧影和精神缩影，也是另一种收获，值得祝贺。

文学乃人学，文学作品是作家内心情感外化的产物。习近平总书记在中国文联十大、中国作协九大开幕式上讲话时强调：广大文艺工作者要做到胸中有大义、心里有人民、肩头有责任、笔下有乾坤。我觉得，李铮就是践行总书记重要讲话精神的正能量作家，他的这部小说无疑是有温度、有热度的。

是的，四海之内皆兄弟，《千里之外》不遥远。扶贫事业是共和国的千秋伟业和历史答卷。我认为，李铮的这部小说是对扶贫工作的真实描摹和诗意抒写，具有较强的可读性和现实意义。

2021 年 1 月 15 日晚

佛山石垦村南华草堂

（张况，著名诗人、作家，中国作家协会会员，广东省作家协会主席团成员，佛山市作家协会主席。）

目录

楔子

一辆墨绿色的丰田越野车在险峻的大邛山中盘旋。一眼望去，悬崖深涧下的金沙江犹如万马奔腾，狂奔而至。远眺，山峦起伏，峡谷幽深，万岭拔地而起，峭壁插天；近看，青山如黛，草木葱茏。川滇公路如绡似幔，缠绕其间，蜀道难，难于上青天。

《西江时报》主任记者陈百粤不禁拿起照相机朝车窗外连续按动快门。

山路弯弯，九曲回肠，路之外的山上满是低矮的灌木和大片的索玛花。山上的彝家住宅，大多破烂不堪，独户而居，散落在山间。

同行的《西江时报》记者招楠看上去更加沉稳。她齐耳短发，明亮的眼睛镶嵌在玉一般的脸庞上，似乎完全没有被那景色所吸引。她用清冷的声音说道："古里拉达大峡谷是彝区森林覆盖率最高的峡谷，保存了许多古老的物种，也是我国生物多样性最为丰富的地区之一。这一路上景色独特，但我们的目的地是大昭县新城镇，到了那里你要注意点，别光顾着拍照。"

留着络腮胡子的陈百粤咧开嘴笑了笑，说："没问题。"

黄昏时分，汽车开进了大昭县城所在地新城镇。这里是大邛山中彝族人生活的核心地带，道路两旁的人群大多带有明显的彝族特征。彝族的服饰多是黑色、蓝色、灰色，并不像电视上看见的那么艳丽。男人女人都穿着擦尔瓦——用粗羊毛织成的类似披风的斗篷，男人大多包着头巾，女人大多戴着传统的荷叶帽。擦尔瓦以黑色的居多，也有深蓝色和白色的，给人的感觉是神秘和静谧。

路边的建筑像内地的小县城一样，比较低矮，但店面却不少。大街上的人们对人行道似乎没什么概念，汽车在大街上为人让路，就连牛、羊、狗也在大街上优哉游哉地散着步。一条黄狗大模大样地躺在路中间用好奇的眼神看着他们的车。他们的车只好一边摁着喇叭，一边躲避着行人和牲畜。随处可见年轻人叼着香烟，或沿街席地而坐，或溜溜达达。由于随时席地而坐，那些青年们浑身上下包括头发上都粘着泥巴和尘土，看上去灰扑扑的。

县城中心的解放路竖立着一块"解放大昭烈士纪念碑"，碑身正面有"革命烈士纪念碑"七个金色大字，后面是"革命烈士永垂不朽"的题词，其他两面为同样内容的彝文。碑座四周刻有碑文。散坐在纪念碑四周的男人们似乎很清闲，在路边闲聊着。有一些男子在路边抓着啤酒瓶喝酒，而女人们则三三两两地聚在一起做着些手工活或者卖点农副产品，见到有陌生人注视她们，便害羞地把头别过去，轻轻地笑着。

"大昭县与只有一百多公里距离的建昌相比，简直是天壤之别。"陈百粤小声咕哝了一句。靠在汽车后座上闭目养神的招楠没有理他。

"建昌虽然看上去比不上成都，但好歹是州首府，也算是有个三线城市的模样，大昭的情况就比较糟糕了。这里也扶了这么多年的贫了，但县城仍是小城镇模样，可见农村会是什么状况了。"陈百粤说。

一直在开车没有出过声的彝族司机老董用带着四川口音的普通话说："大昭的穷是有名的喽，而且麻风病、毒品、艾滋病还多，好些人贩毒。

贩毒的人不但害了自己，也害了村庄里头的人。那些贩毒、吸毒的人得了病，就回到村里请毕摩做法事，法事又治不了病，就只能可怜地死去咯。”

陈百粤皱了皱眉，没有说话。

“这次是一个秘密采访任务，采访内容不作任何报道，直接交西江市委主要领导参考。未来国家可能会在大邛山布一个大局。”招楠幽幽地说道。

第一章
西江地陷

2017 年 12 月 15 日夜，西江市德城区。

凄厉的警笛声蓦然打破了城市的安宁，各种警示的红蓝色灯光刺透了城市的夜空，让人心生畏惧。

熙熙攘攘的街道上有几辆警车鸣着长长的警笛飞驰而过，路上裹着各色冬装的红男绿女们惊愕地望着那些警车。随后是救护车、工程技术车，一辆接一辆地飞驶过还沉浸在夜生活里的路面。

一个路人自言自语道："出什么大事了？"

副区长许国戴着一顶黄色的工程头盔，疯狂地挥舞着手臂怒吼着："不惜一切代价，救人！救人！！救人！！！"他的声音已然嘶哑，但仍然在嘶吼着。

浑浊的泥浆仍然在喷涌着，仿佛从地狱里翻腾出来的怪兽在雨雾中努力地蠕动着身体。

现场一片混乱，到处都是忙碌奔跑的人。

这是一次难以预料的大面积地陷事故。

地陷路段发生在西江市一环高架桥底至西江国际卫浴城之间，地陷面积宽广，双向八车道的路，连同路中间的隔离带，以及北边人行道均发生塌陷。地陷面积约有两个篮球场大小，地陷深度有六七米，沥青路面大块大块地开裂脱落，地下管道和路灯全部掉入坑中。

这里是正在施工的西江地铁2号线白鹭湖站路段。

西江市交通运输局党组书记、局长和分管轨道交通的副局长在现场面色铁青，强作镇定。作为德城区分管交通方面的副区长的许国则奔走呼号，忙碌不停。

闪烁着刺目灯光的警车、消防车、救护车、工程抢救车在塌陷的地方停了七八辆，还有越来越多的人在向这里赶来。

“许国？许国人在哪里？”匆匆赶到现场的西江市副市长马家驹厉声问道。

“他在下面。”交通运输局的一个科长怯怯地回答着。

“让他过来。还有，把你们交通运输局的赵局长、刘局长，华交集团的安全总监，都给我叫过来。”马家驹饱含着怒火，就像一头择人而食的猛兽一般吩咐道。那科长忙答应了一声后转身就走，不，那几乎是在踉跄着跑。

马家驹看到许国的时候，许国身上那笔挺的西装和雪白的衬衣溅满了星星点点的泥浆，脸上也被雨水和汗水冲得花里胡哨的，完全看不出是一个县区领导的样子。

马家驹沉声问道：“许国，这是怎么回事？”

“马市长，我问过工程师，说是盾构区间右线工地突发透水，引发隧道及路面坍塌。具体伤亡人数不清楚，刚刚挖出了4具尸体，听施工的工程师说，当时上面和底下有十来个人，现在正在清点和核对。”许国拿起一张纸巾擦了一把脸，结果脸上的泥浆和天上的雨水混合出来的花脸更花了。

马家驹深深地吸了口气，从口袋里掏了包烟出来，扔了一根给许国，自己点着了一根，深深地吸了一口，说："许国，现在抢救情况怎么样？今天的工程现场负责人来了没有？"

"来了，不过据说也被埋在下面了！"

马家驹一时失语。

许国疲惫地吸了口烟，恨恨地骂了句粗话。他看到在警戒线外拿着话筒、录音笔、摄像机和相机的大群记者，面无表情地说："马市，那些记者很麻烦，安排了人接待没有？"

马家驹的秘书从后面闪出来说："我通知了电视台和《西江时报》的值班总编，让他们不要乱报道。"

许国摇了摇头说："纸是包不住火的！我来的时候，《南方日报》和《羊城晚报》的记者站站长已经打电话给我了！省电视台和新华社广东分社的记者恐怕已经在来的路上了。"他看了看马家驹说："马市，这次我们西江市要上全国头条了！"说完便大步走入救险的人群中。

马家驹叹了口气，转身对秘书吩咐说："一、你去通知市卫健委，要求各大医院急诊科准备力量全力抢救受伤人员；二、通知经侦大队，封查华交集团的所有资料，控制相关人员，调查取证；三、安排人和记者对接；四、准备接待省应急厅调查组下来进行事故调查。"

秘书记下内容，把手上的笔记本合上，答了声"是"，就匆匆离开了。

西江市第一人民医院肿瘤科的病房里，邵雪琪正百无聊赖地玩着手机，忽然抬头看向正在播出新闻的电视机。

"西江市政府新闻办公室通报称：12 月 15 日晚上 9 时许，西江地铁 2

号线一期工程华交六航局标段白鹭湖至湖堤路盾构区间右线工地突发透水，作业工人尝试堵漏未果，至晚上10时40分左右，现场透水面积扩大，导致隧道管片变形及破损，引发湖畔西路30多米路段坍塌。经紧急抢救，共救出9名施工人员，目前均无生命危险。据初步核查，事故导致8人死亡，3人失联，救援善后工作仍在紧张进行中。”新闻主播江湖海镇定自若地播报着这段通报。

邵雪琪看到了人群中匆匆走过的许国，心不禁揪了起来。

“……塌陷面积约200平方米。为确保道路交通安全，现场已实施围蔽，交警及交通运输局相关工作人员正在疏导交通，研究抢修方案。现湖畔路一环高架桥底双向实行紧急封路，请过往车辆提前绕行。同时，交警正在对湖畔西路实施临时交通管制措施……”新闻主播江湖海继续播报着。

“……项目方华交六航局马上联系了交警、燃气、供水、供电、通信等相关部门，对道路进行了封闭，对通过现场的管线进行了断水断电断气，对沿途河涌进行了截流疏导工作……救援人员已经进入了隧道，不断向井下输送氧气和担架、手电筒等救援设备。我们已经调用3台水泵紧急排水，同时调用数台空气压缩机进行井内通风。目前，救援人员仍在进行井下泥沙清理，尽最大努力搜救被困人员。为防止次生事故发生，我们已安排专门力量，对事故现场地表及附近建筑物沉降进行监测，目前情况正常……”面对镜头的许国，面色沉重，目光游移不定，带着阵阵焦虑不安的情绪，说完了表态性的通稿。

马家驹的电话已经被市委和省委打爆了。事故发生后，省委书记和省长立即打来电话，先是将马家驹申斥了一通，要求全力搜救被困人员，防止次生事故发生，并查明事故原因。省委常委、常务副省长已经在赶赴现场指挥协调救援工作的路上了。

西江市委书记齐威、市长洪伟、市纪委书记梁广荣也赶到了现场，组织指挥救援和善后工作。省各个相关部门均派员到现场并紧急抽调专家支持救援、协助调查，市、区有关部门全力组织力量投入救援处置工作。省政府已成立事故调查组。

“堂堂的华交集团竟做出豆腐渣工程来？难以置信！说，这里面是不是有权钱交易？”梁广荣咬牙切齿地冲着市交通运输局的正副两位局长和许国怒吼着。他的手臂在空中划出一道弧线，重重地砸下，震得桌面发出一声巨响。

梁广荣是从原广州军区转业到地方的正师级干部，然后从省纪委空降到西江市担任纪委书记。他短短的板寸头，头发根根直立，一双小眼睛如狼似鹰，扫过面前的几位官员，令他们遍体生寒。

谁不知道，梁广荣上任伊始便连办大案要案，倒在他手下的贪腐官员细数下来有好几十人，是西江有名的“活阎罗”。

许国心里一颤。

怎么可能仅仅是因为疏忽大意呢？

这里面的层层转包和猫腻，许国就算不清楚其中的细节，也略有耳闻。他差不多能够猜到，交通运输局的米总工国庆节的时候买了一辆保时捷，交通运输局工程质量安全管理科科长老陈的儿子刚刚出国留学。这些人的钱是从哪里来的？不问可知！

然而许国不能说，只能低头听着。

他是哑巴吃蚕豆——心中有数。

还好，许国没有拿过一分钱，哪怕是通过各种形式送给他的钱，他都没有收过。搞工程，里面的猫腻大了去，做建筑工程不送钱很难拿到好项目，这几乎是个潜规则了。

许国知道现实情况，但他不敢收，也不敢挡着别人收。

挡人财路如杀人父母！被纪委、公安、检察院抓是他们罪有应得，可他许国一个小小副处级的副区长，挡了路是会惹到麻烦的。那些意欲行贿的人就像苍蝇一样，有利益的时候飞过来围着你转，你赶又赶不走，打又打不到，而且还有可能搞得自己一身臭。许国对这些人敬而远之，能不理就不理，让他们去围着别人好了。

这次真出了震惊全市全省全国的事情，许国自忖没有多大的责任，至少没有重大责任。一方面是因为自己没有损公肥私收受贿赂，另一方面是地铁规划要走这个位置，其地质勘探情况是轨道工程专家决定的。这次透水事故应该是和地质情况有关，而且发生透水情况的时候，华交集团的负责人执意要下去看情况，没有要求撤出，等发生坍塌的时候已经来不及了。这个也不是他能够决定的，所以许国只能听着梁广荣的咆哮。

接连几天许国都没有回家，在办公室和事故工地两头跑，饿了就随便吃口饭或者泡面，困了就在办公室或者车上眯一会儿。几天下来，原本风度翩翩的许国变得十分憔悴，像是老了好几岁。

事故问题已经完全由省政府派来的调查组接手以后，许国在夜色中开车回家。他的黑色汉兰达刚离开事故现场，夜色中一辆奔驰 SUV 就不紧不慢地跟在了他的车后面。许国快，那车就快；许国慢，那车也慢。

许国在后视镜里看到了那辆车，等他看清奔驰的车牌的时候，后面的车突然打了几下双闪灯，然后又关掉了。

许国把车头一转，离开了回家的路线。那车从后面超过许国，径直向右边拐去，许国轻踩油门，跟了上去。

奔驰 SUV 停在西江大堤上，很快许国也把车开到地方停了下来。

夜色深浓，四周只有呼呼的寒风掠过，冬夜细细的雨雾漫天而落。

这样的雨，冰冷，如烟，让人无从辨别却又在不知不觉中浑身湿冷。一种难以目睹的纤小的雨滴在飘荡着，仿佛苔藓钻出地面一般，钻进人们的心底。

不远处的西江水缓慢却从未停歇地奔流着。

许国跳下车，大步走向那个在等候他的男人。

那人身高体壮，留着修剪整齐的络腮胡子，两鬓已有了风霜，但双眼有神，披着长长的风衣，里面是笔挺的西装。

“苏醒，你找我？”

“嗯。”苏醒再没说什么，转身从车里拿了两条烟出来，塞到许国手里。

许国不解地看着他。

沉默了几秒钟，苏醒说：“我看了新闻，你这几天辛苦了。估计你的烟也抽完了，怕你没空买烟，就帮你买了两条，你拿去抽吧。顺便还想和你聊几句，在你忙的地方也不方便，于是就带你来了这里。”

许国说：“二十年的老同学还说这个！”

“是啊！说实话，看到这次的情况，我很为你担心。这次塌陷事故，弄不好会对你的仕途造成非常重大的影响。结果好，也许你会被边缘化；结果不好，丢官罢职，锒铛入狱，也未可知。你这二十年来辛辛苦苦在官场里面打拼，为的是什么？”

许国笑了笑说：“最早是为了有口安稳饭吃，现在不就是希望能够施展一下在学校里学的东西，搞搞经济建设么。再就是让老婆孩子过得更好一点。”

“可是这场事故可能就会让你所有的辛苦都白费了啊！”

“那怎么办？我也不想发生这样的事故啊！”许国轻松地笑了笑说，“好在，天地良心，我没在这个工程里拿过钱、吃过饭。”

“那也可以说你玩忽职守！”

“那就让他们查去呗！我有什么办法？就算是天天上工地看着，面对这种天灾人祸，我也没什么办法控制啊！”

“老许，你怎么这么想呢？你就不怕有人拿这件事情做文章，把你往死里整？你出事了，你 70 岁的老娘怎么办？阿琪生着病，晓晓还没上大学，她们怎么办？阿琪当年是广外毕业的，又干了十多年外贸，德语好，懂商业。那时候，我说让阿琪来我集团的金融部门，你说公务员家属不能从事商业，没让来。现在都什么时候了，你来天醒集团，我让阿琪跟你去法兰克福治病，顺便当你的助手。你把闺女也带出去，你们家晓晓也快读大学了啊！直接考欧洲名牌大学不好？怎么样？年薪、福利、期权，我就不跟你谈了，反正我不会亏了你就是。”苏醒噼里啪啦说了一通。

“你说吧，你有什么好主意？”

“我现在想告诉你，天醒集团准备 IPO 香港上市，现在已经进入路演阶段了。最多两年，我的公司就上市了。我昨晚想了半天，你得从官场这个泥潭里面跳出来。混官场你没有前途。找个机会，辞职来天醒，按照天醒的战略发展规划，我们打算开拓欧洲市场，对接欧洲的技术。我们正在和巴斯夫公司谈判，准备和他们合作。我们准备成立欧洲分部，先在法兰克福成立德国公司，然后扩展至整个欧洲。你去法兰克福，把那里的担子挑起来，技术和管理你都懂，阿琪又懂德语，我再给你配备些精干人手，到时候我就不信我俩不能在全球化工领域打下一片江山。这比你混官场强多了！”苏醒的眼中放出狂热的光芒。

许国点了根烟，一边大口吞云吐雾一边说：“你的股东们和下面的总经理会同意？”

“这可由不得他们。我自有办法说服他们，你不用管。你只用做好辞职的准备。咱们悄悄地辞职离开，然后再来天醒，顺便让阿琪去德国治病。”苏醒也点了根烟说道。

许国眺望着远方那浓黑的夜色里一星半点的灯光，仿佛那里能有一丝冬夜里的温暖。

“好吧，你说的我好好考虑一下，反正也不是现在就来。”

“怎么？你还留恋那个官场，留恋那点权位？看来你官瘾不小嘛！”苏醒戏谑地嘲讽着许国。

“不是官瘾。烟瘾都可以戒了，官瘾更是没有的事情。”许国笑着辩解道，“就是今天这个时候，你突然跟我这么说，这可是人生的重大转折啊！你还不由我考虑考虑？何况离开官场也不是一纸辞职信就可以搞定的。”许国笑着，又用手捏着嗓子说：“难道，我去跟组织部说‘世界那么大，我想去看看’，然后就可以随便走人？”

苏醒哈哈大笑，说：“行，反正我这里还要点时间才能搞定，你就先去考虑安排吧。时机成熟了，你就出来。”

春节后，省政府调查组发布了初步调查结果。

省政府调查组认定，这是一起安全责任事故。事故造成 11 人死亡、1 人失踪、8 人受伤，直接经济损失约 5323.8 万元。

事故的直接原因是：一、事故发生段存在富水粉砂层且临近强透水的中粗砂层，地下水具有承压性，盾构机穿越该地段时发生透水涌砂涌泥坍塌的风险高；二、盾构机的盾尾密封装置在使用过程中密封性能下降，被外部水土压力击穿，产生透水涌砂通道；三、涌泥涌砂严重情况下在隧道内继续进行抢险作业，撤离不及时；四、隧道结构被破坏后，大量泥沙迅猛涌入隧道，在狭窄空间范围内形成强烈泥沙流和气浪向洞口方向冲击，导致部分人员逃生失败，造成了人员伤亡的严重后果。

调查组认定，华交六航局装备分公司盾构施工安全风险管控不足，应急处置不当，未及时撤出作业人员，未采取有效的技术和管理措施及时消除盾尾密封装置性能下降等事故隐患，对事故发生负有责任。华交六航局安全生产责任制落实不力，对安全生产违法违规行为失察，对工程项目安全监督管理不力，未采取有效措施督促施工单位整改重大风险隐患问题。省轨道监理公司安全生产监理责任落实不到位，未跟进重大风险隐患问题整改落实情况。西江轨道建设投资公司未按要求向西江市政府和德城区政府报告监督情况。西江霞光劳务公司未对派遣到事故区间的劳务工人进行有效的安全生产教育和培训。

调查组认定，西江市、德城区政府落实安全生产责任制不到位，对安全行业主管部门履行安全生产责任不到位等问题失察；西江市交通运输局对城市轨道交通工程项目安全监管不力，未严格按法定条件实施行政许可，对轨道交通建设工程事故隐患治理督促不力、执法不严；西江市国土和规划局（轨道办）对城市轨道交通工程项目行政许可审批不严、综合协调督促不力；西江市德城区轨道办对城市轨道交通工程项目属地安全监管不严；西江市公安消防局未严格履行有关法定职责；西江市德城区人力资源和社会保障局对用人单位日常巡视检查不力；西江市安全生产监督管理局履职不到位、工作存在不足。

…………

马家驹、许国分别被省委、省政府责令作出深刻检查，但是并没有作出进一步的处理。只有德城区安监局下属的工程监理公司总经理胡修成被公安局批捕、带走了。

据说，纪委正在对事故所有相关人员进行调查，检察院也在调取各方面的相关材料。

第二章
岂因祸福避趋之

许国从病房里快步走出来到走廊，然后掏出手机按下接听键。电话里传来苏醒的声音："喂，老许。"

"是我。老苏，怎么了？"

"市一医院的蒋主任跟我说过，阿琪的癌症不好治，属于晚期，如果发生扩散就麻烦了。"随后，苏醒又压低声音说道，"我通过关系打听到，你工作上可能有变动。"这句话倒把许国给说得沉默起来。

许国沉吟了一下。读大学的时候，苏醒和他关系就很铁，一起住，一起玩，一起打球，一起去隔壁的广外追女孩。毕业后这些年，苏醒从一个小化工厂开始，生意越做越大。他的企业在西江市现在是首屈一指的大型化工集团，年产值接近60亿元，如果上市了，恐怕身家就更厉害了。而他，从工业局的公务员起步，现在也就是西江市德城区副区长，一个还算过得去的副处级。

苏醒见他仍然不为所动，冷笑了一声，说："许国，咱们兄弟多少年的交情了，我就不多说了。你自己好好考虑考虑吧，记得哦。"

许国缓缓地说："好，苏醒，我记得。不过就算我想出来也急不得，我总得和阿琪商量一下，然后再安排。"

苏醒答了一声“好”，就挂断了电话。

许国缓缓地收起手机，望了一眼窗外。云层很厚，这是要下春雨了啊！他快步走回病房，看到邵雪琪坐在病床上正笑吟吟地和隔壁床的一位大妈聊着天，看上去精神还不错。许国赶紧换上了一副微笑的表情。

晚上吃过饭，许国独自一人坐在书房的椅子上，泡了壶红茶，自斟自饮。笔记本电脑里低低地回荡着音乐声。许国心头一动，稍稍调大了声音，是一首《大邛山的阿惹妞》。

索玛花开的芬芳／弥漫在大邛山上／一朵朵飘动的白云／缭绕在我的身旁／阿莫的织布机／日夜不停地忙／日夜在不停地忙／织出了彩虹／织出了太阳／织出了美好希望／阿惹阿惹阿惹妞妞／阿惹阿惹阿惹妞妞／阿妞阿妞哩／阿妞阿妞哩／大邛山的阿惹妞妞／就是火一样的太阳

许国没有听过这首歌，听了两遍才关掉。推开窗户，南国特有的燠热夹杂着湿淋淋的空气冲破房间里舒适的空调冷气扑在脸上。许国没来由地感到一阵烦躁，顺手从桌面上摸起一包烟，还是年前苏醒给他的。抽出一根，点着，吸一口，深深地吐出一片淡蓝色的烟雾。

许国平日里很少抽烟，这一口吸得有些急，竟被呛得大声咳嗽起来。

这时候，敲门声响起。许国拉开门，见是母亲，便赶紧说：“阿妈，我冇事，抽烟抽急咗啲。”

许国的母亲是典型的客家妇女，二十几岁就守了寡，膝下仅有许国一个孩子。她瘦小但很精神，笑着说：“冇事就好，少食啲烟，对身体唔好。”

许国赶紧答应。他回身到房间里掐灭了烟，喝了口茶，沉沉地将身体陷到座椅里面，随手拿了本书翻开，想借看书平静一下自己沸腾的内心。展开书，是一本《中国石门坎》，他翻了几页便在座椅上睡着了。

第二天，许国被手机闹钟叫醒了，于是7时30分就去上班。和往常一样，他准时在8时20分就踏入了自己的办公室。打开电脑，登录办公系统查看邮件和信息。这是他多年养成的习惯。

蓦然，手机铃声响起。许国看了一眼，是市委组织部的电话。他赶紧接听，是组织部郑副部长的声音。

“小许吗？上午10点左右你来一下组织部，有些事要和你谈谈。”

“好的，好的。郑部，我10点准时到。”许国忙说。

放下电话，许国心下思忖了一下，没想明白有什么事情要找他。

组织部郑副部长的接待室不大，沙发看上去也略略有些旧。茶几上一杯热腾腾的铁观音茶在空调的吹拂下，淡淡的白气不断变幻着形状。

许国四下看看，有一份今天的《西江时报》，便拿起来翻了翻，并没有关于他分管的工作方面的问题，于是放心之余，又有点疑惑。

这时候，郑副部长走了进来。

郑副部长个子不高，斯斯文文，鼻梁上架着一副无框眼镜，白净的脸上带着浅浅的笑意，发际线略略有些稀疏，但梳理得整整齐齐。白色的长袖衬衣解开了喉间的纽扣，灰色的长裤和锃亮的皮鞋，让他看上去十分精神。

许国见郑副部长进来，不敢怠慢，忙放下手里的报纸，站起身迎上去，边伸出双手边打招呼说：“郑部。”

走到近前，郑副部长伸出手，轻轻地和许国握了一下，笑着说：“小许啊，坐吧。”

许国其实只比郑副部长小两岁,但脸上仍然堆着笑意,找了个沙发坐下。

“小许啊，最近身体还好吧？”郑副部长脸上始终挂着那种让人捉摸不透的笑意。

“还好，还好，劳郑部挂念了。”

“嗯。你夫人的情况还好吧？要不要我们给蒋广海主任打个招呼，多找点好药调理调理？”

“暂时还行吧！蒋主任他们都很不错。”

郑副部长笑吟吟地站起来，从茶几上把杯子拿了过来，放在许国的面前说：“小许，喝口水。这天气比较凉，多喝热水。”

许国不明所以，只好拿起杯子，浅浅地呷了一口茶。茶水芬芳却微微有点苦涩，没有回甘。

“听说，这段时间你的老同学苏醒和你走得蛮近的。他的集团快要上市了吧？”

苏醒？难道苏醒找我的事情组织部知道了？这么快?

“哦哦，没有啊！最近也就是我老婆的病的事情，他打过电话，问问情况，表示一下关心。上大学的时候他和我们俩都很熟。”

“呵呵，那就好，那就好。小许啊！现在讲究官商之间要亲清，老同学之间也要注意分寸。”

“是的，是的。”

“苏醒的集团上市对我们西江市是件好事。不过，苏醒的集团上市呢还有些瑕疵，据说经科局也正在协助苏醒。你们是老同学，有机会你也要关心一下。”

“苏醒的集团总部在南洋区，我们德城区鞭长莫及啊！应该是南洋区的吴区更关心吧！”许国说。

“苏醒毕竟是你的老同学，他还关心你呢。你同样也多提醒提醒他，上市的事情上不要犯错误，顺顺利利上市发财多好啊！哈哈哈！”

许国心里暗暗惊讶，莫不是苏醒有什么问题？是税务问题？还是……

蓦地，窗外响起了一阵沉闷的雷声。

郑副部长走到窗前，拉开窗帘，向外望了望，自言自语地说：“又要下雨了。”话音未落，豆大的雨点敲得窗玻璃噼噼啪啪直响。

许国也望向窗外。高高的白玉兰树上翠绿的叶子随风摇曳，天色灰蒙蒙的，银亮的雨线模糊了外面的景色，屋里的冷气变得清凉入心。

“对了，小许啊，最近市委大院里面流传着一句话，你听说过没有？”

“什么话？”

“苟利国家生死以，岂因祸福避趋之。”

“哦，是林则徐的话。”

“不错啊，是林则徐的话。林则徐这个人呐，官居一品，两任钦差，三做总督，论官，在清朝也是一等一的重臣了。他敢虎门销烟对抗英国人，对道光也敢犯颜直谏，贬官新疆就西域遍行三万里，实地勘察南疆八个城，成为近代‘防塞论’的先驱。写下这两句诗，真的是胸怀国家民族，毫不计较个人得失啊！”

许国心里猛地一跳。

郑副部长站起来，到直饮水机龙头下接了一杯凉水，一口喝尽，看着许国。

“要说呢，林则徐在清朝也算是犯了错误的干部。虎门销烟，是件好事，也是坚决执行了道光皇帝的指示。不过呢，这给了英国人侵略的借口，也让清朝第一次受到兵败的耻辱，被迫签订了若干不平等条约，开启了中国屈辱的近代史。而他呢，从一品大员被发配伊犁，除了考察写书，也没能起来带领清军抗击侵略者，以洗刷耻辱，可惜可叹啊！所以，很多事情就是这样，好心未必能做好事，犯错误了总要想办法去改，改好就是好同志！你说是不是啊！哈哈哈！”

许国心里一寒。

“我们说了这么久，现在来说说正事儿。是这样的，今年习近平总书记考察了大邛山的脱贫攻坚情况，而我们西江市呢，承担了对邛山州的对口扶贫协作任务，这也是东西部扶贫协作的任务。组织决定，选派几位干部去邛山州下面的县挂职常委、副县长，完成对口扶贫协作任务。德城区对口扶贫的是大昭县、布特县和普光县。组织认为你是合适人选，准备让你挂职大昭县委常委、副县长三年，打赢脱贫攻坚战。”

许国张了张嘴，想说什么，却没有说出来。他端起茶杯，喝了一口茶，满嘴的苦涩。他想说老婆有癌症，想说家里孩子离高考很近，想说母亲年龄大了照顾不过来，想说自己打算辞职下海去国外帮妻子治病。

可是，郑副部长的谈话却让他没办法说出这些话来。达摩克利斯之剑正闪烁着寒光在他的头顶高悬。

许国沉了沉气，说：“郑部，我去没问题，组织交给我的任务一定尽全力完成。不过，我对大昭县完全不了解，我希望能够先了解一下具体情况和任务。”

郑副部长笑了笑，说：“小许，你不愧是当年西江市委里面有名的‘拼命三郎’，敢打敢拼，胆大心细。我这里有些关于大昭县的资料，现在就给你。”

他转头给组织二科打了一个电话，很快就有人送了个牛皮纸袋过来。

郑副部长又说：“除了这些材料，具体情况你可以和市扶贫办的老金详细了解一下。他干了好些年扶贫了，对邛山的情况比较熟悉。”

许国点头答应。对着郑副部长那张笑眯眯的脸，他甚至有一种想一拳砸过去的感觉。但他什么也没有做，只是默默地抽出纸袋里面的材料，胡乱地翻着，所有内容他一个字也没有看进去。

郑副部长说：“小许，回去准备一下。今天是周三，嗯，下周一，安排你和其他参加邛山州扶贫的同志一起，去扶贫地区实地考察一下，行动要快。”

“好，郑部。”许国端起有些凉了的茶水，大口吞咽了下去。

许国走到停车场，上了车，在驾驶室里想了一下，然后开车出了市委机关大院。在路边他停了下来，拿起电话给省工信厅的老领导马厅长打了个电话，把事情向马厅长说了一遍。

马厅长听完以后没有作声，过了一会儿才说：“小许，这个事情我知道了。你夫人有病是事实，在这个时候抽调你去扶贫，西江市委是怎样考虑的我还不清楚，我去帮你了解一下。不过脱贫攻坚是大事，2020年全面脱贫奔小康是党和国家的重要目标。把这个全国最贫穷的地方、最硬的骨头之一交给你来啃，这是挑战也是机遇！”

许国在心底苦笑了一下，此去大邛山不是一两个月，而是三年啊！雪琪的病等得了三年吗？

挂了电话，许国回到德城区政府，在中午临下班前找到区委书记和区长汇报这件事情。区长孟海武望了一眼区委书记冼志豪，没有说话。

冼志豪说：“我这里还没有接到市委组织部的通知，怕是下午通知就会下来了。老许，我看这事基本上你是跑不掉了。你放心吧！我们俩在德城给你做好后勤保障，你就只管在邛山冲锋陷阵。”

许国很无奈地说：“行，有你们两位领导在后面给我支持，我还能有什么不放心的！”

中午午休的时候，许国在办公室里给岳父岳母打了个电话，说了说情况，请两位老人家帮忙多照看一下雪琪。

下午，许国又打通了市扶贫办主任金石开的电话。金石开听完电话便说，他和联系邛山扶贫的科员李想，想一起到许国的办公室聊。

一个小时后，咚咚咚，许国听见敲门的声音，抬头一看，门前站着一个面容清瘦的汉子。

金石开身形修长，身高超过一米八，生得浓眉大眼，宽大的条纹T恤在他身上穿出了潇洒的感觉。一副无框眼镜，给他增添了几分文雅的气质。

其实金石开的祖籍是广东茂名，他在西北出生长大，是宁夏大学政治学专业毕业的高才生，后来又在华南农业大学读了经济学硕士，是个地道的文人。其人其文颇受导师赏识，只不过脾气直爽，又没有什么背景，在官场上也只能蹉跎到现在这个位置。

金石开倒没和许国见外，打了招呼，就到外面的接待室去等许国了。许国来到接待室的时候，金石开已经自己把水烧上，又像变戏法似的从身边的包里掏出一整套茶具和一小包茶叶，熟练地泡起功夫茶来，把许国看得愣了一下。

金石开笑着说：“机关里面泡茶的水平不怎么样，反正来你这里，我也是自来熟，带的都是自己的茶具、茶叶，我请你们喝茶。”

随行的李想也笑了起来。

许国赶忙跑回办公室，拿了包自己常喝的正山小种过来，说："老金，我也有好茶。你泡茶水平高，你泡，我们喝。"

金石开笑着泡好茶，用公道杯给大家分好，说："茶，是为君子之饮。97度的滚水，暖壶，温杯，放茶，然后第一遍洗茶，次之方是泡茶。高处落水，讲究'凤凰三点头''韩信点兵'，以求叶子的完全展示。待茶色晕染、舒展，方是品茶的时候，急不得也缓不得。"

"嗬！想不到老金你对茶道理论研究得很深啊！"许国笑着恭维了一句。

金石开说："茶道理论谈不上，不过呢，喝茶久了，总能悟出点东西来。来，你品，你细细品。呵呵！"

许国的眉不易察觉地抖了一下。

金石开哧溜一声，把杯中的茶水喝下，慢慢地说道："'三区三州'的概念你听说过吗？"许国默然地摇摇头。

金石开接着说道："'三区三州'是国家层面的深度贫困地区，是全面建成小康社会最难啃的'硬骨头'，邛山州就是其中之一。大邛山这个地方我去调研过几次，那里的穷和我们对口扶贫的其他地区不一样，存在着以下几个问题。一是交通不便。你看过网上流传的悬崖村吧？就在大昭县。为什么这个村子的人要爬这么险峻的路呢？因为要到山后的另外那条路，光绕路就要多花两三个小时。交通严重限制了村庄的发展。尽管山上的土壤适合种植青花椒和核桃，而且可以丰产，但农作物输送不出去，全靠人工背下山。下了山也卖不出好价钱，因为没法再背回去。大昭县新城镇下面有个村离县城并不算远，但从不通路的地方下车，爬上山需要一个小时。那里身处高山，土地贫瘠，异常贫穷。那次我去调研，刚到山下，就发现一个十来岁的女孩正和母亲在山脚下打水。每天母女俩下山三趟背 5 公斤的水，用来饮用和喂养牲畜。砍一担柴，要用一整天时间，因为要爬 5 公里左右的山路，早上天不亮就出发，晚上天黑才能返回。

“二是历史原因。彝族是从奴隶社会一步跨千年过来的，虽然政治地位改变了，但是缺少现代文明的熏陶，过去的奴隶制度和土司、头人、毕摩等，对他们的思维、生活习惯都有很大的影响。

“第三呢，基础设施极度缺乏，饮水问题、人畜同住、泥巴屋，还有种植水平低……”

科员李想插话发牢骚说道：“政府发给种羊想让村民靠养羊脱贫致富，但村民却把羊宰了吃了。有些人想当然地认为他们很懒，可背后的真实情况是，免费送山羊和兔子，但山茅草硬得连山羊都吃得满嘴血泡，养着养着就只能成了下酒菜咯。

“邛山地区的农业生产基本上是以广种薄收、粗放经营的方式进行的。生产方式原始简单，土地贫瘠收益很低，体力在这样的农业生产中并不占优势，而妇女比男性更有耐心，所以除了传统观念以外，这反而是邛山‘男主内，女主外’的根本原因。”

扶贫办主任金石开继续说道：“有人说当地人懒，我是学经济学的，我不这么认为。在恶劣的自然生存环境下，付出再多的劳动如果连肚子都填不饱，那么勤劳还会有意义吗？那些认为他们穷是因为他们懒的人可以想象一下，如果自己每付出一小时辛勤劳动得到的报酬只有一元人民币，政府有低保或是‘五保’政策，甚至端个破碗坐在街头就能混饱肚子，谁还会勤劳地工作？

“因此，由于自然生存环境的恶劣和教育的缺失，在很多情况下，他们即使增加劳动付出也无法使自己的‘总需求’增加。他们即使更加勤劳也并不能让自己生活得更好，更无法让自己脱贫致富。以前呢，扶贫是国家给他们输血救济，这样也养成了不少贫困户‘等、靠、要’的习惯。单纯地依靠救济只能缓解一时之痛，真正的脱贫需要他们从意识上进行根本的改变。”

金石开滔滔不绝地说了一个多小时，许国忽然觉得自己非常浅薄，他从来没有想过，大邛山会是这样一种状况。在他的想象里，那里无非是和其他贫困地区一样，交通差点，种植水平低点，工业基础设施差点，花点钱改变也就是了，再不行就修路搞点旅游呗！

听完老金一席话，许国想起了自己的过去。

许国也是农家子弟出身，在粤北山区，父亲是一名乡村小学民办教师，教了一辈子语文，一直忧国忧民。生下许国后，为了实现自己的人生抱负为儿子起名许国，是为“以身许国”之意。许国10岁不到，父亲就因为治不起病死了。母亲把他拉扯大。他学习成绩优秀，高考考了全市第三名，但是上华南理工大学的时候差点因为没钱读不起书。母亲又东挪西借，求人借来了学费，再加上政府的助学金，这才让他顺利读完大学。毕业以后，他没敢像苏醒一样先打工然后再创业，而是去当公务员，捧上了“铁饭碗”后才松了一口气。

不然，许国没有经济基础，也没法和邵雪琪结婚，毕竟邵雪琪的父亲是西江市党校的教授，高级知识分子。他们的婚姻对他这个穷学生来说可谓是高攀了。

晚上，吃过饭以后，岳父岳母就来了。

岳父一说起这个事情脸色就变了。他沉着脸说：“许国，你究竟得罪了哪个领导，要这么整你？现在雪琪是什么情况，你不知道吗？她这个病，有一半都是为你操劳出来的。这个时候她最需要你陪在她身边，照顾她、安慰她。你去挂职扶贫，雪琪你还要不要了？你想让我们老两口白发人送黑发人吗？”

许国求援似的把目光转向岳母。

岳母愁容满面叹了口气，说：“老头子，你也别净冲阿国发火，他也不想的啊！你看看能不能打个电话给省里你那些学生，让他们帮帮忙，把许国的调动给撤回来，大不了阿国就不当这个副区长了。如果他的同学苏醒肯帮忙，让雪琪出国治病才更重要哇！”

岳父站起身，背着手，踱着步，想了想说：“我现在就打电话给省委秘书处的小李。”

岳母说：“现在打过去，别人都休息了，你明天一早打吧。”

许国忙站起来说：“爸、妈，你们不用打电话了。我先去医院看雪琪。现在上面这样下令，不可能直接拒绝的，就算你们通过关系把我给调出来，我也没法做事了。而且分析一下和郑副部长的谈话，我觉得他们还有后手，也可能会拿苏醒的集团上市的事情给我找麻烦。一呢，我觉得可以等等马厅的了解；二呢，我可以先去大邛山做一段时间，到时候再找机会调回来就是了。上次，我们区去粤西扶贫的李延云，不也是在那里待了半年就调回来了么，还升了一级。我问过医院蒋主任，他说雪琪的问题不大，都是保守治疗，过半个月就可以出院了，而且这段时间我妈会照看雪琪。”

岳父想了想，叹了口气，说：“好吧。现在这个节骨眼上你也是退不了。缓一缓，我再舍了这张老脸求小李去。”

第三章
初入邛山

午后的阳光很灿烂，大昭的天空也特别的蓝。在大昭县政府的大门口站着十来个男女，有的穿迷彩服和运动衣裤，有的穿民族服装，但每一个人看上去都笑意盈盈。

许国下了车，感觉邛山的气温比西江凉很多，不禁下意识地把外套拉链拉高了一些。这时候，一个洪亮的声音响起："西江来的贵客们，大昭县欢迎你们！"他抬头一看，一位高壮的穿着传统彝族服装的汉子从台阶上满面笑容地走了过来。

那汉子孔武有力，身高约一米八以上，头上缠着深蓝色的头帕，却没有扎那种像天线一样伸向前方的英雄结。他上身穿着传统的黑色斜扣窄袖短衣，外披宽大厚重的白色羊毛擦尔瓦，下身穿着有点像马裤的肥大的宽裆小脚裤，身上斜挎着牛筋编织的配带。人看着颇有精神，一双眼睛雪亮有神，如两盏小探照灯一般。

汉子自我介绍说："我是大昭县委副书记、县长阿木约布，汉名叫杨兴昌。我代表我们大昭县欢迎各位西江市的同志们。"

在寒暄中，一行人走进了大昭县政府四楼会议室。

西江市驻邛山州的东西部协作工作组组长尚文赶忙走过来，一一为杨兴昌县长介绍西江市来考察的干部。杨兴昌看到许国的时候，显得非常热情，紧紧地握住许国的手，说：“西江市委能派您这样有能力的干部来帮助我们，我们大昭脱贫进步更有力量了啊！”杨兴昌手上的力气很大，骨节也十分粗壮，握得许国的手有些疼。许国心里一笑，手上也加了把劲用力捏了回去。杨兴昌显然并没有和许国较劲的意思，感觉到力量之后便笑着放开了手。尚文又介绍了一些干部，其中有几位都是挂职扶贫的副县长，有国家发改委派下来的冯义君，主要负责这里的光伏工程建设，还有四川省委派过来的刘绪涛，是个温吞水般的人，负责卫生健康。

杨兴昌随后介绍了大昭县领导班子成员，有大昭县委副书记沙国英等。介绍到大昭县政协的时候，许国倒着实被小小地惊艳了一下。那位穿着时尚、高挑艳丽的年轻女子居然是大昭的政协副主席都依扎嫫。

都依扎嫫在彝语里是都家水灵漂亮的姑娘的意思，而她绝对配得上这个名字。都依扎嫫大方得体地说道：“许副区长，您可以称呼我阿英。我在西南民族大学上学的时候，同学们都这么叫我。”

“好的，阿英副主席。”略微失神了一下的许国礼貌性地和阿英握了一下手。阿英自我介绍说：“许副区长，我在县政协分管文教卫生方面的工作，我们县在这些方面和你们沿海发达地区有着比较大的差距，也希望多些得到协作地区的帮助。”

许国在阿英火辣辣的凤眼的注视下，镇定自若地说：“阿英副主席，通常而言，对口扶贫协作在基础设施建设、教育、医疗卫生和产业帮扶领域投入比较大，我们西江市将会对这些领域进行支援。但是，每一个项目如何开展支援，如何轻重缓急，我会对此展开调研和筹划。届时，也请阿英副主席多多支持我的工作。”

“好的，我一定全力配合支持许副区长。”阿英声音悦耳，甜脆如多汁的苹果一般，听得许国又是心头一跳。他回过神便和尚文一起走向其他人。

尚文笑着，低声在许国耳边说：“这个阿英，是大邛山最大的几个土司家族之一的后人。她的太爷爷在解放的时候起义跟了共产党，新中国成立以后就做了邛山州几十年的副州长。虽然不是奴隶主土司那样的土皇帝，但在本地影响力还是非常大。她爷爷、父亲都曾是邛山州的官员。她有两个哥哥，一个现在在云南当州委副书记，另外一个参军，在机械化军里当旅长，家世背景深厚。她呢，西南民族大学彝族文化产业管理和彝药学的双学士，原先在四川民族委员会里当副处长，后来不知道什么原因主动来邛山工作，就在大昭挂职。人长得漂亮也心高气傲，这不，三十出头了也没嫁人。不过呢，这个阿英能力强，背景深，省里有人撑腰，嘴也厉害，有时候州领导都能给她说得下不来台，但又不得不给她几分面子。”

许国点了点头。他忽然想起遥远的西江市。西江市的官场里也是有派系的，潮汕帮、客家系和本地系三足鼎立，而本地系里又以黄姓和叶姓的势力最为强大。这次派驻邛山的工作组里面，担任金姑县委常委、副县长的黄大良就是黄姓家族的，担任喜越县委常委、副县长的叶贵诚则是叶姓家族的。另外一个担任布特县委常委、副县长的蔡国权是从西江市农业局副局长任上派过来的，据说精通咏春拳和蔡李佛拳，“食过两碗夜粥”，时不时还能和大家耍上两手。这些强大的势力，虽说没有各自为政的行为，但也是暗立山头，抱团行事。许国身后没有这样的势力支撑，所以在西江的官场上也没有什么火箭般高升的可能。

杨兴昌和西江市的考察人员见了面打了招呼之后，电话铃便突然响了起来。县政府办工作人员进来报告说，达卡乡发生山顶大面积滑坡，十万火急，急需领导现场指挥救援，目前州安监局已经赶赴现场。杨兴昌听后十分着急，随后跟尚文打了个招呼，留下县委沙国英副书记继续介绍情况，自己便一马当先，昂首阔步走了出去，几个副县长都跟在他后面走了。

尚文笑了笑，又在许国耳边悄悄地说："这里的人特别要面子，这个杨县长尤其是。他是红军后人，当年刘伯承和小叶丹'彝海结盟'的时候，从邛山带走了一批奴隶娃子参加红军，杨县长的爷爷就是其中之一。新中国成立后，他爷爷回到邛山当军分区副司令，又当过州委书记，最后是副省级离休，也算是扬眉吐气了。他父亲就没有那个本事了，读了点书，在四川省委干了个副处级。到他呢，在中央民族大学读了几年书，回来后，从科员开始干起，到现在还是个县长。他特别怕人瞧不起他，丢了老红军爷爷的面子。以后跟他相处，要注意照顾他的面子。"

许国点了点头，说："原来是红色家族的后代啊！"

"这杨县长有个外号叫'红色岩鹰'。彝族人崇拜鹰啊、虎啊什么的，杨县长力气大，脾气暴，曾经在当乡长的时候，把一个不听劝告的村的村民一个人单挑了，所以他待过的乡里的彝族人特别听他的话。"

许国咧开嘴，无声地笑了笑，小声说："看来老蔡的功夫也可以派点用场了。谁不听话，放老蔡上咏春，打到听话为止。"

尚文差点笑出声来。

会议室里，许国坐在西江一侧的中间右侧，中间位置他留给了尚文，毕竟尚文级别最高，是副厅级，且在邛山时间又长，更熟悉情况。尚文的左侧坐的是蔡国权。大家坐下以后，尚文说："这次，我们西江市派过来挂职的同志刚刚也都和各位大昭的同志们见过面了。现在就请沙书记给我们的许国同志安排任务，因为考察完了，回西江的同志就要去筹划运作，带项目带资源过来。下面请县委副书记沙国英同志讲话。”

会议室里规规矩矩地响起掌声。沙副书记虽然是女同志却有着强大的气场，她是成都体育学院毕业的，有着强健的体魄，短发卷曲，摔跤运动员出身，省缉毒英雄，两年前从州公安局副局长任上到大昭县任副书记。

沙副书记等掌声一停，便微笑着说：“各位西江市的同志们，在你们来之前，邛山州委沐爽书记找我谈过话，说这次西江市派来挂职的干部都是东部发达地区的精兵强将。这次东西部扶贫协作，就是让西江市的干部帮助我们大邛山地区彻底脱贫，完成党中央部署的任务。说实话，我们大昭县是全国数得上的贫困县，是脱贫攻坚战里的超级‘硬骨头’。我是大邛山人，从小在大邛山长大，看到这里贫穷落后的面貌，我心里不好受啊！这次中央让西江市对口扶贫我们大昭县，我打心眼里拥护。西江的同志思想觉悟高，眼界开阔，能力强，资源也广。我相信，有你们的帮助，我们大昭一定能够打赢这场脱贫攻坚战！”

会议室里响起了热烈的掌声。

沙副书记停了一下，接着说道：“既然是一场艰巨的脱贫攻坚战，就必须让同志们先了解情况。今天下午呢，就由我们大昭县的县委常委、县委办公室主任雷克坚同志，县委常委、县委宣传部部长诸葛平同志，以及县政协副主席都阿英同志为大家介绍我们大昭县的情况，盘点一下家底。明后几天，也就由他们三位同志陪同西江市的同志实地考察一下几个贫困乡和贫困村。好，下面先请雷克坚同志介绍情况。”

这时候，有县委的工作人员过来打开投影仪，雪亮的光束射在幕布上。大昭县为这个介绍是做了精心准备的，制作了相当精美的 PPT。

许国一边打开自己的平板电脑进行记录，一边用心聆听雷克坚介绍邛山州的自然地理和自然资源情况。

雷克坚头上打着头油，梳着一个大背头，口齿清楚地说道："大昭县地处大邛山腹心地带，距州府97公里，是邛山东部5县的交通枢纽和重要物资集散地。全县面积2700平方公里，辖47个乡（镇）271个行政村，总人口34.18万（彝族人口占98.53%），齐集什扎、所地、阿都、依诺等彝族四大方言，是全省少数民族人口第一大县，更是国家扶贫开发工作重点县，也是全省45个深度贫困县之一，贫困人口数量大、贫困面广、贫困程度深。2014年，识别贫困村191个，有建档立卡贫困人口95276人。2017年地区生产总值只有25亿元，人均可支配收入仅12000元出头。"

投影仪PPT显示：县境内平均海拔2100米，年平均气温10.9℃，有耕地面积63.64万亩、林地面积195.28万亩（森林覆盖率为30%）、草场面积225.9万亩，土地、生物、矿产、森林和水利资源丰富，有温泉、湿地公园、岩画、土司衙门遗址等旅游资源。产业主要以传统农牧业为主，农作物以马铃薯、荞麦、玉米、水稻为主，畜牧业以西门达尔牛、半细毛羊、肉牛和乌金猪的养殖为主。大昭是中国彝族文化的发祥地，有"彝族文化走廊"和"中国彝族服饰之乡"的美誉，是"彝族文化之都"。

"这些情况都是为大家所熟知的，但是看到当地贫困状况的时候就让人触目惊心了。"雷克坚继续缓慢地说道，"居住在海拔2800米以上，不通公路、水、电且自然灾害频繁、生存条件恶劣的高寒山区的贫困户有1.45万户，共6万人。大昭县农村贫困农民的住房条件非常恶劣，境内农户住房普遍为土坯瓦房，住房没有窗户，不通风不进阳光，抗震性差，人畜混居，没有厕所。据逐户普查数据了解，大昭还有'三房'，即土坯瓦板房、土坯石板房和土坯草房户 2 万多户，占全县农村总户数的 47.83%。”

县委常委、县委宣传部部长诸葛平留着一个平头，戴着一副深度近视眼镜，不紧不慢地介绍着邛山扶贫开发的工作情况。在大昭的扶贫工作中存在的一个突出问题是传统的扶贫方式不能解决大昭县居住在海拔 2700 米至 2950 米的高寒山区的贫困户的脱贫问题。对这类贫困户采取单纯的易地移民扶贫是不能从根本上解决问题的，其原因主要有两点：一是土地调整困难；二是易地扶贫会破坏贫困户原有的生产关系和生产方式（刀耕火种和放牧）。同样，进行新村扶贫建设也存在三方面制约因素：一是贫困户居住分散，基础设施建设成本高；二是耕地坡度都在 35 度以上，坡度太大，加之土地贫瘠，气温较低，不适宜发展农业生产；三是项目资金少。为此，大昭县以村民的广泛参与为基础，整合各种社会力量，结合当地的自然资源优势和农户传统养畜优势，以村为扶贫开发单位，制定实施扶贫综合规划，开创了“三集中”移民扶贫模式。“三集中”移民扶贫模式是在高于二半山区（当地人把海拔在 1800 米至 2000 米的山区地带叫作“二半山”）可生存、难发展的地区通过村寨集中、资金集中、产业集中的方式进行重点扶持，兼顾发挥资源优势、促进贫困农民增收和保护生态环境三重目标，走专业化、规模化和集约化于一体的农村经济产业化发展之路，以村为单位进行综合规划，力求教育、文化、卫生和社区文明共同发展，最终完成脱贫致富目标的一种新型易地移民扶贫模式。大昭县于 2002 年率先在萨腊地坡乡跃进村实施了 65 户（全部为彝族农户）“三集中”移民扶贫试点。

诸葛平继续介绍：“在大昭县有着大邛山特色的集中连片特困地区，一个个村寨分散在重重高山深谷之中。邛山独特的地理地貌，让道路建设变得极为困难，交通闭塞严重阻碍了当地经济的发展。对于大山深处的村民而言，交通只是走向外面世界的第一道难题，语言则是更大的障碍。不少彝族村民从小生活在纯彝语环境里，很少有学习和使用汉语的机会。语言的障碍和教育的滞后，让他们很难顺畅地与外界交流，也让传统彝族社会难以追赶现代社会发展的步伐……”

“诸葛常委，具体困难以后再慢慢地介绍。”沙国英插话道。

“好吧。”诸葛平只好停了下来。

沙副书记微笑着把目光转向都阿英，说道：“下面有请省挂职干部都副主席讲话。”

县政协副主席都阿英提高声音开口讲道：“首先感谢西江市委、市政府派出的以尚文组长为首的优秀领导干部，这是我们邛山目前最需要的。下面我介绍一下本地的社会发展情况。以前的彝族传统社会，自给自足和物物交换是主要的生产生活方式，并没有多少商品意识。当外界商品经济开始高速发展，人们逐渐接触到了外来文化，生活方式的现代化也带来了对现金的需求，青壮年开始出门打工。然而，他们的观念和素质受制于环境的闭塞、教育的缺失，突然走进差异巨大的外部世界，他们很难找到想要寻找的东西，反而遇到了诸多问题……邛山社会文化的变迁转型来得太猛烈了，教育等各方面的准备都没有做好，所以才导致了一系列问题。社会问题也好，包括疾病的传播也好，都是因为这个。这也是脱贫攻坚中的一个艰巨任务……”

这场情况介绍会议持续了将近三个小时，听得许国头昏脑胀。他原本有心理准备，但是会议提及的信息量之大、任务之艰巨、困难问题之多和复杂程度都超出了他的预期。

会议结束以后，沙国英请大家去县委小食堂吃饭。食堂不大，开会的人多，便分成三桌。很快，具有当地浓郁特色的菜便摆满了桌子。

许国知道这桌菜一定有深意，但毕竟不懂民族风俗，就没好意思问。

沙副书记站起身说：“各位，我们彝族谚语中说‘汉区以茶为贵，彝区以酒为礼’。彝家来了远方嘉宾、贵客时，都要举行一种敬酒礼，彝语称为‘镇波可’。今天我就用这种礼仪来欢迎各位同志。”她拍拍手，从食堂门口走过来四个年轻力壮的彝族小伙子，其中两位抬着一大坛酒，另两位抬着一张大大的竹编簸箕，里面装着九大杯酒、一张金黄色的丝帕和一张白色的丝帕，恭恭敬敬走到西江干部这一席前。

大家面面相觑，一时间也没人当出头鸟。一是不懂礼仪，怕出丑；二是大家级别相近，怕随便出头被人说；三是喝酒这个事情，的确没有谁是海量，也有点怕喝醉了丢人。尚文一看场面有点僵，他知道彝族最是讲面子，便推了许国一把。

许国无奈，硬着头皮站了出来。可他也不懂礼仪，只好回头看了看尚文，小声问：“尚组长，怎么喝啊？”尚文也不太懂。正在为难的时候，许国嗅到一阵细细的香气，听到都阿英那甜脆的声音在他背后小声响起：“喝了酒以后，把酒杯放回原位，用黄丝帕擦嘴，用白丝帕擦手。”

许国把心一横，走上前去，照着阿英的指导做。虽说他酒量也属一般，但毕竟官场上纵横多年，那些米酒看起来虽是大杯，却也能一饮而尽。

沙副书记看到阿英指导许国喝酒，许国也做得分毫不差，便一脸笑意，显然心下还是比较开心的。

尚文见此情景，等许国喝完酒回到座位，便马上端起面前接近茶杯大小的酒杯说：“多谢沙书记的盛情，这里我代表我们西江市东西部协作工作组的同志向您敬酒，希望邛山和西江山水相连手牵手，共同完成脱贫攻坚任务，一起奔小康。”

沙副书记笑眯眯地端起面前的碗，大口喝光了碗中的酒，看得许国虽脸上带笑，但心里却有些担心。好在沙副书记准备的是彝家传统的杆杆酒，度数不高，酒味甜甜的，还不断加凉开水，哪怕不怎么能喝酒的人，喝了也不会太难受。

桌上的菜有辣也有不辣的，倒也算是照顾西江人不怎么能吃辣的口味。

尚文敬完酒之后，坐下来说:“邛山有句彝族谚语说，‘无酒若隔九匹山，无肉只隔一叶草’，意即待客宁可无肉但不能无酒。所以，酒量好的客人开怀畅饮，主人会十分高兴；即使不会喝酒的客人也要喝上一点点表示一下，否则就会被认为是看不起主人。彝家人常常是一碗酒轮流传递着喝，喝后要以左手手指横擦碗沿，然后一只手递碗，另一只手护在递碗的手的腕前，以示礼貌。”

沙副书记大声说道：“我知道，各位西江的同志可能不太适应我们这里的习俗。可是，我们这里有很多传承了千百年的规矩和民族习俗，乡亲们的观念还不能跟上大城市的观念。来到我们大昭，我希望同志们能够尽快适应这里的习俗，然后再用你们先进的思想去带动和改变老乡们。在这里，我先谢谢大家了。”她弯下腰，向所有在场的人深深地鞠了一躬。

西江市的干部们忙用热烈的掌声予以回应。

沙副书记毕竟是在外上过学，又在官场奋斗过多年的官员，她并没有完全用彝族的礼仪和方式来招呼大家，而是用常见的敬酒方式，指挥着县委的几个干部敬酒，只为让远道而来的西江干部们吃饱吃好。

当阿英过来敬酒的时候，许国忙站起来，双手捧杯。刚才阿英临时教他救了个场，这让他心存着几分感激，虽然喝得满脸通红却也不敢怠慢，老老实实碰了个杯后，便一饮而尽。阿英笑吟吟地说：“许区长，喝了这么多酒，也吃块我们彝家有名的坨坨肉。这个可是用我们大昭有名的乌金猪做的，好吃还绿色无污染，到时候您还得想办法帮我们推广推广哦！”

许国忙说：“没问题，没问题。这么好的东西，我一定想办法推广出去。”

第四章
子非鱼（上）

清晨，大邛山的空气干冷而新鲜。

许国早早地来到了县政府大院里，在一辆黑色的大切诺基旁和身着圆领运动上装的司机达奚阿牛有一搭没一搭地聊着天。

达奚阿牛个子不算高，但浑身上下透着机灵，汉语说得十分流利，手里拿着一片薄薄的口弦把弄着。

这时候，只见杨兴昌拿着一个公文包慢慢走了过来，雪白的擦尔瓦随意地披着，里面是一件黑色的休闲服。除了头上的头帕和身上的擦尔瓦以外，和其他普通干部看上去没有什么区别。

见到满眼血丝、一夜未眠的杨兴昌，达奚阿牛微黑的面庞上绽放出开心的笑容，乐颠颠地跑上前去打了个招呼，顺手把他手里的公文包接了过来，好像迎接到了回家的父亲那般快乐。

杨兴昌过来和许国打了个招呼，说："老许，我们今天和你一起下乡去看看，我带你到离这里不远的萨腊地坡乡去转转，熟悉一下。不过，虽说近，路可不太好走。老许，你准备好了东西没有？"

许国暗自想：地图上 37 公里的路，再差也能走啊，大不了就在乡政府找个地方休息，也不会太难吧！不过他还是谨慎地回答道：“都带上了，不够的话，挨一晚上也没有什么大问题。”

杨兴昌哈哈一笑，旁边的达奚阿牛说：“杨县长，放心吧。昨晚上我都准备好了，后备厢里都给你们准备着呢，满满一大箱，齐全着呢。”

杨兴昌大手一挥说：“走，出发。”

萨腊地坡乡离县政府所在地说起来不远，只有37公里，许国原以为也就是半个多小时的路程，可走起来却不是那么回事。开始还好，沿着旧307省道飞驰而去，路上车也不算多，达奚阿牛的车技也十分娴熟。据杨兴昌说，达奚阿牛参过军，在西藏待了几年，车技就是在西藏的山路上练出来的。

许国一开始还和杨兴昌聊聊天，尤其是彝族传统的毕摩文化，是个很有意思的文化现象。

说起毕摩，杨兴昌有点不以为意。

“这些老乡们啊，什么事情都要找毕摩！‘毕’就是‘念经’的意思，‘摩’就是‘有知识的人’。毕摩可以说是文化传承人，也可以说是巫师、祭师。跟你说这么个事情——有个村子，两个妇女去河边割草，一个妇女看见两条蛇缠绕在一起。这在我们彝族叫‘署菲’，也就是邪异的事情。妇女吓坏了，告诉了一起的另外一个妇女。晚上听说了这个事的妇女回到家，跟老公说了，老公觉得这事坏菜了。那个妇女应该先把这种事情告诉石头或者大树，而不是同伴，于是就去找了村里的毕摩。毕摩一看经书，就说，大事不好，要用一只黄色山羊、一头黄色猪加一只红色公鸡来驱邪。然后这家人马上就请毕摩做了法事，花了2000元钱。事后，这家人就跑去看到“邪事”的妇女家，要求赔偿损失，要不就得担保他们家三年不出意外。两家人差一点就打了起来。后来村主任过来调解，劝他们不要迷信，结果呢，那家人直接拉了几十号族人来，扬言不赔偿就抄了对方的家。最后，看到蛇的那家只好赔了1000元钱了结。为什么呢？按我们彝家的传统习俗，如果看到‘署菲’，要先跟没有生命的东西说，把灾祸传给石头之类的，跟人说就会把灾祸传给那家人。要不以后有个头疼脑热的，都是你给我家带来的。”

“还有一件事——有一年过彝族年，一个彝汉混血的人家里过年的猪肉被人偷了。那个人平日里常被人欺负，这次被欺负狠了，他知道是谁偷的，但惹不起那个家支，于是就请来毕摩做法事诅咒偷猪肉的人。毕摩也没有指名道姓地诅咒，只说诅咒那个偷猪肉的人。后来偷猪肉的人隔三差五就上门讨水喝，按他们的说法，被诅咒后只要讨到施咒人家的东西就可以免于诅咒。结果第二年，偷猪肉的人家里最强悍的男人死了，一个小孩也夭折了，村里人都说这是神灵公正的判决！我们法院有个法官经常下乡去做调解员，结果每次调解回来，家里都有人生病。本来如果做伤残方面的调解，按规矩要给调解员钱买鸡买羊驱邪，可是法官没收过钱啊！后来连法官都不敢去做调解了，怕给家里人带来病啊！所以有不少时候，做调解工作的还是毕摩，他们会驱邪，也收驱邪金。”

许国听得颇有感触。

进入萨腊地坡乡之后，去往下面村子的路就不同于省道的平坦了，许国被那绕来绕去的山路晃得有点晕。黄土路和石头路的颠簸就不说了，最要命的就是急转弯。盘山公路弯弯绕，车几乎每次都是险而又险地从路边上蹭过去，而且达奚阿牛还把车开得飞快，标准的速度与激情。而颠簸中有些许疲累的杨兴昌居然靠在座位上绑了根安全带就睡着了。

就在许国被颠簸得七荤八素的时候，车到了他们要走访的地方，一个叫马果德勒的小村子，在山岭中的一个小盆地中。

大切诺基在一座索桥边停下，许国跟着杨兴昌和达奚阿牛开始步行上山。摇摇晃晃过了索桥，贴身绕过一座正在浇筑的桥墩，脚下一尺宽外便是碧绿的河水。进村之路的坎坷，从一开始就展示着这里的贫瘠，而在行进途中，这种贫困面貌已然自我坦露。光秃的岩石层层分明，是鲜艳的红色或土黄色。巨石嶙峋堆砌，一些细碎的石块、土块掉在路上。他们走到村前，映入眼帘的是土房子，散养的山羊，摇着尾巴的狗，还有披着擦尔瓦的村民。

许国掏出手机，四处拍了拍环境。他习惯用手机镜头记录下工作的状况，这个习惯给他的工作带来过许多便利。

杨兴昌在驻村干部和村支书的陪伴下，先是去附近的田间地头四下看了看。这里的苦荞和玉米长势不错，也没有受山里动物的侵害，绿油油的，看上去很不错。

“许副区长，我们马果德勒村是计划到2018年底脱贫销号的村。邛山州贫困村的退出标准是‘一低七有’，即贫困发生率低于3%，有集体经济收入、有通村硬化道路、有安全饮用水、有生活用电、有卫生室、有文化室、有通信网络。贫困户的脱贫标准是‘一超六有’，即人均纯收入稳定超过国家扶贫标准且吃穿不愁，有义务教育保障，有基本医疗保障，有住房安全保障，有安全饮用水，有生活用电，有广播电视。现在，村公路已经通到每个村组，住房改造和其他基础设施建设都已经基本完成，村集体成立了种养合作社，带动村民发展核桃种植、养乌金猪等产业，去年村人均收入达到8500元。按标准如期脱贫应该不是问题，但脱贫之后要保证不再返贫，还需要长远地持续下功夫，特别是对有些看不见的东西。”

为许国介绍情况的是个彝族副乡长，说话很有条理。

“看得见的是我们的水、电、路都好起来了，看不见的是我们老百姓的思想观念。大家的思想观念也好，生活方式也好，仍处于以前那种比较闭塞的状态。要改变的话，应该说难度是比较大的，就比如说结婚问题和丧葬问题。婚礼是这里的人们非常重视的大事，不少村子的村民攀比成风，不少家庭因此出现了返贫现象。一是男方要送高额彩礼，金额从几万元到几十万元不等，而且还是明码标价，比如说，女孩子专科学历 20 万元、本科学历 50 万元。一些刚刚脱贫的家庭只能为婚事借债，导致一夜返贫。二是大操大办，不管是结婚还是丧葬，一次宰牛杀羊多的可以达几十头。传统婚宴主菜是大块的坨坨肉，吃不完就分给客人带走，造成很大浪费。引导村民更新婚丧嫁娶习俗，是目前邛山各地都在做的工作。州里面要求每个村都要建一个文化坝子，配备一套专门的炊餐具，婚丧嫁娶必须统一到坝子来办，由专门的厨师做菜，坨坨肉改良成小块，培养村民养成用桌椅和餐具的习惯。此外还通过村规民约，约定婚事总花费不得超过 12 万元。关于这类涉及移风易俗的问题，村“两委”请家支头人、德古等彝族乡村社会中有威望的人一起做工作，现在也就稍微好一点。”

“德古？德古是什么人？”

“德古，就是指德高望重、具有较高协调能力的人。”杨兴昌插了句话。

从前任何一场战事都少不了德古参与谈判，任何一起纠纷都由德古来执行判决。无论刑事、民事，只要得到发生纠纷的双方认可，德古就有权进行生、死、刑罚、赔偿等一切判决，而德古的酬劳则由获利的一方自愿酌情给付。按照彝族形成的“莫支木苏、莫以次阿布”的族规，任何一起纠纷，只要发生纠纷的双方在族人的见证下，由德古成功调解并达成口头协议，之后世代将不得再翻案和追究。关于调解结果，只要当时得到双方的认可，今后也不得再由另外的德古重新来评判。驻村干部花了几分钟才算把德古的性质和作用解释明白。

许国点了点头。

这时候，一个扎着两个羊角辫的小女孩穿着校服从屋子里走了出来，怯生生地看着他们。

许国笑容满面地弯着腰伸手摸了摸孩子的肩头，清秀的小女孩让他想起女儿晓晓小时候。“这是学校的衣服啊？好漂亮。”

女孩抬头望着他，没说话，但满脸的笑容就像一朵山野中盛开的雏菊一样单纯。比她大一些的姐姐穿着一件大红色的衣服也从屋里走了出来，搂着妹妹。

许国说：“你的红衣服很好看啊，上学要穿这个是不是啊？”

许国感觉到孩子们面对他这个对于山村来说尊贵的客人，穿上了自己最干净漂亮的衣服，有许多的好奇和交流的愿望。

姐姐伸出手来，碰了碰许国的手，用还算熟练的汉语说：“你好。”

许国一时没反应过来：“什么意思啊？是玩游戏吗？”

妹妹再次伸手碰了碰许国的手，用稚嫩的声音小声说：“你好。”

哦，是握手。

许国说：“这是老师教的吗？你好，这么握，来，你好。”他握了握妹妹那小小的手，又伸手握了握姐姐的手。

突然，许国蹲了下来，拉起姐姐的手，仔细地看了看。小手明显是洗过的，皮肤很干净，但指甲缝里仍然有黑黄的土色没有洗去。小小的手上横着几道血口，是帮家里做事造成的皴裂。

姐姐有些害羞，把手从许国的手里抽了出来，搂着妹妹的肩膀，害羞地笑着，怯怯地瞧着许国。

许国走进了她们的家。上午时分，屋内却漆黑一团，除了屋子中间的明瓦投射下来一束灰蒙蒙的日光外，没有什么光亮。这家的女主人，也许是不会汉语，所以只是略显窘迫地看着这个她心目中尊贵的陌生人。她尴尬地笑着，好奇地上下打量着许国。

这家人现在还保留着古老的生活习惯，除了猪是单独关在猪圈以外，其他的牛、羊等牲畜都是和主人同室而眠。周围地上散乱地摆放着他们农耕的收成，女主人背后像大柜子一样的东西就是他们的床，几乎所有的家当都在这一间屋子里，一个角落堆放土豆，一个角落煮土豆，一个角落睡觉，一个角落养牲畜。土豆散乱地滚落在昏暗的角落里。屋子中央永不熄灭的火塘上支着一口锅，里面有白菜和土豆。火塘，既是彝族人生活中必不可少的组成部分，也是彝族人自古以来的精神主导。许多彝族人都是披着擦尔瓦围在火塘边睡觉。他们的厨房就只是三块石头砌的灶，上面放一口铁锅，没有灶台，没有桌子，没有凳子，也没有床，因为他们一直坐在地上。

“我们村山高、雾多、湿气重且易滑石，高山区的气候土壤决定了农作物。耕种艰难，产量不多，且作物生产受限。村民只能种植土豆、荞麦与玉米，缺少额外收入。不过现在扶贫让他们养羊，养猪，养兔子，生产已经有所改善了。”驻村干部在许国身边说。

这时候，杨兴昌走了进来，用彝语对跟进来的男主人说了几句话。达奚阿牛从后面闪出来，拿了一个红包，递到那彝族汉子手里。

彝族汉子点了点头，满眼都是感激的神情却又说不出什么来。他从屋子角落里拖出一坛酒，揭开盖子，舀出酒来，用几个大碗装好，端起来恭恭敬敬地递到杨兴昌、许国的手里，自己则拿起一碗来，一饮而尽。杨兴昌笑了一下，也一饮而尽。许国只好学着杨兴昌的样子，也一口喝下。酒的度数不高，米酒，很甜。彝族汉子很高兴地看着杨兴昌、许国把酒喝了下去，他高亢嘹亮地唱出了《苏木地伟》——

远方的贵宾
四方的朋友
我们不常聚
难有相见时
彝家有传统
待客先用酒
彝乡多美酒
美酒敬宾朋
请喝一杯酒呀
请喝一杯酒哟
…………

下山的时候，天开始下起冷冷细雨。

杨兴昌坐在车里说："他们是我结对子扶贫的贫困户之一，还是很肯干，很努力的。只是他们投错了胎，自己又没有文化，只能在破山村里苦干苦熬着。"

"他们这么苦，能不能搬出来，到平原上到好点的地方？"许国皱着眉头问。

"县里、州里都想过将他们搬迁，可是，不好搬呐！搬出来他们能做什么？也没有那么多地给他们种呀！"杨兴昌笑着说。"老许，你见识广，调研几天，也总结一下，给咱出出主意，搞点产业，让这些人从大山里面搬出来有事情做。”

“呵呵，你老杨也不是没见识过外面世界的人，还有中央的、绵阳的、国企的扶贫同志，个个都才华横溢，还没轮到我这个刚来大昭 48 小时都没有的人瞎出‘馊主意’。”

到达乡政府的时候，雨已经从蒙蒙细雨变成哗啦啦的瓢泼大雨了。杨兴昌和许国在乡政府吃了午饭，达奚阿牛怕路上出现泥石流，建议就不去其他几个村了。杨兴昌想了想，同意了，就让达奚阿牛在乡政府打电话通知其他几个村的支书和村主任，就不赶过去了，打算雨小点就往回赶。

雨略小了点以后，杨兴昌便催促着达奚阿牛开车回去。只开了一会儿，在半路就看到被泥石流冲垮了的公路。倒塌的树木、石块和黄色的泥浆布满路面，整条路被阻断了。

达奚阿牛恨恨地骂了一句，只好调转车头回到乡政府。乡政府里一片忙乱，乡长罗洪乌呷正在调集人手，准备抢修公路。

到了晚上，公路还没有抢修好，仍然无法通行。乡政府的干部按照惯例，直接借宿在老乡家，第二天带领老乡继续抢修公路。

第五章
子非鱼（下）

杨兴昌一直处之泰然，在乡政府里和乡党委书记、乡长聊了一下萨腊地坡乡的状况，又特别问了问谷莫村的驻村第一书记——“娃娃书记”韩飞的情况。

乡党委书记笑着说：“这个韩飞真是了不起，四川大学毕业，来的时候 23 岁，刚出校门，是邛山州年龄最小的第一书记。走访老乡的时候，老乡都说阿木科阿依啦喔（小娃娃领导来了）。这个‘娃娃书记’啊，硬是在包里装上白酒、糖果、香烟，通过‘火塘夜话’‘坝坝交流’跟老乡打成一片，抓村里的党建，规范了村委权责；坚持搞‘三会一课’‘党建月会’‘农民夜校’，宣传脱贫政策，研究帮扶办法。这不，把引进种‘青薯 9 号’土豆给搞起来了，现在都种了快 500 亩了。”

杨兴昌笑着说：“不错不错，听州里说，国家民委调研后，决定将韩飞他们谷莫村作为今年全国少数民族自治州全面建成小康社会现场会的主会场之一。这个韩飞要当标杆了！而且州委组织部还打算让韩飞当你的副手，做乡党委副书记。你有这样年轻的副手，你就偷着乐咯！”

乡党委书记也快活地笑了起来。

看着天色慢慢转暗了，杨兴昌对乡党委书记说："看来今天回不了县城了，老规矩，今天晚上你把会议室打开，搞两张床和被子，我和老许就在你这里混一晚上了。"

乡党委书记呵呵一笑，说："莫得问题！"

杨兴昌转头对达奚阿牛说："阿牛，帮我把晚上的东西都弄过来。"

达奚阿牛挠了挠头说："杨县长，没问题，东西都在车上，我这就去给你搬来。"

杨兴昌回过头问许国："老许，你没问题吧？没问题的话，今晚我俩好好摆摆龙门阵。"

许国说："我们未来要搭几年伙呢，当然要听听老杨你的指导。今晚我陪你聊到天亮。"

杨兴昌一拍大腿，说："好啊！"然后又对正往外面走的达奚阿牛说，"阿牛，把我的三件宝也拿出来。"

达奚阿牛头也不回地答道："放心吧，你老倌儿的东西我都备得齐齐的，啥时候都没给你出过差错哩！你记得要吃药。"

"你个阿牛，比我老婆都啰唆。"

会议桌上摊了一堆花样繁多的吃食。

杨兴昌看着就笑了起来，冲许国说："来来来，老许，你可能第一次遇到这样的情况，我老杨可见得多了，所以我每次下乡都让阿牛帮我备足了这些东西。看，啤酒、香肠、方便面，这可是我下乡的三件宝哇！你也来点。"说着杨兴昌拿了根四川的麻辣香肠，拨开裹着的保鲜膜，咔嚓咬了一大口，大口嚼着。

“喝点啥？”杨兴昌指了指摆在一边用可乐瓶装的两瓶透明液体说，“要喝爽点的，有红星二锅头；要喝绵一点的，有杆杆酒。”没等许国答话，他就抱起一个瓶子用力一拧，浓郁的酒香顿时弥漫在空气中。“喝爽的吧！52度的二锅头，够劲！”说着就用水杯装了满满一杯二锅头，边吃边喝。许国也没客气，撕开一包花生，倒了半杯白酒，随意呷了一口。

“老杨，我听说你有个外号叫‘红色岩鹰’，看来你还蛮有本事的啊！你们彝族有什么武术啊？”许国找了个话题聊。

“比不上你们西江的咏春拳世界知名。我以前在中央民族大学读书的时候啊，喜欢练两手自由搏击。家里，我爷爷是军人出身，我也跟着练过军体拳。不是我吹牛，打你这样的书生我还是能赢的。‘红色岩鹰’的外号是他们吹出来的，我年轻的时候，身体好，有把子力气。我当过大昭的乡长，那些乡民个个都听我的。但是有一回我被惹毛了，好说歹说都不听。我恼了，一个家支里面的男人，我一个一个揍过去，打得服服帖帖的，见了我就怕，这样才能对他们说一不二。”杨兴昌笑着捏着拳头晃了晃。

“吹吧，吹吧，哪天去西江和西江的蔡李佛拳、洪拳、精武门的武术家切磋去，打赢我可不算本事。”许国笑嘻嘻地说。

“不瞒你说，我爷爷是老红军。想当年，刘伯承和小叶丹彝海结盟的时候，我爷爷是小叶丹手下的一个曲诺小皮匠，穷得要死。红军来到冕宁的时候，他给小叶丹打探消息，就是他第一个给小叶丹报告红军不烧不抢的。那时候，小叶丹正在和罗洪家打冤家，听到我爷爷的报告就派他的四叔和精通汉语的毕摩沙玛尔去见刘伯承元帅。后来小叶丹和刘帅达成协议，并在袁居子海边结为兄弟。我爷爷就投了红军，当了王耀南的通信员。后来跟着红军爬雪山过草地，打日本人打老蒋。不过呢，吃了没文化的亏啊，仗打了不少，立的功多，受的罚也不少，但官就是升不上去。到1950年，毛主席亲自点将，让我爷爷回邛山为家乡人民搞解放，我爷爷就回来当军分区副司令了。”

“哎哟，没想到原来老杨你还是红军后人，根正苗红的红色血统。”许国竖起大拇指恭维了一句。

“嗐！陈年旧事喽！”

“来，借你的酒，走一个。敬你爷爷那一辈为党为国打天下的人。”

“好！”杨兴昌放开了，一口就把那杯白酒喝了个底朝天。

许国拿起酒瓶子给杨兴昌和自己都满上。“老杨啊！你是个有故事的人！今天有酒，你就说道说道你的故事吧。”

不得不说，男人之间聊天最大的特点就是喝了酒以后放得开。

“当年，邛山民改，那些土司兹莫、奴隶主武装叛乱，打了两年多快三年，最后那些奴隶主算是被彻底消灭了。不过呢，也有一些土司投了共产党，一代代也过得不错。我们县的都阿英就是四大土司家族中阿都土司家族的后人，过得比我们这些红军后代还好哩！我爷爷呢？因为奴隶主叛乱而背了处分，被调到成都政协了。你知道不，那个电影《地雷战》就是根据王耀南将军和我爷爷他们搞的地雷战法编出来的。”

“哦哦，记得记得。那个歌叫什么来着？对，《毛主席的话儿记心上》，很有名咧。”

“‘文化大革命’以后我爷爷就靠边站了，后来在成都从副省级任上离休。爷爷死在成都的时候告诉我，他放不下邛山，但现在他的骨灰还埋在成都。”

“青山有幸埋忠骨啊！来，走一个。”

“走一个。”

“你呢？老许。”

“我？我也是苦出身，祖辈都是广东的农民。上小学的时候我爸病死了，我妈守着寡把我养大，上大学时用的还是助学金，一个月只有几十块钱吃饭。毕了业就当了公务员，找了个安稳饭碗才好了点！”

“也是，邛山人读了书都想考公务员，好保个饭碗。来，吃根香肠，这川味香肠麻辣好吃，最下酒。”

“四川好吃的东西多了去，你怎么就喜欢吃这种香肠？”

“我是彝族啊！过彝族年，过火把节，我们彝族人都杀猪，肉吃不完就做腊肉，做香肠。我从小就吃，没事就爱啃点，巴适哦！跟你说，我的糖尿病就是这么胡吃海喝出来的，呵呵。”杨兴昌抖开擦尔瓦，盘腿坐在椅子上，向后靠着。

“啊？你糖尿病了还喝酒乱吃？”

“莫得事哦！你们这些扶贫的干部啊，我今天跟你说句掏心窝子的话。我也读过大学，也干过基层工作。你老许这样来扶贫的干部我可见过不少，从中央的、省里面的到你们这样外省富裕地区来的，都快比得上走马灯了。虚情假意的，真心实意的，想捞政绩的，混吃等死的，我都见过。讲穿了，你们这些干部不懂的太多了，总结起来就是三不懂。一是不懂当地的产业，光靠养羊、养兔子、种橘子有个屁用！关键还是要搞加工业，农产品变成产品才有用。二是不懂当地的人，这些人还在听毕摩讲经文，拜山神石头，你跟他们讲道理是没用的。大邛山这个地方要想脱贫，不是你们给那些人讲道理就可以解决的。他们听你的吗？他们能听得懂你说什么吗？他们愿意按你说的干吗？”

“老杨，这我就不同意了。你说他们不懂道理，难道他们喜欢过穷日子？这不科学啊！哪怕人再懒再穷，过好日子的心总是有的吧？”许国扔了颗花生在嘴里嚼着，不以为然地说。

“老许，这你就不懂了吧！穷日子当然没有人喜欢过，但是你也要搞清楚，彝家人喜欢过的日子是什么样的啊！

“我在中央党校学习的时候，和党校里经济教研室的教授们讨论过。大教授们虽然实践经验不丰富，但理论知识确实是高！你们汉人呢，受西方的影响大，文化和我们彝家不一样。你们觉得呢，大就是好，快节奏比慢节奏好，新的就比旧的好！可是实际上并不是这样！

“我们彝家几千年来有自己的传统，有自己的习俗，有自己的理念，虽然落后，但也是文明的一支。为什么很多人兴高采烈踌躇满志地来扶贫，觉得自己能够‘一步跨千年’改造好这里，结果最后却灰头土脸地回去了呢？就是因为没有把彝家的民族传统放在眼里，样样都觉得落后。西方文明就先进？你们汉人文化就先进？人类历史就那么几千年，先进的是科技手段，理念哲学可就未必先进了。”

“你如果说哲学，那就是价值观的事情了，那就只有适合，没有先进落后之分。”许国喝了一口酒，身子暖暖的。“从人类哲学的发展来看，只要没有飞出太阳系，人类的生命哲学就只在两个词上面——生存和繁衍。从生存上来说，贫困人口的生存状况不好，享受不到现代文明的物质成果，所以才要扶贫。而扶贫先扶智，如果理念上差距过大，怎么让他们跟上步伐，享受现代文明的物质成果呢？”

“不错，老许，有点水平。”杨兴昌竖起拇指说。“说得不错，但是，子非鱼，安知鱼之乐？对于彝家人来说，现代文明的物质成果是很好，但处于他们的环境，是不是一定需要呢？就拿山顶上贫困户养猪来说，贫困户养了头猪，随便给点吃的，每天满山乱跑，也膘肥体壮。逢年过节，瘦也好，肥也罢，他都能宰了吃，平时也不用太花心思，说不定满山跑了一趟，回来还能带回一肚子猪崽子。他们几百年来基本已经形成了一套‘不劳而获’的生产生活方式。现在呢，你要他精饲料喂着，每天看着，想着哪天出栏了可以杀了卖钱，然后再拿钱去买猪肉吃。这是要形成一套‘有劳有获’的生产生活方式。这一样吗？养猪的动力是一样的吗？”

“哈哈，老杨，你这是诡辩了。子非我，安知我不知鱼之乐？我觉得你说的是过去那种自给自足的小农经济下的需要，在大工业文明面前，小农经济始终会被冲垮。我觉得，躲在大山里面，小国寡民，鸡犬之声相闻却老死不相往来的世外桃源是不存在的。即使存在，也终将被工业文明扫除掉，这是经济发展的规律。我们来扶贫，就是加速这种规律在我们控制的范围内尽可能温和地冲击进来，这也是一种保护。”

“呵呵，未必是保护吧！”杨兴昌说，“你想过弱势的文明被催促着向前走的时候所遭遇到的状况吗？从新中国成立到改革开放再到如今，我们遭遇了多少人类文明史上的冲击？我们用几十年的光景去走西方两三百年走过的工业发展道路，观念上又遭受了多大的冲击？我们真的就喜欢西方文明的范式？斯宾格勒早就说过了西方的没落，可是，有美国这样一个‘新罗马帝国’的存在，资本的力量并没有衰落，仍在全球化的浪潮里剪着世界的羊毛，其范式虽然已经陈旧，但是力量依旧强大，世界还没有力量向前大步演进。说回到扶贫上来，我们改变贫困落后面貌的想法是正确的，但改变的方式、改变的方法、改变的内容是不是应该商榷，是不是应该尊重这个民族？”

“对于大邛山来说，我认为就应该发展旅游业和适合村民发展的加工业，留住青山绿水，留住民族风情，改善他们的生活条件和生产物资，让他们先脱离赤贫和为生存而生存的状态。观念这个东西，让他们通过技术手段和外界交流接触，他们的观念自然会更新。只有这样，才能让他们跟上现代文明的步伐，否则，根本没辙！”杨兴昌又干了一杯，有点醺然。

许国一时间没有说话。

“老许，你听我讲完嘛！还有，你们这些扶贫干部在当地就是没有家庭的孤家寡人，心不在焉，魂不守舍。人也不是石头做的，总是‘五加二’‘白加黑’，谁也受不了不是？大部分人都盼着熬过几年，调回去就完事大吉了。真心实意干事情的，也只能在这里苦熬。要这些满脑袋玉米楂子的村民听你的话真不容易，除非你跟他们真能打成一片，跟彝族姑娘厮混到一起去，能把家安在大邛山最好。有些扶贫干部就是上管不了雁过拔毛手，下管不住裤裆。这些年扶贫干部出事的也不在少数，嘿嘿……”喝得有点多的杨兴昌一脸坏笑。

“老杨，难不成还真有人敢和彝族姑娘乱来？”许国把腿一架，敞开了衣服，笑着说。

“彝族姑娘没有乱来的。我告诉你，在定亲出嫁以前，彝族的女孩子自己有个小屋子，叫姑娘屋。只要她愿意，摸进来的男孩子就可以跟她睡，不过不是正式出嫁。至于大着肚子，带着孩子出嫁的也没有什么了不起。没出嫁之前，父母都不会管她们。不过出嫁以后，就不能乱搞，否则家支的族人会搞几十个人来拼命。”杨兴昌把酒杯举起来望着许国。

“嗯嗯嗯，走一个，走一个。走完这个，咱们就不喝了啊，你得注意身体啊！”

“没事没事，听我说，说真的，没有老婆在身边，心里憋得慌。但是，如果去搞妹子，给纪委抓住也没有好果子吃。干脆这样，老许，咱们俩分分工，我负责搞定这些贫困村的村民，包括你在大昭的一切工作。你呢，吃不了那个苦，也没必要吃那个苦。我呢，在邛山熬了半辈子了，落下一身的病。不瞒你说，我杨兴昌干吗要在大昭这么个穷乡僻壤当个县长？我老婆在建昌工作，是汉人。儿子在邛州小学上学。看起来家挺近，但我都没回家。一是没时间，二是我老婆跟我闹离婚都几年了，就是因为我在大昭当这么个县长，不回成都也不调回建昌。可我就是想要完成我爷爷的心愿。我爹没能力，一辈子只能在成都当个闲差。我可不想当闲差，那样对不起我爷爷啊。”杨兴昌脸上泛红，饱满畅快地打了个酒嗝。

“吃苦熬日子的事我老杨干，你就走走过场，有空就在这里住住，应个景。没事呢，你就回你们西江负责帮我们弄钱来，找你那些有钱的企业家同学和朋友，再配搭些投资项目就够了，甭操太多心！我老杨是彝族汉子，说话直，反正呢，我觉得你老许书生一个，没法跟那些满脑袋玉米楂子的村民天天打交道。我呢，也想完成爷爷的心愿。你运作来资金，帮这些人脱了贫，我们都好。你呢，回去拿政绩升官；我呢，能风风光光带着我爷爷的骨灰走进这座大山，然后到省里面去任职，让别人也看看，老红军的孙子不是孬种！”杨兴昌已经有点满嘴跑火车的趋势。

“好好好，老杨你别喝了，再吃点东西就休息，休息吧。”许国无可奈何地看着眼前交浅言深的杨兴昌。

“好，喝，就喝这最后一杯。老杨我心里苦哇！”

…………

夜幕低垂，乡政府里逐渐归于寂静，四下只有唰唰的雨打树叶的声音。

这一夜，是许国到大昭县第一次下乡。杨兴昌喝多了，许国失眠了。

第六章
贫穷的逻辑

大昭县委常委、县委办公室主任雷克坚建议许国随后两天再走两个贫困乡，分别考察精准脱贫和脱贫协作工作。

乡下的黄土路弯弯曲曲地沿着山向远方攀缘着，就像路边那些永远在生长的藤蔓植物一样。许国像普通的下乡干部一样，背着一个不大的旅行包走着，黑色的跑步鞋上已然满是灰尘。

陪同他一起考察的是大昭县委常委、县委办公室主任雷克坚，大昭县扶贫移民局科长令狐赤子，以及西江电视台主播江湖海、《西江时报》记者招楠。走到这个小山村的时候许国的额头都微微见汗了，玉树临风的江湖海更是不断用纸巾擦拭额头上滴落的汗珠，早就没有了用摄影机拍摄景物的冲动。

一路上，雷克坚打趣地向许国介绍自己是“三陪干部”——一是陪着安排食宿，二是陪着介绍情况，三是陪同调研，引得众人哈哈大笑。

虽然已是夏季，但牛牛坝乡所处的山里依旧凉爽，甚至山风中还有几分寒意。

大片的阳光从山顶的云雾中洒落下来，带来了一丝丝暖意。早起的村民在家门口点燃了一捆玉米秆，升腾起了袅袅炊烟，宁静而安详。

牛牛坝乡四姑娘村有六七十户人家，零星地分布在一个大约60度的山坡上，他们祖祖辈辈就生活在这里。

村里的房子大多是用泥土堆砌的瓦房，有些地方脱落了土坯，露出里面的木头，显得有些破败。在驻村干部的带领下，他们走进了贫困户阿吉阿卓家。只见院子里堆放着许多玉米秆，两头猪在里面跑来跑去。门前用来堆肥的牲畜粪便发出臭烘烘的气味，十分难闻，但主人却安之若素。

卧室兼厨房的梁栋上挂着些腊肉，屋子里没有电视机、冰箱及洗衣机等任何现代化电器，唯一的电器，就是头顶上晃晃荡荡的灯泡。墙壁是毛坯，由于做饭，被熏得黑漆漆一片，仅有的一扇小窗户也没有用玻璃密封严实，阵阵山风可以直接刮进来。

床是用看不出颜色的木头和木板拼成的，比较方正，也还算牢固。床上胡乱堆叠着一床同样看不出颜色的被子，铺垫在下面的床单倒是五颜六色的，勉强算是干净。

这家主人阿吉阿卓三十多岁，一对大眼袋，一副睡眼惺忪的样子。他正用手揉着鼻子，满嘴酒气、一脸尬笑地站在一旁看着。

许国温和地问道："家里情况怎么样？"

阿吉阿卓嘴里咕哝出一串听不懂的彝族话，旁边的令狐赤子忙翻译说："不好，从来就不好。老婆跑了，两个娃娃又小，干不了活。什么时候给我发低保啊？"

"为什么要发低保？"许国忙问。

"唉，就是这种思想。他家有5亩旱地，还有扶贫发的茶树苗，老婆跑了以后，他就天天晒太阳，喝酒，玉米也不种，茶树也不管。家里的牲畜就剩下两头猪了，鸡都被他杀光了，天天就问我们要低保。”令狐赤子低声说。

“啊？这不是典型的‘等、靠、要’吗？”许国问。

“不止他一个，这个村有几户都是这样的！”令狐赤子说。

阿吉阿卓看他们两个在说话，便不满地嚷嚷起来。令狐赤子听得有点想冒火的样子，见许国望过来，便低下头，用脚在地上踢着黄土，生闷气呢。

雷克坚插话道：“他说，怎么没有送钱送东西来，娃娃还等着吃糖呢。”

许国听得笑了起来，走过去拍拍阿吉阿卓的肩头，说：“老哥，娃娃吃糖，光靠我们送怎么行，这样一年才能吃几次糖啊。想要娃娃吃糖，把地种好，把鸡苗养好，卖了，就有钱天天吃糖了啊！”

雷克坚帮许国翻译过去，阿吉阿卓便说：“都是哄人的，鸡就养不大，几天就被鹰吃掉了，宰了自己吃还划算点。”

令狐赤子正想上去反驳，许国制止了他，又从口袋里掏出几张钞票递到阿吉阿卓手里说：“老哥，去买点糖给娃娃吧！不过我还是认为，自己做好了事情就会有糖吃，不用等我送。”

令狐赤子摇了摇头，说：“没用的，转头他就买酒喝了！”

江湖海问阿吉阿卓：“老乡，你觉得我们还能怎么帮你呢？”

“不想说，说了你们也不一定帮。”

“你说嘛，说不定我们就帮了呢。”江湖海追问道。

阿吉阿卓想了想，迟疑地说：“我想白天喝酒，晚上要媳妇。”

一旁的招楠插了句：“这简单啊，你努力挣点钱，就有酒喝；把屋子收拾好，媳妇自然就娶回来了。”

“没有女人我挣钱干吗，收拾屋子干吗啊？”阿吉阿卓理所当然地质问道。

江湖海没忍住又说了句：“你不挣钱哪来的媳妇啊！”

许国打断了他们的对话，对阿吉阿卓说：“行了，老哥，我看啊，这媳妇要娶，钱也要挣，都不能耽误。”

懒！人如果因为懒就让自己陷入无以为继的境地，那就不是发展问题，而是生存问题了！

“领导多来我家看看。”临出门时，阿吉阿卓一手摸着鼻子，一手向众人打着招呼。

离开了阿吉阿卓家，许国的心里五味杂陈，他忽然意识到脱贫工作是这么的艰难和漫长。随后在雷克坚、令狐赤子的陪同下，许国又连续走了两户因病致贫的贫困户。一户是有个轻度的精神障碍患者，还有一户是家中有个气息奄奄的肾病患者，需要到山外去治疗，但是村子没有这个条件，只能躺在床上。许国看了心里非常难受。

整整一天许国就这样带着沉重的心情走了三个村子。“这里三个村共有 438 户 2029 人，其中建卡贫困户 345 户 1565 人，贫困发生率在 65% 以上，是典型的极度贫困村。这里看上去风景很好，但是山高坡陡谷深，悬崖峭壁林立。三个村都不通公路，无安全饮水，无学校和卫生室，人均耕地不到 1.5 亩。90% 以上的耕地坡度在 25 度以上，有一半以上面积的耕地是高山峡谷，海拔落差 610 米至 2700 米，完全是‘一山有四季，十里不同天’‘地无三尺平，出门就爬坡’。‘通信基本靠吼，交通基本靠走，运输基本靠背’是这里的真实写照。由于这里土地贫瘠，水源匮乏，广种薄收，年人均纯收入不足 2000 元。”省驻村干部被高山紫外线晒得发黑的脸膛上满是苦涩的笑容，他一边陪着爬山，一边为许国介绍情况。许国点了点头，忽然觉得胸口憋闷得喘不过气来。

许国见过贫困户，也经历过贫穷，但是这里的贫穷完全超出了他的想象。这里不是珠三角的鱼米之乡，只要肯努力、想办法、有扶持就能够脱贫，先不说致富，至少温饱不是问题。可是这里的极度贫困究竟是如何造成的?

牛牛坝乡给他的印象充满了悲情和悲壮，也让他明白，只有制订一个长远的计划，才能解决贫困问题。

一天下来也没有吃饭，雷克坚对许国说："我们回县城吧，县城有吃饭的地方。"

随后雷克坚对着令狐赤子说："赤子，你有吃饭的地方吗?"

令狐赤子露出了苦涩的微笑："有啊有啊，雷常委，在县城附近就有一家饭馆，那是我'亲戚'家开的，味道好得很呢!"

随后一行人便上了车，车子沿着崎岖的山路驶去，车后荡起了一阵尘土。许国在车上摇摇欲睡，略微有点高原反应，他感觉头有些微微的痛，不一会儿便睡着了。

"雷常委，许区长，到了，到了。"

随着令狐赤子的几声提醒，许国微微睁开眼睛，忍着头痛和劳累看到路边有一个三间房的饭店，准确地说是一户人家。这间饭店不大，可以说是刚刚迁出来建在路边的一个店。只听令狐赤子大声地呼喊："吉木，吉木，快来接客人，有客人到了。"

许国定睛一看，一个皮肤黝黑、瘦高挑的中年妇女走了出来。中年妇女五官非常立体，带着一点羞涩，微笑着对他们说："领导好，领导好。过来吃饭啦，令狐科长已经安排好了，大家进来吧。"

大家走进吉木家。吉木的家不大，是一个完整的院落，院落里有三间房子，其中主房就是餐厅兼吉木婆婆的房。当地有一个风俗，最老的人要住在最重要的房间里面。他们一行人来到主屋，在吉木婆婆的床旁边，是一个铺着炕桌吃饭的地方。

吉木忙招呼大家："婆婆不在家，还没搬过来。生意刚开，我和老公先下来了。"随后手脚麻利地给大家冲了茶，然后就带着已经辍学的小儿子开始给大家做饭。

许国问了一下令狐赤子："令狐科长，怎么就剩小孩和吉木啊？"

令狐赤子忙回答："吉木的老公刚刚出去，到西江市打工，家里没个帮手，吉木就把小孩留了下来。"

"那小孩没有读书吗？"

"没有啊！哪里还读书，挣钱要紧。读书在这里也没啥用处，像他这样只读了三四年书是很正常的现象。唉，陪着妈妈挣钱比天都大哩。"

吉木边给灶里添着柴火，边开始炒菜。当天的菜肴很简单，令狐赤子早已经安排吉木宰了一只岩鹰鸡。岩鹰鸡大概有三斤，吃鸡肉喝鸡汤，感觉七八个人不够吃。令狐赤子又吩咐吉木再多加点菜。吉木拿了一些当地木耳，还有一些从路边买来的蔬菜，给大家做了起来。

大家边在桌上寒暄，边等着吉木的饭菜上来。主食很简单，是玉米和山洋芋。在西江市生活的许国非常不适应，刚来几天，感觉生活习惯差异很大。他已经连续几天吃山洋芋了，此刻见到山洋芋端上来，眉头似乎微微紧蹙，然后选了根玉米啃了起来。鸡是唯一的主菜，大家风卷残云，没一会儿就吃完了。随行记者招楠只吃了根玉米和几块鸡肉，不停地喝着茶水。

江湖海说："唉，跟西江的生活没法比啊。"

吃完饭，大家纷纷同吉木聊起天来。"还是把小孩送学校里好。"电视台主播江湖海苦口婆心地对吉木做起了思想工作，“大姐，你这是短期行为，你只看眼前的钱，没有看未来的钱。你跟你老公挣的钱不投入到小孩身上，将来小孩找不到工作，没饭吃，还是负担哩！”

大家有说有笑，吉木也似懂非懂地露出了笑容。

就当大家走向门外时，听到令狐赤子正在训斥吉木。

“咦？你怎么回事？”

只听令狐赤子说：“你这样不行啊，我跟你讲过多少次了，你怎么就这么笨呢？教都教不会。”

吉木说：“没啥没啥，都是有钱人，多交几个钱有啥关系呢？”

令狐赤子接着说：“阿姐，我把你当成我的亲戚，所以帮助你。但是呢，你要学会做生意、学会收钱。你告诉我，你刚才给我们吃的岩鹰鸡，多少钱一斤啊，有多重啊？”

吉木眨巴眨巴眼睛，伸出手指掰了掰：“大概三斤。”

“三斤，那你告诉我，你这边一斤鸡大概要多少钱啊？”

吉木又想了想，问了问旁边的小孩：“儿子，旁边县里的鸡多少钱一斤啊？”

小男孩想了想：“我上次在集市上听人家说好像50块钱就能买一斤鸡。”

“你看看，你看看，”令狐赤子对着吉木连连摆手，“你这样就不对了。阿姐，一只鸡三斤重，刚才你儿子讲50块钱一斤鸡，你就应该卖150块钱。可是你呢，收钱的时候按一人100块钱收，收我700块钱哩。阿姐，我能有多少钱？今天这餐饭不是尊贵的客人出，而是我出。我出以后呢，还要拿回去做工作餐报销，我们哪有这么多钱吃你这么贵的饭啊？”

吉木脸上涌起阵阵尴尬的笑：“阿弟，不是你说来一个人就收100块钱吗？”

“哎呀，你这个笨人，教都教不会。那是遇到外地来的大老板，今天我们是工作餐，你就应该按照一斤鸡肉多少钱来算。我告诉你，三斤鸡 150 块，再加上你的山洋芋和蔬菜，最多给你 300 块钱。”

阿姐也不反驳：“行啊，行啊。阿弟，你也知道我没文化，刚从山上搬下来，都是听你的话，挣钱我们哪有那个脑子啊！”

听了吉木和令狐赤子的对话，许国走上前，对吉木讲道：“阿姐，钱多钱少没关系，令狐科长讲得对，我们做生意要做长久。做长久生意就要有规则，没有规则随便问人家要钱，我们是赚不到钱的，就算赚到也赚不了大钱。”

随后许国从口袋里掏出 400 元钱，递给吉木：“阿姐，拿着吧，不算多也不算少，算我的一点心意。我刚来，也想认识认识咱们彝家的兄弟姐妹，也想认阿姐为大姐。”

这时令狐赤子一个箭步走过来，直接从吉木手里拿过钱，塞给了许国：“许区长，这样使不得。今天是工作餐，雷常委已经安排好了，由我们解决。”

许国一愣，然后对着雷克坚说：“老雷，没发票也能报销吗？”

雷克坚露出了一丝苦笑：“当然不能报销了，这里也有纪律。但是这是令狐赤子对口帮扶的一个贫困村，这个村沟深路远，实在想不到脱贫的办法，令狐赤子就把她安排在路边，让她学着做生意。我们贫困地区真的没有一个好的就业环境，我们也只能在扶贫中边想办法边变通。今天这餐饭原本是到县城里吃，但是令狐科长说，吉木大姐已经几天没生意了，这餐饭是令狐赤子自己请大家的，我也准备分担一点。”

听了这话，许国的眼角有些湿润，一把搂过令狐赤子的肩膀：“令狐科长，听我的，把钱还给我。”然后从令狐赤子手里拿过钱，走到吉木大姐旁边，“大姐，收下吧，钱算我的。”

许国拉过令狐赤子，又推了把雷克坚：“老雷，别在乎这些，我挣的工资比你高，给我个机会。将来到了西江，我请大家吃西江的蒸鱼，所谓‘食在羊城，厨在西江’么。”

夜已深沉，在返回县城的路上，雷克坚坐在车上久久没有说话，注视着许国的举动。这样的状况他在大昭已经见得太多太多了，可是每一次都会感到一种无法言喻的刺痛和不安。有时候他甚至想离开大昭，离开邛山，去成都，去更远的地方，永远不再回到这片土地，不用看到这一切。

回到县招待所的时候，天已经完全黑了。许国随便喝了几口水，然后匆匆打开自己的笔记本电脑，把今天的所见所闻和用手机拍摄的实景照片一起上传到自己的 QQ 日记里面。许国没有将日记公开，而是设置成仅自己可见，以备以后汇报情况时使用。

大昭县土地贫瘠，种的玉米、土豆都比外面小；山路崎岖，养种的产品只能自产自销，难以形成商品经济。但是，这里居住着一群善良、质朴却又贫穷落后的人民。他们和我们一样向往着美好的生活、良好的教育、山外的文明，他们一直在尽全力与大自然抗争着，去追求着、珍惜着自己美好的生活。在大昭的几天时间，就像经过了好几个年代，穿越到了连做梦也梦不到的生活——原始、落后、淳朴、抗争、堕落又充满希望。

是的，就像西江电视台主播江湖海说的那样：空气中都能呼吸到贫困的味道！可是贫困不是当地人想要的，他们也在努力改变。不错，是有懒的人，是有无数无法根治的愚昧，但是根治这些不就是脱贫攻坚要做的事情吗?

…………

大昭是一幅无始也无终的时间太极图，这一方彝族文化的小世界凝视着山外那些车水马龙与灯红酒绿。而这里的族群与文化、祖先与后代、历史与现实、神秘与庄严、永恒与瞬间，静静地按照它自己的轨迹转动着喜忧。

这是一片美丽的土地，风景如画，民俗多彩；这是一片艰难的土地，永远都跋涉在原始的山地里面；这是一片渴望改变的土地，这里的村民努力劳作，憧憬着能够过得更好；这是一片绝望的土地，多少人在这里从小到大都无法接触现代文明的气息；这是一片期待改变的土地，脱贫攻坚正在进行；这是一片必须改变的土地……如果说，大邛山 20 世纪 50 年代的“一步跨千年”，更多的是在人性上的解放、精神上的解放，那么当下的脱贫攻坚就是大邛山经济社会建设方面的“一步跨千年”，是大邛山经济社会发展和民生问题的根本性的大解决、大转折和大实现。政治上，他们可以“一步跨千年”，经济生活上，通过我们的扶助和推动，相信也可以“一步跨千年”。

这里的扶贫驻村干部、支教的老师不一定高尚，不一定伟大，但是却十分勤勉。他们教授知识，让孩子们开阔眼界。他们逐户走访建档立卡贫困户，了解每户家庭的情况，深挖致贫根源，算账对比，制订帮扶计划，为村里谋划布局产业项目，召开村群众大会，宣传动员村民前往外地务工；发挥自身优势，为村民指导核桃、青花椒、脐橙等种植技术及养羊、养兔子等养殖技术……这些驻村干部一天也没有休息过，他们付出着自己的努力，也真心实意地希望这里能够真的有所改变。

…………

贫穷的大邛山要走出困境，需要当地的人们丢掉愚昧的观念，摒弃“等、靠、要”思想，更不能继续心存“等待扶贫是理所当然”的侥幸想法。“扶贫不是养懒汉”，当地的这条警示标语从另一面反映出当地一小部分人病态的现实存在，深感如此！深感如此！

——许国的QQ日记

第七章
悬崖村

网红村阿土勒尔悬崖村隔壁的一个村也是悬崖村，二者很近也很相似。唯一不同的是，这个村没有名气，在大邛山里有 1600 个这样的村落。

登上这个悬崖村的“天梯”，许国觉得，大概手一松，或者脚下一滑，他就可以去到魂归祖先的地方了。

抬头向上望一望，那山崖和黑色的巉岩就在头顶上，似乎声音大一点就会猛然轰塌下来；向下看，那石壁宛如利斧劈削一般，深不见底。一束斜阳从旁边冲破云雾照射而来，那苍绿的峭壁上盛开着五颜六色的小小的野花，一丛丛白色、红色、粉红色的杜鹃花不时闪现在眼前，杂树、野草、灌木、葛藤更是用一种山的主人的姿态，肆无忌惮地生长攀爬着。

“你一直往上走吧，爬到天上就到了。”这是阿英调侃许国的话。许国听了只得苦笑。

雷克坚临时有重要接待工作，便让县政协副主席都阿英陪同许国考察悬崖村。

其实阿英说的话不错，从山下向上望，这个村四面几乎都是悬崖峭壁，村子可不是就在天上吗！

停下来，左侧抬眼，是云蒸雾绕的龙头山，右侧低头，便是从陡峭山壁上蜿蜒而下的村道。极目望去，奔腾的大渡河从苍莽的群山中穿过，浊黄的江水在峡谷底部奔涌咆哮，冲开宽阔险峻长达十余公里的大峡谷。峡谷中时常云海翻滚，神秘莫测。这条峡谷雄伟、险峻、幽深，风光旖旎，变化神奇。这种高山、台地和峡谷交错的地貌在中国独一无二，但也是这里落后和贫困的根源之一。

许国在前，令狐赤子殿后，都阿英和江湖海、招楠在中间。阿英虽然脸上也满是汗珠，但就像一朵沾满露珠的野玫瑰，通红的脸庞更平添了几分娇艳。江湖海可就累惨了，天梯已经爬了一半，又下不去，只能咬着牙硬撑，白净的脸被泥土和汗水弄得快成小花猫了。

招楠关心地问道："累吗？看你一身汗水。"

"我本身就带一身水，这还不明白吗？！"江湖海自嘲了一句。

许国接着说道："江—湖—海，这三个字可不都是水吗。江主播，你这名字怎么起的？"

江湖海说道："我老爸姓江，江西人。我老妈姓胡，湖南人。父母在海南岛认识的，所以我的名字就叫江湖海了。"众人听后哈哈大笑，无不称赞江湖海父母概括得好。招楠听后对着大家纠正说："其实江主播没有那么多'水'，他在电视台绝对是一个干将，一个干货。"大家听后狂笑不止。

"小招，你有想法了？"阿英悠悠然地冒了一句，接着说道，"仅听江湖海的名字，就知道广东是一个人才聚集的地方。你看江西人、湖南人、海南人最终都到广东发展，一个地方的发展真的离不开人才，邛山是真的缺人才啊！"

许国暗暗一惊，心想这个阿英真是一个能看到问题本质的人，是一个有头脑不简单的女人。

村委会位于307省道旁，4名驻村帮扶干部的日常工作和生活皆在于此。距离村委会最近的自然村落与村委会垂直落差近千米，入村需徒步三四个小时。“如果要去最远的八姑村，早上七点出发，下午一两点才能走到，出发晚了当天就回不了村委会了。”驻村帮扶干部杨西康操着浓郁的巴中口音说。

“我们刚刚走上来，我可真是又累又怕，你走这条路怕不怕？”江湖海恢复了些体力，就非常敬业地开始了他的采访。

“太险了，说不怕是哄人的。”驻村帮扶干部杨西康憨厚地笑着说，“站在崖底向上望，这大山刀劈斧切一样，只有猴子才是真不怕，能在上面跑。这里的村民，祖祖辈辈就是依靠那条用钢绳和树枝搭建的简易梯道和牛羊走出的险峻小路进出村子，以前每年都会有人受伤出事，谁不怕咧！”

“不过，在这里待下来了，也就没有什么了。为全面打赢大邛山的脱贫攻坚战，省里选派了5700多名干部到邛山11个深度贫困县开展脱贫攻坚综合帮扶，我就是其中一员。说不定多年以后，回首这段帮扶的经历，我可以跟别人吹牛——我把自己最美好的岁月和全部精力，都奉献给世界上最壮丽的事业和最美丽的悬崖咯！”那40多岁快奔50岁的驻村帮扶干部杨西康笑得极有四川汉子那种乐观豁达的豪气。

许国在驻村帮扶干部的安排下到贫困户阿约尔呷的家里考察。

出乎意料的是阿约尔呷的家虽然也十分贫困，却相对比较干净整洁，牲畜粪便也没有堆在家门口，火塘里煮着土豆和苦荞粑粑，土墙上还贴着满墙陈旧的奖状，都是一个叫索玛的孩子的。

阿约尔呷家种了6亩地，是全家五口人一年的口粮。阿约尔呷的儿子以前出去打工赚了些钱，后来，吸毒把家里吸得倾家荡产，15年前下山的时候不小心掉下悬崖摔死了。伺候他的是他的儿媳妇阿尔里妮。阿尔里妮有3个孩子。家里最特殊的，是他们的大女儿——阿约索玛，是村里目前唯一一个考上大学的女孩，现在在西南民族大学读书。另外两个儿子，一个在外面打工，一个还在读中学。供养孩子读书，对于这样一个贫困家庭而言是极端困难的。阿尔里妮默默地站在灶台边，强直性脊柱炎让她直不起腰来，她用忧郁的眼神看着许国。许国对这个常年因艰苦劳作而憔悴了外貌的女人不禁有了几分敬佩和怜悯。

阿约尔呷是个比较阴沉的老人，不到60岁，头发稀疏且全部是银白色的，被村民称作“老银狐”。他年轻时跑到云南做过一点小生意，能说比较流利的汉语。后来因为常年赌博，在云南昭通被赌徒打断了腿，走路一瘸一拐的。他消瘦的脸上有几条清晰的疤痕透着凶狠。在没有了陌生和拘谨以后，他便和许国聊开了，就说起了他的骄傲——他的孙女阿约索玛。

“阿约索玛是个好孩子啊，从小读书就用功，还考上了大学。她两个弟弟，一个政府要求读书上学，一个打工赚不了钱。我年纪大了，只有靠索玛。我做生意亏了很多钱，索玛上中学的时候，山下县城的倮伍家送了30万元来定亲。索玛没有用他家的钱，上学也一分钱没让家里拿，自己一个人在成都，一边读书一边自己赚钱。这些年她就回来过一次看我这个老东西，还给我带了成都的好吃的东西。那些东西真好吃，酒也好喝啊！不怕领导笑话，我是真该死啊，索玛好哇！

“领导，我们世世代代住在这里，是因为祖先征服了这些高山悬崖、无边森林。祖先给我们开辟了这些村子，对我们而言，就十个字：男人的鲜血女人的眼泪！关于我的家族，关于龙头山、关于毕摩，我很乐意给你说，但我怕你不一定愿意听。祖先留给我们的，我们不会轻易放弃！”

“领导，我现在最需要钱，如果有钱，我一定能翻身的。”阿约尔呷的眼里突然发出一丝光亮，乞求地望着许国小声急促地说着。

…………

走出阿约尔呷家，都阿英淡淡地低声说道：“阿约索玛的情况我了解，用你们的话说，是贫困家庭的孩子。我见过她，是个读书很用功的女娃，人也非常自立，不过可惜她生错了地方。许区长，我想有机会你路过成都的时候见一见这个女孩子。如果有可能让她离开大邛山，去你们广东，或者国内其他的地方，一定能够发挥极大的作用，也会有更好的生活。你是没听过她唱歌，她的嗓子真的是百灵鸟的嗓子，被天神祝福过喉咙。”

许国点了点头，说：“嗯，帮扶结对子，我会专门帮扶她家的。”

“不。许区长，我建议你个人可以直接捐助索玛，但不要直接给她家钱。”

“为什么？”

“这……”阿英沉吟了一下说，“我也不好说。索玛的爷爷并没有做生意亏钱，而是远近闻名的老赌棍。但是你听我的没有错，千万不要直接给她家里钱，你帮索玛就好了。”

许国皱了皱眉，看到阿英那有些惶急的神情，有点不好意思，忙半开玩笑地说：“好的，我答应你。这个事情上我听美女指挥。”

阿英笑着回了句四川话：“烂耳朵！”

刚刚聊了几句话，就听到驻村第一书记杨西康的川味普通话在村里怒吼了起来。

“哪个乱说话！扶贫是我的任务不假，但你在家跷着脚喝着苞米酒等低保养，你就是不对！你们自己看一下，以前，你们有电灯有房子没得？有米饭有白面吃没得？现在国家政策这么好，退耕还林还给补贴，老了有养老保险，病了有医疗保险，日子过不下去了还有低保，盖房子给你们补助，娃娃上学不收学费，还有免费午餐吃。你们想一想，还有什么理由不把自己的日子过好？在这里跟我闹，好日子是天上掉下来的？伸个手讨就有车开有洋楼住？每个人都是靠自己双手劳动才有好日子过的！我们来扶贫，就是帮你一把，拉你走一步，哪个也不是来乱发钱的。

“你们这几个，没有一家有想脱贫的样子，每家进去都是房子不修、路不修，房子漏雨嘴巴张开就叫。哪个人也不是你家的保姆，什么都要帮你干？好日子是干出来的，不是张着嘴等国家来喂你的。”

巴中汉子杨西康站在一块山石上，朝着几个吵嚷不停的村民怒吼着。

许国点了点头说：“话糙理不糙，说得好，说得好！”

然而那群村民根本听不进杨西康的话，一直在那里嚷嚷，急得他面红耳赤。

这时候，阿英忍不住了，大步走上山石用彝族话说道：“我是大邛山的女人，我都看不惯你们，天天躺着混吃等死，什么都想等国家给你们。我们彝家的谚语说：‘心要思考体中睡，眼要观察外边生。’你们看看外面的有钱人，哪个是靠国家的扶贫补贴过日子的，都是自己做工作做生意赚来的！自己家里日子都过不好，还想着别人给钱养活你们过好日子？我们彝家的谚语说得好：‘苍松长在霜雪中，山茶艳丽开在云雾里。’现在你们困难，国家帮你们，但要想自己日子过得好，就要像苍松、山茶一样自己长起来。”

下面的村民被这一番话说得慢慢都不吵了。一个带头的汉子说：“女娃娃都这么看我们，我们就做出点事情给这个女娃娃领导看看，不是我们懒！走——”

人群慢慢散去，阿英扶着许国的手跳了下来，说：“不说不醒，不骂不行！真是的！”

许国笑容满面地说：“说得好！说得好！都主席说得很精彩，对村民必须要教育。”

许国小声说道：“我们去学校看看吧。”

许国一行人到学校的时候已经差不多中午一点了。驻村干部杨西康沉重地说：“今天这三个自然村都是极度贫困，失学情况也非常严重。有很多孩子，每天要么是帮家里干活，要么就是三五成群地奔跑玩耍。这三个村目前适龄儿童没有读书的有上百人！”

“为什么？不是免费读书吗？为什么家长不让上学呢？”江湖海问。

“上学要走几个小时山路，基本上早上八点半上课，五六点就要出门。”杨西康说，“免了学费，还要交书本费和伙食费啊，有的家庭交不起。”

江湖海听得嘴张得差不多能塞进个鸡蛋，半晌出不了声。

村里最好的房子是学校。

学校是一排砖瓦房，大概有七八间，除了教室，再就是老师的办公室和宿舍，还包括学校的厨房。相对于村民家来说，这里要干净不少。瓦房门前一块平整的土地就是操场了，一面国旗在蓝天下飘扬着，几个孩子和一条白色的狗在那里嬉戏。

听到说话的声音，有一位教师模样的中年人走了过来，看到阿英和令狐赤子，便展开笑容问道：“领导、令狐科长，来我们这里视察啊？”

令狐赤子赶忙说：“阿布老师，我们陪来扶贫的领导考察一下学校的情况。”

不远处，一个孩子呆呆地在站那里望着他们。清秀却脏兮兮的小脸，洗得发白却干干净净的双肩书包，身上明显宽大不合体的衣服把那瘦小的身影在太阳下衬托得十分单薄，只有围在脖子上的红领巾被山风吹得飞扬着。

走出学校，许国眺望着湛蓝的天空和远处无尽的葱茏，默然无语。他在身上四下拍了拍，从外套口袋里掏了一包烟出来，抽出一根，点着，深深地吸入肺中，然后又用力喷了出去，像是要把整个胸膛中的所有郁气都吐向这座大山。

上山难，下山更是难上加难。许国一行人攀爬着藤梯，走了快两个小时。下山的时候有些打滑，好几次许国都惊出一身冷汗，因为一旦失去平衡，随时都可能坠入万丈深渊。江湖海下到三分之一处的时候已体力不支，他也知道这个时候大家都帮不了忙，所以坐在梯子上用屁股一步一步往下撑。撑到三分之二处的时候，被村里帮助他们下山的当地人扶着一步一步移下山。下山后他的腿一直在发抖，路都走不稳。

顺着山褶下去，有七八十度的坡度。杂草灌木时常遮蔽住打头的许国的身影，而使跟进的阿英和江湖海找不到路。一路不断呼唤保持联络，而所谓的路也是刚刚走出来的，一边贴着山壁，一边便是深谷沟壑，最窄的地方甚至达不到双脚并拢的宽度。脚下密林里潮湿的腐叶和阳光下干燥的碎石让人容易滑倒，头顶还要提防山猴往山下丢石头。休息点的那处山窝，几年前还有村里人居住，但是因为经常受到猴子和野猪的骚扰，现在全部搬走了，与更多人住在一起。一行人所经过的路上猿声不断，时常有四五只土黄色的大猴子在崖壁和树顶飞来跃去，惊起一群飞鸟。

许国和令狐赤子咬牙坚持了下来。都阿英虽然有些狼狈，却毫无惧色，稳稳地走了下来。许国心中暗自点赞，这阿英不愧是大邛山的女儿。他们转身向山下走去，在路上看到一对小兄妹。两个孩子身上穿着沾满泥垢的棉衣，脚上却是凉鞋，瘦小的肩膀上背着装满柴草的背篓，弓着腰，一步步向山坳走去。路过的时候，他们用好奇的眼神打量着这些衣着光鲜的陌生人，那眼光里流露着羡慕。

…………

全校8个老师，刚好100个学生，共4个年级，也只有4个班，在校学生大都来自周围山村，家校距离平均5公里，最远的有七八公里。

孩子们每天的午饭就是一碗米饭加一盆土豆汤，还有盐巴和酸菜。每天，每顿，均是如此。我问一个孩子，昨天早上吃的什么？土豆汤。昨天中午吃的什么？土豆汤。昨天晚上吃的什么？土豆汤。今天早上吃的什么？土豆汤。然后，当天中午，依然是土豆汤。

中午，孩子们在操场上围成圈吃饭。没有食堂，没有饭桌，就这样围成一圈，中午开饭。当然，需要说明的是，当地人的习俗就是如此，很少坐在桌子上吃饭。有些老乡家里甚至没有板凳，也不用筷子，就用一个马勺子吃饭。

吃过饭后，孩子们自己到小河边洗碗（学校没有自来水）。洗碗的地方，有鸭子游过，上游还有牛和马在饮水，甚至还有猪跑过。洗完后，很多孩子会顺手舀起一碗溪水，然后喝下。

这里的孩子穿衣服是没有规律的，夏天可以穿毛衣、羽绒服，冬天可以穿短袖、短裤。老师说，经常会看见一个孩子一学期都穿同一件衣服，不管衣服脏不脏，不管冷热是否合适。因为很多孩子，总共就只有几件衣服，抓到哪件就穿哪件。

…………

——《西江时报》（记者招楠）

第八章
土司府惊梦

一早都阿英和她的司机来到县招待所，接许国一起去几个乡卫生院考察。

因为今天不用爬山，阿英长长的黑发束在脑后，身穿一件浅黄色的小西装，里面黑色的吊带被撑得紧紧的，一条细细的铂金链子上坠着一颗耀眼的钻石，落在雪白的胸前，细细的腰肢束在黑色的长裤中，看上去艳光四射。阿英斜挎着一个香奈儿的皮包，穿着最新款的阿迪达斯的羊皮小白鞋，简简单单化了个淡妆，既清纯又妩媚，完完全全就是大都市里金领丽人的装束。

许国虽然对这些东西没有什么研究和了解，但就他的眼光也看得出，阿英这身衣服和配饰加起来绝不少于10万元。

阿英清清冷冷地走到车前，拿着手机低头看了看，并没有上车，而是在车前随意走了走。看到许国来了，脸上迅速涌起如花的笑靥。

许国也报以笑容说："今天这么漂亮？"

阿英说："那就是说我其他时候不漂亮咯？"

许国忙说："哪里，哪里，每天你都有不同的漂亮。"他随即收回视线，四下张望着说，"司机呢？还没有来吗？"

阿英笑着说："来了，去洗手间了，我们等下他呗！"

许国和阿英跑了一次贫困村，熟络了不少，就说："阿英，你每天都不同打扮，天天都漂亮过新娘子，怎么到现在还不结婚？你也不像没人追的女生啊！"

阿英目光一闪，说："干吗？你还想追我啊？没希望的，追我的人能排队排到北京去。"说罢，捂着嘴笑了起来。

许国也开玩笑地说："我就这么没机会啊？你别说，我上大学的时候从来都是女生倒追我呢。虽然现在老了，但也不至于要排队到北京五环吧？"

阿英说："你吧，不老，也算有点小帅。不过呢，你还是没有机会，你再好也不是我心目中要找的那种人。"

许国正想问是哪种人，却看到司机一溜小跑跑了过来，就停口不说了。许国拉开车门坐了上去，和阿英聊起了工作。

和许国一起坐在后排的阿英眼波闪动，仿佛想起了什么，修长的手指支着下巴，不自觉地用洁白的牙齿轻轻地咬着手指甲。

这是一座看上去很大的彝族村子，修建得十分气派，不像是贫困山村。高大的牌坊虽然历经风雨侵蚀，但麻石却极为光洁，没有青苔杂草，显见是被人用心护理着的。上面用彝文和汉文写着硕大的"土司府"三个字，庄严而肃穆。

土司府邸依山势而建，背山面水，缓平的坡地顺山而下。围墙的东西两面各有一条人工挖掘的河流，像护城河一样环绕着府邸，拱卫防守着这里。鳞次栉比的飞檐翘角遍布整个山坡，府邸各路堂宇之间均有院坝或内墙间隔。院坝由青石铺就，院墙用彩绘装饰。高大的砖筑院墙，墙檐下砌筑斗拱，显得古朴而庄重。彝人崇拜虎，随处可见的虎纹和虎雕更显示出一种狰狞

作者：罗颂梓

原始的美。

阿英的目光有些迷离。这里就是她的家，曾经的家，没有待过的家，她第一次踏足的家。

村民们好奇地看着这对气度不凡的男女，有点见识的村民跑去告诉了村主任。村主任认出了阿英的司机，忙上前跟许国和阿英打招呼。

许国本来今天是和阿英考察附近的卫生院的情况，不料被阿英在考察完卫生院之后带到了这里的土司府。虽然之前见识过很多更大更气派的古建筑，但是保存完好又如此幽静的少数民族古建筑对他而言也是第一次见到。

许国笑着对村主任说："没什么，没什么。我和都副主席来这里，事先也没有打招呼，都副主席是土司府的后人，来这里也只是参观一下而已。"

"什么？土司府的后人？"旁边的村民们一阵低低的惊呼。

"是啊，我的曾祖父都安臣曾经是这里的最后一个土司，我是阿都·阿郭·依扎嫫。"阿英下巴微微地翘起，就如睥睨山林所有凡鸟的凤凰，淡淡地说道。

许国心中暗想，想不到阿英还是一个真正的土司公主。

这时候，一个彝族老人从人群中走出来，恭恭敬敬地向阿英施了个礼，用彝语说："尊贵的兹莫后人，你来到这里就是回到了家，你应该在这里安坐，而不是和他们站在门口攀谈。"

阿英点了点头说："谢谢莫素阿普（老爷爷）的指点。"

那个彝族老人回过头说："我年轻的时候曾经是阿都土司家的曲诺（自由民），当过阿都土司家的管事。今天，土司的后人回家了，我要好好地迎接她。"

彝族老人是这个村的家支的大头人，说话很管用。

他一声令下，全村的人都动起来了。这让陪阿英来的许国以及村主任、村支书都有点措手不及。

许国紧紧地闭上嘴唇，看着这一切。阿英却安之若素。这一刻许国看到的是阿英那巧笑倩兮的脸庞上公主的骄傲。

两个40多岁的彝族妇女各捧着一大包衣服和银头饰走了进来，陪阿英走到后面的房间里。一个健壮的彝族汉子身披一身牛皮硝制的绘有彝家传统云龙纹的漆绘铠甲，手按腰刀气宇轩昂地立在房间的门前。

阿英站在镜子前，觉得很陌生。这镜子里的彝家丽人真的是自己吗？她仿佛刹那间穿越回到了古老的年代，看着历史在这一刻复活并且扑面而来。她看看周围，仿佛呼啸而来的那些花纹和装饰完全不是在21世纪。

这里是哪里？

耸峭的悬崖，摇曳的树木，无数壮健狰狞的汉子按刀而立。

暖带密土千户岭承恩手握腰刀立马在奔腾湍急的松林河前观看。写有“真天命太平天国神圣电通军主将翼王石”字样的杏黄大旗在不远处清晰可见，傲然飘扬。

一个身披黑色擦尔瓦的汉子毕恭毕敬地站在他身旁，大气都不敢喘。岭承恩问：“骆大帅的信上怎么说？”

那黑彝汉子忙展开一封信，看着说：“骆大帅信上的意思是，让您和王应元接受石达开的金银，诈降石达开。破贼以后，所有资财悉听收取，并解银千两分赏松林地土千户及邛部土司等。”

岭承恩依然面无表情，问：“官军现在有多少进了我邛山？”

“骆大帅的局已是严丝合缝，石达开的北面有重庆镇总兵唐友耕的五万大军，西面是王应元，东面是我们，南面则有越西营参将杨应刚两万人堵守。后续骆大帅还有人马赶来。”

岭承恩淡淡地说：“前后骆帅怕是要调十万精兵来我们邛山啊！”

那黑彝汉子一惊，额头上的汗珠滚滚而下，不敢作声。

岭承恩鹰视狼顾，沉声说：“太平天国也好，骆大帅也好，不是汉人就是满人，都不是我们彝人。无论哪个在我们大邛山留下来，我们彝人都不欢迎。你去，找毕摩阿呷来见我。”

“是！”那黑彝汉子转身跑了两步，双手一拍，便飞身跃上一匹战马，绝尘而去。

不多时，身穿法袍，项挂虎牙，手持摇铃的毕摩吉克阿呷来到岭承恩面前，行了个礼，说：“尊敬的森子也日（岭承恩的彝族名）兹莫，召唤我来是什么事情？”

“吉克阿呷，我需要你为我和我们彝人来占卜这次和汉人的战争，还有朝廷的军队会不会进入我们邛山就不走了。我总担心朝廷的军队回过头来会占领我们彝人的土地。”岭承恩满眼希冀地看着吉克阿呷。

吉克阿呷满面笑容地说：“也日兹莫，不要着急，我先给你约格及（烧羊胛骨）来占卜战斗的吉凶吧。”

很快，有人为吉克阿呷砍来了一块羊胛骨，清洗得十分干净。惨白的羊胛骨在遮天蔽日的山林中泛着神秘的微光。吉克阿呷大声用古彝语吟诵起战争的祷词，抑扬顿挫，仿佛是一段华美的诗篇，壮烈而悠扬。然后他拿着羊胛骨在火堆上炙烤着其中的一个面，一边炙烤，一边念诵着经文。羊胛骨发出噼啪声，四周显得更加寂静。

所有站在吉克阿呷身边的人都屏住呼吸，连大气都不敢喘。

啪的一声，火堆上猛烈地爆出一团火星，惊得这些彝家猛将们倒退了一步。他们天不怕地不怕，哪怕是刀斧加身、面对毒蛇猛兽，这些彝家猛将们也不会皱一皱眉头，更不会有任何害怕。但是吉克阿呷的占卜和他对战争的吟诵却似乎每一个动作和每一个音节都打到了他们的心里，似乎过去的祖先和天地间的神灵正用冰冷的眼神注视着他们。这些彝家猛将们的心里不约而同地升腾起一种战斗的欲望和嗜血的饥渴。

吉克阿呷将手里的羊胛骨拿起，满是青筋却十分有力的手缓缓举起羊胛骨，阳光从林间如利剑般刺入他的背影。刹那间，仿佛有神明的金光在他身旁升腾萦绕，就连地位最高、桀骜如山间猛虎的岭承恩也垂下眼帘，虔诚地低下头颅。

吉克阿呷用指尖轻轻拂去羊胛骨上的黑灰，上面有着细细的裂纹，他看完又翻过去看背面。然后，他的眉头轻轻跳了一下，幽幽地说："兹莫，祖先保佑，苍天保佑，这次和汉人的战斗你能够全胜而归，并获得最大的好处！"

岭承恩长长地吐了一口气，笑容满面地说："有劳毕摩了！"说完，一挥手，下面立刻有管家捧着几锭拳头大小的官银献给吉克阿呷。

吉克阿呷摇了摇头说："且慢。"

岭承恩说："阿呷毕摩，这些银子还不够吗？"

吉克阿呷露出了诡秘的笑容说道："当然不够！我来到这里给兹莫祈祷，是为了和兹莫一起打下彝人两百年的天地，怎么能轻易拿着这点银钱离开呢？今夜，我还会为兹莫你推算和汉人战斗的时间及地方，等兹莫取得了无上的功勋以后，再来谢我吧！"

岭承恩双眼猛地绽放出逼人的光芒，说："好一个彝人两百年的天地！好一个无上的功勋！只要能够实现，我愿意给阿呷毕摩你最高的谢礼，你就是我们邛山彝家的骄傲！"

当夜，宿营在山林间的邛山彝人士兵的营地里面升腾起一堆堆篝火，就像洒落在山间的一团最明亮的星宿群。

远处，太平军的营地里面灯火通明。

中军帐里，身披黄色绸缎王袍的翼王石达开目眦欲裂，心急如焚。在未能渡过大渡河，被河水冲走五千精锐之后，石达开挥师抢渡松林河再次遭遇失败。松林河虽然没有大渡河险，但是河水湍急，徒步涉水的太平军根本冲不过去。少数侥幸过了河的战士，也精疲力竭，被把守在河对岸的王应元的土兵乱枪刺杀。太平军血战终日，毫无所获。

石达开本是太平天国中文武双全的名将，最善于声东击西，用奇兵破敌，清廷不知多少名臣大将都败在他的手下，却不料今日在大渡河边紫打地（今安顺场）这个活口袋阵里被困得龙游浅滩。

石达开强抑愤怒与麾下诸将商讨对策，他心里深深地明白，如果这次能够冲破口袋阵，强渡松林河，继而转战泸定，或许部下这万余太平军将士还有一线生机，不然这紫打地就是他和部下的葬身之地。

“明天我们到河口以上十里的磨坊沟抢渡，那里河床较深，河面较窄，没有乱石险滩，可以泅渡。选善于泅水的将士数百人，口衔利刃，同时泅渡。河对岸守敌不多，只要能过去，我们就可以从这里冲出去。”石达开面颊上是死一般的青灰色，面部的肌肉随着语言的吐出不断痉挛着。

将领们望着他们信赖有加的翼王，也只能下定决心杀出一条血路，突出清军和彝人的重重围困。

困兽之斗，凶猛异常！

“石达开虽然是反朝廷的汉人里的名将，可是这次他孤军自蹈死地啊！汉人的《孙子兵法》里说：‘夫地形者，兵之助也。料敌制胜，计险厄远近，上将之道也。知此而用战者必胜，不知此而用战者必败。’石达开不知地形，来到死地，必败无疑！”吉克阿呷随手端起一碗米酒，畅快地喝着。

“阿呷毕摩你说得太对了，石达开确实犯了孤军深入的兵家大忌。汉人的《孙子兵法》里说过：‘百战百胜，非善之善也；不战而屈人之兵，善之善者也。故上兵伐谋，其次伐交，其次伐兵，其下攻城。攻城之法为不得已。’石达开三万人马入川，沿途朝廷兵马围追堵截，又几次分兵，结果纷纷被朝廷绞杀，军队越打越少，孤军无援。本想和李蓝反军配合来对付骆秉章骆大帅，没想到骆帅先剿灭了李蓝反贼，川境之内无人应和于他，这石达开是孤掌难鸣啊！他本想突袭大渡河，若是渡过了大渡河，继而奔袭成都，骆帅手下的兵马都出去了，就成都那区区数千人马，骆帅也要弃城而走。但石达开偏偏被山洪挡了路，待他渡河时，朝廷大军已赶到且布下天罗地网，任他英雄无敌也不得不在这紫打地坐困愁城，成为我们功劳簿上的一笔功勋。”

“时也，运也，命也！老天要灭亡他，谁也救不了。”吉克阿呷淡淡地说。

“不错，石达开犯了兵家大忌，败乃必然，如果成功那也只是侥幸。如今，他掉进了朝廷和我们彝家联合的困局之中，就如同一条凶猛的孤狼被狼夹子夹住了脚，有力使不出，只有认栽了！孤军必败也！”岭承恩脸上闪过一丝杀气。“传令，今晚我们夜袭马鞍山石达开的辎重大营。嘿嘿，汉人说得好啊，功高莫过救主，计毒莫过绝粮。今晚我们就放火烧了石达开的粮食，看他能撑到什么时候。”

马鞍山大营火光冲天，慌乱的喊叫声和冲杀声交织在一处。太平军一名总制领着上千太平军冲来救援。

岭承恩战刀挥过，如电裂长空。彝人兵士弓弩如雨，自密林阵地中射出，冲锋在前的太平军就像顺山倒的树木一样，血溅山林。

火光、血光、刀光，染红了这个注定无法入眠的长夜。

岭承恩长刀一指，吼道：“马队，给我冲——”

他心里又加了一句：“为了两百年的天地，为了邛山，用敌人的血来染红我们彝人的擦尔瓦吧！”

长长的牛角号声呜咽而起，震人心魄的鼓声敲碎黑夜。

“杀——”山坡那边一支披甲锐骑横空杀出，但听得，如闷雷般的马蹄声滚滚而来，雪亮的战刀映着火光，刀光一闪，斗大的头颅冲天而起，血雾喷洒。

那些骑着矮小但壮健的川马的彝人马队像旋风一样冲击着太平军的援军部队，黑夜之中，马踏、刀砍、箭射、铳鸣，死亡的呼号声不绝于耳。

天明时分，震惊的石达开亲率军兵夺回了马鞍山大营，但是粮草已经损失，被烧的、被抢的不可计数，上万太平军因为缺粮而陷入困境。五六天之后，存粮已经吃完，太平军只好煮食树皮草根，甚至忍痛宰杀战马，最后连鞍鞯也煮食一空。

岭承恩在自己的大营内拉着吉克阿呷举杯痛饮，他知道自己的希望和目标就要实现了。

被狼烟染黑的天空下，一只苍鹰从山林里冲天而起，盘旋天际，鹰唳之声如尖锐的箭羽划破邛山广袤的青山。

兵败大渡河的石达开在无奈之下，只得自投洗马姑清营，希望“舍一命全三军”，换取剩余太平军生存的希望。结果，石达开被骆秉章用最残忍的剐刑处死在成都，两千余投降的太平军将士则被清兵杀死在营中。

岭承恩收到骆秉章的回报是，论功晋土游击世职，授头品顶戴，赐“恒勇巴图鲁”名号，赏二品衔，紫光阁绘像。

到同治十年，岭承恩掌有大邛山河东长官司、河西抚夷司、邛部宣抚司、暖带密土千户、暖带密土游击印务之权，有所谓“五印三司七颗半印”之称。管有腻乃、阿合（阿侯）、苏呷、咱户、木月、阿苏、滥田坝、普雄、黑保、大孤山（大疏山）、罗慕、芍果、咱堡、沙沟十四土目及上官六革、瓜倮、纠米、布布、阿多六磨、磨卡为呷、西纠七乡总。至此，岭承恩直管六万多平方公里的区域，辖区北起大渡河南至建昌南，覆盖了当今邛山地区十多个县的地盘，奠定了如今邛山州广阔的彝人聚居地的基础。

阿英看到了这血火山河，看到了这广袤彝区，看到了彝家儿女在这片土地上耕战不息。她美丽光洁的面庞上泪落如雨。她知道自己的命运，作为邛山的彝家儿女，她要把自己奉献给这片养育了她和彝家人民的土地和山林。

从这一刻开始，阿英似乎明白了自己的使命。

门帘一动，一个盛装丽人从里面走了出来。

呀！包括许国在内的平常和阿英很熟悉的人几乎都呆住了。

下午的阳光依旧灿烂，但所有的光芒在此刻仿佛都被阿英，不，都被阿都·阿郭·依扎嫫夺走了！

四周寂静。

阿英昂着头步入厅堂，长及脚踝三色相拼的百褶裙，裙间色彩充满变化，又有几道色彩斑斓的流苏飘洒，裙裾飘飘，流苏飘飘，头上的帽垂亦自飘飘。阿英身材高挑，削肩细腰，体态婀娜，就如一只骄傲的凤凰从阳光彩云间落入这肃穆庄严的土司府中。

一个穿着古老的毕摩服装的老人从人群中走出来，先是弯腰行了个礼，然后抓起一只肥大的公鸡，熟练地拧断了公鸡的脖子，嘴里喃喃地用古彝语念诵着经文："妖魔鬼怪胆敢来纠缠伤害这个孩子，就像公鸡一样死掉。"然后又拔下两根发亮的长长的公鸡尾羽，递给那个领头的彝族老人。老人用尾羽沾了一下阿英的肩膀，在彝家人看来，鬼怪是害怕公鸡的。

那彝族老人双唇抖动，眼圈泛红，忽然用彝语大喊："主人。"然后单膝跪地，右手抚胸，深深地拜了下去。

一个、两个、三个、十个……村民们竟然大部分都如老人一般拜了下去。

阿英眼中也露出几分讶异。许国更是骇然，与其他人相顾无言。

阿英摆了摆手，沉声说："都起来吧。"她瞟了一眼许国，把一抹深深的骄傲不经意地埋在了似水的眼波里面。

她仿佛天生就是这里的主人一样，带着许国在府中边走边看。而外面的彝家寨子里的老人则指挥着村民杀猪宰羊，烧辣椒水，煮坨坨肉。整个村寨仿佛都因为阿英这位贵客而欢乐起来。

许国收回了惊艳的目光，随口淡淡地说："阿英，原来你还是这里的公主啊？"

阿英略有些羞意地说："人家才不是什么公主呢！"

"我在上大学的时候研究过彝族文学，也包括彝族历史。在过去，凉山彝族分五个社会等级：兹、诺、曲诺、阿加和嘎西。兹是贵族等级。土司就属于兹这一等级。彝家有句谚语说'土司掌官印'，只要是受到中央政府赐封，有官印的，就是兹。我的祖先就是邛山四大土司之一的阿都长官司土司，从清朝顺治年间就被赐封了。"

"几百年历史啊！厉害，厉害！"许国随口赞叹。阿英淡然一笑说："过去我们彝族只和彝族通婚。彝族谚语说，黄牛是黄牛，水牛是水牛。彝汉之间通婚生下的后代会被人歧视。黑彝只和黑彝通婚，白彝也只和白彝通婚。以前，如果黑彝女子和白彝男子发生性关系，双方都会被处死。如果黑彝男子与白彝女子发生性关系生下孩子，那么黑彝男子将被驱逐出家支，他们生下的后代也不会被黑彝和白彝认可，只能迁徙到远方孤零零地生活。虽说现在没有了这种限制，但是这些观念依旧存在。当然，这些观念也限制不了我，因为我既是兹莫的后代，也是官员体系中的一员，对于他们而言我还是兹莫。就像杨兴昌，他是曲诺出身，但他现在是县长，也就相当于进入了兹莫阶层。虽然不是世袭，但也相当于土司或土目了，所以他对彝族乡民有很大的影响力。”

许国听得直皱眉头——阿英这样受过高等教育和党的培养的干部，怎么还有这么浓重的民族等级观念？

残阳如血，远山如墨。山风猎猎，驱赶着白色的云雾，翻滚着，无声地咆哮着，拍打着树林和山崖。而即将落山的太阳仿佛聚集着所有的气力，放射出最后的光芒，不甘心沉沦到山后面去。

阿英站在山崖边上，远眺着夕阳，山风吹得她的衣袂飘扬如旗，玲珑有致的身体在夕阳的反衬下形成一幅极美的剪影。

远远地，许国看着这幅景象，不禁坠入一种迷离恍惚中。

阿英的身影仿佛在此刻凝结了时光，浓缩了历史，也许千万年的彝家历史就这样在这个彝家女子身上结晶。

然而历史仅仅是胜利者的赞歌。

许国看不到，此时的阿英已经泪流满面！

第九章
西江探妻

许国脚踩在小区的石板路上，呼吸着不同于邛山那种清凉彻骨而是属于南国城市里闷热潮湿的空气时，一种回家的轻松感蓦地冲上心头，就连路边乱跑的小哈巴狗都觉得顺眼了几分。

嘀的一声，许国把手指从指纹锁上移开，提着行李，推开了家门。

家里依旧干干净净纤尘不染。许国的母亲开着电视，人却在厨房里忙碌着。许国闻到了五指毛桃煲鸡汤那诱人的香味。

母亲看到许国，苍老的脸上掩不住惊喜，笑着说："返屋企了。返来就好咯！呢几日唔使走吧？"

许国说："妈，我呢几日唔走，择啲嘢过两日先走。"

"饮碗汤降降火气先，大邛山气候干燥得很。食完饭，你帮阿琪送汤去医院，返来点都要睇睇阿琪先算。"母亲边说边迅速地盛了碗老火汤放在桌子上，然后站在一边爱怜地看着许国喝汤。

"好哇。"许国喝着汤，有点不好意思地看着母亲。

在母亲眼里，他这个 40 多岁的男人仍然是孩子。

吃完饭，许国开着车直奔西江市第一人民医院，然后提着保温饭盒到了肿瘤二科的住院部，三步并作两步就到了邵雪琪的病房。

邵雪琪正站在窗边，看着窗外盛放的阳光，神情沉静。阳光透过窗帘，映照在她苍白瘦削的脸上，许国的到来并没有惊动她。她仿佛想到了什么开心的事情，嘴角上挂着浅浅的微笑，一如许国初次在广外的校园见到她时一样，沉静而美丽。

许国放慢了脚步，朝邻床的病友报以歉意地一笑，轻轻地把鸡汤放在床头柜上。

邵雪琪看见许国，脸上绽放出极为开心的笑容，慢慢地走过来，说：“回来了，累吧？”

“呵呵，不累，看到你就不累了。”

“呦呦呦，我说许国，不分场合地乱撒‘狗粮’啊！”随着一声轻笑，从门外走进来一个高挑丰满的女人。许国定睛一看，原来是苏醒的妻子谭润铃。

谭润铃穿着轻薄的镂空外套，里面是今年米兰时装周上华伦天奴最新款的浅紫色高领连衣裙，左手腕上戴着白金镶钻表带的宝玑那不勒斯皇后手表，右手拎着一个宝蓝色的爱马仕手包。这款限量版的手包许国在网上浏览过，购买的门槛是最低要在爱马仕的品牌上消费超过 100 万元才有资格购买。这款手包拿在手里连她无名指上戴的 1.6 克拉的钻戒都显现不出任何光芒来。

谭润铃和许国夫妻俩十分熟悉，丝毫不见外，进来就一屁股坐在病房的椅子上，笑吟吟地看着许国说：“许大区长舍得有空来看老婆了？”

许国笑着说：“刚从大邛山考察回来，一回西江就来这里了。能在这里碰上你，看来你是常来看阿琪的，真是要谢谢你了。”

“别假客套了，你心里是不是在想，我来这里你就可以少跑几回？呸！休想哦！闺蜜不如老公的哦！”谭润铃从包里掏出一把小檀香扇，拼命扇风。“刚刚我在停车场看到你从车里拿着汤出来，本想跟你一起上来，没想到你比兔子跑得还快，我追都追不及。”

许国呵呵一笑说：“今天你怎么有空来看阿琪？”

“我也是刚回来。老苏让我跑了趟路德维希港，跟巴斯夫签了个战略合作协议，主要是乙烯裂解产品在亚洲地区的市场合作。后来又去了趟法兰克福看了看，准备今年9月去参加法兰克福展会的事情。怎么样？你许区长想好了没有？想好了就快点运作一下，我可是在法兰克福把写字楼都找好了，1300平方米哦！你也好带阿琪去治病。窝在这里，阿琪什么时候才能治好病？”

许国被谭润铃噎得脸微微发红，只好说：“这不是刚回来嘛，总要和各方面多沟通一下。”

“你就跟我打马虎眼吧！”谭润铃撇了撇嘴，“耽误了阿琪的病，你就是跪键盘、榴莲、方便面，都没有用。”

“呵呵，看来老苏经常给你跪咯，是键盘还是榴莲？”许国赶紧转移话题。

“跪榴莲？我们家老苏有那个时间？天天就泡在产业园里面搞研发，说是要在上市前，把新成果拿出来。昨天我去产业园里看他，胡子半尺长，快赶上崂山道士了！”

抱怨了几句苏醒之后，谭润铃伸手在手包里掏摸了一下，找了个盒子出来向邵雪琪一递，说：“这次去德国跑了一圈，给你带了个手信。”

邵雪琪笑着说：“什么好东西？”

“你看看呗！”

邵雪琪和许国拆去包装，打开一看，都着实吓了一跳，居然是一块极为精美的宝玑 Classic 经典系列女表。

宝玑表是高端名表奢侈品，精美华贵，在名表中素有男伯爵、女宝玑之称。相对而言就算是国人推崇的劳力士比起宝玑来也要稍逊一筹，因为宝玑发明了机械表界超过 70% 的技术。这个世界上任何一个品牌的机械腕表，无论是手动上弦还是自动上弦的，至少有两项技术、发明、专利或装置来自宝玑。如果把属于宝玑的部分拿走，没有一块机械表能够正常运行。可以说每一块机械表上都有宝玑的影子，因此宝玑是最纯粹的高级制表师品牌。

虽然邵雪琪出身高级知识分子家庭，不像许国一样出身贫寒，收入也属于中产阶级，但是也没有拥有过这样的奢侈品名表。前些年她自己买的也不过是一块浪琴优雅的表，花了 19000 多元，为此她还有点心疼呢。而许国戴的只是一块飞亚达朗轩，不过 2000 多元而已。比起这块表，那简直都没法见人了。

一个人纵然不贪财不爱物质，但看见漂亮的好东西也是会心动的。邵雪琪拿在手里细细地看了一会儿，幽幽地瞥了一眼许国，说:“好漂亮的表！”

谭润铃笑着说：“这表还好，不算贵，也就 2 万多欧元，还拿得出手。你呀，低调得就带块浪琴。现在你生病了，要放松自己。我呢，就自作主张给你买个这个戴。你戴上看看。”

邵雪琪将这块镶嵌着碎钻的手表系在腕上，顿时整个眼中都熠熠生辉。许国看得出妻子真的很喜欢这块表。他不是一个扫兴的人，于是把想说的话悄悄地咽了回去，反而随口讲起了宝玑表的故事。

“今天的宝玑表的序号都由三到四位数字和两个字母组成，而这三到四位数字一定位于 250 到 5250 之间。这是因为宝玑一生制作的所有作品，只有 5250 枚。1 号到 249 号作品的资料在法国大革命时被雅各宾派一把火烧掉了，宝玑带着当时还未完工的 5 号怀表跑到了瑞士。所以今天可以被考证的宝玑作品，除了诞生于 1794 年的 5 号怀表以外，其余序号都是从 250 号开始的。设计 5 号怀表时，最初设计中其实使用的是大明朝的火珐琅表盘，后来宝玑接触到了珠宝设计中常用的玑镂刻花工艺，于是这款 5 号怀表就成了世界上第一块采用玑镂刻花表盘工艺的作品。这种工艺后来也成了宝玑作品的标配。”

谭润铃和邵雪琪不禁听得入神了。

“呐，阿铃，你戴的这块那不勒斯皇后和法国的皇室有关。想当年，拿破仑一战成名，荣升陆军中将以后被派去远征埃及，出发前就找宝玑买了三块表，结果回来就当了法国皇帝。刚刚当皇帝的实力宠妻狂魔拿破仑给老婆大人约瑟芬皇后订了一块镶钻的金表。他妹妹那不勒斯皇后卡洛琳也订了宝玑的两款表，其中一款是‘手镯式的椭圆形腕表’，也就是这款表。它是世界上第一款腕表。”

“所以啊，阿铃你是好眼光啊！选的都是又漂亮又有意义的表啊！”

“哈哈，被你许大区长夸得我都不好意思了。”谭润铃开怀大笑着说，“好了，不打扰你们小聚了。阿琪要好好保重身体，我先走了。”说罢，谭润铃站起身来告辞而去。

谭润铃前脚刚走，西江市第一人民医院肿瘤科穿着白大褂的蒋主任后脚就来了。

看到许国，蒋主任就冲许国说：“许区长，你总算来了。阿琪的病倒不妨事，不过，有些字要你去签。等会儿你来我办公室签字吧！”

许国听了心头一松，忙点头说道：“好，等阿琪喝了汤，我就去。”

蒋主任扶了扶眼镜，点头说：“阿琪，你先喝汤，等下护士过来给你做理疗的时候，你让许区到我办公室签字。另外你记得吃药，那个药反应有点大，不过你要坚持吃。”

邵雪琪赶忙答应。

蒋主任走了以后，许国陪着邵雪琪喝了鸡汤，等她休息下来，就匆忙赶到蒋主任的办公室。到了办公室，见蒋主任在给人看病，许国不敢打扰，便在门外等了一会儿。等病人走了以后，他才走进去。

蒋主任看了看他，叹了口气，拉着许国走到里面的检查室，说：“许区长，阿琪的情况不太好啊！”

许国悚然一惊。

蒋主任严肃地说：“淋巴瘤的最大问题不是痛，而是免疫力低下，分分钟不知道什么问题就得病，进而影响全身各个器官。现在的治疗方案是以靶向放疗为主，辅以中医药治疗，但是放疗带来的毒副作用非常厉害。你怎么看？”

许国想了想说：“淋巴瘤的治疗我不懂，还是要蒋主任你来把握。但是就你来看，阿琪的身体能顶得住放疗吗？”

蒋主任说：“说实话，以我们的技术而言，我们治疗非霍奇金淋巴瘤的治愈率要低于西方国家。西方发达国家癌症的治愈率是60%~70%，而我们只有30%~40%。我觉得，如果有办法有条件还是去西方国家的好医院医治。阿琪毕竟还年轻，扛过放疗初期的痛苦，在国外的机会可能更大一些。”

许国的心好像被一只无形的手狠狠地攥了一下，痛得厉害。

蒋主任看了看许国的神情，叹了口气说："老许啊老许，我真想骂你一顿。你怎么就不明白呢，现在这个时候是阿琪的命重要，还是你的官位重要？你去扶贫，回来官升一级，可阿琪也是和你从大学毕业就走到现在的人啊！这么个好老婆对你就不重要了吗？不管是不是出去治病，在治疗的时候你陪在身边对她而言就是最大的精神支持。癌症病人除了医疗救治，最需要的就是精神支持，治愈癌症一半都要靠精神胜利法啊！你不当那个副区长，不升官，以你的能力，过得好很难吗？难道你就那么喜欢建功立业？真不知道你是怎么想的！"

蒋主任是肿瘤方面的大专家，许国和他也有十来年的交情，一向温文尔雅、温和待人的蒋主任今天差点把许国骂得抬不起头来。

许国也是有口难言，只得点头受教，心里说不出的沮丧。

蒋主任发作了一通以后，不再理许国，就拂袖而去。

许国只好觍着脸从检查室又跟到蒋主任的办公室里。蒋主任从抽屉里面拿出一沓化验单、报告单、通知书甩在桌子上，说："签个名，然后去缴费处先结了账单。记得要开大病医疗的单，不然交钱都交穷你！"

许国弯着腰，在蒋主任的办公桌上把名字都签了，一时间禁不住悲从心来，眼眶发热。许国用手背擦拭着眼睛，内心深处叹了一口气，自古忠孝难两全，自己的确想干出名堂证明自己，但上天却不怜悯自己和雪琪，未来只能是负重前行了。许国对未来一片迷茫。他拿着这一沓纸大步走向医院的缴费处，出门的时候，蒋主任重重地叹了口气，说道："天下大事，生死为大啊。"

许国回到病房的时候，邵雪琪戴着那块宝玑表在病床上睡着了，安详静谧的病房里只有细微的呼吸声。

许国坐在椅子上端详着邵雪琪，瞬间仿佛回到了多年以前。

那时候他们都很青春。那时候每一个初夏的傍晚，他和苏醒都会跑到广外去溜达。从华工到广外骑单车要一个小时，可是他还是想去，他想在那里看到那个曾经邂逅过的白衣飘飘的女生，他知道那个女生是读德语的。他每次都在那条林荫道的梧桐树下坐着或者徘徊，而苏醒则四处乱窜，到处看美女，找老乡。

那天，他记得非常清楚，天边是红彤彤的火烧云，阳光从云后射出，给云彩镶了灿灿的金边。她从林荫道那边走来，穿的是泡泡袖的连衣裙。是什么颜色的？记不清了，好像是白色又或者是淡黄色。不过那天她抱着厚厚的书本，娴静俏丽的样子真是美极了。许国不记得是怎么和她搭上话的，然后陪着她走了一路，许国觉得幸福感爆棚了。

那年冬天，或许就是12月吧，许国和她一起徜徉在校园里面。寒风吹过，衣衫单薄的许国觉得有点冷。邵雪琪解下自己的围巾给许国围上，而她踮起脚给他围围巾的时候，许国吻了她。没有玫瑰，没有蜡烛，没有礼物，就这样，他们相互钟情。

一个周日的下午，宿舍里没有其他人，许国坐在床上，她倚靠在门边。许国借用苏醒的吉他，边弹边唱。是的，那天唱的是《情义俩心知》。

你有情，盼我有义
假的话，不可以
同样地，我有情，盼你有义
真的话，轻私语，融融蜜意
凝望着我，你态度带着怀疑

担心爱总有分支

凝望着你，我说愿意任何时

完完全全呈奉我痴

你有情，盼我有义

假的话，不可以

同样地，我有情，盼你有义

真的话，轻私语，融融蜜意

…………

她笑起来真好看。

那是一个圣诞节的夜晚，许国牵着她的手，说："毕业了，你去西江外贸公司，我去西江化纤厂，我要和你在一起。"

"嗯，记得要陪我回家见我爸我妈。"她的声音细细弱弱的，却充满着坚定。她真的很美很美，许国觉得自己能够记一辈子。

许国的嘴角不自觉地泛起一缕微笑。

邵雪琪醒了，看着眼前这个痴痴望着她的男人，心里忽然涌起一阵酸楚。但她却微笑着坐了起来，说："许国，我渴了。"

许国麻溜地站起来，拿着她的杯子去饮水机接了杯水，半热半凉掺好，用唇试了试水温，然后双手捧着递到她的手边。

邵雪琪接过来，喝了一大口，觉得舒服了些。她的视线又落在了那块宝玑表上，抬起手端详了半天。

许国凑过来也欣赏把玩了一会儿，然后鼓起勇气对邵雪琪说："阿琪，你觉得这样好不好，找个时间你把表还给阿铃吧。"

邵雪琪抬起头来，看着他，脸上已没了笑容。

许国说：“我……我这些年也没帮苏醒做什么，收他这么好的礼物，不太好。”

“这是阿铃给我的手信，”邵雪琪淡淡地说，“关你和苏醒什么事情？”

“阿琪，我知道你喜欢这块表，到时候，我去香港买了给你，别人买的哪有老公买给你的好！你把这块表退给阿铃吧。毕竟我是官他是商，我们和他们之间也不需要通过这些礼物来加深感情。好不好？”

邵雪琪白了许国一眼，心里酸楚的感觉更浓了。苏醒当年也是一穷二白地从工厂停薪留职出来奋斗，现在都快成了上市公司的大老板，而当年起点比苏醒更好的许国，只是按部就班地走到现在。谭润铃身上的衣服首饰，邵雪琪买不起也不敢买，总担心给许国的前途带来影响。这么多年，许国给她许下的诺言——买这个要那个，结果大都是镜花水月，没有几个实现过，现在连好朋友送的东西都不敢要。

邵雪琪拿过表盒，从手腕上摘下手表，装回表盒，扣上，放在枕边，微笑着对许国说：“好，那我就等你买给我。”

第十章 暴怒

“爸爸——”

许国推开家门的时候，一个轻巧的身影扑到他的背上。

是女儿晓晓。晓晓读的是西江市第一中学，功课紧，平常都住校，只有周六下午和周日上午回家。说起来，许国差不多一个月都没见过晓晓了。

晓晓从许国背上跳下来，转头看到正慢慢从后面走来的邵雪琪，又惊又喜地大喊：“妈妈，你出院了。”

许国做了个鬼脸说：“你妈没出院，只是从医院出来回家住两天，过两天还要回去住院，现在是回家探亲呢！”

晓晓抱着邵雪琪，说：“妈，你好瘦啊！治病——啊——”晓晓看到邵雪琪苍白瘦弱的手背上那一个个针眼，心疼地大叫起来，眼泪扑簌簌地往下掉。

反倒是邵雪琪笑着揽住女儿，说：“傻妹，哭什么？生了病就要打针吃药的啊！打针吃药病才会好起来啊！对了，你最近模拟考成绩怎么样？”

晓晓擦去眼泪，眼眶红红地噘着嘴说：“妈，你怎么回来就问成绩啊？天天什么事情都管，生了病还操心那么多！”

许国赶忙过来打圆场，说：“晓晓，你妈关心你啊！何况现在你都高三了，马上不到一个月就高考了，妈妈当然想你考个好大学。怎么样？专业考虑好了吗？”

晓晓捋了捋长发，坐下来，从桌子上摸了支笔在手里，一边玩一边说：“我这次模拟考语文 119 分，数学 93 分，英语 140 分，综合科 220 分，总成绩 572 分，全年级文科排名 82 名。”

“晓晓，这个成绩只能说还可以，数学拉分了。”

“嗯，数理化太惨了，英语单科都差不多全年级前三了，这都拉不动。综合里面也是物理、化学丢分多。”晓晓手里的笔不停地在手上打着转。

“这个成绩考个一本是可以，但重点大学有点悬。这次你是发挥好，还是算发挥差？”许国从晓晓手里抓下笔来，温和地问道。

“发挥算一般吧，综合还可以再考好点，数学基本就这样了，语文要看作文题目，碰得好就写得好。”

“嗯，那就放松点，抓好综合科。”许国正说着，却见邵雪琪柳眉倒竖，拔高声音吼道：“放松什么啊！这个时候一定不能放松，多做习题，把总结的难题做清楚，数理化不懂就问爸爸啊！他是学理工的，那些题他不会讲也会做啊！你也是，许国，你不能这么纵容晓晓。北大、清华和西江大学都一本录取，但能一样吗？”

许国被吼蒙了，邵雪琪一向都很温婉，很少发脾气。不过就晓晓的高考，两人倒是争论过好几次，但这还是第一次邵雪琪就晓晓高考的事情冲他发脾气。

许国分辩说：“我没有纵容晓晓，但现在离高考不到一个月了，怎么补都没有用的。现在最重要的是巩固能拿分的，两可的尽量拿分，拿不到分的就放最后拼一把。这样她就稳了啊。考北大还是考西江大学，这要看晓晓自己的发挥啊！”

“就是你，许国，你就是只管自己！晓晓从小你就管得少，现在是人生最重要的高考，你还这么纵容她。她要是考不好，我唯你是问！”邵雪琪怒气不消。

许国心里顿时雪亮了，这是阿琪在借题发挥。把手表送还，女儿也失去了到国外读书的机会，阿琪心里有气呢！

“好好好，唔好吵了！阿琪，如果晓晓考唔好，我捋鸡毛扫帚打阿国，好唔好？”许国母亲的一句插话把邵雪琪逗笑了。

“奶奶，你个阵时打佢都冇用。”邵雪琪狠狠地剜了许国一眼。

“先去洗手饮汤，今日煲咗土茯苓汤，滋阴祛湿，阿琪你饮多啲！”许国母亲说。

吃完晚饭，晓晓溜到自己房间复习去了。许国洗了碗就走到房间里，看邵雪琪靠在床头闭目养神，就轻手轻脚地坐下。刚掏出手机想看看微信，这时候邵雪琪睁开了眼睛，眼中满是忧虑。

“怎么了？”许国轻声问。

“唉！许国，你说晓晓现在这个成绩不上不下的，怎么办啊？你又不能辞职去苏醒那里，晓晓未来要是读个一般的大学，以后怎么办啊？”

“阿琪，你知道的，现在就算我辞职走人都不容易，郑副部长那天找我谈话的时候已经说清楚了。晓晓现在的成绩只要发挥不失常，冲重点还是有希望的。我也跟我的研究生导师打过招呼了，吴教授也答应成绩出来之后帮忙，只要不是太差就让晓晓去暨南大学，这个事情问题应该不大。”

"嗯，希望晓晓争气吧！"邵雪琪无可奈何地叹了口气。"苏醒的儿子现在在爱丁堡大学读金融，看这个架势就是回来继承天醒集团的。咱们晓晓成绩一向都不错，却只能在国内读书，真希望晓晓到国际一流大学去学习，唉！"

许国站起身，说："阿琪，你别操心了。暨南大学也是不错的学校，何况毕业了以后，再考个国外的研究生，也不比在国外读本科差。那个时候无论如何我都会送晓晓去读。况且，晓晓和苏梓鹏不一样。苏梓鹏要继承家业，未来接手那么大个上市公司；我们晓晓是个女孩子，过得安稳就好了。"

"你啊，就是没有苏醒那种敢打敢拼的劲头！不然你也能拿几十个亿的家产给晓晓继承了！"

"哈哈。"许国尴尬地笑了两声说，"各人有各命！"

第二天下午，许国和陈一龙、蔡国权一起向区委书记冼志豪汇报邛山之行。

许国说："都说大邛山的脱贫攻坚是全国最难啃的硬骨头之一，这一点都不假。我跑了几个最贫困的乡和村后发现，很多贫困村七八成都是土房，山路崎岖、泥泞不堪，下村考察一趟，车子除了前挡风玻璃，其他地方都沾满了泥浆。我把我们的扶贫工作初步总结为'千里之外'现象。一是西江和邛山有千里之隔的路途；二是两地之间的历史文化、生活习惯和风俗有很大的差别；三是体会到西江市委对千里之外的扶贫干部无时无刻的关心与关注。"

冼志豪向许国投来了赞许的目光。许国接着说道："解决问题要抓主要矛盾。住房安全问题是当地实现'两不愁三保障'最大的短板，我觉得可以以住房安全问题为突破口，这里面牵涉的民族问题、经济问题都不大，是福利性的措施，反对声会最小。其次，我觉得在对口扶贫当中，我们最主要承担的责任应该是搞好基础设施建设，为实现大邛山地方经济健康快速发展创造良好的外部条件。最后，就是要将为贫困户‘输血’与激活他们自身‘造血’相结合，激发他们脱贫致富的决心和意志。因为过多地‘输血’，有可能会使他们产生依赖性和‘等、靠、要’的思想，在解决他们基本生存条件的前提下，要让他们自己努力脱贫。这个就要和当地政府协商解决易地搬迁的问题，脱离恶劣的环境对激发他们的脱贫意愿有着非常重大的影响。同时，通过搬迁和再集结，对打散乡村宗族势力和移风易俗很有帮助。”

冼志豪肯定地说：“老许，情况摸得很清楚嘛！”

在德城区做过南庄镇委书记的陈一龙在产业扶贫上有自己的独立思考，他认为邛山的脱贫可以从以下几个方面着手。一是扶持种植业发展。邛山的自然气候条件比较差，可以扶持一家贫困村农民合作社扩大规模，形成示范效应，辐射带动附近贫困村的产业发展，带动贫困户脱贫致富。二是指导集体经济良性发展。组建村集体经济合作组织，开展资产收益扶贫，有效增加农村集体经济收入，带动贫困户脱贫。三是用合作社带动富民产业。成立种植、养殖合作社，带动农户发展特色种植业和养殖业；还可以吸引西江市乃至珠三角地区的资金，投资兴办邛山特色产业，加强科技培训，通过吸引民资、招商引资，鼓励私营企业和能人大户通过领办等方式，投资兴办特色产业经营实体，推进邛山的农业特色产业向专业化、集约化、规模化发展。同时，加强科技培训，加大科技投入，请专家、技术人员讲学指导，组织干部、群众外出参观学习。要以市场为导向，成立特色产业农民专业合作社，组建临时党支部，按照“党支部＋合作社＋农户”的模式，实现农产品产、供、销良性互动，流通顺畅。

冼志豪看着自己的爱将调侃道：“老毛病又犯了，不是产业，就是开发，一龙你‘贼心’不死啊！来来来，大家喝茶！”

蔡国权则从“搞好两地关系”的角度讲述了自己的看法。他认为两地党政机关要切实加强互动，西江干部不能两手空空地去扶贫。德城区只有多做几个具体的扶贫项目，才能赢得当地政府的认可。西江市派出的干部外出工作要有一定的项目资金使用权，这样腰杆子才能硬起来，就容易打开工作的局面了。同时要重视基层党建工作，加强贫困村的党员队伍建设，对党员队伍采取有针对性的培训措施。贫困村缺乏“领头雁”，推进工作无从谈起。针对驻村干部也要组织相应的培训学习，拓展他们的思路，帮他们找准脱贫的长效路子，并从组织机构、人员力量、经费保障等方面予以补充加强。

“我绝对支持老蔡的党建工作，这是我们所有工作的根本。”冼志豪敲了敲会议桌，表态式地总结道。冼志豪是省委办公厅空降干部，口才极好，非常善于分析问题并对问题作出归纳和总结。

刚刚汇报完，正在和其他人商讨着手准备组建西江市德城区对口邛山扶贫协作支教医疗建筑产业等工作组事宜的时候，苏醒的电话打了进来。

许国走出会议室，接起电话，听见的是苏醒怒气冲冲的咆哮：“许国，你是个傻瓜啊！”

许国：“老苏，你干吗骂我？”

“骂你？你都不把我当兄弟，我不骂你骂谁？”苏醒的声音隔着屏幕都是怒气值爆表。

“你让阿琪退表回来是几个意思？阿铃去德国走一趟送个手信给阿琪你都要管？不就是一块表嘛！我和你什么关系，送块表算什么啊！我又不是让阿铃去贿赂你。这么多年了，老子找你办过什么事情没有？你又帮我办过什么事情没有？当年我想让儿子读西江一中，打过电话叫你帮忙，你帮了没有？本来你只要帮忙找一找教育局局长和一中校长就可以了，你就是没有动过，还跟我说什么要避嫌。最后我实在没办法，一年花几十万送儿子去国际学校读书，你还说我钱多得烧手。我那不是没有办法么，求你这个几十年的老朋友都求不上。我赚钱容易吗？我管人骂人你看见过吗？我应酬时喝到胃出血你见过吗？我为争个项目，在别人办公室外面坐十几个小时你看到过吗？

“我的公司要上市了，你以为上市就发大财了？所有的东西都得公开透明，要对股东和董事有所交代，要参与国际竞争，要进行行业尖端研发，哪样不是让人吐血的事情？而你坐在办公室里看看规划就可以了！呸！我送出去的东西从来没有被人退回来的，没想到破天荒第一遭居然是被你这个跟我有几十年交情的同学退货！我告诉你，我和阿铃送表不是因为你许国，而是因为阿琪。阿琪我也认识20年了，也是我苏醒20年的老朋友。跟着你这个胆小如鼠的风流才子20年，连个像样的手表都没有。我就送，我就送，你许国管那么多干吗？如果有一天有人说我贿赂你，我就去投案自首说，从来就没有求过许国办事！”

许国还没有说一句话，苏醒啪的一声就把电话给挂了。

许国再打过去，苏醒死活不接电话。

被臭骂了一顿以后，许国也没了心情，也没有再打电话过去。

不久，马厅长的电话打了过来。

“小许啊，回西江了？”

“是，马厅，我昨天下午回到西江的。”

“这次去邛山怎么样？有没有信心啊？”

“那个地方超乎想象的穷，也超乎想象的复杂，要改变面貌不是一时半会儿可以搞定的。”

“嗯，不然也不会被称为‘硬骨头’啊！你的事情我了解过了，也和你们西江的齐威书记说过。齐书记是我研究生班的同学，齐书记说，你是机关里出名的‘拼命三郎’，年纪也比较轻，有潜力，组织上看好你。锻炼一下你，未来有望朝更高的位置发展。还有，最重要的是去年‘12・15’地陷事件，省纪委、中纪委都还在盯着。你虽然不是主要责任人，但外面的各种流言蜚语不少，纪委还没有下定论，所以，这个时候你不能打退堂鼓啊！这是对你未来有影响的。”马厅长的声音温和而有力。“你放心，我和齐书记讲了，他会安排时间和你聊两句。”

“好的，谢谢马厅。”

挂完电话以后，许国认命般地把手机狠狠地扔到沙发上。手机落上去，被弹得老高，然后重重地跌在地毯上。他沮丧地低着头从口袋里掏出一包烟，抽出一根点燃，大口大口地吸着，喷着，又狠狠地将半支烟揿灭在烟灰缸里。

那是他的噩梦！

去年12月15日凌晨，在德城区修建的地铁2号线出现塌陷事故，当场死亡11人，受伤8人。这个事件惊动了中央和省委，传言这里面有权钱交易。就调查来说，许国的下属的确有些说不清楚的事情，但天地良心，当时主管这方面工作的许国的确没有收过一分钱，也没有玩忽职守，而具体牵涉“12・15”事件的下属公司的直接责任人又在事故中丧生了。许国非常担心这个事情会让他遭到“留置”，这样他和他的家庭会遭受毁灭性的打击。

许国深深地知道，虽然自己没有手脚不干净，但在下属的问题的牵涉下，自己到时候怕是浑身是嘴也说不清楚。

这次他答应去邛山扶贫，也有立功赎罪、自证清白的心理在里面。如果他当时答应苏醒辞职出国，恐怕有可能连海关都出不去，而且也会牵连苏醒。

天醒集团上市会使苏醒的事业再度走向另一个高峰，如果因为自己使这么多人受损，许国觉得自己百罪难赎。

“傲气傲笑万重浪，热血热胜红日光，胆似铁打，骨似精钢，胸襟百千丈……”手机蓦地响起林子祥的《男儿当自强》，来电话了。

许国茫然地抬起头，望向地毯上的手机，是个陌生号码。他捡起手机，接通电话：“喂？”

电话那头传来悦耳却冰冷的女声：“你好，我们是天鹅湖香槟公馆，现在推出豪华大户型150平方米到……”许国没有听完便挂断了。

放下手机，许国像是被抽走了浑身的气力一样瘫倒在沙发上，他愤懑，他沮丧，他伤心，他憎恨。

待了大概五六分钟后，许国从沙发上站了起来，用力揉了揉自己的脸。他不允许自己被负面情绪影响太久，这是那年他从化纤厂团委书记调到市工业局当科员被领导无故批评以后，自己给自己定下的规矩。

许国告诉自己：我必须冷静客观，思路清晰，有计划。

走出门口的时候，他的脸上已经挂着微笑了。来吧！谁怕谁啊！

“什么时候出发去邛山？”

“最迟下周一就要过去，市委组织部已经下文件了。”许国微笑着看着满脸担忧的邵雪琪，“箭在弦上，不得不发，不去也不行！”

“下次什么时候回来？”

“不知道。不过我会安排的，回来前先跟你说。以后每天晚上我都会打微信视频电话回来，你就不用担心了。”

“嗯，在邛山自己要会照顾自己。少喝酒，注意安全。”

“知道了，我的老婆大人。”

“别光知道哄我，这个病我自己心里清楚。过得关就好，过不了，你就要一个人了。我倒不是放心不下你，你要再找个也不难，就是可怜晓晓了。”

“阿琪，别胡思乱想了。你现在最重要的就是放下所有的想法，治好病，我还要和你一起去周游世界呢。世界那么大，我还想和你一起去看看呢！”

“阿国，你想什么，我很清楚。公务员是困身的，开不完的会，写不完的材料，谈不完的公事，看不完的文件，忙不完的应酬，摆不平的麻烦。结婚这么多年，你也就陪我去过海南和香港，别的地方都是我带着晓晓去玩的，你别哄我了。”邵雪琪幽幽地说着，面色阴沉带着悲戚，肩膀耸动着发出低沉的抽泣声。

“老婆，我对不起你。这次扶贫结束，我背也要背着你到世界各地去。你不是想看普罗旺斯的花海，不是想去荷兰看风车，不是想看富士山的雪景吗？我扶贫完了就辞职陪你去。这次是真的走不了，不然我就陪你去德国了。这次被组织部压住了，马厅长也没有办法解决，实在是没有办法。”许国点了根烟，内心一阵颤抖。

邵雪琪擦着眼泪，顿了顿低着头说："住了几次医院，我知道自己命不长了。你在邛山尽量多吃点青菜，注意保暖，保重好自己的身体。你也不用戒烟，偶尔交际也需要，但可以不抽就不抽吧，对身体不好。"

"好，我不抽了。"说完后，许国感到浑身乏力。

第十一章
成都街头

“九天开出一成都，万户千门入画图。草树云山如锦绣，秦川得及此间无。”

成都，是一杯酒，绵柔甘醇入喉火辣；成都，是一首歌，浅吟低唱婉转流韵；成都，是一幅画，活色生香姹紫嫣红；成都，是一位女子，典雅脱俗性情泼辣；成都，是一位汉子，似憨却明潇洒自在。

许国不是第一次到成都，但这次去大邛山，他特地借机来了趟成都。一是看看成都的风光，另外也想去成都的电子科技大学去看看上大学时候的一位老师，顺便请教一下。

“坐把藤椅再披件褂褂儿，跷个二郎腿再品着盖碗儿泡的三花儿；你到这儿，成都的茶馆儿要听相声儿，不如听听李老师教你咋样当个纯爷们儿……转手糖饼儿，再去逮根丁丁猫儿，院坝头的娃儿晚上一起耍藏藏猫儿……街边边儿，有拨小娃儿，都在等到吃勒个，勒个，嘭的一声爆米花儿……”出租车上的电台响着说唱歌曲。成都川流不息的人群和来往奔忙的汽车让许国感到一种异样的放松。

比起西江，许国觉得这里真不愧是“天府之国”。也许这里暗地里也有许多不为人知的灰暗，但是精神上绝不如珠三角那种紧绷。嗯，就是“巴适得很”！

到了电子科技大学门口，许国下了车，拖着行李箱走到门口，抬头便看到白发苍苍却精神矍铄的廖永球教授站在校门前四下张望。他忙走上前去，紧紧握住廖教授的手：“廖老师，不好意思，不好意思。”

廖教授豁然一笑说：“走，我在附近茶馆订了个位子，我们边喝茶边聊。”

四川的喝茶和广东的喝茶是完全不同的。

粤式早茶叫“叹早茶”。“叹”在广东话中是享受的意思，不是品茶，而是享受“一盅两件”的美食和熙熙攘攘的气氛。从潮汕走向全国的功夫茶更是步步精心，关公巡城、韩信点兵，八道程序，一步都不能少！

四川的喝茶却大不相同。俗话说，天下茶馆数中国，中国茶馆数四川，而成都茶馆素有“茶馆冠天下”之说。这个“冠”不是别的，而是说四川人特别爱泡茶馆。成都有句名谚：一个人无事大街数石板，两个人进茶铺从早坐到晚。这里喝茶，没有功夫茶那么讲究，泡的是盖碗茶，讲究的是“三吹三浪”。茶以绿茶、花茶为主，铁观音、单枞茶、正山小种之类的市场远不如一碗茉莉花茶来得受欢迎。然而茶馆的功能却是多方面的，可以是私人会客处、行业及各社会团体的联络聚会处、各类信息的集散地、戏剧曲艺的表演场、民事纠纷的调解处。四川人寒暄的一句日常用语就是：“走，去喝杯茶噻！”

于是，许国和廖教授来到附近茶馆的雅间。

小小的雅间布置得十分别致，仿古雕花八仙桌，雕花圆木几凳，墙上挂着不知哪位书家的大作——“云浮山际掩茶院，月涌天心透客居。幽径石寒竹影下，香茶味里夜可无。”笔走龙蛇倒也颇见功力。

服务员泡了两碗蒙顶绿茶，摆上点心、花生，便掩上门出去了。

廖教授说：“许国啊，怎么会调来四川搞扶贫工作啊？西江是工业重镇，还不够你大展拳脚的？”

许国苦笑了一下说：“党员干部是块砖，哪里需要哪里搬，您还能不清楚么！”

廖教授笑着指点着说：“许国啊许国！你还是太有锋芒了。不过，不遭人妒是庸才。你的才华我知道，但也要处理好人际关系哇！你去大邛山搞扶贫未始不是一种出路，暂时脱离西江的旋涡，可以理清思路，锻炼好能力，再上层楼也不是不可能的。”

许国点了点头说：“这次来一是看看老师，另外也是向老师求教的。邛山这块硬骨头应该如何着手打开局面？”

廖教授悠悠地喝了口盖碗茶，沉吟起来。隔壁隔间里传来吆五喝六的麻将洗牌声，其间还夹杂着一两句“瓜娃子”“哈戳戳”“说个铲铲”之类的富有四川特色的亲热“问候语”。他缓缓开口说道：“说真话，我从来不担心你的能力，读书的时候你脑子就转得比别人快，又干了这么多年基层工作，解决问题的能力从来都不缺少。你真正的难题在于：一、你和当地干部之间的合作沟通。你不会留在邛山一辈子，也挡不着别人升官的路。但是扶贫这个问题上，你和当地干部之间的工作怎么分配？当地干部要的是什么？你能够帮他们什么？这是个相处的问题。出成绩不难，出了成绩怎样各取所需，这个度，你就必须把握好！二、就是经济问题。扶贫资金的使用和监管，扶贫工程的透明和监督，扶贫政策的落实，这些问题比你给贫困县增加几个亿 GDP 更关键。除了你自己不能贪不能松，对下面执行的人更要抓严，他们出问题，你就等于白白努力了。三、积极加强社会资源和大专院校的调动和合作，把社会扶贫力量与院校科技力量调动起来，结合‘农村电商’‘互联网+’等概念打造出一批有代表性的扶贫品牌，时间短见效快。四、注意对自己和工作组的宣传。多组织记者和新媒体力量对扶贫的工程项目进行报道，提高曝光度。就像那些歌星、影星一样，不断发酵热度，这样你才能尽快成为标杆典型，进而被上面注意到。就算不马上提拔，也可以留下印象，为以后再进一步打下基础。”

许国听着，慢慢地呷着清香的蒙顶绿茶。

两人聊了几个小时，许国也把自己在大昭的见闻和感受和盘托出，对关于如何开展工作也非常详细地讲述了自己的思路。廖教授则点评了其中的一些得失，双方谈得十分尽兴。

许国喝了一肚子茶，不免有些饿了，廖教授就点了一堆什么肥肠担担面、叶儿粑、伤心凉粉等，摆满了整张桌子。成都是吃货的天堂，这绝对名不虚传，两人吃得肚子都圆了。

出了茶馆，许国正打算回酒店歇会儿，晚上再去九眼桥酒吧街见见朋友，明天就可以奔赴邛山了。此时迎面看到两个年轻的身影向这边走来。

一个满头大汗，身形白白胖胖，剃着溜光的脑壳，头顶留着一小块盖顶，憨态可掬的青年跟着一个背着吉他的女孩从门外快步走过，似乎这对小情侣正在闹别扭。那个青年说：“索玛，索玛，你听我说嘛！”

那女孩停下脚步，没好气地说：“说什么？”

许国听到索玛两个字，不禁心里一动，停下脚步看了过去。

那女孩大约20岁，满头黑发扎成马尾辫子在脑后摇晃，中等个头，穿着白色的衬衣、磨白的牛仔裤、白色的运动鞋，正是青春无敌的年纪，显得极为靓丽。女孩五官精致，如巧手匠人精心雕琢的艺术品一般，声音更是如悦耳银铃般，甚是有韵味。

那男孩眉清目秀，圆圆的脸有一种萌萌的感觉，加上身形高大，有点像《超能陆战队》里的大白。他急急地说道："索玛，你这样不行啊！你说你打工挣钱我不反对，但你去酒吧唱歌，唱到晚上一两点，耽误学习不说，还总被你那些彝族同胞缠着。一个月下来挣不了几个钱，老板才给你2500元，何必呢？我写程序也够你用了，你自己好好学习不好吗？"

"不好！我的钱我自己赚，你的钱是你的，你写程序也很累，没必要来补贴我。"女孩半扭着身子不看那男孩。"我是彝族人，多认识一些我的同族人也很好啊！他们还来酒吧里捧我的场，点我的歌。我也想好好学习，但是如果我不能多赚点钱回去帮我妈还钱，别人会来家里逼婚的。"

"逼婚？索玛，他们来逼婚，你可以留在成都啊！"

"不成的啊！你别再问了，我求你别问了啊！"女孩的眼泪滚滚而落，背着吉他大步跑去。那男孩忙又追上去，两人一路哭闹着消失在人潮之中。

许国低头想了想，掏出手机拨了个号码："喂！肥猫，才睡醒午觉啊！你知不知道一家叫COCO的酒吧？知道，好，今晚我们去那里喝一杯。嗯嗯，好，再见。"

许国的老相识"肥猫"真名叫贾一飞，是成都著名的一飞冲天建材公司的老板，公司主要销售陶瓷和家具。由于他长年奔走于西江市和邛山州之间，两地皆有很强的人脉，很早就同许国熟悉，许国也想借机了解一下邛山的产业发展情况。

成都为什么是来了就不愿意走的城市？有朋自远方来，这座慵懒休闲的城市有的是方法让你耍得尽兴，吃得"巴适"，睡得"安逸"。到春熙路看完漂亮妹儿，晚上怎么能早早入睡？夜幕降临，才是真正开始要的时候！

九眼桥是文青的天堂和夜生活的根据地，它之于成都，就如同兰桂坊之于香港，三里屯之于北京，新天地之于上海，白鹅潭之于广州。在成都人的眼里，九眼桥代表的并不仅仅是一座桥，而是代表着九眼桥所跨锦江两岸的一片区域。九眼桥的北面，从诚信食府起到丝竹路则是著名的九眼桥酒吧街。巷子、蓝莲花、隔壁子、四合院、菲比、慢格、井介、廊桥等老牌酒吧一字排开，大多都开了十年以上，据说即使换了老板也舍不得换招牌。

酒吧街的繁荣要归功于旁边的四川音乐学院和四川大学，都是大学生，两个学校又都有文艺妹妹，酒吧街因此而出名，从不缺客人。在本地人眼里，一说到九眼桥，就是霓虹闪烁、辣妹云集，整个就是夜生活的秀场。

顺着酒吧街走，不远处就是《马可·波罗游记》中记述的横跨锦江的安顺廊桥。鳞次栉比的灯火阑珊的酒吧里不时有“手撕兔”“清汤抄手”的小摊子闪现，尤为醒目。

夜色降临，华灯初上，成都那最真实最风流的模样才悄然展露。寻求自由的城市旅人来到酒吧点上一打酒水，静静地看着现场表演，举起酒杯共享欢愉。这是一场邂逅的开始，也是一场久别的重逢。在光怪陆离的霓虹光影中，隐没着多少人亢奋的脸和肆意摇摆的身影。

九眼桥的夜场，今夜恣意不打烊！

一走入COCO酒吧，就仿佛进入了一个特色的文创市集，复古又有些微异国风的装饰，会让你想起奢靡的路易十六时代。君士坦丁堡的后宫，舒适而慵懒的设计摆设，一个个或窈窕或轻巧或华艳的身影闪过，青春的粗鲁的贪婪的深邃的声音交错着，玫粉的灯光典雅明快。隔着透明玻璃窗一眼望去，乐队们正在台上深情演绎着。

一支摇滚乐队从舞台上下来，DJ 那煽惑响亮的声音又复响起。

“民谣，民谣，民谣，民谣……”有人在人群中带着节奏。

“领导，你好！”隔着老远，贾一飞就向许国打招呼了，他一个熊抱把许国按到椅子上。贾一飞的嘴里大嚼着食物，大杯地畅饮着慕尼黑啤酒，眼神从走过的那些身影上高耸挺翘的部位浪荡地扫过。他因肥硕的体形和喜欢吃各种高热量的食物而被许国他们冠以“肥猫”的“美名”。他也不以为意，这个绰号差不多快取代了他的真名。

许国拿着啤酒慢慢啜饮，眼睛则看着舞台。

这时候，舞台上走来一个素面朝天、青春无敌的女孩，手里提着一把红褐色的吉他。背后，灯光和背景蓦然切换，是航拍的邛山秀丽的山川风景在一帧帧闪动。她拿着话筒说：“下面我给大家带来一首彝族歌曲《问候妈妈》。谢谢！”

哦　母亲　屋后的荞麦是否已收完
哦　母亲　屋前的土豆是否已收完
哦　母亲　你是否还在屋前的田里劳作
哦　母亲　是否看见父亲还在屋后操劳
哦　母亲　伤心难过时是否有人来安慰
哦　母亲　疲惫不堪的时候是否有依靠
是不是只有温暖的火塘陪伴着母亲
是不是只有冰冷的房柱陪伴着母亲
是不是只有家里的牲口陪伴着母亲
母亲　你的儿独自漂泊在异乡

哦　母亲　屋后的荞麦是否已收完

哦　母亲　屋前的土豆是否已收完

哦　母亲　伤心难过时是否有人来安慰

哦　母亲　疲惫不堪的时候是否有依靠

是不是只有温暖的火塘陪伴着母亲

是不是只有冰冷的房柱陪伴着母亲

是不是只有家里的牲口陪伴着母亲

母亲　你的儿独自漂泊在异乡

咿　母亲啊

咿　是否很可怜

咿　母亲啊

咿　您儿想念你

哦　母亲　屋后的荞麦是否已收完

…………

那女孩的声音纯净甜美，虽说技巧一般，弹吉他的水平更是不见如何高明，就算多年没有弹过吉他的许国也未必比她差多少，但她天籁般的音质弥补了一切。她纯净的歌声非常适合这首歌曲，也非常适合那种来自山林的苍凉悠扬的意境。可是这首歌不适合酒吧，不适合酒吧那种欢乐、糜烂、沉醉的味道。

没有人鼓掌，也没有人注意，不知道有几个人在听。

女孩眼中突然闪出了不为人注意的泪光。

忽然，角落里传来掌声。一个沉稳、有力，充满了鼓励的意味；一个卖力，充满着不服输的感觉。

女孩循声望去，只见一个身穿白色衬衣的中年男子一边鼓掌一边走上前来，后面跟着一个胖子。

许国走上舞台，拿起话筒说："这位歌手的歌非常棒。我也想唱一首歌，送给这位歌手，也送给欢乐的大家。"

正打算救场的DJ赶紧大喊："掌声在哪里？我们欢迎这位大哥给我们大家表演一个。"

台下的男女们都盯着台上。

许国微笑着从女孩手里接过吉他，拨了两下，试了试音，然后冲肥猫点了点头，说："我们来，那就还是唱我们激情燃烧的岁月里的歌。"

"要得！"肥猫微笑着说，顺手拿起了一把贝斯。

"举起你们的双手——我要看到你们——"肥猫吼道。

"嗷嗷嗷……"台下的人附和地吼了起来。肥猫一把扯开胸前的衬衣，手法娴熟地弹出一长串激越的音符。

这很符合酒吧，硬摇滚——《无地自容》！

人潮人海中 / 有你有我 / 相遇相识相互琢磨

人潮人海中 / 是你是我 / 装作正派面带笑容

…………

激越高亢的声音带动了整个酒吧的气氛，遥想在大学读书的时候，青春是那么自信张扬,穷并快乐着。台下所有的人随着节奏,拍着手,打着呼哨,扭动着,狂乱着。

又唱了一首《新长征路上的摇滚》之后,许国彬彬有礼地将手里的吉他递给那女孩,就和肥猫回到座位上继续喝酒。

不久,酒吧老板和那个唱歌女孩端着啤酒来到他们的卡座前。

老板笑着说:“没想到贾哥还弹得一手好贝斯,更没想到这位老哥唱的摇滚超级有味道!今天给我们这位鹃子妹妹救了场,没的说,我带鹃子妹妹来给贾哥和这位老哥敬一杯,感谢!”

贾一飞站了起来,身上的肥肉像波浪一样涌动了一下,笑着说:“莫得事,我肥猫好久没玩摇滚了,今天跟我哥们儿重温一回,就当是聊发少年狂了,不是冲你哦!”然后张口就把一杯啤酒吞了下去。

许国手里夹着一支烟,笑眯眯地没说话。

老板忙把手里的酒喝了下去,冲那唱歌的女孩使了个眼色。那女孩端着酒,满脸羞涩,正要鼓起勇气把啤酒喝下去。这时候,挤过来一个略胖的青年,一把抢过女孩手里的啤酒,说:“我女朋友没把歌唱好,多谢两位老板出手救场,这杯酒我代我女朋友喝了!”然后咕咚咕咚地灌了下去。

许国没理他,笑了笑问:“阿约索玛?”

“你怎么知道我的名字?”女孩惊奇地瞪大眼睛望着许国。

“我还知道你在西南民族大学上学,你母亲叫阿尔里娓,你爷爷叫阿约尔呷,你家在大昭县悬崖村,贫困家庭。”女孩惊呆了。

男孩马上挡在女孩身前,警惕地说:“你是谁?你想干什么?”

肥猫手一拨,也不见如何用力,就把那个男孩拨了个踉跄,说:“小屁孩,先待着,等大人把话说完!”

“阿约索玛，我是到大昭县对口扶贫的，和你们家结对子扶贫。不过，有人嘱咐我，要把帮助给你，而不是给你们家。我今天听了你的歌，觉得很多问题不一定那么简单。我很欣赏你，不过也想借这个机会和你聊聊，行吗？”

阿约索玛毫不犹豫地点了点头。

“很好。那这样，老板，你借个地方让我和小姑娘好好单独聊聊可以吗？”

老板想了想，说，“这样吧！我做个主，老哥你和鹃子在门前的小厅那边聊，我陪贾哥喝两杯。”

那男孩迷惑地看着阿约索玛，索玛冲他灿烂地一笑说：“汤圆，我去聊聊就来，放心吧！”

汤圆这个外号倒蛮适合这个男孩的。

暂时离开了灯红酒绿的酒吧，门前小厅布置得简单而富有书卷气。

鹃子是阿约索玛的艺名，也是索玛汉名“杜鹃”的昵称。

许国坐下，随手又点燃了一支香烟，看着索玛。

索玛已经恢复了镇定，有着彝家女儿的落落大方，讲述起自己和家里的情况。

她家里的情况比那天驻村干部讲得更为曲折。

阿约索玛的父亲阿约阿格原本是那座悬崖村里有名的歌手，人也生得高大英俊，不但会唱歌，月琴、口弦、葫芦笙样样精通，跳月舞、跌脚舞、烟盒舞、花鼓舞也跳得让十里八乡称道。

要知道，彝族能歌善舞是出了名的，有个说法是：会开始说话就会唱歌，会开始走路就会跳舞，会开始喝水就会喝酒！由此可见阿约阿格的能歌善舞确实是出类拔萃的。可惜他没读几年书，文工团之类的也考不上，文化课不过关呐！

20 世纪八九十年代的时候，因为穷困，阿约阿格就出去打工，也赚了些辛苦钱，娶进门来的阿尔里妮是远近闻名的一枝花，人人艳羡。但是好景不长，因为生了三个娃娃，手头窘迫，阿约阿格不得不长期在外打工。因为缺钱，阿约阿格不安心赚辛苦钱，正好认识了一伙同样在外的同乡人。这些人里面有一个是走私贩毒的，阿约阿格不小心染上了毒瘾。毒瘾不但毁了阿约阿格，还把阿约阿格家折腾得倾家荡产，从村里的小康家庭沦落成了超级贫困户。

阿约阿格走投无路，只好去帮那人走私贩毒，但依然是入不敷出。阿约阿格的身体也垮掉了，请了毕摩也赶不走那毒品之鬼，在一次回家的路上，体力不支，掉下了悬崖。

彝族有着厚葬的习俗，为了阿约阿格的葬礼，他的父亲和妻子借了债，杀了牛宰了羊赊了酒，让这个贫困的家庭雪上加霜。

于是，在阿约索玛考上大学的那一年，远近知名的富户倮伍家送来了几十万元聘礼，要为儿子娶索玛。

索玛打心底不愿意这样的婚姻，她上学也没让家里掏钱，可是爷爷赌博，家里还债，两个弟弟上学，还是把聘礼钱给花光了。

按照彝族的习俗，如果退婚，要还双倍的钱，索玛也不愿意回去面对极为讲究彝家习俗的爷爷。于是要强的姑娘就在成都努力读书也努力赚钱，想自己赚上钱，退还礼金。

她在大学里谈了恋爱，男孩就是那个“汤圆”。“汤圆”是汉族，成都人，读计算机，未来的码农，家里是有名的成都小吃传承人。两人瞒着家人，拼命打工、设计程序、唱歌，想赚钱攒钱来解决问题。可是他们赚的那点钱真真是猴年马月也还不了索玛的退婚钱。

两人把钱给了索玛家里，那也是用在索玛的两个弟弟身上去了，索玛没有得到任何补贴。

许国听完，点了点头，胃里的酒精仿佛给他带来了一团火。他从身上掏出一个红包和名片，递给索玛，说："这是我一点心意，发红包是广东的一种习俗，里面有3000元，你拿去，好好读书。以后有什么困难可以找我，我尽量帮你想办法解决。"

索玛看了看名片，泪如雨下，哽咽着说："谢谢许领导，谢谢许领导。"

"不用谢，你好好读书，大邛山未来还是要靠你这样读了书的孩子去振兴，去摆脱那些旧习俗！"

许国长长地出了一口气，闭上眼睛，脑海里浮现出阿英那巧笑倩兮的样子。他在心底暗暗地说："阿英，我不负你所托，但希望你也同样要改变大邛山落后的思维。"

第十二章
彝家新寨

一道强光，冲破了大邛山沉沉的夜色。许国的车在山里的小路上颠簸着，打着雪亮的闪光灯，驶向彝家新寨之地。偌大的工地只有三间集装箱工棚亮着灯。许国对司机说："把车开到亮灯的地方。"汽车一到工棚旁边，许国就跳下车冲着工棚喊道："何队长在哪里？"一间工棚里传来回应声："这里，你直接进来吧。"许国风风火火走进屋里。

西江援助邛山建筑队的副队长——西江市六建的工程师何伟雄拿着工程建筑草图走到许国身边，说："许常委，这片坝子可以建 144 套住房，基本上可以容纳悬崖村里所有的人。这里规划有院落、牲畜圈，饮水、电缆和垃圾处理站都有。"

"嗯，很好！"许国称赞了一句，"有什么困难没有？"

"有！问题很多，最大的问题就是这里施工条件太差了。你看，连'三通一平'都是我们花了快两个星期才做到的。没钢筋，水泥标号不合格，粉刷用的白漆也不够数，我们差点把这附近所有的建材都抢光了。这还不算，运进来也很头疼，大点的车都走不了那个路，总不能人驮肩扛弄进来啊！许常委，要想富先修路啊！"说到后面何伟雄几乎是冲着许国在吼了。

“行行行，我说何工，你唾沫星子都喷我脸上了！”许国一笑，夸张地抹了把脸。“这么看，困难是肯定有的。你呢，去全国采购合格的建材产品；我呢，和杨县长商量一下，让大昭发改局配合一下，发动群众修路。尽快修好路后，你这里也要尽快动工，争取在秋天过后、冬天之前让山上的村民搬进安全住房。”

“你给我条件，我就可以保证完成；没条件，我就是神仙也搞不定。建筑不是儿戏，万一搞成豆腐渣，我们猫监（坐牢）都唔掂！”说着说着何伟雄的粤语又冒了出来。

“雄哥，反正我什么都不管，入冬前你们一定要完成建设任务。西江市出资搞基础设施是比较容易的事情，你们这个不是最困难的！”许国笑着说道。

的确，建筑队遇到的困难还不是最大的。自从许国从西江正式上任大昭，县委就召开了常委会，邛山州副州长、大昭县委书记拉玛拍板，同意了许国提出的易地搬迁思路，决定在大昭设置10个安置点，建设6个新村1000余套安居房。

对于富有房地产开发建设经验的西江市援建队而言这算不上什么特别难的事情，当年汶川地震灾后重建时，他们曾创造过援建恢复中的“超级速度”，180天做完了500天的工作量！但是面对这次援建，经验丰富的建筑队也有些手足无措了，任何伟雄暴跳如雷也无济于事。

许国接着说道：“我还有一件事。你们工地有广东食品吗？我胃口不太好，大邛山的菜多油、多盐、多辣，我是嘴巴吃不得，下面火辣辣，体重掉了十几斤，真的没有办法顶了。”

何伟雄叹了口气说：“我煮一锅状元及第粥一起吃吧。”

然而许国面对的则是更困难的事情。悬崖村的村民在一些老人特别是老银狐阿约尔呷的带领下居然拒绝搬迁。

“我半辈子跑江湖，云贵川我去的地方多了，天上能够掉馅儿饼？这么好的事情，一定是骗人！骗我们下山，然后征用山上村子里的地。到时候我们祖辈留给我们的地没有了，房子也不知道什么时候有，我们就没法过了！”

听到这样的理由，驻村干部杨西康和许国都是瞠目结舌，要知道阿约尔呷可是许国的帮扶对象。许国也算是同阿约尔呷有一些交情了，一时也都头大了。许国自找台阶说道：“搬迁的事情以后再说。”

劝导工作一时陷入停滞。

“工作不顺利啊！”都阿英在政府大院里见到许国时，半感慨半调侃地说，“知道为什么大昭是个硬骨头了吧！”

许国笑着打量了一下都阿英的装束，这次是红色格纹上衣和红色格纹裤装搭配。休闲上衣的收腰使她显得格外窈窕，配着艳红的香奈儿提包和暗红色短靴。

许国说：“阿英，别笑我。要不你这个政协副主席帮个忙，帮我劝导一下，让这些村民易地搬迁。”

“可以啊！拿什么谢我？”阿英娇媚地撇了下嘴角。

“咳咳，对你来说是举手之劳嘛！大恩不言谢，搞定了，我请你吃饭。”许国说。

“切！请我吃鹅肝酱配松露啊！”阿英说。

“请你吃火锅。”

“呸！”

阿英甩头便走。“搞定了请我吃法式大餐，还要有波尔多红葡萄酒，记着账哦！”她甜脆的声音从朝阳初升处飘荡而来。

许国大步流星走上办公楼，迎面正遇上杨兴昌。杨兴昌没有披着擦尔瓦，一身黑色的休闲服打扮，气色似乎很不错。看到许国，招呼了一声，笑着说：“老许，这次你们医疗组可立功了。”

“哦？什么事啊？”

“嗯，你们来的那个光头麦医生厉害啊！前几天在医院治病的时候，几针下去，个把小时，有个好多年走不了路的彝族老阿妈就能走路了，真是神医啊！”杨兴昌说。

“这么厉害？我也是第一次听说啊！”许国也听得十分惊讶。光头麦德龙医生他是知道的，是西江中医院针灸科的副主任医师，他的本领固然厉害，但几针下去就能让病人重新走路的“神迹”倒还是第一次听闻。

“听大昭医院的院长说，麦医生还教医院放射科的医生怎么用那些捐赠的高端仪器，原先空有先进仪器但没人会用。这个麦医生还真是一专多能啊！”杨兴昌啧啧赞叹。

“呵呵，老杨，我们先不说神奇的麦医生了，你倒是说说怎么才能让悬崖村的村民易地搬迁。还有，到安置点的路必须要修，这要拿个计划出来。”

“进去谈。”

两人在办公室里落座，杨兴昌说：“要致富，先修路。没有交通就没有发展，没有发展如何脱贫？这个道理我懂。现在的问题是加修这条路，一是钱不够，二是人手不足。但归根结底还是钱不够，其他都不是问题。”

许国耐着性子听完了以后说：“那就这样吧，让发改局提出一个报告，算清楚要多少钱。我这次从德城区财政要了一个亿过来，给我预算，给我方案，我就签字拨款。不过监理方面要由西江监理方派人。”

“好！”杨兴昌闻言大喜，“老许，你真是个好同志啊！哈哈哈！”

许国说：“还有，搬迁那些村民怎么解决？”

“我老杨亲自去做说服工作，你放心吧，我的财神爷。”杨兴昌兴奋地直搓手，“这个事情包在我老杨身上了！”

许国说：“好，一言为定！”

“一言为定！”

山高谷深坡陡，是悬崖村最典型的自然风貌。阿约尔呷的院子就坐落在牦牛山半山腰上。向前远眺，大半个依洛村尽收眼底。在他的记忆里，村里的贫穷几乎像日出日落一样恒定。从山上往下看，昨天是什么样今天还是什么样。

阿约尔呷早就习惯了守着他的牛、羊、乌金猪和十几只鸡，抽一袋叶子烟，喝两碗玉米酒，看这里的日出日落。他对在坝子那里建彝家新寨不以为意。没错，那里的房子更好，那里政府也分配给各家土地，但金窝银窝不如自家的狗窝。在这里，儿媳妇阿尔里娓在自家的土地上都耕种了近20年了，苦荞、甜荞、玉米、土豆、花椒都能种。在下面坝子里能种出什么花来？准是政府想用山上的土地搞什么，于是就骗大家搬下去。就像以前的扶贫款一样，今天有，明天没有，没个准的。到时候没有地了或者地少了，怎么办？那些娃娃们不懂这里面的弯弯绕，被骗了就不好了。上次自己揭穿这个事情时，那个驻村的第一书记杨西康不是被说得说不出话来了吗？可见这个事情做不得！

杨兴昌紧了紧身上的擦尔瓦，大步流星，昂首阔步走在人群前面。被他在村委会训得灰头土脸的几个村委干部和杨西康在他后面跟着，来到阿约尔呷家门前。

阿约尔呷虽不认得杨兴昌，但知道由村干部陪同来的一定是个大人物。他忙站起来用彝家传统的方式打招呼：“德胜啦！（稀客，早上好！）”

杨兴昌非常规矩地朝阿约尔呷行了个晚辈见长辈的礼。阿约尔呷也还了个礼。

杨兴昌说：“老哥啊！我可以进来讨碗水喝吗？”

“贵客，请进来坐吧。”

杨兴昌进了屋，阿约尔呷坐在火塘边上中间的主位，正在忙碌的儿媳忙给来的人一一斟上滚热的开水。

杨兴昌说：“老哥，我是大昭的县长阿木约布，想和你聊聊。”

“是县长光临，请县长宽恕我礼仪不周。”阿约尔呷有点惶恐，这可是兹莫级别掌官印的人啊！

“是这样，我们县要把这个村子的人都搬迁到山下的新寨子去。你们的承包责任田地呢，县政府也都安排继续承包。到了山下，村子可以有更好的发展。我是来和老哥你商量一下，你是村里的长者，处事非常为村里着想，你要多协助你们的支书和村主任，帮助大家搬下山去。好不好？”

阿约尔呷想了想，说：“尊敬的县长，我一直也很希望村里更好，可是我们一定要搬下山吗？我们祖祖辈辈在这里生活不是也很好吗？”

“老哥啊！祖辈在这里生活，是被打仗逼得没办法。现在政策好了，我们可以有更好的地，有更好的住房，有更好的环境让娃娃读书。老哥你每天对着大山，买包盐巴都要翻山越岭，可是山外面呢，生活超过我们的想象，你让孩子们过得更好，不好吗？你希望他们一直过买包盐巴也爬十里山路的生活吗？”

阿约尔呷点点头说：“县长，你能保证我们下山以后有自己的地，有自己的房，有搬迁补偿款吗？县里穷，大家推我要补偿款，没有钱，怎么搬家啊！”

“搬迁前，县里先发补偿款。”杨兴昌严肃地点了点头，拍拍胸脯说，“搬下山以后，你们可以发展产业，增加收入。如果发不了财，你就来县城找我阿木约布，或者让‘德古协会’来找我。我亲自来处理，给没有挣到钱的人打牛赔礼，给他房子让他挣钱！老银狐，我算是了解了，为什么大家都说你是个只认钱不认人的狠人啦。你是长者，我当着你的面说的话不能作假！”

阿约尔呷想了想说：“好！我相信县长的承诺，我也答应县长协助我们的支书和村主任让大家搬家。”

都阿英面对的是这附近最大的一个家支和“骨头最硬”的家支头人，一个大养殖场的老板，县政协委员倮伍拉格。倮伍拉格也是老银狐未来的亲家。

长期住在大昭县城里的倮伍拉格听说是阿英约他见面，心里非常犯嘀咕。他生意做得大，在四川乃至云贵都有生意，自然和上层接触较多，对都阿英的背景及各种传闻都有所了解，知道都阿英不是一个普普通通的领导。

倮伍拉格反对这些村子搬迁的目的也不同于阿约尔呷那么单纯，他在这些村都有包羊给村民养，到了时候他要去回收的。如果搬到山下，在羊圈里养的羊肯定不如放养的羊能卖出高价。于是他便教了那些村里的人反对搬迁的理由，自己却没有出面。而都阿英这么快就找到了他这个发起人，这让他心里很震惊。

倮伍拉格的办公室很大，但室内灯光较暗，一眼望去是以宽大豪华取胜的土豪款。整个办公室运用了大量流线型的线条，圆形的会客大堂充满流线感的空间分隔。现代造型的红杉木家具利用几何结构和液体流动性线条打造出一个抽象且动态的空间，大班椅却铺着一张野兽皮，显得霸气而冷硬。

都阿英一身红色格纹的装束成为打破这种冷硬的亮色。这里是石头、冰、钢铁，阿英则是艳阳、火、开放的血色杜鹃花。

她微笑着对倮伍拉格说："你的小九九我明白，我也不会阻止你的想法，扶贫政策里有'借羊还羊'的方式，我会让扶贫组购买你的山羊，免费发放给村民养。你就开个价，你要卖多少头？"

倮伍拉格说："都副主席，我也打开天窗说亮话，帮助扶贫和赚钱做生意都是我的本分，搬迁的事情和我没多大关系，我有什么小九九也惹不上官家的大事。"

都阿英说："那好，我哥哥驻扎在成都，他们旅的后勤兵站最近想采购一些牛羊肉，你对军民融合的合作应该会感兴趣吧！我也没有什么要求，你买一批电教设备捐出去就可以了。怎么样？慈善家！"

倮伍拉格两眼雪亮："真的？"

"这是兵站刘主任的名片，你就说是我都阿英的朋友，他会和你谈的。"都阿英从坤包里面掏出一张名片，甩到倮伍拉格红杉木的办公桌上。"赚了钱，你要捐赠，你懂的！"

倮伍拉格拿起名片看了一眼，脸上满是笑容："都副主席愿意交我这个朋友，我求之不得。我们一言为定，我是彝家人，绝对说话算数，该做到的我一定做到。今天都副主席来我们公司视察，晚上我在大昭宾馆雄鹰房宴请都副主席，请您一定要大驾光临，给我这个面子。"

都阿英嘴角露出迷人的笑容，说："没问题。"

不久，许国接到都阿英的电话，让他晚上带几个酒量好的扶贫工作人员到大昭宾馆雄鹰房吃饭。

许国对都阿英的这个电话不敢怠慢，交代了一下工作，匆匆叫了几个在西江扶贫组里称得上“酒场豪杰”的工作人员，直奔大昭宾馆。

大昭宾馆雄鹰房平日是不开放的，那是倮伍拉格用于私人宴请的私房包间，他是这个宾馆的大股东。

倮伍拉格一看到许国的名片，心下更是暗暗点头，知道都阿英给了他天大的面子。这些扶贫工作人员，以后都会是他发展事业的人脉，哪怕用不上，也可以从这些人嘴里获得以前很难听到的信息。所以他更是热情，满口不提搬迁，只说要为扶贫事业作贡献，帮助家乡人民脱贫致富。

倮伍拉格也是好酒量，甚至可以说是海量，在两个助理的协助下硬是把许国和几个扶贫组的酒场高手都灌到桌子底下了。

只有都阿英笑吟吟地来者不拒，酒到杯干，虽然面色艳若桃花，但目光却越喝越亮，毫无醉意。倮伍拉格佩服之至，硬着舌头说：“都……都主席，不愧是女中豪杰！这个酒量绝对是秒杀全邛州！不愧是兹莫！”说着倮伍拉格自己又灌了一杯白酒，然后靠在椅子上，居然打起了呼噜，睡着了！

都阿英呵呵一笑，声若银铃：“倮伍拉格，你是老虎我是武松，你是喝不过我的！”

可怜许国什么都没有听见，他早就被扔在沙发上，两眼发直，七荤八素，连门在哪里都不知道了。最清醒的只有倮伍拉格的司机，跑去前台签了单，然后从后门停车场把一个一个喝趴下的都给扶上车，送了回去。

都阿英自己走上车，一把扯开胸前的衣服，露出里面的黑色蕾丝打底衫，打了个酒嗝，娇媚地冲开车的司机说：“一帮臭男人，喝酒都喝不过我。

擒贼先擒王，攻破倮伍拉格这个老狐狸设置的障碍，既推进了移民搬迁的大事，又帮助了许国。哼，能跟我斗的，还没有出生呢！”

她的司机也不敢回头看，目不斜视地发动汽车，朝前开去，嘴里喃喃地说着：“姐姐，我也是臭男人哩！”

半个月，仅仅半个月，连接彝家新寨的路在四里八乡村民三班倒的努力下被修筑成硬化路面，铺设了电线杆和路灯，能够直达新寨子了。这创造了一个不大不小的奇迹，大大缩小了工程难度。

何伟雄紧锁的眉头也舒展开了。

大多数村庄位于大山深处，交通不便，自然条件恶劣。

好日子不会从天而降，幸福都是奋斗出来的。邛山人将脱贫攻坚作为头等大事，正向绝对贫困发起总攻。

修了硬化路，通了自来水，住进新房子，用上了家用电器，有了致富技能和岗位……

山，还是那座山。山里的生活，变化天翻地覆。

…………

群山环绕，满目苍翠。一条狭长的山谷里，大片新居依山而建。

悬崖村位于大昭县的西南方向，平均海拔2700米。该村的40户建档立卡贫困户从30公里外的大山，集体搬迁到距离城区1公里处的西江彝民新村，再也不用在山上度过寒冬。

走进几户人家，里里外外透着一个“新”字。客厅是客厅，卧室是卧室，有独立厨房、卫生间。有学生的家庭，还设置了书房。城里人居家常用的东西，山里人一样不缺。

“没想到这辈子能住上这么漂亮的房子！”西江彝民新村村民阿尔里娓站在自家新居门口笑了。这批新房子，就是西江对口援建的安全住房项目——每栋房子都是具有彝族风情的小红瓦小院，与远处的翠绿大山遥遥相望。

搬迁到西江彝民新村后，村“两委”大力发展养殖场和“借羊还羊”产业项目，并以技能培训鼓励村民外出务工，鼓励妇女提升自我发展能力，在家自主创业。

“之前我参加了村里的彝绣培训班，现在每天干农活的间隙就绣绣彝绣，等技术好了就做衣服来卖。”阿尔里娓说道。

行走在大昭县，像西江彝家新寨这样的易地扶贫搬迁安置点，一个接着一个，一幢幢新房扎眼而喜人。

居住条件差，住房不安全，曾是彝族群众最头疼的事。邛山州大昭县把建房作为脱贫攻坚的起点，新村、新居、新产业、新农民、新生活“五新同步”。原村适合生存的，就近建彝家新寨；不适合的，易地搬迁。

山高路远也无法阻挡西江人工作的脚步。西江速度、西江效率依旧在千里之外的邛山深处充分展现。据了解，工作组和当地干部群众在确保质量和安全前提下，抢抓进度，在不到3个月的时间内共援建安置点10个，援建安全住房1023套，让5000余名贫困群众住上了新房子。

——《西江时报》（记者招楠）

第十三章
西西弗斯陷阱

国家扶贫办宣教司司长夏志坚要到邛山州进行扶贫检查调研，听到这个消息，金石开有了一丝紧张。第二天一早，金石开就带着扶贫办科员李想赶往广州白云机场，他们选择了一条飞往贵州的航线，然后由贵州转机到邛山州。

其实，夏志坚并不是当天就到，金石开两人想早点去，好把工作做得主动些。

早上的班机使人非常困乏和疲惫，两人一路飞往贵阳。到了贵阳机场，金石开急急忙忙领着李想奔到了茅台酒专柜，专柜的柜员却不知去向。金石开盯着各种茅台酒，心里打起了算盘，喝什么酒好呢？如果说喝三十年的茅台，一瓶差不多10000多元，恐怕买不了两瓶。想了半天，还是决定熬到中午买4瓶普通的飞天茅台。

中午，茅台专柜的销售员终于出现了，她盯了一眼站好的队伍。此时金石开和李想排在了队伍的前面，后面还有几十个人。每天贵阳机场茅台专柜仅供50瓶飞天茅台，每人两瓶，每瓶1499元，也就能供应25人。李想早已把排队的人盯得清清楚楚，他和金石开分别站在了第七、第八位。

前面的人已经不耐烦地催促销售员，老金原本只是想碰个运气，没想到今天能够顺利买上。

等到前面的人买上平价茅台酒的时候，李想的脖子已经升得像长颈鹿那样。他一直盯着销售员手中的茅台酒，欣喜地看见还剩三十来瓶。李想和金石开分别买了两瓶，满心欢喜，终于把一口气放在了心里。任务完成，金石开带着李想到了二楼餐厅，找了个座位，吃起了50元的标餐，每人一个盒饭再加一个小菜。李想点了杯饮料，顺便帮老金叫了杯红茶，就等下午的飞机了。

随着飞机的轰鸣声渐小，虽然经历了晚点，但终于在傍晚抵达了建昌机场。出了机场，叫了辆出租车，两个人并没有直接奔大昭县，而是选择在建昌宾馆住下。因为到目前为止，金石开并不知道老同学夏志坚明天什么时候到达。

第二天早上八点半，上班时间，金石开毕恭毕敬地拨通了夏志坚的电话："夏司长，早上好，您出发了吗？"

电话的另一头，夏志坚不耐烦地挂断了电话。隔了20分钟，电话打了过来："老金啊，我真的很忙，你不要老打听我的行踪，这样也不好，你该忙什么就忙你的。"

"夏司长，我就一句话，您什么时候来？"

"航班大概下午四点到，别的你不用管。"说完就把电话挂了。

金石开苦笑着对李想说："准备一下吧，我们三点钟到建昌机场去接我的老同学，国家扶贫办的夏司长。"

早上金石开觉得无聊，就带着李想去看建昌古城。沿着古城斑驳的路，金石开缓慢地登上了古城墙，遥望着城墙外邛海的苍凉和宽阔，不禁心生无限波澜。李想则跟在后头。金石开想静静，就独自走到城墙边拿起烟抽了起来。

早年夏志坚和金石开是宁夏大学政治系的同学，但命运就是这样，夏志坚通过自己的努力，从宁夏走到了北京，从一个普通干部成长为国家的司局级领导。而金石开在人生的岔路口来到了广东，选择了一条感受改革开放激情的路。

人生就是这么奇妙、复杂，这么多年来，金石开也曾动过想求夏志坚在发达的时候拉自己一把的念头。但是，夏志坚都以淡泊名利为由，谆谆地告诫老金："老金啊，为什么要把名利看这么高呢？实际上我跟你有什么区别？"

金石开在当了西江市扶贫办主任以后，因为工作的原因每次去北京，都先要找高中同学、京城著名房地产公司金融总监晨晖，才能约出夏志坚。

思绪漫长，下午接近四点的时候，夏志坚乘坐的飞机缓缓地降落在建昌机场。刹那间一种莫名的自卑和无奈涌上金石开心头，他的眼眶有点湿润，一群西装革履的邛山州的官员已前呼后拥地在机场贵宾通道围着夏志坚走了出来。此时的夏志坚头上的发蜡油光可鉴，笔挺的西裤加上干净整洁的短袖衬衫，外加一双锃亮的皮鞋，气宇轩昂谈笑风生，一副指点江山、激扬文字的样子。

夏志坚在一群官员的伴随之下走了过来。金石开感觉非常的不方便，只好目送夏志坚随着州政府的考斯特商务汽车离开。

此时金石开对李想说："我们还是跟着前面的车吧，小李，我们跟到酒店同我的老同学打个招呼。"

夏志坚乘坐的车一路开往建昌政府接待酒店——岷江酒店。随后，金石开带着李想打出租车赶到。到了酒店，有两个州领导在陪着夏志坚交谈，其他的同志则帮夏志坚拿着行李，办理入住手续。金石开终于鼓起勇气走上前打了个招呼："夏司长，您也来邛山州了啊？"

"哎呀，老同学，你怎么还在这里啊？"

"我呢，就想跟着领导多学习、多进步。这不嘛，一直就留在这里想看看领导的风采，顺便再学学老同学扶贫工作的一些理论。"

"噢？夏司长，你的老同学也来了？"

"对呀，这我的老同学，不过大家也不经常见面。"

"唉，夏司长，虽然不常见面，但您的讲话和著作我是时时看的，那'三州三区'的理论就是您提出来的。"

"哎呀，讲这个干啥呀。那要是没有党中央的肯定，这'三州三区'的理论哪是随便什么人能提出来的？我只不过是做了一点点文字记录，你要记住，可不敢说是我提出的'三州三区'的理论啊。"

"那当然，但是没有你夏司长的一支笔作记录作整理，全国人民哪能知道'三州三区'这个概念呢。"

"好了，好了。老金啊，今天晚上我就不陪你了。你布置一下，明天我要看西江市对口帮扶的几个县，你通知一下他们，也给老尚他们打个招呼。我这次可是动真格的，有可能我就搞个突击检查。老金，你记住了，我是包公办案，丝毫不留情面的。"

夏志坚在州领导的簇拥下办好了入住手续，金石开则悻悻地站在一边，自嘲地对李想说："看来咱们两个也要搞点好吃的了，走吧，咱们自己出去解决一下。"

当晚，金石开就把夏志坚的指示分别对尚文组长及相关县的驻县领导许国、蔡国权、黄大良、叶贵诚、陈一龙等人作了交代，希望他们能打起精神，当然老金也趁机卖弄了一下自己和夏志坚牢固不破的同窗之谊。

第二天早上八点，老金一早就到了餐厅，看到夏志坚已经坐在那里吃早餐了，州领导正陪在旁边。老金移步过去向夏志坚作了个汇报：“夏司长，工作我已经布置下去了，大家都高度重视。产业扶贫这块儿是总书记特别关注的，今天也请您实地做个指导。想请示一下，您这次想去哪个县？”

夏志坚缓缓地说：“咱们就去大昭县吧。这个县地理位置重要，曾经是邛山州东五县核心地区，过去的州政府就在那里。我去看，你陪我，我也想看看西江市的扶贫成果如何。来吧，一起吃吧。”

吃早餐的时候，夏志坚又问了一下西江市的援助情况。

早上阳光灿烂，空气清新，瓦蓝瓦蓝的天空飘着朵朵白云，几辆考斯特沿着山脊向大昭县进发。翻过了险要的山脊，车顺路就下到了谷克德的湿地，远处格桑花迎风摇曳，空气中弥漫着阵阵清香。

夏志坚若有所思，一路上并不太搭理金石开。车辆缓慢地行驶着，来到了五县的交界中心，路边矗立着一块非常大的招牌——西江（邛山）产业基地。夏志坚忽然摆手，让司机把车停下，然后在车上简短地说：“就看看这个基地吧。”

大家簇拥着夏志坚向里走，走到基地门口，夏志坚提议去看看种的胡椒。西邛产业公司经理项海华闻讯，快步走了出来。项经理是个又瘦又小的年轻人，忙不迭地向夏志坚等领导打招呼，大昭县的领导也赶了过来。

项海华对夏志坚一行人作了报告，讲他们为什么从西江过来在这里开始产业投资。言谈当中，州领导频频点头，夏志坚却眉头紧蹙。项海华结束介绍后，就带着大家去看产业基地，基地里已经盖满了塑料棚，大棚里都是一些新鲜的蔬菜和胡椒。

看完以后，夏志坚决定搞一个座谈。在座谈中，夏志坚轻描淡写地问了一下项海华：“你是哪里人啊？”

项海华说：“我们是广东的企业。”

夏志坚又继续问：“你在广州有没有企业啊？企业叫什么名字？你在广东的企业有税收吗？税值有多高啊？”

随着这连珠炮似的发问，项海华额头上渐渐地沁出了豆大的汗珠。

随后夏志坚又轻描淡写地问了一句：“你会说广东话吗？”

项海华突然语塞了，竟不知道该如何回答。

夏志坚脸上露出了一丝不易察觉的微笑，微笑当中忽然又蹦出一种严肃和杀气，大家什么也没说，就默默地离开了基地。

在去大昭县的路上，考斯特车里弥漫着一种压抑的气氛。副州长刘文顺察觉到问题的严重，偷偷和陪同的大昭县委书记拉玛一番耳语。车直接开到了县委大院，刘文顺陪同夏志坚来到县委书记拉玛的办公室，其他人都没有参与。

刘文顺小心翼翼地向夏志坚请示：“司长，您怎么看大昭县的产业扶贫工作？”

拉玛书记在一旁紧张地看着夏志坚。

夏志坚顿了顿，缓缓地说道：“拉玛书记，你们水分好大呀！你看看今天这个企业，我昨天打了招呼，你们也算是选了相当好的企业吧，但我问了几个问题，就漏洞百出。先说你这个企业，我问了老板一句话，他是哪里的人，支支吾吾说不清楚。后来我问他会讲广东话吧，实际上他给我介绍情况的时候，我就知道他是个四川人，讲四川话的。一个讲四川话的老板怎么搞成了西江市的企业家呢？你们搞啥名堂？中央领导强调搞产业扶贫，落后地区如果搞不出产业，就要和对口的西江市紧密合作，选出几个优秀企业来邛山投资，从而带动企业的发展。你们想过没有，西江市的发展有40年的改革开放历程，就是因为吸收了大量的港资、台资和外资才发展起来。我们落后地区没有产业，又请不来好的企业，谈何发展？你们某种意义上是在弄虚作假啊！”

拉玛书记的脸色青一阵红一阵，刘文顺则沉默不语。沉默了一会儿，刘文顺当着夏志坚的面对拉玛书记说：“拉玛书记，你们要想办法，实实在在搞，认认真真搞，否则的话，下次不是夏司长来，你们呀要真出大事呢！”随后刘文顺向拉玛书记使了个眼色：“这样吧，我陪夏司长出去走走，聊两句，你呢，赶快布置相关工作。”

拉玛书记送走了夏志坚和刘文顺，第一时间就通知大昭县委常委、县委办公室主任雷克坚：“雷常委，你来一下，顺便把许常委，还有西江市扶贫办的主任老金，给我请到办公室。”

隔了十分钟左右，走廊里传来急促的脚步声，许国、老金、雷克坚鱼贯而入。久经宦海的拉玛书记明白产业转移绝不是单靠大昭县就能干成的，必须把重槌敲在西江市这个响鼓身上，因为西江市有优质的企业，也只有西江市派来的干部能完成此项工作。所以当着许国的面，拉玛书记毫不犹豫地讲了几个问题：“你们来这里已经有段时间了，能干什么不能干什么其实你们都很清楚。我们落后地区有我们落后地区的困难，当然，我们也希望你们帮助解决问题。这样吧，你们代表西江市，赶快把产业转移工作落实好，真正从造血机制上出发，为大昭县搞来几个有影响力的企业，一定要把产业弄出个名堂。”

随后，老金将西江市政府的一些产业扶贫工作的设想和西江市委书记在市委全会上的讲话精神转达给拉玛书记后，便和许国一起告辞了。

下午，许国、老金和驻县干部开了个短会。许国指出："前一个阶段确实引入了一批企业，但是考察观光的多，看热闹搞慈善的多，真正有意愿做企业的不多。主要还是觉得大昭县地处偏远，产业基础薄弱，道路交通差，投资风险很大。"

从内部产业情况来讲，许国分析，主要是大昭县缺乏相应的产业配套设施。那么怎样破解这个难题呢？老金认为，从全国的扶贫经验来看，最好在大昭县内部开展合作社建设，有了合作社这个平台，就能够把贫困户组织起来，形成一个经济实体，进而产生经济发展的萌芽。

说到做到，许国和老金决定兵分两路，老金侧重于联系西江市相关企业继续组织考察，许国则深入几个基础较好的乡镇开展合作社的建设。

第二天一早，许国就到新落成的库衣乡移民新村开展工作。

许国一行人来到移民新村。这个刚刚落成的移民新村投资大概1000万元，有50户人家，都是从四面山上搬迁下来的彝族同胞。房子显得干净、整洁，但是四周群山环绕，还没有开展相应的生产建设。一走到村口便看见几个彝族同胞在斗鸡。斗鸡是彝族的一种风俗习惯，赢了输家给钱，旁边的看客则押宝赢钱。

四五个彝族同胞玩得兴高采烈，许国一行人走到旁边驻足观看。只见两只雄鸡上下翻飞，斗得不可开交，其中一只鸡穷追猛打，另一只则被咬掉了一地的毛，落荒而逃。大家阵阵欢呼。随着一只鸡的胜出，其他几个人垂头丧气地把钱交给了赢者。

许国突然想到，这几个人实际上是村里有钱有影响力的人，他们因为有钱所以在这个村有一定的话语权。许国打算跟他们谈一谈合作社的事情，努力把合作社这件事做成。

于是许国蹲下来，从身上掏出了烟，派给几个老人，然后把烟逐个给他们点上，慢慢地说道："老人家，挣钱不容易啊！这样的玩法在我们汉族就叫赌博，你赢我的钱，我赢你的钱，其实大家谁也没有发财，只不过是你的钱到了我的口袋里，我的钱又到了你的口袋里，没啥意义。"

老人有点不以为意，把目光转向许国："喂，你这个阿哥，你有什么好办法？"

许国向一个老人讲道："老哥，你有没有绳子？"

老人说："有。"说着老人便从自己的鞋上抽出根鞋带。

许国说："这样，我给你看一下。"

许国拿过老人的鞋带，把那两只鸡拴在一起，然后对他们说："你看这个鸡啊，我如果跺跺脚一轰，一个向东一个向西，谁也走不远。可如果我把它们绑在一起并拢起来朝一个方向走，那它们是不是能走得更远呢？"

几个老人看到这个，心里充满了疑惑，心想：这汉族阿哥到底什么意思？

许国讲道："实际上呢，人跟鸡都差不多。你想想，我们这几个人也是一样，你向东我向西，其实谁都干不大，谁都走不远。如果我们像这两只绑在一起的鸡一样，大家朝一个方向干，利用咱们这个地方的特点，组织起来，是不是能走得更远？这根绳子是什么呢？就是合作社。我们应该去搞个合作社，团结起来搞一个这个地方最有优势的东西。比如说，我们可以搞一个苦荞合作社，也可以在山坡上种玫瑰，搞玫瑰合作社。这样的话，大家一起做，你有你的特长，我有我的特长，大家的特长结合起来就是我们的优势。”

几个老人听了许国的一番言语，好似渐渐有点醒悟了，其中一个老人讲：“搞合作社好吗？谁来牵头？怎么干呢？”

许国不慌不忙地说：“这个好办，这边有驻村的干部，我跟他一起帮你们，再给大家请个农科院的专家来，对咱们村作个分析，看看咱们村能搞成什么。我刚才观察了，这个村呢，是山坡地，我们只能利用山坡的优势。另外我观察了一下，我们的地相对较少，所以要种经济价值高的作物。明天我就派农科院的人给咱们‘诊诊脉’，如果有好项目，大家一起干。”

第二天，许国给县农业农村局局长伍哈打了个电话，让他立即组织农业专家到移民新村。几天后专家便拿出了方案。这个移民新村由于是山坡地，选择种羊肚菌是一个好的发展项目。听到这个信息以后，许国高兴地拍起大腿来——终于找到了村民的致富方向，因为在西江市的一些高档酒楼已经很流行用羊肚菌煲汤。许国想这一定是一个能够让西江市的企业接受的经济附加值较高的产业。

许国马上给金石开打电话：“老金啊，我们换一种思维，未必请人来办厂。曾有朋友建议我，西江的制造业如此发达，搞扶贫工作为何不把西江的制造产业转移到邛山州从而带动当地经济的发展，这样岂不是更省事？但橘生于淮南谓之橘，植于淮北谓之枳。我不赞成在落后地区简单复制制造业和工业，产业对接要有自身特定的条件，落后地区的路网及交通物流等诸多条件并不完善。而我们很多扶贫项目需要的是市场、信息的支持，但同时也需要强大的物联网支撑。所以改善贫困落后地区的基础设施很重要，改善贫困地区落后的物流条件有利于产品走出去。其实呢，西江市德城区到今天为止，其工业产业的发展其实也日渐式微，但它的第三产业发展得非常好。你不如请一批如西江宾馆、瑞士恒安酒店等高档酒楼来考察，通过他们下一批订单。我想用消费扶贫来促进生产，老金，你看怎么样？”

听了以后，老金连连夸赞许国不愧是区领导，有悟性。他附和着说：“我是学经济学的，经济学从来都是先消费，然后才生产。只有消费引领生产，没有生产引领消费的。这个道理好，我回去以后就组织饮食协会的企业家，通过‘以购代捐’发展产业。这种模式，两边都受益，移民新村通过种羊肚菌可以获得较高的利润，从而脱贫致富。根据羊肚菌在西江市的发展前景，应该会有企业家动心来投资。这样的话，真正实现市场机制和市场行为，就能把产业搞好。”

几天来的疲惫，经老金的一番话，许国放松了少许。这几天确实是在高速运转。国扶办的考核就要开始了，如果自己没有成绩单，很难过得了关。另外，未来的东西部扶贫协作考核当中最重要的指标就是产业发展，今天与老金沟通了消费扶贫引领产业发展的思路，许国感觉工作也有了方向。

刘文顺副州长一路陪着夏志坚司长在邛山州 11 个贫困县走了一圈，然后得出结论，在产业转移这块儿，大家基本上都没有做出大的亮点，也没有找到什么发展路径，甚至出现了当地企业到西江市换个马甲，然后回来搞产业的情况。实际上西江市真正有知名度有资金实力的企业家来得少之又少。

针对这个情况，州工作组组长尚文非常着急，他强调，要对夏志坚司长负责，州工作组要正视这个问题。

送走了夏司长以后，尚文直截了当地给老金打了个电话，要求老金不要着急回西江，要认认真真写一篇有分量的关于邛山产业扶贫发展的报告，然后递交给西江市委和政府，把产业扶贫存在的短板问题作一个总结，补齐西江市产业扶贫的短板，进而迎头赶上。

老金在邛山州逗留了半个月，到各县跑了一圈，几经调研，终于起草了一篇关于邛山州产业发展思路和办法的报告。总的来讲，报告提出了三个观点。其实这三个观点，老金也耍了滑头，无非是借鉴了诺贝尔经济学奖获得者安格斯·迪顿的《逃离不平等》一书中的观点。第一，要对一个国家所能接收的外国援助金额与其财政收入的比例设定上限，比如说50%，不能对贫困地区的所有需求都有求必应，应重在激发其内生动力。第二，要制定一份“全球公共品议程”，确保援助资金更多地被用于应对绝症等长期存在的问题，即便这意味着要把资金更多地投入到富国的科研上。扶贫是全球一体化的工程，各个国家应发挥比较优势。第三，如果不能提高贫困地区政府的能力，那么投入的扶贫资金最终所能起到的效果就会很有限，本是初衷良好的扶贫制度，在某些地方就会变成一种利益的争夺和分配。如果扶贫仅仅局限于从上至下分配扶贫资金，那对贫困地区的政府来说，能最快提高的能力可能就是“要钱”，而不会是更好地改善公共服务、提升治理能力。

老金一直认为农民要脱贫致富靠的不仅仅是搞生产建设，而更应该把眼光放开，更多地去寻找市场，如组织合作社等经济组织，要善于利用市场机制。援助方也不能一味地给钱，然后一给了之，更要出人才和经济模式，且与时俱进，通过更新自己的思维去改变陈旧的经营模式。要让邛山的农业扶贫搭上市场经济的快车，把产品与市场完美结合起来，把好产品变为好故事和好话题，用互联网营销出去，这点在互联网时代十分重要。要让更多的人去关注和谈论邛山州的农产品，用“互联网+市场机制”让原有农产品焕发生机！

老金完成了调研报告，经过尚文组长润色后，由尚文组长发给了市委书记齐威同志。临走的时候，老金让李想将4瓶从贵阳机场买的茅台酒，带到了尚文的工作组集体食堂。由于文章写得好，得到了齐威书记的肯定，尚文心情很好，表现得也很热情。于是老金拿出这几瓶“感情酒”请尚文及州工作组的同志喝了一次大酒。

第十四章
女人、酒和机遇

几个月下来，许国亲自上阵，连续把修路、搬迁、安置等民生福利工程落实到位。西江电视台的主播江湖海跟着他忙前跑后，对扶贫工程作了系列报道，还通过全媒体作了直播。这让许国接连接到了几个市委领导打来的慰问电话。杨兴昌对他额外争取到的1亿元扶贫拨款更是兴奋异常，恨不得天天在他面前晃。

许国努力做好彝家新寨工程就是为了赶紧出点成绩，以便今后的工作可以更加主动。好在建筑工程组的同志们很给力，创造出让整个大昭都瞠目结舌的“西江速度”，而且验收质量几近完美。不过何伟雄说：“房子保证70年没问题，就是这里的道路，今天修好了，哪天一个泥石流，再好的路也保不住。不过泥石流就不是我们修路的问题了！”

其实许国已心急如焚。女儿高考发挥得不好，基本确定就读西江大学国际金融专业，而妻子邵雪琪自从进行了靶向放疗之后身体就每况愈下。在视频里看着妻子苍白憔悴的模样，许国恨不得直接插上翅膀飞回西江。

这天，结束了目前规模最大的一个彝家新寨的剪彩入住典礼以后，晚上杨兴昌打了个电话给许国。

“老许啊！你回一趟西江吧！明天我在常委会上提出，让你回去联系企业接收大昭的农民工去西江务工，顺便带企业过来投资。你呢，正好回家休息几天，这段时间你也累得够呛了。”

“好！谢谢你，老杨。”

“客气啥！”

接完电话后，许国看了看时间，已经是半夜十二点多了。他劳累了一天，想冲个热水澡，然后刷一下微信朋友圈，就尽快睡觉。明天要开常委会，要看工地，下午全国政协的考察团也要到了，到时还不知有多忙。刚把热水打开，手机忽然发出了蜂鸣声。许国光着身子出来，心想：这个时候还有谁打电话，不会是家里吧？拿起手机一看，许国怔住了，原来是都阿英的电话。

“阿英，这么晚还没有休息？”许国淡淡地说。

“嗯，睡不着，想找你聊聊天。”

“哦？什么大事让你睡不着觉？”

“没什么。我就是在想，什么时候大昭这样的贫困县可以有一所国际化学校。”都阿英在电话那头幽幽地说。

“国际化学校？为什么要建国际化学校？”许国问。

“现在邛山州只在建昌有一个天立国际学校。这样的优质教育资源现在都集中在成都、建昌这样的大中城市，下沉不到大昭这样的贫困地区，从教育的角度，这只会把差距越拉越大。其实，教育更应该扶助大昭这样的地方。”

“阿英，你的心情我理解，但是现在优质教育资源落在大城市是资本的力量，资本投入到大昭肯定是赔钱的。他们和我们不同，我们扶贫首先解决的是普通公立教育普及到贫困地区的问题。你也知道，大昭还有不少孩子连读书都是困难的，公益性的义务教育他们都享受不起。国际学校每年的学费就是放在成都都不是一般家庭能接受得了的，在大昭就更难了。资本从来不会扶贫，只会赚钱。哪怕打着多么漂亮的旗号，它的使命也是赚钱！”许国想起前几年让女儿晓晓读西江最好的初中的时候，每个学期几万元，让那时候的他也压力很大。苏醒的儿子读国际中学，一年下来20多万元的花费也让他感慨不已。

“我知道！可是如果大昭的教育继续落后下去，只能一步落后步步落后。彝族只凭一小部分人走出去是不够的，要集体开放眼界才能跟上世界文明发展的步伐，不然永远只能看见眼前的大小邛山！你有没有办法，找个老板来投资这样的学校？”

“我？我可以告诉他们这个想法，能投资的人不少，但愿意投资的我可没有把握。”

“那你帮我物色物色，只要愿意，我来和他们谈。好不好？”都阿英甜脆的声音总带着一丝嗲嗲的撒娇感，有点像台湾名模林志玲。

许国想了想，觉得这是件不可能做到的事情，但又不忍直接拒绝阿英，毕竟阿英帮了他好几次，便像哄孩子一样说道：“好，好，我帮你留意一下。”

阿英像孩子一样开心起来，说道：“谢谢咯！做到了，我请你吃彝族大餐哦！”

许国心里一笑。

许国飞回到西江，向区委汇报完工作，在下楼的时候正碰上来德城区委的市扶贫办主任金石开。

金石开一副乐天派的样子，伸手拍了拍许国的肩膀，说：“老许，这段时间辛苦了，看报纸你干得不错啊！”

许国说：“哪里哪里，该怎么干就怎么干呗！”

金石开说：“今晚你要有空，我们俩聊聊天如何？”

“我今晚还要去医院看老婆呢！”许国说。

“也是。要不这样，明天上午你要不忙，我带你去见个四川老板，蛮年轻的，说不定可以发展一下，给你们捐点款、搞个投资项目什么的。”

“好啊！我明天早上就去你办公室。”许国答道。

晚上许国从医院回到家以后，坐在书房里，一个人抽起了烟。到大昭工作以后，许国从偶尔抽烟已经发展到每天都要抽好几支烟来缓解压力和焦虑。

许国非常明白，自己其实并不是那种能担任主官，阴谋阳谋都能够玩得非常溜的人，他更多的是实实在在的技术人员的那种细致勤奋和刻苦耐劳。对于那些交际应酬、钩心斗角、揣摩心思、捧红踩黑，他反而并不是特别在行。其实他更愿意实实在在做一个副职，干好自己的事情就好，或者在企业里独当一面，搞技术搞管理。可是，既然投身于官场，他也没有沉沦，而是期望自己能够做出点事情来，被领导被他人所认可。

在大昭忙碌的日子，对于许国来说是充实的。不用太操心各种是是非非，也不用担心因一件事出现错误或者一句话不得体而得罪领导。做好自己该做的事情就够了，这多好！看到那些彝族百姓的笑脸，看到工人苦干的汗水，看到当地一点一滴被改变的落后面貌，他心里那种满足感比起见郑副部长时的战战兢兢、如履薄冰要舒心多了。若不是雪琪的病，他宁可在大昭奋战三年。

想到妻子，他心里那份歉疚油然而生。

一个副处级，在官场体系里，有人一辈子就在这个级别上不得寸进，熬白了头发，熬干了青春，熬灭了精气神。跟节奏对官场上的人很重要，抓住了机会，踏好了节奏，可能就是一次往上爬的机会，这一生的命运也许就变了，就可能一飞冲天，光宗耀祖，大权在握，志得意满；抓不住，你就得原地踏步很多年，也许到老仍然会是个边缘小角色。

许国是因给马厅长写了一篇关于如何抓好村级工业园发展的署名文章发表在中央级理论党刊上而被马厅长看上的。马厅长是个书卷气很浓的人，还是个博士，是个位高而权欲却不重的人。马厅长看他年轻，就推荐他在德城区锻炼锻炼，如果时机到了就调入省厅里发展。

官有大小之分，台阶也有高低之分，身处官场，决定你升迁的因素很多。有时候你抓住一根稻草，一步就上去了，但有时候往上爬半步，你都得把吃奶的劲使出来。

许国当然明白这个规则！他心底并不想如此雌伏，而是更希望自己雄起，成为一方能吏，也给妻子一些荣耀。可是现在孩子都马上要读大学了，自己还如此蹉跎，甚至连陪伴妻子治病的时间都没有。对这些他心里充满了莫名的惆怅，他狠狠地吸着烟。

许国实实在在地在科级位置上熬过，兢兢业业地在副处级位置上做事情，加上马厅长对这个老部下青睐有加，才能在德城区做了一年三个月的副区长。这次被派去扶贫，未来究竟他能走到哪一步，这个真得看造化了。

第二天，许国一上班就接到了金石开的电话，他稍稍处理了一下手头的事，就驱车到了金石开的办公室。金石开也不客气，没带其他人，而是开着许国的车到了新电子产业园。车在一栋十层高的厂区办公楼前停了下来。

近年来，西江市大力发展企业上楼，把许多占地多、排放多、产能不大的厂房都收购拆迁了。同时又开发了各种专业产业园，把上下游企业集中在产业园里，环境变好了，看上去也蛮有现代化企业的架势。先不说效果如何，至少门面上比那种拴着两条狼狗，站着几个保安，到处堆着废铜烂铁的作坊式工厂要顺眼多了。空出的地还可以拿出来搞房地产，的确也算一举多得。

这栋办公楼上贴着蓝白色的LOGO和硕大的“新鸿睿电子元器件公司”的字样。

金石开下了车，穿着园区制服的保安迅速走了过来。金石开掏出手机打了个电话，笑嘻嘻地说：“刘总，在公司吗？在啊！好，我这就上来咯！”

那个看上去大概只有18岁的保安忙殷勤地说：“老板，您看要不要我帮您把车停到地下车库去？负一楼有停车场，我就给您停在电梯口附近，钥匙送到前台那里。”

“好，机灵的小鬼！”金石开随手把车钥匙给了保安。许国也没有介意，说：“靓仔，把车停好，别离电梯口太远，到时候好找。”

“是，老板。”

金石开带着许国大步走向公司的一楼大厅。

一楼大厅里一个穿着制服的前台接待保安走了过来，非常有礼貌地问：“两位老板约了我们哪位老总？”

“约了刘总——”

话还没有说完，接待台上的电话响起，保安接起来听了一下说：“哦，是，是，是，刘总。”放下电话，保安把手一伸，说：“二位老板，电梯在那边。”

金石开和许国随着保安进了电梯，保安替他们按了八楼。新鸿睿的保安虽然样貌普通，但个个身材高大结实，举止彬彬有礼，符合规范，显见是受了专业礼仪训练的。许国暗暗称奇，毕竟珠三角有很多老板都是洗脚上田的企业家，虽然企业很成功，但在企业员工的礼仪上面就不是特别在意，举止比较粗疏，像这样的真不多。

电梯很快就到了八楼，走出电梯，是非常宽敞的接待厅，一面巨大的照壁上贴着新鸿睿的LOGO。穿过宽阔的开放办公区，再走过一条长长的走廊，走廊的尽头是董事长室。

新鸿睿电子的董事长刘勇已站在门口准备迎接他们。

刘勇很年轻，不到40岁，个子不高，短短的板寸极有棱角，如刀劈斧削般的五官让人一眼看去就非常容易记住。他穿着蓝色的条纹短袖衬衣，白色的休闲裤，白色皮鞋，不知道的会以为是个初出茅庐的富二代。

刘勇迎上前来，笑着和金石开、许国握手："二位领导好！"

金石开说："刘总，好久不见了。这位是我们德城区的许区长，你的'父母官'啊！"

"啊！刚刚在忙点小事，没下去迎接二位领导，是我失礼了。来来来，进去聊！"刘勇热情地将他们引进办公室。

刘勇的办公室很大，有六七十平方米。巨大的大班台后还有一个小门，应该是他的休息室。

他们在奇长、宽阔、漂亮的船木茶几旁坐下。刘勇熟练地操作着电子泡茶机，抽水、烧沸、烫壶、淋杯、取茶、冲泡、分茶，每个动作都如舞蹈一般舒展自如。

刘勇拿的是普洱茶，茶倒不坏，只是名字比较奇葩，包装纸上居然不是班章冰岛而是"摸奶寨"三个字，看得许国有点忍俊不禁。

刘勇先斟了三杯闻香杯，请金石开和许国闻香。

许国细细一闻，一阵幽幽的甜醇香气袭来，如雨后栀子花盛开的馥郁，极是宜人，忍不住赞了声：“好茶！”

刘勇微微一笑，将闻香杯中的茶浇到茶案上的紫砂荷花裸女茶宠上，茶宠上的荷花就喷出细细的水流来。他又重新将醒过的茶二次冲泡，说：“请二位领导赏鉴。”

许国在刘勇斟茶的时候，伸出食指和中指轻轻地叩了叩桌面。这是他知道的功夫茶的礼仪。懂茶道的人一看这个“叩指礼”就知道对方的“道行深浅”。

传说乾隆微服南巡时，到一家茶楼喝茶。当地知府知道了这一情况，就微服前往茶楼护驾，怕万一出事，自己担待不起。到了茶楼，知府就在皇帝对面末座的位子上坐下。皇帝心知肚明，也不去揭穿，久闻大名、相见恨晚地装模作样寒暄了一番。皇帝是主，免不得提起茶壶给这位知府倒茶。知府诚惶诚恐，但也不好当即跪在地上来个谢主隆恩，于是灵机一动，弯起食指、中指和无名指在桌面上轻叩三下，权代行了三跪九叩的大礼，于是这一习俗就这么流传了下来。

但是喝茶并不都是见皇帝，所以叩指礼也分多种。用五个手指并拳，拳心向下，五个手指同时敲三下桌面，相当于五体投地跪拜礼，那是晚辈向长辈、下级向上级行的礼；用食指和中指并拢，同时敲三下桌面，相当于双手抱拳三作揖，是平辈之间行的礼；用食指或中指敲一下桌面，相当于点点头，是长辈对晚辈或上级对下级行的礼。

许国不摆谱，所以回的是平辈礼节，以示平等。

刘勇伸手一引，请许国他们喝茶。

许国轻轻啜饮了一小口，滚烫的茶水顺滑地落入喉咙，花香般的茶香立刻充满了整个感官，的确是好茶。

许国分三口慢慢喝完，正打算称赞两句，蓦地听到手机铃声响起。刘勇的脸色忽然有点尴尬。只听休息室里传来一个女子的带着点贵州味的慵懒声音：“喂？是哪个？哦！嗯，嗯，我知道了，就来，就来。”然后就听到窸窸窣窣穿衣服的声音，踢掉拖鞋踩细高跟鞋的噼啪声，以及打开水龙头匆匆洗脸的声音。折腾了大约三四分钟，一个穿着紧身小短裙，身材火辣、容颜艳丽的妖娆女子，蓬松着头发，一副海棠春睡犹未足的样子从里面走了出来。看到三个大男人正在愣神，女子娇笑着走到刘勇身边说：“谢谢老板哦！我要同闺蜜买衣服去了，有事打电话给我哦。拜拜！”然后迅速走出了办公室的门。

办公室茶案前三个男人相互看看，一阵暧昧地尬笑。

金石开和刘勇比较熟，便打趣说：“刘总又换女朋友了？”

刘勇耸耸肩说：“见笑，见笑。”他又给金石开和许国满上茶。

金石开扫了一眼酒柜，里面的酒映入眼帘，便接着说道：“酱香、浓香、清香，你刘总还是离不开酒嘛！怪不得你这里摆着这么多好酒，还不带重样的！”

“哎呀！金主任，我这么说吧，这全是样品，你要什么酒，跟我说一声，酒就给你送过去。”

“你改行卖酒了哇？”

“金主任，现在生意难做啊！就拿搬了这个厂来说吧，我原先的厂在田边村，每年挣得不多，也有个千把万进口袋。现在搬到这里，建这个楼光贷款就差不多七八千万，还利息都还穷了。再加上人员工资、电费、杂七杂八的费用，每年做一个多亿都没钱赚。没办法，只好从朋友那里搞点内部批发价，顺便卖点酒补贴一下，不然妹子们见了我就跑光了，什么吃香喝辣都没有喽！

“其实呢，做生意和泡妹子的原理差不多。比如说，认识了一个漂亮妹子，追求她，目的是把她变成自己的人；认识一个优质客户，请他吃饭或者桑拿，目的是和他做成生意，赚他的钱。追求妹子，不能像网上那样当舔狗，那样妹子心里看不上你。你要有好的衣装，有风度，开好车，有工夫陪她玩，这样你就能成功地把自己推销给妹子了。哪怕以后她知道你这都是装出来的，但你对她不错，她还是会跟着你。而对客户呢，同样的道理，外表不能太差，产品要过硬，舍得花钱跟客户搞好关系，拿得出时间精力和客户交朋友，客户也就会跟你做生意了。

“和骗子不同的是，骗子是损人利己的，而我们做生意则应该尽可能地做到双赢。即使后来客户知道我们曾经‘善良地欺骗’过他们，但只要我们能够让他们事后获得快乐和利益，他们是不会计较的。这样的欺骗手段会不会伤害到后面的合作？事实上是不会的，反过来，即使我们始终没有哄骗过客户，但只要我们不能够为客户带来利益，或者让他们觉得不愉快，那么，客户还是要指责我们欺骗了他们。因为真正决定双方的合作能不能开心地持久下去，靠的是我们能不能让客户在后面的合作中感受到快乐并看到美好的前景。就像追求妹子一样，妹子跟你在一起很幸福很快乐的决定因素，不在于你追求她时是否说了假话或者使用了什么骗术，而在于你是否能满足她的各种需求，你赚的钱是不是能让她买 LV，让她在闺蜜面前有面子！只要在一起的时候妹子很开心，那么，即使男人以前骗过她，她也不会在意！”

三个男人一起抚掌大笑。虽说这是刘勇的歪论，但许国也从中咂摸出些味道来。

许国笑完，岔开话题说："刘总是成都人吧，我刚从成都飞回来，成都是个好地方啊！刘总怎么没有在成都成家创业？是看上西江的妹子了？"

刘勇爽朗一笑，说："西江妹子也泡过，不过不太符合我现在的心态，西江妹子太好太乖了。我现在努力打拼，是因为西江是改革开放的前沿阵地，闯事业为重，太乖的妹子，搞了是会在家里给你拴根绳子的，让人不得自由。成都妹子也是，太文艺了，我又不是粑耳朵，所以，一直就做单身狗咯。"

"哈哈，刘总这单身贵族哪里是单身狗呀！"许国笑着说，"有没有去过大邛山啊？我现在在你们四川大邛山搞扶贫，最需要刘总这样敢闯敢干的青年企业家去投资，带动当地经济发展。"

"许区太厉害了，敢去挑战那个地方！我没有去过大邛山，也不敢去，怕自己困在山里出不来。搞扶贫我刘勇非常支持，从报纸和网上看到大邛山那么穷，我也想过去帮扶一下，只是实力有限，脑子又笨，不知道搞什么才好，就息了念头。听说大邛山的农产品很好，我呢，也想买点农产品给下面的工人们发点福利，就当给大邛山捐助了。您这一来，正好，我下半年给工人的福利有着落了。"

许国蓦地从心里腾起了火气，这个刘勇滑不溜秋，居然跟他在这里演戏，想随便搞点发福利的方式来打发他和老金。

老金见许国的笑容在慢慢减退，忙举起茶说："刘总，再来一杯。"

刘勇忙给老金和许国又满上茶。

老金一边喝茶一边说："刘总，许区在德城区曾是管工业这一块儿的，对规划工业制造业、兴办产业非常有心得体会。这次市委领导让许区去大邛山扶贫，一是考察锻炼许区，另外呢也想让许区摸索出在贫困地区、不发达地区如何搞工业制造业，如何规划发展的经验，这对省委、市委都是很重要的发展线索。所以呢，我觉得，刘总你反正也没有去过大邛山，去考察一下，给许区做做参谋，提供点思路。如果有可能，说不定大邛山还能为你提供一举再上新台阶的机会呢！”

刘勇虽然是企业家，但从小也是在成都的机关家属大院里面长大的，这些话他也听得明白。不过他是个顺毛驴，听话顺耳倒也是个无所谓的脾气，于是呵呵一笑说：“没问题，没问题，我就是四川人的耿直脾气，领导要打开新局面，我小刘哪里可以不去跟领导学习出力？没的说，金主任、许区长指示一到，怎么说我刘勇就怎么做，跟着领导的思路和指示就不会错。”

第十五章
西江风云

下午回到德城区办公室以后许国又给苏醒打了个电话，邀请苏醒去大邛山参加考察活动。苏醒苦笑着说："老许，我现在哪里有空去啊？你要我捐钱就给我个数，我认捐就是，这考察还是免了吧。我这里准备上市的工作千头万绪，加上还要研发几个尖端项目，我是真分不开身。"

许国说："老苏，你压力那么大，就当去大邛山看看风景散散心呗！说不定回来，有了灵感，研发还就加快了呢！听我一句劝，你本来就是工作狂，再这么逼下去，你手下的工程师和技术人员非被你逼疯几个不可。你走两天，他们松一松，你也放松一下，也算张弛有度嘛！"

苏醒在电话那头沉吟了一下，答应道："好吧，我们也好久没有见面聊天喝酒了，我就当陪你去外地喝杯酒，顺便去成都看看肥猫，几个老朋友聚一聚。"

过了不久，德城区扶贫办主任和工商联书记分别发来汇报邮件，也邀请了几十位企业家去邛山考察。许国心里安定了不少，看名单上面，各类企业都有。

去邛山考察倒也没指望这些企业家能够带去多少项目、捐多少钱，事实上国家补贴的其实并不算少，只要运用好了，邛山的扶贫资金是足够的。但是如果不带企业家过去看看，就说不过去，好比说相声的，单口相声说得再好，也不如一个逗哏配上一个捧哏来得精彩。这些企业家就是捧哏，他们去捐钱，去投资，哪怕只是在那里考察，这个扶贫事业才有意思，扶贫工作也才算做到位。

下午，市委秘书处打来电话，通知邛山扶贫工作组的主要成员第二天下午到市委汇报扶贫工作，德城区许国、南洋区叶贵诚、顺丰区黄大良、高鹤区胡一泉以及市委派出的干部都必须到场。领衔汇报的是西江市驻邛山州东西部协作工作组组长尚文和扶贫办主任金石开。

晚上，许国从医院出来，又接到马厅长的电话。马厅长说："小许，你记住，抓住机会，听指点，这样步伐才能够走得稳走得准，才能够破局。"

许国心领神会，忙答道："我明白，我已经做好了准备。在市委领导面前大家干得都很努力，但一定要善于汇报。"

8月的南国，太阳十分毒辣，晒得树叶都明晃晃的刺眼。市委小会议室里，空调开得正劲，凉意习习，寒气阵阵。

许国进来的时候看到跟扶贫这条线的《西江时报》记者招楠正坐在一个角落里架着笔记本电脑正在调试。招楠也看见了他，冲他露出了一个礼貌性的微笑，又使了个眼色。许国立刻警惕起来，知道这场汇报会一定不简单。

果然，在大会议桌的边角位上，他看到了《西江时报》的总编辑宋林涛，而西江电视台的摄像记者和主播江湖海也在那里架设调试着设备。

许国头上立刻沁出了冷汗。齐威书记还没有来，但这个阵仗已说明了一切。

许国规规矩矩找到自己的位置坐了下来，摊开了笔记本，上面记录着他今天要汇报的内容，这些内容都是昨晚他熬夜准备的。

这是一场大考啊！

很快，他看到了陪着市委书记齐威走进来的领导们。市委常委、组织部部长白雪，市委常委、市委秘书长，市政协主席，国家发改委来西江市挂职的副市长等人鱼贯而入。市长怎么没有来？许国想了一下，是的，市长前天去浙江调研去了。

市委书记齐威居中而坐，白雪等人分列两边。

白雪的名字很漂亮，人其实也很秀丽，但是看到这位40多岁的女领导的时候，你的脑海中是完全不会把她和美女两个字搭上边的。她长年都是黑白分明的职业装，黑色的尖头坡跟皮鞋，干练的齐耳短发，保养得体的脸庞上很难看到笑意。一副无框眼镜后面，许国觉得永远都是敬畏。有白雪在的地方，恐怕可以省了开空调，下属们要么是战战兢兢，要么就是战战惶惶，汗都不敢出。

齐威反而看上去更和蔼一些，方正的国字脸上总是挂着若有若无的笑意，只是眼睛深如潭水，谁也猜不透这位一只脚已经迈向副省级的市委书记的想法。

本来会议室里还有些低低的说话声，领导们一到，刹那间便静如死水，甚至有点让人屏息的感觉。

《西江时报》的宋总编辑堆着笑容上来请示，可否让记者拍几张照片。齐威点了点头，招楠和摄影记者陈百粤上来嘁里咔嚓猛拍了一通，电视台的主播江湖海又报道了几个镜头后，便撤下了摄像机，然后退到一边。

市委秘书长主持会议，简单的几句开场白以后，就请齐书记讲话。

齐威先扫视了一下全场，在座的干部们几乎个个都神经紧绷起来。齐威缓缓地开口说："同志们，从你们奔赴邛山开展对口扶贫协作工作以来，取得的成效是非凡的，我对各位同志的辛勤付出表示衷心感谢，并致以诚挚的问候。"出人意料的是齐威书记居然是脱稿发言，毫不拘束。

"我们从海珠市接棒对口四川邛山的扶贫协作工作，这是党中央、国务院对西江市极大的信任和肯定，是新时代的'彝海结盟'，也是中央和省委赋予西江的政治使命，是西江万亿 GDP 的底气，更是西江应有的责任和担当。

"成都武侯祠有一副对联——能攻心，则反侧自消，从古知兵非好战；不审势，即宽严皆误，后来治蜀要深思。这副对联，叙事寓情，颇富哲理。扶贫先扶智，扶贫没有固定的模式，总的来说就是因地制宜、因人而异。一味地生搬硬套，误国误民啊！因此希望你们这些扶贫干部要当好脱贫攻坚因地制宜的'带头人'，当好贫困群众因人而异的'贴心人'，当好援受双方的'联络人'，发挥桥梁纽带作用，带动贫困地区脱贫奔小康，共同做好乡村振兴。

"我们西江市委、市政府将一如既往地关注关心关怀大家，将会切实解决援助邛山的干部的后顾之忧。市委组织部、市扶贫办、派出单位也要在思想上、政治上、工作上、生活上，大力支持和关心关爱援助邛山的干部，认真对待、妥善解决他们的实际困难，让有为者有位、吃苦者吃香，切实为同志们送上组织的关怀和温暖，坚决做好援邛干部的坚强后盾。"

"日本前首相田中角荣讲过，兴一利，不如除一弊。我们在落后地区或贫困地区工作，要少搞锦上添花，多搞一些雪中送炭的项目。"齐威书记频频挥手来加强语气，声音中更带着金属一般铿锵的颤音，让在座的干部们个个感觉精神很振奋。

接下来是组织部部长白雪讲话。白雪声音高亢，她谈的是援助邛山扶贫工作中的作风问题。

白雪估计是来这里对干部们唱“黑脸”的。她的语言颇为有力，发言中要求干部在练就脱贫攻坚真本领的同时，要时刻敲响转变作风的警钟，以“敢于啃硬骨头”的决心，切实转变作风，把责任落到实处；要坚持问题导向，精准发现扶贫领域作风问题，从源头上研究解决问题的办法，对症下药，根除病灶，真正抓好脱贫攻坚作风建设等。白雪的讲话敲打得这些干部个个面色铁青。

许国更是想到了“12·15”事件那把悬在头顶上的利剑，不禁心底丝丝生寒。

“脱贫攻坚进入到攻坚克难的阶段了。没有好的作风，全面小康就是镜花水月！

“各位在座的扶贫干部要充分发挥抓党建促脱贫的攻坚作用，增强宗旨意识，访民情、听民意、解民忧，不断改进工作方式方法，力戒形式主义和官僚主义，努力提高工作实效，坚决克服不作为、慢作为、乱作为等问题，以务实的工作作风做好脱贫攻坚基础性工作。只有苦干实干，深化作风建设方能让脱贫攻坚的成果经得起历史和人民的检验，向人民交出一份满意的答卷。

白雪扶了扶眼镜，轻轻地抿了一口矿泉水，接下来的话更是重磅炸弹，将在座的干部炸得心旌动摇。“接下来的一年里，市委和组织部将会开展对口扶贫优秀干部评选，对评为优秀干部的同志将优先予以提拔任用，对评选考核中不合格的干部进行末位淘汰处理，请各位在座的干部努力工作，开拓创新，以优异的表现迎接这次考核评选。”

两位领导的发言侧重点不同，但都极有针对性。在座的扶贫干部都是副处级以上的，个个听得如坐过山车一样，从亢奋到紧张，满头大汗，后背黏糊糊一片。

两位领导讲完话，西江对口邛山州东西部扶贫协作工作组组长尚文代表工作组发言，汇报整个扶贫工作的阶段性成果。尚文出身司法系统，又担任过市政府秘书长、发改局党组书记，说话很有条理，数据翔实，语言也十分精练，听得领导们频频点头，齐威甚至还鼓了两下掌以示鼓励。

接下来代表扶贫干部们作汇报发言的是黄大良，这是让许国出乎意料的。他本来以为是叶贵诚或者自己，结果是齐威书记亲自点将让黄大良发言。

黄大良顿时活跃了起来。他大谈在金姑县如何走访贫困户，如何建议县委发展经济。他说："我们西江市的电子工业是拳头产业，而金姑县人口众多，电器需求量惊人，我认为发展电子产品、小家电产品输出，建立当地的电子工业产业园和小家电产业园，进行电子工业产业转移是解决金姑县经济发展的良好手段……"齐威几次点头，还打断汇报，仔细地询问了几个问题。黄大良也是下足了功夫，将自己在走访观察中遇到的情况和问题举例说出，数字和实例结合，说得很是详细精要。黄大良是学外贸管理的，对于数字的梳理和实际中的问题、解决的手段都讲得非常清晰。虽说他并没有在金姑长期扎根的想法，但还是将调查中的问题和对策说得头头是道。

黄大良侃侃而谈，许国的心里则暗暗发怵。

察言观色本就是官场上最基本的技能。一看齐威的表情，其他人哪有不知道的，各自不露声色地夸赞了几句黄大良，黄大良脸上的喜色都快流到门外了。

黄大良的想法从理论上来说是没错的，甚至可以说很好。可是主管过工业，出身工科的许国却知道，邛山缺乏熟练的产业工人，道路条件和附近的工业品、电力支持能力偏弱，真要按黄大良的想法开展电子工业产业转移，在2020年实现全面小康之前恐怕还达不到。当然，在场的干部们谁也不会去说破。

第十六章
金蟾夜宴

这场汇报会持续了4个小时，到将近傍晚七点才结束。一直到结束，许国也没有捞上几句发言的机会。他甚至一度怀疑马厅长那里对齐威究竟有多大的影响力，是不是齐威根本就没有想和自己有什么接触。

主持会议的市委秘书长最后说，会议结束后，在市委招待餐厅金蟾居，领导请各位扶贫干部吃饭。

和市委的主要领导成员一起吃饭绝对不是一件轻松的事情，哪怕各位干部都是饭局常客。尚文没有了平日的潇洒风趣，金石开也没有了日常的那种妙语连珠，一个个正襟危坐，谨小慎微。

许国坐在自己的位置上，呷着杯中泡得恰到好处的英红九号红茶，看着眼前穿梭来去、容颜秀丽的服务员，他知道，在这里接受招待，代表着在西江市的政治地位。按照他的级别，一年也难得来金蟾居吃上几次饭。

这里是市委接待外地贵宾的餐饮场所，比那五星级的西江宾馆、六星级的西江希尔顿酒店的档次还要高。这个档次不是指装修或者服务水平，而是指能够在这里接受服务的人。

掌管金蟾居的是市委接待办主任陈小雯。这是一个八面玲珑、风姿绰约的女人，和白雪完全不同，有嘴损的人说，陈主任那是一年四季都不穿裤子的。除了跑步，她都是各种裙装。

陈小雯今天依旧是一身淡蓝色的连衣裙。

见到齐威，陈小雯脸上的笑容比桌上摆的鲜花还要盛放，嘴里不断看似没大没小却是句句舒心恭维地和齐威打着趣。齐威也不以为意，还陪陈小雯喝了杯苹果醋。

陈小雯转过身又和其他领导每人喝了一杯。

公务接待不准喝酒已经是铁的禁令，陈小雯早就准备了各色不含酒精的饮料。她拿着一杯苹果醋如穿花蝴蝶一般在各个与会干部中间来去自如。

这些干部没有一个不认识她的，也没有一个敢不陪她喝苹果醋。谁不知道陈小雯的父亲是省里政协的原副主席，舅舅是欧洲某国的华侨领袖。她呢？认识的上下领导、八方干部比许国这样的副处级干部听过的都多。

陈小雯笑嘻嘻地经过这些干部，随口调侃，说尚文头发又白了，要多保养身体，改日去她那里拿一罐青海黑枸杞；说黄大良越来越帅了，改日要学学怎么冻龄；说许国又瘦了，再怎么为扶贫事业奉献也要保重自己，减肥的方式不能用在工作中啊！……

许国不知该如何应对，尚文则热情邀请陈小雯：“陈主任，什么时候到邛山考察指导一下？”“尚主席，没有书记的指示，我哪里出的去？”尚文不软不硬地碰了个钉子。

金蟾居的行政总厨是清远人，做得一手好粤菜，之前是西江宾馆的首席大厨，拿过国际厨艺大赛金奖。今天这顿饭，师傅也是手艺大展，虽然都是大家习惯的家常菜色，并按照餐标安排，但每一盘都做得极为精致，色香味俱全。尤其是慈姑蜜制牛肉、金汤碧绿豆腐、菜心黑松露炒虾球等，那叫一个漂亮，光看都是一种享受。然而就算是平日里最大大咧咧的蔡国权也没敢真把心思放在吃饭上面。

在等服务员上汤的时间，居中而坐的齐威书记随口而谈：“近年来，国家高度重视扶贫工作，但是，部分贫困地区的面貌和现状依旧形势严峻、不容乐观。说政府的扶贫力度不够，无论是从政策层面，还是从资金层面，都是不正确的；说群众不想脱贫，更不符合人的思维逻辑。那么，是什么原因导致这些地区‘扶了依旧贫’呢？我个人认为，一个核心因素就是他们的文化水平总体不高，对教育的重要性认识模糊，缺乏农业科学技术和从事现代农业生产发展的相关能力和知识要求。另一个核心因素就是要持续地加大产业资金的投入。国际上，像印度、巴基斯坦、菲律宾等国家，单纯依靠劳务收入却没有提高整个国民经济生产的能力。相反，工业革命以后的英国，以及第二次世界大战以后的美国，都是依靠持续不断地加大产业资金的投入，才真正国富民强的。一个区域要保持高速的增长，就需要不断地加强固定资产的投资，以及整个产业资金的投入。同志们啊！今天你们谈了很多邛山州受民族贫困共性、自然资源恶劣、基础设施薄弱等因素影响，贫困问题制约发展等诸多方面，但是大家去邛山扶贫协作，啃下这块硬骨头是我们必须完成的任务！在精准扶贫实践过程中必须提高效率，而效率优先就是其中的关键。”

许国在齐威开口说话的时候赶紧将笔记本和笔掏出来，飞速地作着记录。旁边几个干部见他如此，也赶忙掏纸摸笔，手忙脚乱地记录起来。

齐威不露声色地赞许地扫了许国一眼，也没管其他人，继续随口而谈。

“贫困地区在经济社会发展、人民增收和创业创新方面固然落后，但是也有在资源、人力、土地和环境方面的优势，贫困地区完全可以凭借这些优势，解放思想，推进开放，在我们的协助下加大引资、引技和引智力度，促进自身的发展。

“同志们啊！我建议大家回去可以多读一读书，看一看迪恩·卡尔兰和雅各布·阿佩尔的《不流于美好愿望》，以及阿比吉特·班纳吉、埃斯特·迪弗洛的《贫穷的本质》。如果从心理学角度来看这两本书，我们会发现，社会、环境、政策等是导致贫穷的重要外在因素，而导致人们身处贫穷陷阱中无法挣脱的内在原因，则是一系列根深蒂固、难以改变的心理认知和行为模式。虽然是西方学者的书，但其中不乏真知灼见，对我们东西部扶贫协作有参考意义。”

“我们西江市去邛山扶贫，让我想起了毛主席的诗。”齐威说得兴致勃发，站了起来，半吟半诵地说，“金沙水拍云崖暖，大渡桥横铁索寒。更喜岷山千里雪，三军过后尽开颜——”

“金沙江畔、大渡桥边就是邛山，今天你们在邛山扶贫建功，就要像当年的红军一样，敢打硬仗，巧战敌人，只要吃得苦，想得勤，做得好，就能翻过雪山，渡过难关，就能够取得扶贫事业的胜利，完成党中央的扶贫伟业！”齐威说完，餐厅里响起热烈的掌声。

组织部部长白雪鼓完掌后看了看坐下来的齐威书记，见齐威书记收住了口，低头喝着茶，便目光灼灼地看着大家，说道：“齐书记的一番话给我们指出了打赢这场脱贫攻坚战的路径规划，句句精要啊！我呢，就说两句。现在距离2020年完成脱贫攻坚目标任务只有不到三年时间，正是最吃劲的时候。脱贫攻坚任务能否完成关键在人，关键在干部队伍的作风。在冲刺路上，我们要把脱贫攻坚当作检验干部作风的试金石，越到最后时刻越要响鼓重锤，决不能搞急功近利、虚假政绩的东西。”说着她有意无意地用目光扫过许国，许国只觉得芒刺在背，悚然而惊，不禁悄悄地甩了甩手，似乎想甩掉手里满把的冷汗。

“齐书记刚刚给大家推荐了书，我呢，见贤思齐，向齐书记看齐，他是我们的排头兵嘛！我给大家推荐长篇小说《焦裕禄》。习近平总书记曾把焦裕禄精神概括为‘亲民爱民、艰苦奋斗、科学求实、迎难而上、无私奉献’，这应该是我们党员干部的座右铭啊！在脱贫攻坚过程中，我们也发现有一小部分扶贫干部，作风漂浮，走捷径、搞速成，欺上瞒下、好大喜功，严重影响了整个干部队伍的形象。这样的行为要不得啊！”白雪说着话，眼神似乎有意无意地瞟向许国的方向。

许国艰难地咽了下口水，心中颇是委屈，自己怎么就作风漂浮、好大喜功了？

“我要求，各位在工作之余，重新品味一下焦裕禄那种把人民的利益放在心上，摆在最重要的位置，始终与人民群众心连心，为群众利益无私奉献的精神。要珍视保持党同人民群众血肉联系的重要机遇，坚定不移地做好群众的脱贫工作。”

白雪的理论功底非常扎实，这些教育人的话张口就来，说得非常顺畅。

大家赶忙鼓掌，个个点头称是。

这时候，一道道菜鱼贯而上，摆满了桌子。陈小雯指挥服务员给在座人员满上了饮料。

齐威站起身说：“各位同志，在这里，我敬大家一杯。”

在座的人全都齐刷刷端着装满各色饮料的酒杯站了起来。

“我祝大家，在邛山的扶贫岗位上，奋发图强，再立新功！”说罢，齐威举杯一饮而尽。各位干部不敢怠慢，纷纷举杯喝干了杯中饮料。

饭局，饭局，吃饭就是入局。

这种饭局，不在吃饭上面，大家都是在这里入局和破局。虽然不准喝酒，但相互敬还是少不了的，哪怕只是饮料。这种饭局就是这样，每一个回合，都有不同的恭维声和赞美声，尽管内容大同小异，但表现方式却千差万别。

吃了两筷子面前的菜，尚文带头端起杯中饮料走过来敬齐威。

“齐书记今天对我们扶贫干部的教诲句句到位，精练实在，我敬书记一杯。希望在书记的鼓励和指导下能够做好扶贫工作，不给咱西江丢人，实践好书记的指示。”说罢，毕恭毕敬地端着酒杯，微微弯腰低头。

齐威微微一笑，说：“好，我就祝老尚你再立新功！”说完将杯中饮料一饮而尽，站在一旁的尚文赶忙也将手里的健力宝一口闷了。

金石开站在白雪身边。老金身材高大，白雪娇小玲珑，老金在白雪面前毕恭毕敬地说：“白常委在《求是》杂志上发表的关于扶贫工作中端正作风的文章，高屋建瓴，句句精到，我读过以后很受启发，白常委的文章真是大家风范！”

白雪说：“老金，你是华南农大的高才生，又在扶贫领域深耕多年，我的文章只是对你们的实践作了些思考而已。我呢，还要多多向老金你学习扶贫的经济学理论和实践经验，毕竟实践出真知嘛！”白雪淡淡一笑，把酒杯中的饮料抿了一口。别说，白雪平常不笑，但笑起来还真有几分妩媚的感觉。不过老金没敢看，只是连连谦虚着说不敢，还要白常委指点，就把饮料喝了。

陈小雯是个善于圆场的人，平日和市里面的大领导们接触最多的就是她。打交道最勤，关系自然也就近，更重要的，她是女人。饭桌上如果少了女人，那就少了一半的味。男女搭配，不仅干活不累，喝酒也不会醉。

她笑吟吟地拿着装着苹果醋的红酒杯走过来说："齐书记，您呢，这段时间难得来金蟾居，今天一来就带着一帮扶贫的同志，呼呼啦啦，可把我们这儿的小姑娘们累坏了。累坏了还不止，还在这里发表讲话和指示，尤其是毛主席诗词朗诵得超有水平，把我们的小姑娘感动得热泪盈眶，把扶贫的同志听得心花怒放，在其他场合哪能听到书记这么有深度又精准到位的指示呢？所以啊，齐书记怎么都得和我们每个人喝一杯，我们得把你的指示深深记到心田里面去。"

齐威忙说："小雯主任，我呢在饭桌上谈几句心得体会，哪里来的讲话和指示？这样，你小雯主任的建议我接受。我虽然喝的也是饮料，但今天会和各位在座的同志们交交心，给大家都鼓鼓劲。"然后举起手里的果汁和陈小雯碰了一下，喝了一口。

陈小雯忙笑着说："谢谢书记！"

齐威夹了一筷子鱼，正要吃，他的手机响了起来。他一看，是省委秘书长打来的电话，不敢不接，立刻摁通接听键，在座的干部立刻安静了下来。

齐威脸上堆满了笑容，声音响亮地说道："秘书长好啊！哦，哦，是，是。好，我明大一早就去广州参加。嗯嗯，是，省委大会议室。明白，明白，汇报材料我准备好了的。是，是，好好。"

接完电话齐威把脸上的笑容一收，又恢复了那种淡淡的威严。

陈小雯忙说："各位，还不抓紧机会跟书记交心，书记晚上还要忙呢！"

在座的干部是按照所在区的经济实力和职位排座次的，离得最近的顺丰区的常委、副区长黄大良，赶紧端起杯子敬齐威。齐威拍了拍黄大良的肩膀，和黄大良笑着说了好几句，碰了杯，满脸赞许。退回来的黄大良脚下好像踩了弹簧一样，恨不得蹦上天花板。这情景看得许国实在有点眼热。他只好满满地夹了一筷子菜在嘴里大嚼，至于味道如何，怕是许国自己也不知道。不多时，便轮到了德城区。定了定神，许国端起手里的健力宝向齐威走过去。

齐威看到许国，脸上虽也有笑容，却是淡淡的。许国忙说：“齐书记，我……”他的恭维话还没有说出来，齐威便站起来，将他稍稍带离饭桌，说道：“省里、市里都知道，你是个好同志，做事实诚，但是有时候仅仅实诚是不够的。做工作要注意细节，要关注各个方面的情况，犯错误不可怕，一点错误不犯的干部不是好干部，不做才会不错。勇于试错，能够吸取教训，就仍然有机会，我们既然鼓励大家创新工作，就有先期预见。放心吧，能够从错误中吸取教训，做好自己手头的工作，我们同样会保护好同志的！来，祝你在邛山再立新功！”说完，齐威抿了一口饮料，然后伸出手紧紧地握了握许国的手，握的时候还轻轻地摇了摇。

许国的眼泪差点涌了上来，他喝完杯中满满的健力宝，说道：“谢谢齐书记，谢谢齐书记。”

经过白雪的位置的时候，许国走上去敬白雪。白雪站起来，低声说道：“许国，齐书记和组织都知道你的情况，也非常清楚你的思想状况。你呢，要把压力转化成工作的动力，扶贫是艰苦的，但只有在艰苦中才能显露你的才华。只有在扶贫工作中立功，让组织看到你的胸怀和心迹，那么该查清楚的就会调查清楚，是谁该负责谁就来负。组织的眼睛是雪亮的，要相信自己，相信党和组织。”

“是，谢谢白常委，谢谢组织的关怀。”许国再次将杯中的健力宝一饮而尽。

有人会醉酒，有人会醉健力宝。许国喝了不少健力宝，回家的时候他竟觉得有点醉意。这个醉意是哪里来的，只有他自己最清楚。

第十七章
一封举报信

接下来的日子许国除了去医院照顾妻子，几乎都在德城区各个企业转悠。德城区的几大支柱产业——电子工业、装备制造、陶瓷卫浴、五金建材、纺织服装的龙头企业他几乎都跑了个遍，那些企业家在他和区工商联党组书记谢国坚的走访下，纷纷答应去邛山考察。细数下来，有五六十家亿元以上产值、有实力的企业的老总与董事长们准备和他一起作邛山行。这些人里面有全国赫赫有名的公司、在A股上市的“调味品大王”庞健康，还有在香港上市的吉祥金融集团董事长、德城区工商联主席张晓铁，以及H股房地产上市公司董事长杨大强。和这三个重量级人物一起去邛山，许国顿觉肩上的压力略小了些。别的不说，去参观考察一趟，化缘也能化出个几百万元来，无论是补贴小学生午餐，还是兴建产业工业园都有了着落。

尤其是张晓铁，西江金融界的翘楚人物，20世纪90年代放弃西江财政局的铁饭碗下海投身商场。先做机械贸易，再做摩托车生产，成为全国屈指可数的顶尖摩托车生产集团。再转战商业地产，是全国数得着的商业地产风云人物，和万科、恒大比肩。然后又投身金融行业，短短数年便做到金融集团在香港上市，名列胡润富豪榜。这次许国也是求见了几次才说动张晓铁抽出时间参与邛山一行。许国觉得自己很有面子，换了别人未必求得动哩！

第二天一早，还不到八点，许国家里的电话就响了。区委书记冼志豪说：“你来我办公室一趟。”

许国心里一阵紧张，冼志豪的口气好像不太对劲。他一边开车一边暗自揣摩，来到区委大院，上班的人还不多，楼上静悄悄的，许国乘电梯直接来到区委书记室。

秘书不在，办公室里就冼志豪一个人，黑青着脸，像是被什么人惹恼了。许国没敢问，心里敲着小边鼓，默默地站在桌子边上，等冼志豪发话。

冼志豪突然拿出一沓材料朝他丢过来，说：“许国，你自己看。”

许国打开文件夹，站在那里仔细地看了起来，一看之下，不禁满头冒汗。这是一封举报信，检举他在大昭乱搞男女关系，和大昭县政协副主席都阿英关系暧昧，还勾搭贫困女学生；在兴建彝家新寨时大搞奢侈浪费，参加吃请等，要求纪委严查。

许国定了定神，抬起头，直视着冼志豪说：“冼书记，这是诬告！”

“我现在是相信你的。首先彝家新寨的情况我知道，你虽然经手拨款签名，但审计手续非常严格，没有纰漏。你和贫困女学生的事情我也知道，你给的3000元，是向组织汇报过的结对子捐款，而且你只去过成都一次，停留时间不到24小时，不可能搞什么东西出来！但你和那个都阿英是怎么回事？许国，你千万不能在女色上面栽跟头啊！而且为什么他们要诬告你？你究竟得罪了什么人？告状都告到西江来了！”冼志豪的脸色虽然稍有缓和，但依旧疾言厉色。

许国说：“我不知道得罪了什么人，要这么诬告我，但是我真的和都阿英没有任何关系。她是四川民委下到大昭锻炼的干部，家世非常高，我许国就是想，也伸不上手。我有什么资格去勾引？她负责的是贫困地区的教育和医疗方面，我下去考察乡村有几次是她陪同的，但同时还有大昭扶贫移民局的干部和我们《西江时报》的记者跟着，我神经病才在大庭广众之下勾引一个女干部啊！”

“那你想想，究竟有可能得罪了什么人？我的老许啊！诬告总要有个目的啊！搞臭你，对谁最有好处？”冼志豪一屁股坐在真皮椅子上，手支撑着额头。

这时候，楼道里响起了脚步声，好像是朝这边走来的。许国转身想去堵门，脚步声忽然又退了回去，整层楼沉寂如冰。

许国低头想了想，谁会这样做？他与都阿英，与索玛，与所有大昭的女同志都没有单独相处过。这明显是捕风捉影的诬告为什么会引起冼志豪书记的关注？难道德城区有人盯上了自己的位子？难道明争暗斗的悲剧要在自己身上发生吗？

冼志豪抬起头，从许国手里拿回了那封举报信，沉着脸说：“现在这个事情纪委正在调查，你要做好自己的事情，别再搞出不应该搞的事情来。出了事，我冼志豪怕你输不起啊！”

许国略带愤怒的表情说：“冼书记，你放心，我许国还不会没品到那个地步！”

冼志豪说：“另外，这次你兴师动众，搞了那么大一个考察团去邛山是什么意思？”

许国不慌不忙，坐下说道：“第一，大昭的杨县长跟我说，要我带投资过去，我总要有所表示，于是就邀请我们的精英企业家组团考察，会不

作者：罗颂梓

会有人投资，就看他杨县长的本事了，我按他要求的做了就好。而且企业家去了多少能捐点物资捐点钱，总归是个好事。第二，大昭的资源的确还不错，这些企业家走一圈，说不定会对大昭产生兴趣，投个厂或者产业园啊，我也可以吹吹牛了。第三，大昭实在太穷了！想在大昭做出点成绩就需要这些精英企业家给我们出谋划策。无工不富，无商不稳，发展工商业才能出成绩，才能给你冼书记脸上增光啊！”

“哎！老许，我不这么看。”冼志豪挥手打断了许国的话，“你说德城的企业家捐钱捐物我都没意见，但在大昭搞工业，我觉得你是昏了头。大昭的自然禀赋虽然还不错，但工业不可能随随便便就‘一步跨千年’。大昭的工农业基础承接得了德城的工业项目吗？大昭的人口素质能接受德城的工业生产方式吗？大昭真要像你想的那么好搞，四川早就帮他们摘帽了。成都的工业就比西江差吗？”

许国笑着说：“实践出真知，行不行，让这些企业家去一趟，谈一谈，总可以想点办法的。”

“也行，反正大不了就当请这些企业家去搞慈善活动！”冼志豪想了想说。“不过，我觉得，扶贫先扶智是句真理！你可以在大昭搞搞教育，同时也要选派一批医生到当地医院搞好传帮带。”

“哦？请冼书记指示。”许国眼睛一亮。

“我们德城有好的教育资源和优质的医疗资源，有高端的教育器材，我认为可以组织一下，对大昭有条件的中小学进行远程教育。现在互联网那么发达，我寻思着，先找几个中小学试点，然后组织德城的优质教育资源进行对接，开设远程教育课程。如果成功，就把这个思路扩展到大昭的全部中小学和职业教育上，这样不就发挥了我们德城的优势吗？说起工业来，我们德城在西江比不上南洋和顺丰，但德城的优势在于文化，在于服务业，我们的教育也略微强过其他区。我们就在这个上面下功夫，抢个先手。另外，医疗帮扶也不能忽视。如何？”

“嗯！冼书记高瞻远瞩，这个主意很高明，不愧是中山大学的高才生。不过大昭在互联网普及上是有些落后的，有的地方甚至没有手机信号，条件不是一般的差。要实现书记的想法，要下大功夫。”许国委婉地指出了冼志豪想法的问题。

冼志豪摇了摇头，说：“搞好教育和医疗，比你增加大昭的 GDP 更有成效，这个设想你大胆地去做，做好了就有亮点了，你听我的，没错。”

许国点了点头，说：“好的，我去大昭再多促进一下，让基础设施配套能跟上书记的思路。”

冼志豪靠在椅子上，思索了一下，说：“老许，这几天你把手里的工作放一放，好好想想那封信，好好想想你这些年遇到的人。反正，我希望你能够做好，千万不能栽跟头、出问题。”

许国点头答应，走了出去。随后冼志豪接通了市纪委书记梁广荣的电话：“梁书记，我已经同许国谈过话，感觉举报的问题并不完全属实，建议市纪委慎重考虑，不要给许国太大的思想压力，尽量给他一个工作干事的环境。”

走到办公楼外面，盛夏的阳光如同利刃一般刺得皮肤生疼，地面白晃晃地刺人双眼，许国揉了揉眼睛，嘴角露出一丝不明所以的笑。

他脑子里忽然闪出一个曾经看过的段子：

这年头，苦干实干，做给天看；东混西混，一帆风顺；任劳任怨，永难如愿；会捧会献，杰出贡献；尽职尽责，多遭指责；

推卸栽赃，邀功领赏……

许国揉了揉眼睛，想把心底泛起的那股酸涩揉到深处，想把所有的情绪甩到脑后。情绪不能解决任何问题，也不能战胜任何困难！他朝区委大院门口走去。

许国率领的庞大的德城区企业家代表考察团到达大昭的时候，邛山州副州长兼大昭县委书记拉玛和县长杨兴昌带着县人大、县政协、县发改局、县扶贫移民局的主要干部在县委大院排出了个大场面来迎接。

杨兴昌还是一副彝族服饰打扮，雄赳赳，气昂昂。比较出人意料的是都阿英也穿了一身民族服装，桃红色的百褶裙，银亮亮的胸饰，腕间叮当的南红手镯，笑盈盈地站在队伍当中，美得让人惊心动魄。

尤其是许国向阿英介绍了苏醒以后，阿英就像是有了新玩具的小姑娘一样，在苏醒身边叽叽咕咕说了一大通。苏醒也是第一次和这样的彝族美女打交道，不禁为之惊艳，也就不免多说了几句。许国看着，就凑了过去，说："阿英，和我们苏大老板聊得好开心啊！"

阿英眼波流转，笑着说："是啊！苏总说他是你的老同学，你说怎么帮，他就怎么帮。我们大昭有那么多好项目，总有适合苏总的，这下许常委的功劳不小哦！"

许国笑着说："哪里，哪里。苏总搞的是社会主义市场经济，是市场主导他的行为。我虽然是他的老同学，但他也不会听我的指挥，我们都是为苏总搞项目牵线搭桥作服务的。"

苏醒忙说："你老许又在美女面前卖乖，我何德何能让你服务，又什么时候不听你指挥了。党指挥枪，党要求我们建设哪里，我们就建设哪里，我老苏可从来没有只看市场不看方向。”

许国心头一动，便说：“都主席，你不是有个建设国际学校的项目嘛，我带队来的时候，我们德城区的冼书记交给我一个远程教育的任务。我寻思这个事情，不如和你的国际学校项目结合一下，有我们苏总这么个商业高手在这里运作，弄不好会是个大大的双赢项目。”

阿英的眼睛倏然亮了，说：“真的？”

许国说：“那当然，我怎么敢骗你呢！”

苏醒假装不满地说：“你看，你看，还说你老许是作服务的，这还没转头就把我卖给都主席了。我老苏搞了一辈子化工，从来没有搞过教育，我连我儿子都教不好。现在去搞教育，到时候要是都主席怪我瞎搞怎么办？”

许国笑着说：“我现在来揭老底哈。我们苏总的儿子是国际一流名校爱丁堡大学金融系的学生，你说教得不好，让我情何以堪啊！再说了，让你苏总投资教育，又不是让你亲自上课堂教书。哪怕就是教书，你不也还是香港科技大学的客座教授、荣誉博士么。教书你是不愿意做，做了也是高手。”

苏醒双手一摊，苦笑着说：“你看，老同学知根知底，我这才来到邛山几个小时就被你卖掉了。”

许国故意搞笑说：“我把你卖给美女啊！别不知足，一般人我还不卖呢！”

苏醒把手一伸说：“老许，你把钱包拿出来。”

“干吗？”许国后退一步装作害怕警惕的样子。

“被你卖了，然后帮你数钱啊！”

都阿英被这两个老同学逗得捂着嘴，笑得花枝乱颤。

其实，就网络远程教育问题，许国在来大昭之前专门请教了支教组里西江第九小学的曹小华老师。曹老师告诉他，只要硬件设施能够跟上，远程教育共享是一个很好的方式。通过教育共享，能把西江的教育资源和优质课程共享给大昭的学生，可以填补大昭各学校师资、课程不足的短板。不足之处是大昭的学生不一定能跟得上西江的教育节奏，其汉语听说能力也是一个制约因素，不过可以先从重点小学的网络远程教育入手，再一步步推进。所以许国才有了把建立国际学校和远程教育结合起来的想法。而且这次过来，许国还带来了西江采购捐赠的一批电脑和电教设备。

到了晚上，许国和苏醒溜出去喝啤酒、吃烧烤。

大昭的夜空是澄澈的，山里的空气比西江市的空气还是要好得多。看看四下没有什么别的人，苏醒就问："老许，今天那个都阿英是怎么回事？那么漂亮的一个女人，跑到这穷山沟贫困县当政协副主席？"

许国苦笑了一下说："我了解过，阿英是邛山的大土司家族的后人，她家里在解放的时候就投靠了共产党，家族里也是党、政、军都有人。她原来是在成都的四川民委工作，是研究彝族文化的副处长。听传言说，追求她的人很多，甚至有个厅长为了追她闹离婚，搞得沸沸扬扬，结果阿英就申请调动到邛山来工作。跑下来当个政协副主席，估计也是图个清静。没结婚的原因我就不知道了，恐怕是个带刺的野玫瑰，想摘花的人有，但想摘得到就不容易咯！"

"嗯，靓女身边是非多。"苏醒咬着一串鸡胗，边撸边含糊不清地说着。"不过，你说建国际学校这个事情有没有必要搞？我大概估算了一下，起码投资也要一个多亿，两三个亿都很有可能。这么个贫困县，收得回成本吗？”

“这个可就没法回答你了，投资决心肯定还是你自己决策。不过呢，你投资学校，可以跟邛山州和大昭县要政策、要土地、要补贴。这个就不用我来教你了。另外，学校教育是长线投资，对你的公司开展多元经营，起的作用有多大，你心里清楚。”

苏醒拿起啤酒，喝了一口说：“投资教育我得找几个专家一起研究一下，这好像还是个蛮有意思的项目。”

“对了，老许，你究竟什么时候可以来天醒？你还真打算搞好扶贫，在这里待上三年？”苏醒盯着许国，目光炯炯。

“老苏，说实在的，我不是不愿意来天醒，而是现在真的很难！我实话对你说吧，这次来之前跟齐书记他们开了个座谈会，想跑基本上没门。而且我头上还挂着‘12·15’事件的调查，我突然辞职跑到你那里，肯定会连累你上市，说不定出的事更大，我真不敢随便走。是不是要在这里待三年我不知道，反正努力做点成绩出来，再辞职去天醒，应该就没什么问题了。”

“唉！我的哥啊！你想得不错，可时间不等人啊！我这里上市，你不在公司在官场，我怎么分原始股给你？就算你对股份没兴趣，阿琪的病等得了你在这里熬三年吗？那是癌症，不是感冒咳嗽啊！我这里，法兰克福的欧洲分公司也不可能一直等你那么久，我这里也有压力啊！这么多年的兄弟，我真不想看你活得这么窝囊！”苏醒把酒杯往桌子上一顿，震得桌上杯盘乱动。

“我懂，我知道，老苏你这是为我着想。可我也不能不为你想，连累了你上市怎么办？你手下几千号人等你吃饭呢！我只能走一步看一步。来，喝酒。”

“唉！好吧！反正你得抓紧机会。”

两人举起杯子碰了一下。

“哎！老许，老苏，你们俩在这里喝酒啊？”一个声音从许国背后响起。许国扭头一看，是金石开和刘勇。

“呵呵，老金，刘总，来来，坐！”许国又冲老板喊，“老板，加两双筷子和两个酒杯，再来一打啤酒。”许国掏出一盒四川产的烟，给老金和刘勇递上。刘勇拿过来看了看，说：“好久没抽过四川烟了，我也买一包。”说完，起身就往外走。刘勇刚走到门口，众人就听到女人的呼痛声。抬头一看，原来是刘勇撞倒了一个高挑的女孩，听那女孩的口音却是西江的。刘勇赶忙伸手把那女孩扶了起来。

老金在座位上小声笑着说：“刘勇这小子，连出门都能撞上美女，天生艳福！”许国和苏醒也都偷偷地憋着笑。

过了一会儿，刘勇居然带着两个女孩走了过来，向大家介绍说：“这两位是我们西江支援邛山医疗队的护士小姐姐。这位是陶慧敏，阿敏，这位是张雨洁，阿洁。”

喝酒这个东西，一个人喝，是喝闷酒，两个人喝，是碰杯酒，三个人喝，是喝猜拳酒，四个人以上喝就是花酒了。喝酒的人越多就越热闹，尤其是在加了两个年轻的小姐姐的情况下。陶慧敏和张雨洁都是90后，喝酒对她们来说更痛快，她们也更乐意无拘无束地喝个翻天覆地、热火朝天。服务员刚把酒打开，陶慧敏就拿起一瓶啤酒说：“我们俩今天第一次来邛山搞医疗扶贫，就能跟这么多大领导和大老总接触，这第一轮酒，该我来敬。

我要好好结识一下几位领导和老总，以后就算犯了错误，也有人撑腰。”

老金哈哈一笑说：“别，美女犯错误，有人来保护；我们犯错误，那就是美女拖下水咯！”

于是，大家举杯干了。

虽说这里都是德城区官场和商界的人物，但是谁也不想在异乡街头喝酒吃烧烤时还架着个头衔，那就没了喝酒的意思。加上两个也算是小美女的护士，自然也就放松了许多。

酒过三巡，苏醒提议大家玩骰盅，赢家可以决定下一局的玩法规则。第一盘自然是大话骰，结果被老金跳杀两家，刘勇和阿敏两个人喝酒。

老金笑眯眯地说：“下一盘就不用骰盅，讲段子，谁讲的段子不好笑，谁罚一杯。”

大家都说好，就让老金第一个讲。老金说道：“话说一哥们儿酷爱吃烧羊腿，一大盘肉骨头，一碟子椒盐儿。一上桌，他毫不客气地抓起一条羊腿，咔嚓就是一口，呱唧呱唧地大吃起来。服务员见了就说：‘先生，这个要蘸着吃。’那哥们儿看了看服务员，又看了看当地的同事。当地的同事说：‘蘸着吃好吃一些。’于是那哥们儿拿着羊腿站起来，咔嚓又是一口。服务员赶紧过来问：‘先生，您有什么需要吗？’‘啊？没有啊。’‘那请您坐下来吃。’哥们儿嘀咕着坐下来，看了看大伙儿，小心翼翼地把羊腿拿到嘴边咬了一口。服务员又说：‘先生，这个要蘸着吃。’那哥们儿腾地一下站起来，甩着羊腿发脾气了：‘一会儿要站着吃，一会儿又要坐着吃，到底怎么吃？’”

刘勇正好拿着一块烤羊排在手里啃，便笑着说：“金主任，原来你是看我坐着吃不顺眼呢！”大家哈哈大笑。

下一个是刘勇，他琢磨了一下说了个段子：“有天晚上公司加班，突然没电了，经检查是保险丝烧了。我懂点电就去修，一个妹子在旁边用手机照着亮。在公司所有人安静等待的时候，女朋友来电话了，开始是嘘寒问暖，后来突然问：怎么那么安静？这个时候妹子说话了：你快点搞了啦，人家手都酸了。”

这是个半荤段子，听得大家哄然而笑，两个女孩也低头捂着嘴笑。

刘勇旁边坐的是阿敏，阿敏甩了下长发，也讲了一个段子。“有一次门诊，有个人生病输液，然后在那儿玩手机。一抬头看到瓶子见底，顿时慌神儿了，就喊道：‘服务员，满上！’此后，那人就成了我们门诊的名人！”

许国立刻说：“没眼力见儿，快给阿敏的杯子满上酒！”

苏醒正打算发挥一下，便说：“两位医院里的护士在一起聊怎么捉弄新来的医生。第一位说：我把药棉塞在他的听诊器里。第二位说：我在他的抽屉里放几打过期的保险套。”随后，大家笑得不亦乐乎。

两位护士小姐姐脸都红了，不依不饶地吵着要苏总喝酒，那是拿她们两个开涮。苏醒笑眯眯地把酒喝了。

玩笑之中，一打啤酒很快就喝完了。看看夜也深了，阿敏和阿洁两个都是很醒目的女孩子，拿起坤包说要先走了，刘勇便送了送她们，然后众人一一散去。

第十八章 邛山冲突

按照行程，接下来几天就是带考察团的企业家们去参观几个重点的贫困村和希望小学，再看看建设中的彝家新寨和计划中的千亩玫瑰园、蘑菇种养基地等农业产业项目，从各方面安排上自然是井井有条、面面俱到。而西江援助邛山的医疗队、支教队也迅速下到相关卫生院、医院、学校，开始了日常工作。当夜，许国正在吃晚饭的时候接到了援助大昭医疗组、西江第一人民医院肝胆科主任医师赵虹的电话。赵医生说，刚刚在手术台上主刀的西江第一人民医院的妇产科主治医生黄丽在给一位艾滋病病毒携带者手术的时候遭遇了“职业暴露”，患者的血液溅入了黄医生的眼睛，有可能造成血液传染。

许国忙问：“有没有防治的办法？”

赵医生的声音在电话里不是十分清晰，听起来有点飘：“有，吃阻断药物，但是副作用很大，肝和肾都会受到损害，还有28天的身体反应。最佳服用时间是2小时内，有效时间是72小时内。”

“给黄丽医生吃药，并给她记功，为她提供一切救治手段。记住，赵主任，我们西江援助团是一个整体，我们要帮助每一个队员。我必须要安全带大家回去，记住！”许国吼完，一屁股坐在椅子上，喘了口气。

“是，许常委。”赵虹主任匆匆挂断了电话。

许国冷静了一下，回到餐厅继续陪考察团的企业家们吃饭。席间，德城区工商联主席张晓铁拿着一杯邛山特产的“支儿”酒（蒸馏白酒），对许国说：“许常委，我觉得大昭虽然穷，但条件其实还不错，发展一下特色旅游，应该能够吸引人。”

许国说：“张主席，发展旅游是不错，不过这里接待条件还是比较差，修建旅馆、民宿，修路，修公厕、垃圾站，花起钱来更厉害。我修路可以，但是如果大搞旅游开发，恐怕就不容易了。”

“嗯嗯，是的。”张晓铁点了点头，说：“那最直接的手段就是扶持产业，但这里缺乏熟练的产业工人和基层管理人员，要出成效不是短时间可以搞定的！有没有其他他们能做又做得好的产业来扶持呢？”

苏醒在一旁插话说：“实在没办法就只能包养，像以前一样。”

许国突然灵机一动说：“对了！我觉得可以把邛山各地的闲散劳动力组织起来，组团去西江、去珠三角打工。你们不是年年都闹用工荒吗？这些闲散劳动力去西江的企业打工，你们多培训培训，然后他们成功上岗了，一个月赚个几千元钱工资，不比在这里望天打卦、土里刨食强得多？而且通过政府出面组织，组织纪律性和稳定性也会比其他零散打工的农民工强，这不是一举两得？”

苏醒和张晓铁面面相觑，想不到许国竟想出这样一个点子来。

然后几个大企业家就在一起讨论开了这个点子，合计来合计去，几位西江首屈一指的大老板都认为这个点子不错，有可行性。

其实，珠三角的用工荒由来已久。早在2006年前后，作为中国东南沿海制造业基地的珠三角就已经出现了不同程度的用工荒，招不到工人成为大多数企业面临的难题。

为什么呢？表面上看，是 90 后的农民工不愿意吃苦打工。实际上呢？第一代农民工拥有的是农业技能，第二代农民工只是工业技能，以 90 后为代表的第三代农民工却拥有知识技能。由于有了知识技能，其工作的选择余地更大，那么务工，尤其是进入低端制造业工厂就不再是最好的选择。这用经济学的说法就是出现了摩擦性失业，或者摩擦性就业不匹配现象。

作为中国改革开放的最前沿，珠三角的经济发展的确非常快，但是其承接世界产业转移同样也是最低端的那些产业，尤其是低附加值的劳动密集型产业的转型更是步履维艰。低端产业由于劳动量大，虽然名义上工资高，但是实际上因为技术附加值有限，其采用的计件工资模式导致实际上大多数人都难以达到其期望的工资水平，故此 90 后农民工不是很喜欢选择这样的企业。

但是放到扶贫上来说呢？这些出来打工的贫困人口就相当于第一代农民工，知识层次低，但为了摆脱贫困，提高收入，辛苦打工反而是他们改变命运的方式。这比一直在贫困地区苦熬日子要强得多，所以这个提议得到了许多企业家的赞成。

当晚，许国熬了大半夜，写了一篇关于务工扶贫的报告发给大昭县委、德城区委和西江邛山东西部扶贫协作工作组。

许国心想，这应该是一个优势互补的好方法，我也不枉把这些企业家请到邛山，至少这是一条扶贫开发的路子。

第二天上午杨兴昌就打了个电话给许国，约他下午谈一谈。

下午刚上班，许国就走进了杨兴昌的办公室。杨兴昌挥手让秘书出去，关好门，然后笑眯眯地拿着一份打印材料坐到沙发上。茶几上是刚刚沏好的两杯蒙顶茶，在空调的冷气中，茶香四溢。

许国端起茶来喝了一口，别说，蒙顶茶真是香，淡淡的回甘在口腔中萦绕着。在这样一个秋日，喝口好茶确实是种享受。

杨兴昌说："老许，这是你写的报告？"

"是啊，还要请杨县长指教呢！"许国心里略有些小得意。

杨兴昌说："老许，你这个办法挺好，不过我有些担心。我是彝人，我比较懂这些人。这些娃子们先不说劳动技能符不符合要求，最大的问题就是他们家支影响很重，到了西江怕不好管理。另外他们自由散漫惯了，个个都是惹祸精，到时候惹出事来怎么办？"

许国略作思考便说："家支影响问题应该不会太大，现代的工业企业有自己成熟的管理制度，去到工厂，拆散家支到各个车间工作，一段时间下来，也就是感情上的联系，没有乱来的可能。自由散漫问题也同样，在大企业的集体氛围里会慢慢改变，能守纪律，做事情也就慢慢听话了。以前西江的农民工里也有大量来自四川、湖南、江西的，也是贫困人口，为了赚钱，还不是努力在工厂干活？就算惹祸，不是还有警察吗？这个杨县长您就不用太担心了。我反而是担心他们不习惯西江的气候和生活，想家待不住。"

杨兴昌想想就没再说什么，其实大昭的农民去建昌、成都乃至珠三角、长三角打工的也不是没有，只是政府组织的定向劳务输出在大昭还是第一次。杨兴昌这颗心始终是悬着的，觉得事情并不像许国所考虑的那么简单。但是，现在事情还没有落实，自然也没法多作揣测。

于是他就换了个话题，说："老许，如果州里和西江都批准了的话，你觉得怎么组织他们去比较好呢？”

其实，许国在报告里采用的是由本地的劳务公司或者家支带头人招聘带动的方式，即“亲带亲、邻带邻、先带后、劳务能人带贫困群众”的模式，这说起来一点都不稀奇，是20世纪90年代最常见的劳务输出方式。

这时候杨兴昌一说，他猛然醒悟过来，本地的劳务公司有招聘影响力的一定是和家支头人有着密切关系，且在当地有关系网的人，而他们最终招聘过来的农民工更容易形成家支势力抱团的小团体。许国的脸色突然变暗了。抱团不可怕，但是农村的宗族势力在管理严格的现代企业里面可能会出问题，从而最终把良好的愿望搞砸。许国觉得自己犯了个愚蠢的错误。

杨兴昌知道许国想通了这一点，便说：“组织这些闲散劳力出去打工没错，省里也指示过这方面的事情，但这么多年一直都不了了之，就是因为家支的影响太大了。评个理要找德古，法院的协调员也不顶事；犯了法，家支头人出面找人赔钱顶包，法官、警察也无可奈何。这是千年以来的老情况，老许你改变不了，也不需要去改变。我觉得，你的意见很好，不是不可以组织发动一下，该转变的人让他们转变，转变不了的，就随他们好了。只要搞好了大昭的建设，弄些农业产业园，再让他们分点红，做点事情，脱贫就可以了。致富，让一部分人先富起来就行。千年的传统，你老许三年改变不了的。”

许国咬着牙说：“这样做不好事情啊！”

“哎呀！我的老许同志啊！”杨兴昌叹了口气说，“刚来的时候，我都跟你分工了啊！你就像这次一样，给我们大昭拉企业来投资、捐款，把贫困人口解决了就行。扶贫先扶智，改变观念从娃娃抓起，这里生活条件好了，娃娃们能都去上学，病了有医生能看病，这就行了。这些贫困户以前种土豆，以后去种玫瑰，能饱饭，不用住土房子就可以了，先解决物质贫困，精神贫困是后人的事情。难道你老许在大昭还打算待上一辈子不成？就算一辈子待在这里，精神贫困也解决不了。你解决不了，我老杨也解决不了！几千年来，这里的人就是这样的思想，你没有必要去改变他们，思想上‘一步跨千年’是做不到的。我们这三年能解决他们的温饱问题就谢天谢地了，你老许、我老杨就厥功至伟了！”

许国哼了一声说：“这些年不还是出现了不少致富带头人，也有贫困户主动去改变生活模式，走入现代生活吗？”

“‘要我变’和‘我要变’是一样的吗？这些人是思想转变后自己主动求变的。那些脑子还在土司时代的人，再怎么样他也变不了，能进步的就是从吸鸦片变成吸海洛因、冰毒了。我对这些人痛恨至极，因为他们就是拖后腿的。可是拖后腿的，我们也得让他们解决温饱问题，思想问题就交给以后的人去对付好了，不是我们现阶段能对付的！”杨兴昌说着点了根烟抽了一口，然后又从烟盒里抽了一根出来，扔给许国。

许国红着眼睛叼着烟，说：“出去打工也是条路，既能让他们出去赚钱，也能让他们通过接触西江这样的大城市来改变思想。”

杨兴昌说：“赚钱倒是不错，这帮人出去只要不惹祸，好好干几年回来也是可以温饱无忧的。改变思想就不要想了，你想他们不找毕摩，不找德古，不找头人，和你们大城市的汉人一样，大概得要他们下辈子投胎到西江去差不多。他们血脉里流的血，他们思想里生的根，你变不了，也没有必要去变。”

杨兴昌揿灭了手里的烟头，继续说：“老许，我知道你是个好同志，也是个想干事能干事的同志，我老杨很多方面都得跟你学习。但是这里的人，我比你懂，这个方面你听我的没错。还是老规矩，我们分好工，你只管拉钱拉投资，反正也擅长，我去要求他们配合完成。咱们这三年做下来，任务完成就好了，别去企图改变他们的思想和习惯，以后的人会慢慢改的！这次呢，我会支持你的务工计划，先赶紧把大家送出去挣点钱再说。”

许国悻悻地站了起来，说：“杨县长，那就先把这个计划报上去，批下来推动了工作再说吧！”

杨兴昌坐在那里没动，举起杯子喝了口茶说：“别急，别急，还有事和你商量呢！”

许国只好坐下，又点了根烟。

杨兴昌说：“这几天已经到了我们彝族最盛大的节日之一——火把节了。火把节是我们邛山当地展示地方文化资源的窗口，也是拉动经济的强力引擎。今年，邛山彝族火把节的开幕式就在大昭县举行，还有环大昭国际自行车联赛、‘非遗’展、彝族选美比赛总决赛等活动，就连电视台都派出了阵容强大的节目组下来。现在开幕式在即，根据统计局的统计情况，已经有超过300万游客涌进了邛山，大昭则不少于50万人，我们大昭的总人口才30万啊！未来几天可能还有更多，大昭县政府现在上上下下都为这个忙得昏天黑地。我老杨也是忙得没辙了，只好来抓你老许这个‘壮丁’。”

许国一听这事，顿觉一阵头大。这个事情他当然知道，但是他管的是大昭对接德城的对口扶贫工作，这种文化活动平常他是决计不插手的。在他看来，这事找阿英还差不多。

杨兴昌拉着他说：“老许啊！这事没办法了，我也不要你越权，你帮我把你们的企业家给留下就行。一呢，让他们感受一下火把节；二呢，组织一下，让企业家大老板们搞搞慈善捐款，也增强一下氛围；三嘛，我就想一些活动让你出席一下，做颁奖剪彩讲话之类的事情，我真的是分身乏术了啊！就当捧我老杨的场，好不好？”

许国说：“你杨县长的场我哪敢不捧啊！搞捐款也有安排，不过放在哪个场合，你得让人安排好，得罪了这批企业家，我都不敢回西江了啊！然后节目安排，你也要找人来和我们工作组对接一下。安排好了，说不定企业家一高兴，投个1000多万来大昭，不就遂了你的愿，我也完成了你交代的任务嘛！”

杨兴昌听得心下高兴，用力搓了搓手说：“硬是要得！老许，我马上让县政府办公室找人和你们工作组对接。”

到了晚上，西江援助邛山扶贫工作组（大昭县工作组）临时党支部在许国的带领下开了个党支部会。

许国先问了问这些党员的生活工作情况，对于黄丽医生的事情，他心有余悸，没想到会上冒出来一个新问题。问题是西江援助邛山建筑队的副队长、西江市六建的工程师何伟雄提出来的。何伟雄和许国不同，许国住在县委专门安排的宿舍里，独门独户，安安静静。何伟雄和另外一个工程师住在县委安排租住的当地一位干部自家修的小楼里面。那位干部家的一楼是自家的车库，停放汽车、摩托车；二楼是干部一家人的住所；三楼租给了何伟雄和工程师住；再上面呢，就是租给在县城里面做事的人住。

很不幸，何伟雄的头顶上住着一位夜生活超级丰富的夜场女人。“到了凌晨一点钟，就听到高跟鞋咔咔咔上楼的声音，然后就是很大声的高跟鞋落地的声音。唉！这还好，然后又是吃夜宵，又是冲凉，最后呢就是那个床吱吱嘎嘎的摩擦声，不到凌晨四点不会安静。而且日日如此，真是煎熬啊！”何伟雄顶着一双熊猫眼诉着苦。

在场的党员包括女同志一阵哄堂大笑。

许国看向和何伟雄一起住的工程师，那工程师也愁眉苦脸地点了点头。许国忍住笑，说：“好啊！原来一不小心把你们安排到一个容易犯错误的地方去了。好，为避免你们犯错误，我明天就找县委重新安排你们住的地方，还你们清静！”

等笑声停下来，许国严肃地说：“各位，我们来援助大昭，作为党员干部，上要管住自己的手，不拿群众一针一线，更不能贪污腐败；下呢，要管住自己的作风。女同志不准笑。人都有七情六欲，但是做人绝对要有底线，不能犯，犯了就对不起组织，也对不起自己的家庭。党纪国法摆在那里，色字头上一把刀，千万不要让刀掉在头上！”

许国眼睛扫过大家，何伟雄把胸膛一挺，说：“是，决不能犯这两个错误！”

许国说：“马上就是彝族的火把节了，今年大昭是主会场，县委、县政府人手短缺，我们工作组也要站出来，帮助协调会场安排和做好接待工作。手头不紧急的项目先缓一缓，我们全力协助大昭搞好这次火把节，大家也见识见识‘高原火把节’的样子。”

第十九章
高原火把节

火把节——彝族众多传统节日中规模最大、内容最丰富、场面最壮观、参与人数最多、民族特色最为浓郁的盛大节日。

今年，是一次云端上的火把节。

谷克德湿地公园是国家级的4A级景区，这里是今年火把节的主会场。谷克德，彝语的意思是大雁栖息的地方，海拔3000多米，是一块天然的高原湿地。“南有螺髻山，东有谷克德。”谷克德湿地位于大邛山与安宁河平原的结合部，是著名的邛海泸山景区的延伸和屏障，是举办彝族传统火把节海拔最高、最美的地方。而今年夏日的谷克德，草地如茵，蓝天明净如洗，将会雁栖鹰翔，火燃如星。电视台的财经频道已经在这里摆开阵仗，准备好现场直播了。

许国正襟危坐在中间部分的座位上，戴了一顶帽子遮挡高原紫外线，看着台上演员卖力地唱跳，心里完全没有想法，也无心欣赏节目。

“远方的贵宾，四方的朋友，我们不常聚，难有相见时，彝家有传统，待客先用酒，彝乡多美酒，美酒敬宾朋，请喝一杯酒呀，请喝一杯酒……”美妙的歌声响了起来。

在许国身边坐着的是都阿英。她依然穿得十分时尚，纯白的丝绒风衣配搭着亮蓝色的低胸印花连衣长裙，魅力十足。太阳热辣辣地晒下来，一股成熟女子的异香混合着青草的味道幽幽飘来荡去，许国被这异香熏得想吼。他拼命转移自己的注意力，可是这个场合又不能抽烟，他只好把手里的一柄折扇打开叠上，叠上打开。

一阵民族歌舞过后，身穿传统装束的彝族女子撑着黄色的伞鱼贯而出。她们按照支系的不同，穿着各具代表性的节日盛装，撑着的黄伞让人一眼望不到头，不断蜿蜒着，行走着，似乎布满了整个谷克德。她们头戴点缀着精美银饰的头饰，身着绣着日、月、星、云、天河、彩虹等纹饰的华服，精心打制的“责责夫”从颈部垂直挂下，闪亮的银饰伴随着姑娘们的举手投足叮咚作响，即便是那回荡山间的音响声也掩盖不住。

这是彝族的“朵洛荷”舞蹈。从高空望下去，她们在歌声中聚集到宽阔的草地上，仿佛奔涌的溪流在谷克德的草甸子上流淌出一个又一个斑斓的旋涡。她们围起一个个圆圈，这些圆圈布满了目光所能看到的地方。

许国赶快把目光投到这个美女如云的“朵洛荷”舞蹈中。忽然，他感到有人在拍他的手臂，回头一看，是笑吟吟的阿英。

音乐声很大，阿英附耳对他说道：“火把节的晚上，不但是狂欢节，还是情人节哦！”

这简直就是赤裸裸的挑逗。不过许国心里非常清楚，阿英并不是在挑逗他，他也自知自己没有资格接受阿英这样身份背景的女人的挑逗。他忽然冷静下来，心里想，这话里有什么话呢？

许国笑着回应说：“情人节也好，狂欢节也好，最重要的是大昭人民过了一个欢乐祥和的火把节。”

阿英撇了撇嘴，忽然大声笑着说："等会儿晚上要和群众、游客一起跳达体舞哦！狂欢以后就是爱情的世界了。"

许国笑了笑没有说话。

阿英是一个什么样的女子，许国心里很清楚。也许她有爱上的男子，但不会是自己，她今天的表现有点反常。事出反常必为妖！许国暗暗警惕着阿英。

阿英和他说笑着，靠向他，甚至还做出给他擦汗和握着他的手的亲昵举动。许国被折腾得有点受不了了，就在阿英耳边轻声说道："阿英，你究竟想干什么？你表演给谁看呢？"

阿英则在许国旁边附耳说道："你别管，你配合我就可以了，有空儿再和你解释清楚。"

许国觉得有一道狼一般犀利的目光从自己身上扫过，那目光宛如利刃掠过他身体的每一个毛孔，让他寒毛倒竖、冷汗迸出。

当他寻找的时候，那目光已经消失得无影无踪了。

许国赶忙站起来想出去走走，阿英用手按住了许国，轻声说："先看表演，等跳火的时候你跟着我，千万别走开，求你了。"

许国的心一软，便乖乖地坐下了。不久他又感觉到了那如狼似鹰的目光的扫射，一会儿停留在自己身上，一会儿又停在阿英身上。那目光凶狠、寒冷，包含着一种对生命对欢乐对人世间一切的漠视，但转到阿英身上时却又炽烈无比，甚至充满了一种毫不掩饰的渴望和温柔。

许国从心底感觉到一种战栗和抗拒。

涌动起伏的涟漪是那炫目的黄伞，荡起人们心旌的是那些姑娘们的笑靥，彝家的少女就是那纯洁的浪花。按照彝家的传统，进入"朵洛荷"的都是刚刚换下童裙的少女。邛山的彝族姑娘长到十五六岁就要将红白相间的童裙换成中段为红、黑、蓝三色的少女长裙，就要将独辫分成双辫盘在绣花头帕上，就要取掉穿耳的篾梗，戴上耳环和坠子，然后就可以参加火把节选美，就可以谈情说爱了。

很快开幕式典礼就进入到彝家传统的选美大赛，不但要选出“金索玛”美女，还要选出“金鹰”帅男。帅哥美女总是能挑动看热闹的人的肾上腺素，闹腾、起哄、鼓掌、喝彩的声音一浪接一浪。

许国没怎么看选美，身边这个大美女已经够要命的了，最要命的自然是那来历不明的目光。

好不容易挨到天色暗了下来，夜幕还未降临，火把已经开始迫不及待地被人们点燃了。四周山坡树林里熊熊燃烧的火把窜出山野，缓缓地汇集为一条条火龙，向山上涌去。这时，夜幕降临，整个谷克德成了火的海洋，火的世界。广场上已经燃起熊熊篝火，映照着整个山口，照红了整个夜空。

在星空下，在火光中，几万人在音乐声中跳起了欢乐的达体舞，唱起了火把节的歌。歌声、舞步声、欢呼声此起彼伏，天地在火把的照耀下真的早已融为一体了。

明代四川状元杨升庵在建昌泸山赞叹邛山火把节云：“老夫今夜宿泸山，惊破天门夜未关。谁把太空敲粉碎，满天星斗落人间。”可以想象，在这个火把节的夜晚，谷克德就是火把的世界。火把节的夜晚是彝人的夜晚，彝族，就是火的民族！

许国哪里有心思玩，他生性冷静，耐心地等着阿英。阿英不知道从哪里弄了把黄伞拿在手里，满脸绯红，晶莹的汗珠挂在脸上。她笑着，雀跃着跑到许国身边，亲昵地挽着许国的手臂，身子贴在许国身上。许国还没有修炼到坐怀不乱真君子的地步，心不断扑腾乱跳，有些手足无措。

阿英说：“我们去山坡那边的小树林吧。”这话暧昧得让许国都觉得脸红。

夜幕的深处，风轻轻地吹着，山坡上传来一阵阵清脆悦耳的月琴声，树林中传来一阵阵悠扬的口弦声，更有情人间的细声蜜语。

一个身影飞奔到一个隐秘的角落，倾耳细听，只听见不远处的山石后传来低低的喘息声和肉体碰撞的声音。

那身影目光一转，见那里堆着银亮亮的首饰和散落的衣服。那些首饰在月光和远处的火光下闪烁着暧昧的光亮。

那身影低低地叹了口气，正打算离开。都阿英挽着许国的胳膊，向一棵大树后面走去。他们边走边聊，都阿英的身体已慢慢靠在许国身上。蓦然间，许国感觉一个硬邦邦的东西顶在自己腰间，想摆脱，无奈颈部和腰部已经被控制住。许国的挣扎惊动了正在欢好的野鸳鸯，两人匆忙收拾起衣服，跑开了。

“果然是你？”阿英的声音里饱含着怒气。“我的事情，你凭什么要来多事？”

那人手腕一翻，撤下了一把明晃晃的军刀，低着头说：“是！我没资格管你的事情，可我放不下你。”

阿英大怒，说：“我和谁在一起，关你什么事？你对我根本没有任何机会，我也不喜欢你，你这样算什么？”

“可……可我喜欢你！”

“你喜欢我？你拿什么来喜欢我？我想的是什么，做的是什么，要的是什么，你都不懂，也不明白。你喜欢我有什么用？我不喜欢你啊！你这样，我会恨你的。你救过我，我感谢你，但我不一定就要爱上你，嫁给你！”说着阿英跺着脚转过身，轻轻地啜泣起来。

许国摇摇头，轻轻搭了下阿英的肩头，想示意阿英离开。没想到，阿英顺势倒在他的肩头哭了起来。温香软玉，梨花带雨，许国不好抱她，又不好推开，只好两手虚虚地环着阿英。

那人愣了一会儿，英俊的面庞露着狰狞的目光，脸色阴沉可怕，目光直视许国。许国心里有些恐惧，但脸上依旧镇定。他艰难地咽了口唾沫，纹丝不动地揽着阿英。

那人默默地收起军刀，沉声说：“扎依嫫，我知道我和你之间有着差距，但是，我还是喜欢你，我愿意保护你一辈子。你放心，我不会再打扰你的生活了，我走了。”他转过身，深深地看了许国和阿英一眼，便迅速闪入黑暗之中，只留下心脏扑通扑通乱跳的许国和哭得梨花带雨的阿英在闪烁的火光下。

阿英从许国身上挪开，不好意思地用指腹拭去眼角的泪珠：“对不起，拿你当挡箭牌了。”

许国勉强笑了笑说：“呵呵，没事儿。还算有幸，总比连当挡箭牌的资格都没有要强点。”

阿英扑哧一笑，在火光下格外艳丽动人。

“他是彝族人，叫孟天罡，是三国时期孟获的后代。由于家道中落，他的族人只能世代以练武为生。孟天罡是汉族名，他的彝族名叫井笃天罡，追了我很多年，我对他没有感觉，都婉转地拒绝了。不过前几年我在民委工作，那个姓李的变着法子缠我。一次，我被骗到绵阳的一个会所，孟天罡刚好就在绵阳附近演习拉练，收到我的消息十多分钟就开车飙到了会所，一巴掌把那个姓李的打晕，带着我扬长而去。姓李的事后也不敢声张，本来要报复我，但我早就打电话给我哥哥的老战友让他连夜下调令，派我到大昭工作。姓李的还没有找到机会报复我就被双规了。不过我虽然感激孟天罡，但真的不喜欢他，和他没有话说，完全是两个世界的人。想不到这次，他居然跑到大昭来找我，我只好拿你当挡箭牌咯！”

阿英的手小巧却冰凉，她拉着许国的手，两人一起走下山坡。

许国心中没有丝毫的邪念，反而有些许感慨，正应了那句词：问世间，情为何物？

…………

入夜时分，火把节迎来了最重要的环节——迎火仪式。

篝火点燃的那一刻，“东方狂欢夜”的气氛达到最高点，身着传统服饰的彝族人民与各地的嘉宾、游客手牵手，共同跳起彝族传统的达体舞。

夜色笼罩下，无数火把在燃烧，激情的旋律在涌动，浪漫的情怀在蔓延……今夜的谷克德，已成为欢乐的海洋。

今年的邛山彝族传统火把节暨魅力中国城文化旅游（建昌）博览会以“火舞邛山　情深谊长　文旅中国　魅力博览”为主题，主要活动包括邛山州民族歌剧《彝红》、魅力中国城文化旅游（建昌）博览会开幕式、邛山彝族传统火把节开幕式、民俗活动、祭火大典、火把狂欢夜、彝族文化风情实景剧《阿惹妞》等。

据了解，邛山彝族传统火把节开幕式当晚，逾6万人参加了谷克德狂欢活动，超过 31 万人参加了洛古波、大箐乡、四合乡分会场的狂欢夜活动。火把节期间，全州共接待游客 379.32 万人次，同比增长 3.67%，其中过夜游客 80.11 万人次、一日游游客 299.21 万人次，实现旅游收入 15.34 亿元，同比增长 26.88%。

——《西江时报》（记者招楠）

第二十章
夜幕德城

火把节结束以后，很快许国就开始收到好消息。

邛山州《关于深入推进我州建档立卡贫困户劳动力转移输出的指导意见》与西江市《关于进一步做好接收邛山籍务工人员工作的通知》先后下发，要求对邛山贫困劳动力到西江就业给予岗前培训、岗位补贴、交通补贴等。

在彝家新寨新修的广场上，一个个撑起帐篷的摊位正在招聘，身穿黄色背心的工作人员正在向村民分发着招聘宣传单。

许国了解到，看的人多，问的人少，愿意去打工的人没几个。这让许国大惑不解。难道这些贫困户不愿意通过打工来改变贫困面貌，还是怕外出打工？不应该啊！

招聘的第二天，许国亲自带着德城区驻大昭县扶贫工作组的几位干部来到了现场。

天下着细细的雨丝，邛山的秋雨让许国觉得寒意深重，而招聘广场上应聘村民的样子更让他觉得冷。偌大的广场上，招聘工作人员居然比应聘者还要多。只有几个穿着脏兮兮的迷彩服的村民像逛集市一样随意地溜达着，左看看，右望望。

许国顿时变了脸色，紧皱着眉头快步走了过去。到一个摊位前，只见招聘广告被雨打得有点湿，紧紧地贴在木板上，显得有点凄惶。广告上面招聘有保安、普工、车工、铣工等，列出来的职位要求和工资区间并不算差，还包食宿。

许国有点不太明白。他问招聘人员："今天应聘的老乡多吗？"

招聘人员苦着脸说："许常委，今天吹了一上午的寒风，但是来询问的老乡没有几个。来招聘两天了，一个签名的都没有。"

这时候带队的西江人社局人力资源中心副主任姚高峰颠颠地跑了过来，向许国诉苦说："许区，这次招聘怎么这么困难啊！我们头一次遇到这么冷场的情况。昨天还有点人气，好歹有两三百人来看热闹，虽然真正签名愿意报名的连10个都没有。今天倒好，连人影都不多。要不是政治任务，怕是现在我们各厂的招聘人员都收摊子回去了。是不是宣传没到位啊？"

许国笑着拍了拍姚高峰的肩膀说："老姚，你摇一摇，就会摇出新思路。你别慌，后面才是高峰，前面都做完了，你不就要跑回西江了吗？哈哈。"

姚主任忙赔着笑说："是，是。有许区给我们打气，我们都不慌。"但是看样子老姚还是在犯嘀咕。

许国回去问了问工作队的人，又打电话到下面问了问几个驻村第一书记，宣传基本上还是到位的，但就是没有人来。

第一书记杨西康嘴快，在电话里就说了："许常委，不是贫困户不想改变生活去打工，而是家支头人没有点头，他们不是很敢随便走，怕头人骂他们。估计还得过几天，家支想通了，他们也就敢来了。而且现在没有钱给他们，他们心里觉得没有保障，这恐怕也是原因之一吧！"

许国想起了杨兴昌在火把节前和他说的那番话。他掐了手里的烟，看了看表,已经过了下班时间,也不觉得饿,于是就倒在沙发上,和衣睡了一觉。这段时间他也是疲倦极了。

等醒来天已经黑了，借着手表上淡淡的荧光看去，已经是晚上九点了。许国觉得有点饿，便点了根烟，出了办公室，准备下楼找点儿吃的去。刚到县委大院门口，迎面便看到拿着手包的阿英。许国忙打招呼说：“阿英，你今天还要加班到这么晚？”

阿英看到许国，笑盈盈地说：“早下班了，刚刚回办公室拿个东西。怎么，许常委忙到现在？”

许国呵呵一笑说:“阿英,你怎么又叫我常委了？听起来有点陌生呀！”

阿英毫不避嫌地靠过来，在他身边说：“不行啊？不行我就叫你许国哥哥！”

许国大笑，说：“阿英，你也叫得太肉麻了吧！”

“你想得美！你想听，本姑娘还不想叫呢！”阿英飞了一个白眼过来。

“好吧，好吧，我投降了！”许国说，“你爱怎么称呼就怎么称呼，我可要出去吃点东西了，饿了。”

阿英咯咯一笑说：“上我的车，我带你去吃夜宵。”

许国上了阿英的车，是一辆高配的奥迪 Q5，感觉非常适合阿英。

许国在副驾驶座位上望向前方，说：“去哪里啊？”

阿英点火挂挡，把车开出大院，说：“我带你去就是了，别问。”

许国知趣地闭嘴了。

阿英开车速度不快。大昭县城里道路狭窄，而且很多人和车都不按交通规则行驶。阿英不敢开快车，生怕不小心碰上个不讲交通规则的。不过，县城也不是很大，不一会儿就来到一家虽然装修简单却比较干净的烧烤餐厅。

阿英停好车，两人进去找了个卡座坐下。阿英熟稔地叫来服务员点了几样烧烤和小菜，对许国说：“这里东西不错，要不要再来瓶啤酒？”

许国摇了摇头说：“今晚回去还要写报告呢。过两天吧，周末叫上一桌人，到时候多喝两杯也可以。”

阿英点了点头，自己拿了罐可乐，说：“是为招聘的事情烦吧？”

许国嗯了一声，点头说道：“好条件，就是招不到人，真是奇了怪了！”

阿英说：“不是招不到人，而是条件不够好！”

“哦，为什么？工作不差，工资不低，福利也不错啊！”

“你不知道的。”阿英的嘴角泛起一丝若有若无的嘲讽的笑意。“以前呢，学历史，知道袁世凯的北洋军有个叫‘开拔费’的军费项目。什么是‘开拔费’？就是要当兵的上前线打仗，要先发银圆，不发银圆不动身，从士兵到将军都是这样。袁世凯的北洋军打不过云南起义的蔡锷，就是没有钱，给不了‘开拔费’。这些贫困户大多数都没有出过这座山，每天除了干农活，喝酒，摆龙门阵说家长里短，对山外的世界是陌生的，没有勇气走出去。”

这时候，服务员端来一碗小面和烤好的菜品。

许国真的是饿了，拿起面，夹起来吹了吹，稀里糊涂就吃了一大口。不料，面里的辣椒放得不少，差点没把他的眼泪给辣得钻出来。他放下碗，让服务员拿杯水来，服务员说没有水。许国刚想说话，阿英把手里的冰镇可乐递了过来。许国正犹豫，看到阿英的柳眉有竖起来的倾向，只好拔掉吸管，就着喝了一口。可乐镇辣的效果不错，顷刻间，那种火烧火燎的感觉降低了不少。没办法，许国又叫服务员上了罐可乐给阿英。

阿英笑着，水盈盈的眼眸看着许国，然后打开了易拉罐，也不用吸管，仰头就喝。许国心里有点慌，忙低下头吃面。

阿英拿了一串烤羊肉，小口小口吃着，不时喝一口可乐。气氛一时变得沉闷下来。

许国只好赶紧吃完小面，说："阿英，你觉得除了用'开拔费'来促进以外，还有什么好办法？"

阿英噘着嘴说："你都不想听，懒得讲了！"

许国说："哪里不想听，只是刚刚被辣着了，忘了问。四川真是吃辣厉害，大昭比成都还厉害！"

阿英咯咯地笑着说："这是小辣，要是大辣你才受不了呢！"

说笑了两句，气氛中没了那份尴尬，阿英才继续刚才的话题。

"除了'开拔费'以外呢，就是岗位的问题了。他们没有岗位的生产技能，出去打工就怕干了活，钱赚得太少，回家难看。所以稳岗的费用也要有。除了钱以外，就是要宣传到位，宣传的目标不是贫困户，而是家支里的头人。这些头人虽然没有别的大权，但就一个族谱除名的惩罚，这些人就受不了。对于我们彝族人来说，被家支除名和被放逐差不多，所以宣传上要让家支的头人们得到好处。我建议成立一家或几家劳务服务公司，股东就让这些家支头人来做，让他们动员人去打工，省时省力效果还好。另外，对当地村集体也要有奖励。当这些贫困户不怕丢荒那几亩山地时，就敢出去闯一闯世界了。"

"这是个好主意！"许国拍手赞叹。

"还有一个问题，我想跟你说。这些贫困户世世代代都在山里生活，世世代代围着火塘转，世世代代都是农耕养畜过日子。对于他们中的一些人来说，这样的日子是天经地义、世代流传的，现在让他们去改变，有人未必愿意，甚至还觉得是你们打破了他们生活的宁静。有人甚至觉得有低保吃，饿不死就行了。我个人觉得，还是要驻村干部、宣传队多多做好思想工作，至少不让他们觉得太抵触，能接受。这是一个很重要的方面。”

“不错，阿英，你真是一个好智囊啊！分析到位，方法中肯，厉害！”许国竖起大拇指赞叹起来。

“好主意出了那么多，你都没谢过我，还让我请你吃夜宵，我亏了啊！”

“呵呵，好，我明天单独请你吃饭，吃西餐。”

“不要，到时候你带我去西江吃粤菜大餐才可以。”

“好，没问题，听你的！”

许国回去之后连夜打报告给邛山州和西江市，反映情况，提出对策和建议。

很快，邛山州又出台了《关于进一步激励建档立卡贫困户劳动力前往西江市务工的通知》，对劳务输出到西江的激励政策进一步“加码”：给予到西江市务工的建档立卡贫困户劳动力每个月1000元、满12个月12000元的稳岗就业补助，对每成功发动一人到西江务工的当地村集体给予1500元奖励。

同时邛山州政府出面组织了几个由本地最大的家支头人为股东的劳务服务公司，专门负责对外劳务输出的招聘工作，并且由州政府出面，专门出台了《西江市—邛山州劳务协作一次性生活补助资金使用管理办法》，为输出到西江的劳务人员一次性给予每人1000元生活补助。该补助在输出时（即上车出发前往西江时）发放500元，到企业稳岗工作1周后再发放500元。

在许国的建议报告中，大昭县是把劳务输出作为一项民生工程来抓的，县、乡、村层层落实，将拓展县内劳务就近就业与县外协作输出相结合，对接西江的企业，签订劳务输出协议，“点对点”“一站式”开展劳务输出工作。向西江定向输出劳动力，家支们和村集体有了奖励，积极性提高了，亲戚带领亲戚、邻里带领邻里、先输出的带领后输出的，成效十分明显，比西江企业派发的花花绿绿的广告强多了。

猛然增加的打工人数让老金有点招架不住。呼呼啦啦数百号人，男女都有，还有带着孩子的，背着五花八门的行李包来到西江市。

“金主任，怎么办？原来预定的住的地方根本接待不了这么多人啊？”西江市扶贫办的科员李想扶了扶眼镜，焦急地说。“现在那些带队的负责人正在和扶贫办的陆建军副主任吵架，说我们骗他们。”

金石开听到李想的话，呼地站了起来，着急上火地连功夫茶也不喝了，把正在办公室和他聊事情的刘勇撇下，走到外面问道：“情况怎么样？”

“几个预定的接待地方收不下这么多人，我们正在和那些旅店的老板协调。”

“嗯，不能等。我们市里有没有空置的物业？最好是空置的写字楼或者厂房。同时把准备好的水桶、衣架之类的物资送过去。物资组的物资都准备好了吗？”

“准备好了，随时可以送。”

“嗯，还是要马上联系落实住的地方。”

“是，我马上联系国资委。”

李想拿起手机打了过去，不一会儿接通了，李想问了几句。金石开背着手在一旁转圈，高大的身影竟然有些佝偻。

李想把手机递过来，说：“金主任，国资委的韦主任想和你通话。”

金石开接过手机道："喂，韦主任，是这样的，现在从邛山州组织来我们西江打工的农民工已经到了西江，因为超出预计，原先预订的接待这些人的旅馆接待不了这么多人。现在这些农民工都在客运站广场那里呢。韦主任，国资委现在有没有空置的、条件比较好的物业能容纳这些人，随后在物业里做体检和暂时住宿？"

"嗯，嗯，好，谢谢韦主任。废弃的老八中那个位置好，还有学生宿舍，方便安排，靠近中医院和保健院，派医生来也方便。嗯，好，半个小时以后，我们就把这些农民工往老八中那里送。韦主任，麻烦你派人去老八中那里安排一下，我让李想过去和你们对接。"

忙完一通，金石开走回自己的办公室，连续喝了几杯功夫茶，看着笑嘻嘻玩着手机的刘勇说："惊心动魄的一小时啊！"

刘勇说："金主任，这个对人的工作，乱哄哄就能拖半天。现在我和几个朋友在深圳搞国际金融，分分钟几百万上下，那才是惊心动魄呢！等我这几个国际金融单子做好了，我来给你撑场面，捐几个你要的大工程。"

金石开笑着说："好啊，好啊！等刘总来扶贫济困，我就给你颁个大大的奖励牌匾。"

刘勇说："牌匾就不需要了，多带我去几次邛山，泡个邛山妹子就好了。哈哈哈……"

刘勇走了以后，金石开赶紧让李想打电话叫定点医院派人过来做体检，然后让各工厂派人来老八中接收这些打工者。一通忙乱下来，不觉已下班很长时间了。金石开想了想，在办公室找了几块饼干，一边啃一边拿起手机给许国拨了个电话。

"老许，你们那里怎么回事，比预定的人数多了这么多？"

许国的声音有点沙哑，在那头说道：“没办法，该来的来了，还带着老婆孩子一起来，差点整个家支都跑来了。不让来还要吵，也是实在没办法，好在张晓铁他们来的时候捐了十几辆大巴，不然麻烦可就大了。现在肯定超过了你这边的接待能力，能接待得了吗？”

“唉！打电话到国资委求了韦主任，把废弃空置的老八中的学校宿舍给调出来了，总算把这些人给安排了进去，下次得控制过来的人数了。”

“哦哦哦，那就好，下次我在这边和招聘公司说好，必须控制人数，不给你找麻烦。”许国说。“唉！说实在的，彝族人把家族家支看得特别重，老金，真的，来邛山这段时间，我发现彝族是一个离不开家族的民族，家族和每一个人息息相关。谁能给整个家族带来威望和荣誉，谁就是英雄。谁要不被家族认可，这个人就永远没办法抬头！家支对彝族人的影响太大了！所以要做好扶贫工作，必须处理好和家支之间的关系。这次就是调动了家支的力量才能搞成这个劳务输出，不然，又成了瞎折腾。”

金石开在这头听着，一时怔住了。

彝族就是这么一个火一样的民族，他们不仅崇拜火，热爱火，性格也像火一样，要么无声无息，要么燎原千里。每个彝族人都是家支的一分子，是家支的细胞，为家支可以做一切事情，家支也高于一切。

第二十一章 永红楼前

这是一个寒冷的季节，也是一个收获的季节。原本要进入传统的冬闲时节，但现在当地群众却忙个不停。许国也同样忙得团团转，刚从移民新村给结对子贫困户阿约尔呷家送米送慰问回来，就转头去万亩玫瑰园玫瑰花项海华的种植加工扶贫车间考察；刚冒着寒风走访完种植产业园的草莓种植户，又去大昭县党校为西江援建的教学楼剪彩并为党员上党课。

许国觉得这样的日子忙碌而充实。来来去去都是充满希望的田野，满溢着脱贫攻坚的激情，在这里一点一滴的进步都像蜜蜂酿蜜一样，散发着成功的芬芳。

颠簸摇晃的沾满了大昭特有的红土泥浆的丰田越野车停了下来。许国紧了紧身上的呢子风衣，从车上下来。在西江，许国永远都是西装革履、领带飘拂，皮鞋亮得能够当镜子。但在这里，则是夹克风衣，结实的登山鞋，兜里总揣着几包香烟和糖果，脸上也有了高原人常见的高原红。

许国大步流星走进党校。

大昭县党校建了有 50 多年了，虽整洁却陈旧，只有校园东侧屹立着一座簇新的两层小楼，楼前用红布盖着一块楼碑，正等着许国和县委组织部部长、党校校长共同剪彩。楼前疏疏落落地站着百十来个学员。

许国满脸笑容地走进党校的培训学员中。来接受培训的人各种各样，男女老少都有，有些还认识许国，跟许国打招呼，点头致意。这些学员大部分是致富带头人，还有个别贫困户。

许国看了看人群，低声问从德城区过来挂职的县委办公室副主任程绍光：“今天杨苗苗来了没有？”

程绍光张望了一下，面露喜色说道：“来了，在人群里面呢。”

“嗯，好，这个典型今天该到，我就是想培养这棵苗苗。”许国说。

程绍光压低声音说：“许常委，牛牛坝乡四姑娘村的懒汉阿吉阿卓也让我叫来参加培训了。”

本来，党校一座小教学楼的建成也不用大昭县的高层领导出面剪彩，不过这个楼却不同寻常。去年大昭县党校承接了邛山州统一的任务要求——集中三年时间开展全州建档立卡贫困户素质提升大培训，一共要完成17000人的培训工作。领到这个任务时，大昭党校的常务副校长老陈愁得一把一把地掉头发，幸好他的头发也不多，不太让人察觉。因为党校的培训教室只有一间，最多容纳100人，党员培训、新型农民素质培训、致富带头人培训抢着用都排不过来，再加上这17000人的贫困户素质提升大培训，三年怎么都完成不了。他只好四处求爷爷告奶奶地租用乡政府和学校的场地，忙得焦头烂额，效果却不尽如人意。

许国知道以后，来党校看了看，就和西江市房地产协会的美女秘书长周晴联系。周晴随着西江传媒集团的邛山参观考察团来大昭党校考察了一番，回去就动员房地产协会的会员捐款捐物80多万元，并把这里作为西江市房地产协会的党建活动基地之一。这不，有钱有物就是好办事，再加上西江援助邛山建筑组的“西江速度”，几个月就把这栋教学楼给建好了，还配备了电教设备和网络宽带。

这下培训效率一准高!

陈校长选定好良辰吉日，邀请县委的领导出面剪彩。许国不能不到场，而且县委还要求许国给大家讲一堂党课。

虽然许国只是个县处级干部，但也是有20多年党龄的老党员了，讲党课也算轻车熟路，便答应了下来。

在众人的掌声和噼里啪啦的鞭炮声中，许国和县委组织部部长等人为小楼剪了彩，揭了牌匾。匾上是红艳艳的“永红楼”三个字。

“永红楼”是沐爽书记取的名字，寓意是“永远红心向着党”。

大家正准备走入永红楼，去电教大教室上培训课，冷不丁人群中阿吉阿卓不太和谐的低低的声音传到许国的耳朵里：“都是些虚头巴脑的东西，教得了什么真本事？真有钱赚还会来教你，自己赚钱还来不及哩！”声音虽然不大，但许国却觉得异常刺耳。

许国猛地停下脚步，看向面露异色点了点头的县委组织部部长。见附近有一个砖砌的花坛，许国一个箭步便跃了上去。正在走动的人群讶异地停下来看着他。

许国深深地吸了一口气，朗声说：“各位学员，今天本来应该在教室里讲党课、作培训，让大家和西江市房地产协会的同志们一起同频共振。但是我刚刚听到有学员说，我们搞的都是虚头巴脑的东西，不教真本事。我觉得心里有话，不吐不快，我就在这里先讲讲我的看法，请各位学员指正。”

许国来到大昭的这段时间是真没有闲着，除了招商引资、修桥铺路、大搞建设、推动教育以外，就是上山下乡去基层搞党建，深入乡村为党员上党课。村里屋子狭小，许国就让党员群众围坐在树下，对着大邛山那莽莽群山讲课，内容也多是鼓励村干部带动群众努力脱贫致富。讲关于这些方面的党课，许国已是颇有心得。

这时候，阿吉阿卓嚷道："许常委，你是来扶贫的，就应该把实际的东西给我们，给钱给物资。那些山里人学不来的东西，给我们讲大道理，填不饱娃娃的肚子，也种不好自家的洋芋，有什么用？习近平总书记对我们彝家人好，你来扶贫就应该帮他把钱发下来，帮我们脱贫，有饭吃。讲党课，讲的道理好，可是不能吃不能穿啊！这不是虚头巴脑是什么？"

党校的陈校长涨红了脸，大声说："阿吉阿卓，岂有此理！一派胡言！"

顿时，下面传来了嘈杂的议论声。

许国说："党的政策再好，也要通过两个方面去实现。一呢，是我们的基层党组织去落实好、实现好；二呢，是我们自己想脱贫想翻身，想过好日子。以前有个笑话，说有个懒汉，天天都懒得动。有一天，他的阿爸阿妈要出远门，怕他饿死，就做了大饼挂到他脖子上，只要伸嘴就可以吃。结果他们回来时，懒汉还是饿死了。为什么呀？那个懒汉只咬了饼的前面那块，旁边的都懒得去咬，结果就饿死了。党的政策就是那块香喷喷的饼，就看你愿不愿意动手拿过来吃。挨饿受穷，还要怪吃不到饼，这不是懒汉的想法吗？还有，刚刚阿吉阿卓说，道理不能当饭吃、当衣服穿。不错，道理不是拿来吃和穿的，而是让你明白要去做什么，怎么做。

"几千年来，我们大昭有多少人能够吃饱穿暖呢？就算进入了新社会以后，还是有很多人很贫困。这么好的地方，这么好的人，为什么就不能像北京、佛山、广州、深圳的人一样吃得好，穿得美？天天啃土豆、煮玉米就是好生活吗？不是，我认为一定不是。好生活是自己创造出来的，你想吃坨坨肉，还是想吃坨坨辣子鸡，是你的选择。如果不是自己创造的，今天你吃羊吃鸡，明天呢？还是要去啃土豆！

“扶贫扶贫，就是带着你们去找脱贫的路子，就是来教你们怎么找到那条翻越贫穷大山的路，而不是背着你求着你去翻山。贫穷的山始终都是要由你们自己翻过去的，我们扶贫是给你们找个翻山的拐杖，不是背着你们去找金子。”

学员中传来呵呵的笑声。人群中阿吉阿卓面红耳赤，尴尬地站在那里摸着头傻笑。

“我们从遥远的西江来到大昭，不是来旅游的，我们是来做事情的！”许国站在花坛上，寒风吹动着他的风衣，在空中如旗帜一般飘动。

“邛山的风景很美，但那是给旅游者看的。大昭的贫困村很穷，这是给我们党员干部看的。我们要做的就是让绿水青山成为金山银山，让大昭的贫困落后成为历史。党派我们来大昭，我们就要发挥共产党员的先锋模范作用，带领大家脱贫致富奔小康……”说着许国跳下花坛，走入人群中拉着一位年轻的女孩走了出来说：“大家认不认得我们的彝族小美女，‘羊肚菌菇凉’杨苗苗……”

许国指着杨苗苗说：“这个小姑娘大家很多人都见过。小姑娘比你们很多人都小，但是人家志气高，是个创业小传奇！”

“她家里有钱，她读了书，是大学生哩！我们怎么比啊？”有人在人群里说。

“哦？她家里有钱？是有1个亿给她创业，还是有100万给她做事？都没有，她创业是用的贷款。而这个贷款就是扶贫项目里的，你们都可以贷款做。但你们有几个人去找了贷款？”许国反问道。

阿吉阿卓不出声了。

“她是大学生不假，那是人家去学了本领。今天你们来党校学习同样是学本领，人家一个女孩子，愿意去干养殖、种植的活来创业。有人觉得创业太累，不如在家睡觉喝酒更舒服，那就不好意思，金子放在眼前你都捡不到。等你想要，金子早就没了，连土坷垃都没有了。”

许国弯腰捡起一块土在手里掂了两下，一把捏碎。

“杨苗苗的网络电商也不是在学校里面学的，而是和我们扶贫组的网络老师学的。你们不学，我也没办法。开班免费教也不愿意学，说学不会。总不能我去学了帮你做，然后你赚钱吧？”许国说。

“但是，政府让我学直播带货就应该发给货，最好再给我配一个漂亮的女主播，男女搭配，干活不累。没有女主播，谁来看直播带货，我一个人肯定干不了这个活。”阿吉阿卓不服气地嘟囔着。

下面的人爆发出一阵笑声。

许国笑着拍掉手上的土，继续说：“回过头来说，今天来党校学习的同志绝大多数都是共产党员，另外少部分是村里的致富带头人。火车跑得快，全靠车头带。我们党员要做‘先锋’，要做脱贫攻坚的‘引路人’，你们富起来了就能够在思想上充分激发困难群众的致富愿望，鼓励群众依靠党和政府的惠民政策，自力更生，科学致富。在带领贫困群众搭上致富快车前，你们带头先富，就是贫困群众最好的榜样。

“农村党支部是最基层的党组织，农村党员是乡村振兴的带头人，村支部要想发挥好战斗堡垒作用，支部书记和每名党员都要发挥先锋模范作用，当明白书记，做明白党员，带领群众脱贫致富。怎么做明白书记，当明白党员呢？一是要把村里每家每户的情况弄清楚，把群众应该享受的政策讲明白；二是要把贫困群众的扶贫手册、明白卡等资料和档案填清楚，如实将困难家庭的情况向上级组织反映明白；三是要把户、组、村在实现全面小康过程中遇到的困难找清楚，把发展思路和具体解决措施想明白。你们想明白，做明白了，才能在自己致富的同时带动和帮助村里的贫困群众一起脱贫致富。

“脱贫是现在我们大昭的贫困乡村发展的阶段性目标，振兴才是我们大昭乡村发展的最终目标。你们和村党支部把村里的资金、资产、资源管理好，把项目和资金管明白，让村里从资金、资产、资源上得到收益和效益最大化；把改革和发展抓明白，把乡村建设得越来越美丽，不断增强群众的获得感、幸福感、安全感，致富路、发展路、幸福路不就走出来了吗？”

学员们爆发出长时间的热烈的掌声。

等掌声稍稍停歇下来，许国继续说：“学员们，我的话讲完了，请大家去电教室和我们西江的同志一起听党课，明道理，长知识吧！”

“好——”人群欢呼着，簇拥着，随着许国和大昭党校的领导们走向电教室。风中，只留下阿吉阿卓孤立的身影，他从口袋里摸出一瓶酒，自言自语地说：“今天有酒今天喝，一天 80 元的培训补贴够我喝几天酒了。”

忙完和西江市房地产协会的空中党课后，许国刚走出党校的大门就被杨苗苗喊住了。许国倒是蛮喜欢这个有韧劲的小姑娘，也想把这个小姑娘树成大昭新一代致富带头人的典型，毕竟这是大昭第一个电商创业者。

杨苗苗是一溜小跑过来的，圆圆的带点婴儿肥的脸上挂着几滴汗珠。看到杨苗苗，许国不禁想起了索玛。如果索玛能够早日毕业，以她在西南民族大学的学历资质，发展起来说不定比杨苗苗还有优势。不过索玛这孩子有点文艺妹妹的倾向，不知道能不能做好！

杨苗苗跑到近前，冲着许国说："许常委，我在想，我们大昭的乌金猪这么好，能不能把乌金猪肉卖到西江，卖到珠三角去？"

许国说："可以啊！网络销售嘛！你卖到全国各地，卖到世界各地都可以，就看你选择什么平台咯！"

杨苗苗"狡黠"地说："那许常委可不可以帮忙让珠三角，不，西江市的商家企业来买我们的乌金猪啊？"

许国哈哈大笑说："你这个小滑头，想利用我们来带货，帮你们找买家啊！"

杨苗苗红着脸说："许常委，帮帮忙嘛！我们收购老乡的乌金猪肉，鲜肉、腊肉、熟食都可以。只要有人想试试我们的乌金猪，不就有销路了吗？"

许国说："要不这样吧，你回去做个品牌，做个10斤或8斤的真空包装，放在我们西江开设的大邛山特产专柜那里试卖一下。如果有效果，你就在网店平台上投点广告推到首页，我们呢，再在西江搞个大邛山特产专卖销售会，你穿上你们的民族服装，试吃，试卖，说不定就能大卖呢！"

杨苗苗低着头想了想说："好！我原先设计过一个品牌，叫'彝家美'。我打算把这个包装做好，去西江试着打开销路。"

许国说："好，你设计好了发给我们看看，我们也欣赏一下你的杰作！"

"嗯！"杨苗苗用力点了点头。

回去的路上，许国好好想了想网络电商的事情，似乎想通了某一个点，于是拨通了阿约索玛的电话。

"喂，索玛！"

电话那头传来索玛欢快的笑声，说："许领导好！"

"索玛，你好啊！在做什么呢？还去唱歌？嗯嗯，对了，你不是想凑足还聘礼的钱吗？我给你一个思路好不好？”

“啊！真的？许领导，您有什么好思路？我一定听您的去做。”索玛的声音又惊又喜。

“这样，现在邛山州都在推动网络电商的发展，你和你男朋友商量一下，看看搞网络直播带货怎么样。你能歌善舞，就做个小网红嘛！产品就以你们家乡的土特产和你们出名的南红玛瑙为主，弄不好，你很快就脱贫致富了。你们商量一下，想好了告诉我，我再帮你们出点子。”

“好！好！谢谢许领导。”稍后索玛的电话打了进来，电话里传来了银铃般的笑声。“许领导，我以后可以叫您许叔叔吗？”

“可以，可以，当然可以。”许国爽朗地笑着回答。许国挂了电话，心里也挺高兴的。他不是没有私心，他希望在自己手里把阿约索玛捧起来，成为大昭致富的典型，成为大昭青年创业的典型。这是他的结对子扶贫对象，扶起来了，这个典型的意义就更大了。而且阿约索玛的起点比杨苗苗更好，加上索玛的男朋友是成都人，又是学计算机的，在这方面应该会更加有利。

第二十二章 梦魇

姚高峰直挺挺地躺在西江市第四人民医院的病床上，两眼呆滞，死死地盯着头上雪白的天花板，沁凉的空调丝毫不能阻止他额头上不断冒出虚汗。身旁十来岁的女儿乖巧地拿着毛巾为他轻轻擦拭着汗珠，旁边传来妻子压抑不住的低低的抽泣声和怀里襁褓中二胎儿子的哭闹声。

姚高峰缓缓地转动头部，看了一眼妻子，没有说话，然后闭上眼睛，似乎睡着了一样。可是不久他的女儿却分明听到了姚高峰近乎蚊鸣般的自言自语："我是谁？我在哪儿？我要干吗？"

这名动天下的"灵魂三问"出现在姚高峰的自问之中，让十来岁的孩子不禁打了个冷战，而姚高峰在恍惚中仿佛又回到了一个多月以前。

"姚主任，姚主任。"姚高峰回头一看，是大昭县富通劳务人才服务有限公司的蓝经理。作为西江市人力资源中心主管劳务派遣的副主任，姚高峰被这些大昭组织过来的劳动力搞得有点心力交瘁。语言沟通还好，这些组织来的劳动力绝大多数都能够听懂和说普通话，但是组织纪律性上面可就比姚高峰遇到过的其他地区的劳务人员都要麻烦。

姚高峰本来就有强直性脊柱炎，身体有些僵硬，听到蓝经理喊他，只能勉强回头。蓝经理满脸惶急，也顾不得许多，强拉着姚高峰到一旁低声说道："姚主任，现在那些小家支在那边闹呢，说上了车怎么不发上车费。"

"上车费？什么上车费？"姚高峰有点犯糊涂。

"就是劳务协作管理办法里说的上车前给500元，到岗工作一周以后再给500元的那个补助啊！他们管那个叫'上车费''下车费'。"蓝经理说。

"给啊。不都准备好了吗？按照报名的人发啊！"姚高峰说。

"唉！姚主任，他们拖家带口的，连老婆老妈带娃娃，多出来上百号人，这叫我怎么发啊？不给他们的老婆孩子发，他们就吵。给他们的老婆孩子发，哪里有那么多钱啊！"蓝经理为难地说。

姚高峰有点急了，说："就按报名的人发，他们带老婆孩子去，都不收他们车费了，怎么可以要我们发钱给他们的老婆孩子呢？那多出来的钱，是你掏还是我掏啊？"

"可是有的家支闹着说，去的人都应该有，不给他们就不去！"蓝经理有点委屈地说。

姚高峰也有点犯难了，说："这样不行。我请示一下许常委，你也赶紧请示一下你们大昭的领导。"

"好吧！"蓝经理也没脾气了。

姚高峰抬起头望了望，见那边有几堆人正聚在车旁边吸烟喝啤酒，边大声地在说些什么。他叹了口气。

姚高峰挂起蓝牙耳机，从脖子下面拿起挂着的手机，拨通了许国的电话。

"许常委，我是姚高峰，现在有件事情想向您汇报一下。现在呢，已经准备上车了，但这些人在闹着要发上车前的补助。关键是他们要求他们带的老婆孩子也要发钱，还闹着说不发钱就不上车。"

许国在电话里清晰而沉稳地说："不行，钱只能发给报名工作的人，他们的家属不能去西江。钱是有数的，乱发了超支，而且也不符合发这个费用的初衷。姚主任，你和他们交涉一下，把道理讲清楚。"

"这……许常委，他们已经在闹了啊！"姚高峰说。

"姚主任，你先跟他们做做工作，我转头就和杨县长一起过去看看情况。"许国说。

"是，是。"姚高峰无奈地关掉了手机，夹着腋下的小皮包朝人群走去，摇摇摆摆，身形有些佝偻，像企鹅一样滑稽可笑。

家支领头的人都认识他，纷纷向他打招呼："二哥，二哥。"

姚高峰在家里排行老二，所以人力资源中心的人都亲切地叫他"二哥"，来大昭一个多月，他这个"二哥"的称呼也被各个家支的人所熟知。

姚高峰笑着走过去说："各位兄弟，怎么还不赶快上车啊？抽几根烟就上车吧，等休息的时候再下车抽嘛。"

一个小家支的领头人说："二哥，你不晓得，现在还莫得发上车费。钱都莫得，我们不上车。"

"哦哦，那好办啊！上了车就按名单给你们发钱嘛！钱跑不掉！"姚高峰不自觉地摸了摸有点谢顶的头发。

"二哥，不是这么说的哦！我们去西江，老婆娃儿莫得钱，也要给他们发。"

"哈哈，这样就不好办了哦！你们报名打工的是一个人，带上老婆孩子就三四个了。那一个人去打工，没有老婆孩子的怎么办？他拿 500 元，你一家就拿 2000 元，这样也不公平啊！再有，打工是你去打工，老婆孩子不能去打工，他们拿 500 元钱也不对啊！这个是给去打工的人的钱啊！"

姚高峰温和地说着。常年和外来务工人员打交道，姚高峰倒是养出了一副好脾气，笑眯眯的很少发火。

“不得行哦，二哥！没有老婆孩子谁都不想出去打工哦！不给他们发钱，我们不去。”那家支领头人的声音高了八度。

“那你说怎么办？上面发给我们的资金就是按照你们报名打工的人数发的，你今天带了老婆孩子要发钱，也不在统计的名单上面，多出来的钱谁来掏腰包啊？也没有准备那么多钱啊！”姚高峰丝毫没有动气，仍旧笑眯眯地说。

“你们不是有扶贫款吗？从扶贫款里出就是了。你们来扶贫，给我们发钱就是了。我们去你们西江好好打工就是嘛！你们呀，就是不痛快！”

“扶贫款是扶贫款，该发给谁，都是要通过审批的，谁乱发钱是要受处分的呢！可不能乱发。”姚高峰说。

“那我们就不去喽！反正扶贫是你们这些干部的任务，完不成任务，你们也是要受处分的。”家支领头人有点气急败坏地说。

“可受穷的不是我，是你们自己啊！”姚高峰针锋相对，寸步不让地说。

“莫得钱，我们不去，受穷就受穷，反正都穷了一辈子了！”那家支领头人涨红着脸说。其他同一家支的人也开始跟着起哄，纷纷说：“莫得钱就不去了！”

姚高峰只好皱着眉头听着。

正在喧闹着，一辆黑色的大切诺基带着一身尘土飞驰而至。门一开，从车上跳下来身披白色擦尔瓦的杨兴昌和一身银灰色夹克的许国。然后，又有几辆越野车前后而至。

“是哪个在那里说莫得钱就不去的话？”杨兴昌的大嗓门如夏天的惊雷一样在广场上炸响了。

见到杨兴昌那标志性的白色擦尔瓦，顿时广场上的嘈杂声低落了下去。而那几辆后到的车上，下来的都是各个劳务公司的头面人物。大昭总人口不过30多万，家支里面的主要领头人都认识这些劳务公司的头面人物，他们也大多是被这些人动员去打工的。这些头面人物多数都是大家支的领头人，可以说在家支里放句话就能让人震三震。

杨兴昌大步走来，双眉紧皱，目光如炬，那些大昭的小家支的领头人一时也不敢大声嚷嚷。杨兴昌大声说："让你们去西江打工，是给你们一个凭自己劳动赚钱的工作机会，这是党和政府为了照顾你们，给你们的扶贫政策。哪个在那里说莫得钱就不去的话，哪个就给我滚蛋，回家去。你们不想去打工，我还不想让你们去惹祸，给我们彝家人丢脸呢。"

"我们彝家人都是站得直行得正的汉子，浑水摸鱼给老婆娃娃捞好处的事情，谁提出来的谁就给我滚！本来这个补助就是给报了名去打工的人的，要是人人都发钱，不如你连家里祖宗的牌位都抱着来收钱好了！想钱想疯了啊！自己打工赚多少是凭自己的本事和努力，在这里磨西江的干部算什么本事！哪个胡说八道，再不改正，我倮伍日则就请大家支的头人们出来把他从家支里开出去。"一个黑红脸膛的汉子大声说道。

倮伍日则是大昭乃至整个邛山州"骨头最硬"的家支的头面人物之一，是倮伍拉格的弟弟，也是劳务公司的大股东之一。他的话颇有震慑力，几个吵嚷得最厉害的家支领头人都不敢说话了。

倮伍日则吼道："阿龙、立色，你们组织好人，跟我们西江市的姚二哥同志对接好，发好钱，让他们赶紧上车。"

在场的两个倮伍日则的劳务公司的手下，赶紧跑过来，连拉带扯，好不容易才把这些广场上的人都弄上了车。

倮伍日则转过头笑着对许国和杨兴昌说：“这些人啊，眼窝子浅，就想多吃多占，我们派劳务公司的人跟车去，莫得问题！”

许国暗暗擦了一把冷汗。

姚高峰跟车回到西江。第二天早上，姚高峰在老八中的操场上等厂家派车过来将人接走。姚高峰正盘算着，晚上可以早点回，去医院看一下刚生了二胎、给他添了个胖小子的妻子。却不料，一个人力资源中心的办事员急匆匆地向他跑来，边跑边喊：“姚主任，出事了，出事了。”

姚高峰忙夹好随身的皮包，问：“出什么事了？”

那办事员哭笑不得地说：“刚刚我们检查了一下，各个宿舍里配备的凉席全没了，水桶、扫把就只剩下16个，衣架全没了，连方便面也被拿光了。”

姚高峰一下蒙了：“方便面拿了也就算了，水桶、扫把都拿？要那玩意儿干吗？”

办事员说：“我也不知道啊！反正差不多都被扫空了，有的连蚊香都没有了。下一批来了怎么办啊？”

姚高峰苦笑了一声说：“怎么办？凉拌！等下一批来的时候再重新配备呗！不够钱就打报告给扶贫办吧！唉！下次过去，要跟大昭的人说一下这个事情。”

南国的秋阳如火，在老八中的操场上，满头大汗的姚高峰的影子在脚下显得特别短小。

过了个把月的样子，姚高峰准备再次出发去大昭，接收第二批来西江打工的贫困人群。刚准备完相关手续，就接到了西江铁达尼针织集团的副总招守义打来的电话。

“姚主任啊！”招副总在电话里面一个劲地叹气。“这些大邛山里来的人，真不好管啊！”

“怎么了？”姚高峰的小心肝一下子吊到了嗓子眼。

“唉！姚主任啊！昨天我们董事长来车间视察，看到安排在车间里面那几个打工的手脚比较慢，影响了整条流水线的速度，就说了一句：这个速度不行，要加快，太慢了会拖慢整个流水线的。他们带头的那个人跑去跟我们车间主任发脾气说，我们看不起他们，做得没意思！本来以为他们发发牢骚也就算了，结果，今天早上一看，13 个在我们厂打工的人全跑了，还是翻墙跑的，连给他们配的电风扇都拿跑了，现在我们报了警。”招副总说道。

“呃——你们干吗报警，少了电风扇也没必要报警吧！”姚高峰说。

“不是因为少了电风扇啊！是我们怕这些人出了什么问题，没法跟你们交代！”招副总很无奈地说。“这哪里是来打工的，简直是一群散兵游勇！”

姚高峰也很无奈，只好说：“你们赶快找人吧。”

一波未平，一波又起。

这回是西江交警大队的电话。“人力资源中心姚主任吗？我们是西江交警大队三中队。”

“是！怎么了？”

“昨晚在飞虹路东路段发生一起无证醉驾无牌摩托车车祸，骑车的人叫阿杜赤子，23 岁。昨夜 22∶06，他骑了一辆无牌摩托车醉驾逆行，结果不慎撞在绿化树上，人飞了出去，多处骨折，死了。厂里的人说，他是你们组织来西江打工的人，领导让我通知你们一下。现在尸体就放在西江殡仪馆里，让他的家人过来认领吧。”

姚高峰只觉得脑袋嗡了一声，差点没坐到地上。

姚高峰突然想起杨兴昌在他们临走那天发脾气说的“惹祸”的含义了，这些人还真能惹事啊！他不敢怠慢，忙打了个电话向扶贫办的金石开汇报了这两件事，听得正要下班的金石开也挠头不已。

姚高峰和金石开只好直接驱车赶到阿杜赤子所在的工厂，了解情况。

姚高峰一路过去，觉得自己的后背疼得更厉害了。

阿杜赤子死了，和他一起打工的人倒也没有说什么，说是已经通知了在大昭的阿杜家的亲属，他们明天就动身赶来西江。

金石开只好吩咐姚高峰，让人力资源中心派个人接待一下，满足他们合理的要求。

西江的天气有点清冷。西江殡仪馆门口站着20来个穿着民族服装，披着擦尔瓦的男女老少。

姚高峰看到他们，觉得头皮一阵发麻。不管怎样，毕竟一个家里的青壮年死了，对于贫困家庭而言和倒了一根顶梁柱差不多。他赶忙过去，见到了死者的父母、兄弟、妻子和家支的头人。

家支的头人是个50多岁的汉子，名叫阿杜措古，肥头大耳，眼睛凸出。他的旁边则站着长得瘦小骨感、眼睛细长、有着一对大眼袋的老熟人阿吉阿卓。

头人阿杜措古的谈吐颇有条理，显然阿吉阿卓是来当参谋的，他的出现令姚高峰顿时头痛欲裂。

阿杜措古说：“赤子是你们带来西江打工的，现在遭到了横死的灾祸，我们很痛心，你们政府赔个八九十万元也就差不多了！他的尸体呢，就麻烦你们帮忙，在我们毕摩做完法事以后送回大昭，我们用我们彝家的方式火葬。”

姚高峰心想：阿杜赤子是醉驾和违规行车，怎么成了我们要赔钱？这也不合规定啊！他只好先打马虎眼，说：“这些我要请示一下领导，你们的要求要看领导的安排。”

阿吉阿卓呵呵一笑说：“没问题，你把问题转给你们领导去，不过我们在西江的食宿希望你能帮我们解决一下。”

姚高峰觉得这也不是什么太过分的要求，便答应了下来，依旧把他们安排到西江老八中的宿舍里面。

第二天早上六点多，姚高峰就被手机铃声吵醒了。他昨晚被胖小子老二闹了一晚上，又是冲奶，又是哄睡觉，又是伺候高龄哺乳期的妻子，折腾到快天亮时才睡了一会儿。这时候被吵醒，不禁心里有气，他拿起手机，压低声音就问：“谁呀？什么事？”

“姚主任，我们是殡仪馆的。昨天来的那些人在我们殡仪馆外面的草地上坐了一夜，现在就要进来守着死人！你快来一趟，让他们到上班时间再来吧。他们这样会影响其他人啊！”

姚高峰听得直想摔电话，不过他的手机是新款的OPPO，五六千元，没舍得摔。他叹了口气，穿好衣服，开着车来到殡仪馆。

阿吉阿卓带着阿杜家族的男女老少坐在殡仪馆门口的草地上，看到姚高峰，阿吉阿卓从腰间解下牛角号，放在嘴边呜呜地吹了起来。若是平常，姚高峰倒是会觉得号角声中有着大邛山的苍凉和豪壮，可是在这殡仪馆前，他的心里特别不是滋味。

姚高峰赶忙上前，还没等他说话，头人阿杜措古走了过来，说：“二哥，无论是在西江还是在我们邛山，你都是我们的客人。可是现在在这里，我们没法做诵经驱鬼的仪式，也没法送赤子的灵魂回到祖地。我们希望二哥能够先让我们做了法事，送走赤子的灵魂。”

姚高峰无奈地说：“我知道，我知道。不过你们要做这些仪式能不能等殡仪馆开门了再来做，要不会影响其他的人啊！”

阿杜措古走过来对姚高峰说：“姚二哥，你看这样好不好，按照我们彝家的习俗和我们在城市里面工作的人的说法，这个丧事还是要料理，料理完了我们再来谈对赤子的后事的处理。如何？”

姚高峰一听，这样也好，赶紧先把丧事处理了，其他的再说，免得天天在殡仪馆折腾。于是他忙不迭地问：“那，你们这个丧事是个什么处理方式，我能安排就帮你们安排。”

阿杜措古和阿吉阿卓相互看了一眼，坐下来说：“现在呢，不兴过去的那些做法了，我们在城市里工作的人也教过我们，我们现在要求的是，要赤子他们单位派个领导来主持丧事。”

姚高峰一想，让工厂派个办公室主任或者副总来走个形式，最多掏点钱，人道主义慰问一下，应该问题不大。“嗯，好的，这个我去和工厂协调一下。”

阿杜措古伸出一根手指，说：“我们要求的第一条是让我们为赤子守灵一个晚上，让毕摩为赤子诵经，让他的灵魂能够回归祖地。”

姚高峰有点为难了，这儿毕竟是殡仪馆，请和尚、道士念经的也是白天，晚上似乎不好办。他咬咬牙，心想实在不行就和殡仪馆再商量商量，看能不能通融一下，便回答说：“这个我和殡仪馆的人协调一下看，尽量帮你们。”

阿杜措古的脸色有点不太好看，接着伸出第二根手指，说：“我们还有一个要求，就是要办‘古止古舍切’——让我们办一个丧宴招待前来吊丧的亲友。”

姚高峰电话汇报给市人社局的领导，主管这方面工作的领导劈头盖脸夹枪带棒地朝他吼道："这个问题上面，你们中心有预算吗？你是打算你们中心出钱，还是工厂出钱，或是你自己出钱？丧宴谁出钱来摆？"

一顿训斥把姚高峰骂得一愣一愣的。他心里满是委屈，但面对职场的权力等级，也只有忍耐了。

姚高峰忙前跑后，做好做歹，总算是让工厂派了个办公室主任来主持丧事，还带了几千元慰问金。殡仪馆也通融了，让这些人晚上在告别厅外做法事，守一夜的灵。

到了中午，姚高峰刚折腾完，正要走，却不料阿杜家族的人都坐在殡仪馆的草地上，嚷嚷着要吃饭。还好，这个方面中心批了经费给他，可以送盒饭过来。拿到盒饭一看，阿吉阿卓就黑着脸把盒饭朝姚高峰一递说："二哥，这也太不地道了吧，全是青菜萝卜的，怎么吃啊？"

按照西江市的标准，一荤两素，也不至于全是青菜萝卜啊！姚高峰接过盒饭一看，的确一份回锅肉饭看上去肉不多。没办法姚高峰只好打电话让定点的餐厅给每人送一份猪脚饭过来，还特别嘱咐加量。新的盒饭送来了，他们这才罢休。

坐在殡仪馆的石凳上，姚高峰听着一阵阵此起彼伏的哀乐声和哭声，觉得脑门仿佛被夹了似的生疼。

这时候，阿吉阿卓又朝他走过来，说："二哥，我们这样坐着也不是个事。我们彝家人没有酒可不行，你就帮我们买点酒来吧。"

姚高峰差点以为自己听错了，舌头都打了结，说："你，你说什么？丧事要喝酒？在这里喝酒？"

"是啊，我们每人要一箱雪花啤酒。"阿吉阿卓说。

姚高峰的脑袋更加疼了。

啤酒送来了，到了殡仪馆所在的山下，送酒的人死活不愿意送上来。西江人觉得把酒送到殡仪馆是件匪夷所思的事情。不得已，姚高峰只好自己开车下去拉了一车的啤酒上来。殡仪馆的馆长跑出来，冲着姚高峰打躬作揖说道：“姚主任，姚二哥，你千万别把酒拿到我们殡仪馆来，我们这儿可不是酒吧啊！你这以后让我怎么做这殡仪馆的事情啊！求你了，姚主任。”

这时，一阵哀乐声传来，姚高峰差点没哭出来，说：“我也没办法啊！这个政治任务我真不知道该怎么办，不答应他们，闹起来了，你我都没法交差啊！”

殡仪馆馆长挠着头说：“二哥，二哥，我求你别拿进去。这样吧，还是那个外面的草地，我给你支个帐篷，你让他们上帐篷里面喝去，至少我们眼不见为净。”

姚高峰没法子，回去劝了好半天，才把阿杜家族的人给劝到殡仪馆外面的草地上去喝酒。阿吉阿卓也不客气，坐在塑料凳子上，拿起一瓶啤酒，也不用开瓶器，用牙咬住瓶盖，吭哧一下就开了，咕嘟咕嘟一口气就下去了半瓶，比姚高峰喝水还利索。阿吉阿卓喝完递给姚高峰，示意他也来一口。

姚高峰说：“阿吉阿卓，不行啊！在西江喝酒就不能开车，一口都不能喝啊！”阿吉阿卓点头表示理解，又继续咕嘟咕嘟喝了起来。不一会儿，他身边就扔了三四个空瓶子。

到了晚上，好不容易等到殡仪馆停止接待，20多个阿杜家族的人进了殡仪馆的告别厅，泛着寒气的阿杜赤子的尸体就那么躺在木棺材里。阿杜家族的亲眷们开始了号哭，伴随着的是毕摩富有节奏的经文念诵。

念了不知道多长时间，姚高峰的脊柱炎痛得他几乎都快站不住了。他只好找了个凳子坐下。那些阿杜家支的成员们个个神情肃穆，阿杜赤子的妻子不时还会响起抽泣声，姚高峰觉得心里很是压抑。

不过真正让姚高峰受不了的是火化前的谈判。

阿杜措古坚持的是，西江厂家也好，政府也罢，要赔偿阿杜家支最少80万元。厂家一口就拒绝了这个要求，他们觉得，给了几千元的慰问金已经是看在政府组织过来打工的情况下的人道主义援助了，阿杜赤子是自己违规驾驶无牌摩托车导致死亡的，还违反了工厂的规章制度，不给钱也天经地义。西江人社局更觉得无论从什么角度也不该去赔偿，更不该赔这么多钱。一时间事情便僵在这里了。

姚高峰被西江人社局的主管领导叫去剋了一顿。他也没办法，只好天天带着几箱啤酒到殡仪馆门口的草地上跟阿杜措古见天地磨这个事情。阿杜措古却是不慌不忙，谈上几句，一言不合就让姚高峰回去请示领导。

姚高峰早就没了请示领导的心思，谁愿意天天被领导剋呢？加上每天晚上回到家，那个大胖小子整晚整晚地哭闹，以及妻子的叹息，老父亲的唠叨，大女儿做不好功课时的幽怨神情……这一切都让他觉得心力交瘁，让他不想说任何话，也不想做任何事。

坐在草地上，姚高峰听着已经无比熟悉的哀乐声一阵一阵地飘过来。他木头木脑地坐着，看着那些阿杜家支的男人们大口大口地喝着啤酒，用他听不懂的语言交谈着。他觉得整个天地都在晃动、旋转。

姚高峰的耳朵里充满了嗡嗡的响声，那声音如同一座阴森森的巨山向他压下来，甚至让他听不清阿杜措古在说什么，只看到阿杜措古的嘴唇在一张一合。

姚高峰在家里躺了一天，第二天在办公室里突然接到人力资源中心主任的电话："老姚啊，行了，行了。人社局和扶贫办请示了市政府之后，决定拨付20万元人道主义经费给他们，你再去一趟吧。"

"哦，哦，哦。"

姚高峰走出去的时候，正碰上来人力资源中心办事的金石开。金石开见姚高峰的脸色不大好，便问了一句："姚主任，身体不好？"

姚高峰勉强笑了一下，没说话，走了过去。金石开回头看着姚高峰的背影，只见他佝偻着身子，两只手臂张开着，往常夹在腋下的皮包，现在正挂在身上。他摇摇摆摆地走着，像企鹅，像鸭子，更像一头艰难地背负着重任的驴子。

阿杜家支的人都回去了，带着阿杜赤子的骨灰回去了。

姚高峰被送进了医院，检查后确诊，是重度抑郁症。

每逢佳节倍思亲，许国也很想家，想70多岁的母亲，想身患重病的妻子，想刚读大学的女儿。可是现在他真的不能也不会像杨兴昌告诉他的那样，只是回西江拉钱拉项目，做'走读式'扶贫。对于他来说，大昭的确有太多的事情等着他去做。同时许国也觉得自己可以暂时松口气了，晚上，他很想美美地睡上一个懒觉。他听到远处飘来一阵细微的歌声。"郎是高山打猎匠，妹是麂子顺山来，星星跟着月亮走，千年万年离不开。"顺着山麓，从远处传来彝家女孩唱着的情歌。许国来到这儿近一年时间，已勉强能听懂一些彝语了。他的脸上微微地泛起了笑意。

晚上，许国做了一个奇怪的梦。恍惚中，他来到了大邛山的顶峰，那里高不可攀，云海如潮。他仿佛看见了邵雪琪，她像当年在校园里的样子，白裙飘飘，只是脸色惨白，就那么静静地看着他。许国走上前拉起邵雪琪的手，柔软而冰凉。许国问：“你怎么来了？”

邵雪琪没有说话，只是微笑着看着他，用冰凉的手抚摸着他的脸庞，目光中充满说不出的依恋和惋惜。许国正想说话，一阵云雾涌来，许国忽然发现俏生生站在那里的居然是一身白衣的阿英。阿英拉着他的手说：“许国哥哥，真的对不起，我把你当成了挡箭牌。你不了解我，你也不懂我的苦。不过没关系，我是大邛山的女儿，我希望你帮我，让大邛山好起来！”

许国不解地回头一看，自己竟然在半空之中，邛山大地像一幅美丽的锦绣图画一样在身下缓缓展开。青山绿水，男耕女织，美丽的姑娘和欢笑的孩子，到处都是祥和美丽的景象，到处都是富足如意的人群。

许国说，这不是很好吗？大邛山的脱贫攻坚任务完成了！

他忽然发现，阿英消失了，拉着他的手的人竟然变成了一身彝家盛装的索玛。那是彝族女孩出嫁的衣裙啊！可为什么索玛满脸都是泪水？

索玛抹着眼泪说：“许常委，你救救我吧！我不想嫁人，我不想嫁人！”

许国说：“索玛，是什么情况？你告诉我。”

索玛只是哭，泪水一直潸潸地流着。许国急了，说：“究竟怎么回事？”只听隆隆如雷的马蹄声越来越急越来越近越来越有力。

许国抬头一看，一匹极为高大、极为神骏的大黑马就在眼前，几乎碰到了他的鼻尖。马上是一个魁梧雄壮的人，黑衣黑袍，双目如电，手里拿着雪亮的战刀，冲着他说：“你们休想改变我们彝家！我们彝家对天地祖先都有自己的认知，我们彝家有自己的规矩，你们不能改变。”说着那个黑衣彝人大手一伸便把索玛拉到了马上。

许国毫不畏惧，大声说道：“不管怎么说，你们也不能违反法律。”

那黑衣彝人哈哈大笑，轻蔑地说：“彝人的规矩谁也不能改变。”

许国气急，伸手便去抓那彝人，想从他手里夺回索玛，却抓了个空。那彝人忽然又变成了杨兴昌，索玛却消失了。

杨兴昌满脸严肃地伸手握着许国的手说：“老许，彝家的思想和文化传统根深蒂固，你不要试图去改变，你要做的就是搞好产业，拉来投资。”

许国说：“钱和项目我能够找来，但是必须按照规定由我来决定。老杨你不能违反规定，我也不能违反规定。”

杨兴昌说：“你不懂邛山，这些事必须由我来决定。”

许国愤怒地说：“西江市是让我来扶贫搞建设的，不是让我来听你的话，在这里捡现成的。”

杨兴昌笑着不说话，一挥手，许国又看到自己在大邛山的山巅，一棵棵高大的松树拔地而起，刺破蓝天。他听到杨兴昌幽幽地叹息着说：“多好的邛山啊！”

咚的一声，许国的头被碰得生疼，他醒了，原来是在做梦。

许国看了看四周，觉得口渴极了。他翻身下了床，摁亮台灯，给自己倒了一杯开水，喝了下去。

惊醒之后许国睡意全无，便拿了盒烟走到阳台上。

北风呼啸，冻雨夹杂着雪花噼噼啪啪地敲打着玻璃，寒气袭人。

许国点了根烟，在阳台上迎着寒风，望着夜色中的城市。他没来由地想起一句话：你永远猜不透硬币的另一面，人的命运永远充满着未知。

一切都任重而道远！许国想。

第二十三章 雪域豪情

深秋初冬的大邛山万物寂静，人们的生活逐渐有了好转。这不，才忙完“双十一”电商大促销，彝历新年就到了。11 月 16 日就是今年的彝历新年。彝族的村寨不管是穷还是富，家家都在杀猪，大邛山四处飘荡着喜气洋洋的气氛。

按照计划，许国在彝历新年的前夕，再次走访了结对子扶贫的几家贫困户，又到下面几个准备搬迁的贫困村走了一趟。

这都是“规定动作”，是考核内容，马虎和怠慢不得。

许国很意外地在首批搬迁的贫困户阿约尔呷家里遇见了阿约索玛和她的男朋友“汤圆”，索玛带“汤圆”回来见家长呢。

“许叔叔，许叔叔！”索玛大声喊着。许国心底的柔情似乎被触动了，不免和索玛多聊了几句。他知道索玛和“汤圆”凭借着自己前后提供的几万元钱，在成都开了个直播间，在一些直播平台上直播游戏和唱歌，还入驻了一些文玩平台直播带货卖南红文玩。两人成绩不错，加上打赏和平台卖货拿的提成，已经赚了将近 10 万元，完全有希望在毕业前夕为索玛赚够还聘礼的钱。

索玛清秀的脸庞上满是对未来的憧憬和希望。

许国最后提醒索玛，直播赚钱只是目前暂时挖掘第一桶金的做法，网红兴起得快，下跌得也很快。学习千万不能荒废，未来不管是留在成都，远走其他城市，还是回到大昭，都应该掌握更多的知识和更前沿的技能，这样才有光明的未来。

索玛点头答应着。许国最后笑着说："有什么情况，你要及时告诉我，我可是想把你树立成我们大昭的脱贫典型和大学生创业的典型哦！"

索玛羞涩地笑了，说："我有个高中同学，读的是医学院的护理专业，现在在普光县医院实习呢。她也很有想法，我可不可以拉她一起发展呢？"

"可以啊！一起发展，一起脱贫致富。"许国很开心地勉励了两句。

许国另外一个结对子扶贫的贫困户的家庭情况也还不错。孩子阿基古博去了西江的一家物业管理公司做保安，每个月定时给家里寄钱回来，虽说算不上很多，可是对一个贫困户家庭来说，每个月 2000 元钱已让家庭条件改善了不少。再加上西江慈善组织捐赠的各种小电器产品，阿基一家的日子眼看着就轻松了不少。

不过尚文通过工作组早就发了通知，彝历新年，西江市委书记齐威将率西江五区的党政代表团来邛山座谈访问，并慰问扶贫协作工作组。各县工作组的主要负责同志也被安排去建昌聚一聚，第一次一起过个彝历新年。

来到建昌，看到车水马龙的街景，许国蓦然想起久违的西江，脸上感到极细极凉的冰意。不知什么时候，建昌开始下雪了。

这是今年冬季邛山州的第一场雪，纷纷扬扬、细细密密的雪从天空撒盐一般漫天落下。雪并不算太大，却让穿着羽绒服的许国感到满心的寒意。下雪，意味着很多贫困家庭又要面临寒冷和物资缺乏的困境，火塘毕竟不能抵挡一切。

想到这些，许国的心里沉甸甸的，甚至想掉头回大昭，看看那些贫困村贫困户在这个彝历新年到来之际的情况才能放心。其实，他知道自己有点强迫症倾向了，明明这些他都刚刚走访了解过。

许国按捺下自己的心情，快步走向西江东西部扶贫协作工作组驻建昌市的办公室。尚文看到许国来了非常开心，哈哈大笑着迎上去握着许国的手说："路上还好走吗？"

许国对着自己的老上级也不拘束，说道："尚州长，还好，刚赶到建昌就下雪了，还算及时。"

宽敞的会议室里开着空调，气温也不低，很舒服。许国脱掉身上的羽绒服，穿着保暖衬衣，觉得一身轻松。

西江各个区的下派干部满满地坐着，脸上都洋溢着久别重逢的笑意，相互之间交谈着，逗着趣，不时爆发出一阵阵轻松的笑声。

许国看到了黄大良和陈一龙，忙走过去和他们打招呼握手。

黄大良很快活地和许国握了手，笑着说："老许，马上过彝历新年了，这大过年的，我们也回不去西江，趁这个机会我们打算出去看看雪域的贫困户。"

许国说："大邛山的冰天雪地，我真想见识一下啊！"

黄大良压低声音说："山里人喜欢狩猎，这大山里面动物也多，我搞了几把藏族的弩箭，到时候叫上林业局的几个人一起去山里打猎，如何？就算什么都打不着，也遛一遛，轻轻松松走一走。怎么样？"

陈一龙眼睛一亮，说："这主意不错。老许，你呢？"

许国说："你们两个打猎，我就和你们散散步，爬爬山。"

“好，就这么定了，就去藏区木铎县胡一泉那里。”黄大良笑眯眯地说。

过了不长的时间，西江东西部扶贫协作工作组 11 个县的扶贫驻县干部都到齐了。在尚文的主持下，先开了个工作简报会议，各个驻县干部都简要汇报了一下自己的工作情况。工作汇报完已经是下班时间了，由于马上就是彝历新年假期，尚文就安排大家一起聚餐吃饭，顺便把自己买的邛山特产“布儿”酒带上，一行人到了驻州工作组餐厅。

说实话，邛山的菜品其实并不符合这些西江干部的口味，高油、高盐、高辣，让这些习惯了粤菜清淡鲜嫩口味的西江干部们基本上都掉了几斤肉，个个瘦身成绩斐然。今天这个餐厅请的是广东师傅，虽说都是大众化的菜品，但仍旧让这些西江干部们大呼好吃，就连许国也多喝了几杯。

第二天一早，北风呼啸，卷起千堆雪。许国早早地来到邛海宾馆，见尚文和驻建昌州工作组的几个成员站在寒风中等候，不久邛山州的州委书记沐爽和州长等邛山的高层都来了。

一辆大巴缓缓开进了邛海宾馆所在的院落。以西江市委书记齐威和省扶贫办副主任冷康为首，浩浩荡荡几十人的西江党政代表团走下车来，与在场的人员寒暄一番后，进入大会议室里。

会议的主题是，落实川粤两省扶贫协作和对口支援工作座谈会精神、扶贫领域党风廉政建设及“学前学会普通话”行动试点、贫困村致富带头人培训项目进展调研，以及慰问西江市奋战在对口邛山扶贫协作工作一线的干部。

大会议室里满满的都是人，但坐得很有秩序，在场的人按名字坐在指定位置上，会场里一片肃静。

齐威讲话时的确有股子酒脱劲，虽然手里拿着稿件，但更多的还是脱稿发言，数据、事实、理念、思路，一二三四，娓娓道来。

邛山州委书记沐爽的风格则更为有感情，话里话外都是感恩、情谊等字眼，还大大地把西江的扶贫干部们夸了一通。他认为，西江在邛山实施了一批重大项目、兴办了一批民生实事、培养了一批干部人才，为邛山脱贫攻坚注入了强劲动力，充分体现了西江落实党中央部署的责任担当，对邛山脱贫给予了最大的支持，等等。

许国摊开笔记本，奋笔疾书，倒不是两位书记说的东西多么具有指导意义，而是这些话未来是去下面的贫困乡村讲党课、做发言时最好的引证材料。

两位书记分别讲完话之后，就是尚文代表西江扶贫协作工作组向两位领导汇报工作情况。这里面信息量可就大多了，具体的建设、发展、推动情况都是昨天各个驻县的工作组汇报上来的，很多都是最新的信息。台上台下参与会议的干部都在作详细记录。

会议结束以后，是彝历新年晚宴，由于明天是假期时间，所以大家不免都喝了几杯酒。许国对昨夜的宿醉有点心有余悸，再加上明天齐威会去大昭和布特实地调研，就没敢多喝。许国暗暗打起精神，他是绝不能在齐威面前出任何一点差错的。

次日，邛山大雪纷飞，银装素裹，分外妖娆。许国等同志分别在工作地点陪同齐威和西江党政代表团走访了几个比较典型的贫困村，调研脱贫攻坚及易地扶贫搬迁安置点建设情况。齐威和西江党政代表团的同志由于没有带够保暖衣物，个个冻得缩手缩脚，走访慰问贫困户，再跟学前儿童聊聊学说普通话的情况，半天下来确实辛苦。

走出刚刚安排了部分贫困户入住的彝家新寨，齐威放慢了脚步，微笑着看着许国，说：“小许啊！从这个工程上看，你完成得相当不错，比我预想的要好，你们大昭的工作组懂得提前实施明年的脱贫攻坚工程项目，而且能够高效推进项目建设，做到两年任务一年完成，是很好很大的进步。”

许国心里一松，眼泪几乎都要掉下来了，忙说：“都是齐书记您指示明确，以及工作组的同志们努力奋斗的结果，我只是坚决执行西江市委的指示。”

齐威点点头，低声用其他人听不到的声音说了一句：“扶贫资金要掌握好，听西江的。”许国心领神会地点了点头。

齐威又大声说：“要让贫困群众早日搬进新房，做好安置点配套设施建设，切实让当地群众‘住上好房子，过上好日子，养成好习惯，形成好风气’，这是你们来扶贫的责任！”

许国大声回答：“是！”

齐威边走边和省扶贫办副主任冷康谈笑风生，指点山河。冷康由于经常来邛山，身上裹得像粽子，他的表情有一些得意。

许国当然知道，这是在为西江扶贫工作在2018年度全国东西部扶贫协作考核评价中争取获得好结果。西江在2017年度全国东西部扶贫协作考核中取得了“好”的等次并排名东部第二，今年能不能更上一层楼，还要努力一把。

冷康当然是闻弦歌而知雅意，说：“许国同志，你们西江历来厨艺冠绝珠三角，我建议，可以围绕‘邛山食材+西江厨艺’开办厨师班，送技上门，让邛山群众在当地就近接受职业技能培训。还可以充分发挥西江在农业产业、科研方面的优势，组织西江的农业龙头企业和科研人员到邛山，结合当地特色，打造一村一品、一乡一龙头项目，带动本地农业实现产业化发展。”

齐威笑着说："冷主任不愧是省农业厅的扶贫专家，这么好的主意，可让小许偷到师了！"

许国忙接话说："有了齐书记和冷主任的指点，大昭的脱贫攻坚工作就更有盼头了。我们就缺少齐书记和冷主任这么高屋建瓴的指点，所以工作总是遇到各种艰难，就怕出岔子被领导批评。"

齐威一笑，回过头跟陪同他的德城区委书记冼志豪说："你们德城区呢，是我们西江的首善之区，又是工商业重镇，这次大昭的脱贫攻坚，你们一定要发挥'全国综合实力百强区前十区'的作用，争当全国高质量高水平完成脱贫攻坚任务的排头兵。"

冼志豪频频点头称是。

冷康哈哈大笑着说："齐书记，你不仅是给他们压任务，也是在给我压任务啊！"

齐威说："哪敢给冷主任压任务呀，我也是希望我们西江做好本分工作，不给西江人民丢脸！"

大家一起哈哈大笑。当然，每个人笑的时候心里自然是各有千秋。

齐威转去南洋、顺丰等区对口扶贫的几个县后，许国心里才算松了口气，他知道这次年底考核过关应该是不难了。

彝历新年假期，胡一泉拉着许国、陈一龙、黄大良一起去藏区木铎县。自小生活在四季炎热的岭南的几位干部，从未见过川藏雪域的奇景，只听说这里位于四川省西南边缘，境内山峦重叠，河流环绕，县内最高海拔5958米，其主峰终年白雪皑皑。

木铎县属于大香格里拉区域，美国探险家洛克曾数次到这片神奇的土地考察。洛克写的笔记经美国《NG》杂志整理刊发后，激发了英国作家詹姆斯·希尔顿的灵感，他由此创作了小说《消失的地平线》，为西方世界创造了一个“香格里拉”神话。

木铎县拥有得天独厚的自然资源，到处是神奇群峰、绿色海洋、珍禽异兽，夏天遍地奇花吐艳。在县城里，胡一泉等人又接上了林业局的比曲尔布局长和吉列木基副局长两人，两辆越野车浩浩荡荡到达了木铎县的一个较为偏僻的地方。据胡一泉说，这里原来是狩猎区，现在是邛山最大的养马场。

比曲尔布和吉列木基对这里相当熟悉，哪怕下了大雪，挂了冰凌，他们对这里的路径和山林仍然很是清楚，甚至对哪里的冰冻得是不是结实都了如指掌。

吉列木基从车后拿了几张弓弩出来。弓是用硬木制作的，拉开要用不小的力气。弩是用岩桑树枝捆扎削平制成的传统藏族射弩，还有短木削尖而成的箭支，都是传统打猎的武器。

许国好奇地拿着一张弓翻来覆去地看，说真的，除了在西江专门的射箭馆里摸过比赛用的弓箭外，这是他第一次见到真正的弓箭。

几个人拿着弓弩玩了一阵子，便说说笑笑地向前走去。

胡一泉说：“其实，木铎县的风景和旅游项目非常有特点，先不说玩猎枪，单是藏族的弓弩射击就是一个好项目，开发出来一定能成为木铎的特色旅游项目。再加上藏族战刀、盔甲、漆器，能玩出好多花样来。过完彝历新年，我回一趟西江，让西江大学旅游系的教授们来这里论证一回，拿一个好方案出来，开发一下这里的旅游资源。到时候比曲局长可要下点功夫咯！”

比曲尔布大笑着说：“求之不得，求之不得啊！”

正在聊着，一个略有些沙哑的女声远远地朝他们喊着：“比曲局长，舅舅。”大家朝声音处望去，只见一个扎着藏族小辫身穿五颜六色藏族服饰的女孩，很是矫健地向他们跑过来，就像是一头奔跑在林间的小鹿。这女孩手里提着一张户外运动反曲弓，背上背着一个运动包，斜插着一个箭囊，野性而飒爽。

吉列木基看到那女孩，惊讶地说：“惹莫（外甥女），你怎么来了？”那女孩说：“舅舅，我爷爷就在这里看林子。今天过年，我拿了肉过来看爷爷。”

吉列木基拍了拍脑袋说：“瞧我这记性！”然后对那女孩说，“走，去我车上拿酒拿肉，我们一起去看你爷爷！”

那女孩看了一眼在场的人。吉列木基呵呵一笑，向大家介绍：“这是我大姐的女儿，叫吉乃曲卓。”他又向女孩介绍说：“比曲局长你是认识的，这些人可都是我们的贵客，这位是金姑县的黄大良常委，这位是大昭县的许国常委，这位是普光县的陈一龙常委，这位是木铎县的胡一泉常委。”

女孩吉乃曲卓怯生生地向众人一一问好，刚才那山林中的野性忽然就消失得无影无踪了。

大家一起到吉列木基的车上拿了酒和腊肉，去往吉乃曲卓爷爷的住所。

在林子的一个高处，有一座用石头和土坯垒砌的小屋，屋子不算很大，但非常坚固。屋里的火塘燃烧着熊熊火焰，整个屋子里满是木柴燃烧时特有的味道。

吉乃曲卓的爷爷老吉乃是个身材壮硕的藏族阿爸，60 多岁了，仍然在当看林员，一个人住在山林的小屋里。老吉乃个头中等，脸上满是风霜刻下的皱纹，肤色微微有点泛黑，但一双猎手的眼睛却明亮如星，年纪虽然大了，却很是精悍，半点不老。看老吉乃用斧子劈柴，手不抖，腿不摇，斧子过处，大腿粗细的木柴就一分为二，劈得整整齐齐，宛如尺子量出来的一样。

见他们来了，老吉乃非常高兴，在火塘上吊着的铁锅里放了一大把干蘑菇，煮了几只肥硕的野鸡，又在火上烤起了一条牦牛腿，整个屋子肉香四溢。

还没有等到这些肉食做好，老吉乃就把吉列木基拿来的酒拎了过来。老吉乃眉开眼笑地嗅了嗅，说：“好酒哇！”他回过头竖起拇指对许国等人说：“我们藏族人酿的酒，好喝，够劲！”

吉列木基笑着说：“吉乃叔，这个可是我买的藏泉青稞酒，几百元一瓶。你要还说不是好酒，那可就太冤枉我喽！”

“吉列木基，你的好酒多，下次多拿两瓶给我。我在这里就只能喝我孙女带来的酒，不够喝啊！”

“吉乃叔，你一个人一次能喝两斤52度的酒，多少酒给你都不够喝哇！”吉列木基打趣说。

一群人一边喝着酒一边在老吉乃这里吃着风味独特的山林野味，听老吉乃讲山林里的故事。

老吉乃喝了几碗酒之后，一下高兴了，放声高歌：“是男人就要挎腰刀，是男人就要扛猎枪，是男人就要喝烈酒，是男人就要走四方……”

这是一首古老的藏族战歌，老吉乃唱得雄壮高亢，引得大家都跟着他唱了起来。小姑娘在一旁托着腮，笑得眼睛眯成了两弯月牙。

老吉乃唱完歌，又起身从箱子里拿了一样东西出来。这个东西不得了，居然是一把猎枪！这把猎枪着实有些年头，那枪托已被摩挲得包浆发亮，乌洞洞的枪杆在火光的映衬下闪动着幽蓝的光，枪身上雕着一只翱翔的雄鹰。

比曲尔布笑着说：“这把可是守山老猎手的猎枪，保养得真好，拿来我们玩玩可以吗？”

老吉乃呵呵一笑，将枪递到两眼放光、正在搓手的黄大良手里。

黄大良是参过军当过兵的，对枪有种特别的情感。他很开心地从老吉乃手里接过来，端详着，在手里掂量了一下，说：“这是黑龙江齐齐哈尔猎枪厂在 1969 年生产的 16 号口径的半自动三响翻子‘鹰’牌猎枪，好东西啊！当年这个系列的产品是我们国家发给护林狩猎队的重点产品。”

老吉乃竖起大拇指称赞道：“黄常委有眼光，一眼就能报出型号和出厂时间，超级枪械高手。”

黄大良得意地说：“高手说不上，在部队当过几年兵，对枪还是比较了解的。”

吉列木基说：“那，待会儿可要黄常委表演两枪了哦！”

黄大良说：“好久没摸枪了，枪法肯定差了啊！”说着，他熟练地打开保险，压进去三发小口径猎枪弹，抬起手朝门外瞄了瞄，啪的一声清脆的枪响，一根拇指粗细的树枝应声而断。黄大良笑笑说：“这枪不错，打的时候，要稍稍下压一点点往左偏，500 米之内，准头很足。”

老吉乃说：“好枪法，黄常委是好汉子！”几个人都鼓起掌来。

黄大良又看了看说：“我们在这里开枪不怕吧？”

吉列木基说：“不怕，吉乃大叔有山林狩猎持枪证，没关系的，就是打几枪玩玩呗！”黄大良笑着关上保险机，把枪递给吉列木基，说：“你也有证，你开枪没问题。”

吉列木基笑了笑，也开了一枪，结果什么都没有打着。

大家哈哈大笑。

吉乃曲卓在旁边看着他们玩枪，满是羡慕的表情。

黄大良看到在一旁艳羡又不好意思出声的吉乃曲卓，便把枪递给她说：“小妹妹，你会射箭，打枪应该也不差吧？”

吉乃曲卓接过枪，有点不好意思地说：“我只会射箭，没，没打过枪，爷爷没教我。”

黄大良看见她羞涩的模样，觉得小姑娘倒是非常有趣，尤其是那种山林里养育出来的灵气和野性，仿佛一只刚刚从山洞里走出来的雌豹，无论是城市的姑娘还是山村里的女娃，都没有这种特别的感觉。

吉列木基笑着说：“曲卓的箭法可厉害了，过两年她就会代表我们省参加全国少数民族运动会射箭比赛。”

吉乃曲卓听到舅舅这么说，小脸扬起，满是骄傲之色，说：“我的射箭成绩在我们州女队里面算是不错的。”

黄大良说：“哦，厉害哦！那下面请小妹妹给我们表演一下射箭，好不好？”

吉乃曲卓也不推辞，拿起弓箭，站在门口，说：“看我射那根树枝。”大家望去，那树枝只有手指粗细，挂在大概 100 米外的树上，风一吹，晃晃荡荡。

只见吉乃曲卓双脚岔开，弓开一半，呼吸平稳下来。忽然她手一松，那支箭嗖地飞出，正中枝条，箭的冲力一下子便将枝条射断，然后稳稳地扎在一棵松树上面。

许国和陈一龙都鼓起掌来。

吉乃曲卓受到了鼓励，小脸仰得高高的。老吉乃说：“丫头射箭射得不错。”他接过吉乃曲卓的弓箭，抬手就是一箭。一只觅食的乌鸦哀鸣着被箭射了个对穿，被牢牢地钉在一棵树上。

许国惊奇地过去看了看，只见那支箭的箭头全部没入了树干之中。

老吉乃说:“丫头的箭准头不错，就是力气还小了点。”吉乃曲卓大声说:“爷爷，你的箭法是怎么练的啊？我已经很努力地练了！”

老吉乃拿起勺子舀了一大碗鸡肉和鸡汤，放在吉乃曲卓的面前说：“丫头要练好射箭，就要先吃饱肚子。有力气，手才能稳；射得多，准头也就高了啊！”

然后老吉乃回过头招呼大家一起吃鸡喝汤，煮好的蘑菇鸡汤鲜得能让人把舌头都吞下去。而烤好的牦牛肉，喷香有嚼头，蘸着用辣椒、盐和山林里特有的一种植物磨成的粉，极是好吃，大家都赞不绝口。

吃完肉，趁着酒兴，老吉乃带着大家漫山遍野地转，半天下来，又打了几只野鸡野兔之类的小动物。黄大良拿枪的时候，弹无虚发，枪法毫不逊色于老吉乃。许国也开了一枪，什么都没打着。

吉乃曲卓看黄大良的时候，满眼里都是崇拜的小星星。

大家在山林里玩了个尽兴，日落前才回到车上，又留了不少酒肉给老吉乃，便驱车回县城去了。黄大良在路上感叹道：“作为一个地地道道的南方人，虽然无比喜爱北方豪情万丈的鹅毛大雪，但初冬的北国山水怎及眼前木铎雪山绚丽夺目的妖娆。”随行的普光县常委陈一龙吟唱道:“穿林海，跨雪原，气冲霄汉……”车上大家情绪高涨，不住地赞叹木铎县自然风光的美丽神奇。

许国没有在木铎县城多待，他心里惦记着病情加重的邵雪琪，便连夜开车回了大昭。

第二十四章
龙门阵

春节假期，许国踏上了回西江的路。

临走的时候，杨兴昌开车 3 个小时把许国送到飞机场。下了车，杨兴昌帮许国把行李箱从车后座上拿了下来，说：“老许，这一年你在大昭委屈了啊！我老杨看得出来，你是个好同志，好搭档。我不知道你是不是真的能在我们大昭做满三年，但是，不管如何，我都希望你多帮忙，多想办法，帮我们大昭我们邛山搞项目开发，搞项目投资，大邛山这个地方真的太需要我们去改变它了！”

许国笑着说：“老杨，别担心，我的调令一天没有下来，我都是大昭的常委。在其位谋其政，我许国这点政治觉悟还是有的！就算哪一天离开邛山回去了，我也一样会给邛山给大昭带项目、搞投资，扶贫开发永远在路上嘛！”

杨兴昌没有说话，只是紧紧握住许国的手。

“老杨，你自己多注意身体，少喝酒，少熬夜。”许国重重地握了一下杨兴昌的手，推起行李箱，挥手告别，直飞贵阳。到了贵阳，许国准备转乘高铁返回西江市。他在位置上坐下不久，忽然旁边走过来一个人拍了一下他。许国回头一看，是刘勇。

刘勇穿着一身阿玛尼的羊绒大衣，身边这次跟着的不是萌妹子，而是一个胖胖的中年男人。刘勇向许国介绍说这是做医疗器械的段总，段总听了刘勇的介绍后，毕恭毕敬地掏了一张名片递给许国。

许国接过来一看，居然还是西江南洋区的企业，叫西江亚辉医疗器械集团，段总是集团的董事长。

两人和许国身边的乘客换了票，坐在许国身边一起聊天。

许国问了问才知道，两人现在在做国际金融换汇生意，一起搭档跑到贵州谈生意来了。现在临近春节，两人准备赶回西江放假过年。

一说起企业，两个人都对着许国大叹生意难做。刘勇说："从搬到现在的电子产业园以后，光是还买厂房和写字楼的贷款每个月就几乎成了月光族。股权在银行抵押着，想新三板上市也做不成，日子难过得很呐！"

段总也说："现在出口不景气，主打的呼吸机、一体化电动医疗床都不好卖，出口被美国和欧洲国家轮番刁难，壁垒重重，国内的需求又趋于饱和，竞争太激烈了！"

许国微笑着说："技术创新、模式创新、平台创新应该是突破'瓶颈'的关键方面，不知道二位老总怎么看？"

刘勇说："技术创新方面我们的投入其实一直都很大，2018 年我投入了 700 多万元，获得了 3 项技术专利。关键是现在专利转化成技术应用在产品上需要时间，而电子工业的迭代又非常快，几乎半年就更新换代一回。而我们国家在对知识产权的保护上实际力度还有很多工作要补课，被仿冒抄袭和技术破解之后，打击难度太大了，所以投入技术创新的风险非常大。今年我的一个副总工程师突然辞职，跑到虎门开了个厂，做的东西和我一模一样，价格还比我低上几分，结果对我的产品打击很大。你说他违反了同业竞争协定，但他用的是他老丈人的名字开的公司，他在公司里面什么职务都不挂，就是每天在那里晃。出面谈生意的是他的小舅子，他只是偶尔在关键技术谈判上出面。你真找他打官司，没个三年五载打不完。等打完官司，技术都迭代好几回了，他都抄袭别人去了，你根本追究不出什么来，真是郁闷！”

段总说：“可不是！去年我花了半年时间和好几百万元，找了个从军工企业退休的老工程师帮我设计了一个全功能医疗床。结果，还没开始销售，几个关键专利就被破解泄露了，然后市面上就出现了和我们差不多的山寨货，价格只有我们产品的七成。到全国各个医院竞标，我只中了一个标，其他都被别人抢去了。打官司起诉，律师跟我说，这个官司打下来差不多要三年。我心里想，三年以后，这个专利就不顶用了啊！唉！现在只有做金融中介来钱快。我也知道，国际金融的水很深，骗子多，不靠谱的也多，不过这个就跟买彩票一样，万一中奖就完全不一样了。”

许国听完，笑了笑说：“金融我不太懂，但是搞工业这么多年，我知道，国外有很多金融衍生品和国际汇兑业务，其实中间的难度非常大。你想想，那么多金融高手在中间通过国家资源进行金融炒作，能漏出多少给你们来玩？就算到了你们手里，也是难度高且成功概率小的东西。你们这么搞，恐怕很难成事。而且金融玩的就是钱，国际上和我们国家对洗钱和金融秩序的把控都很严，毕竟金融流动最少都是以千万美元为单位的钱，哪一笔放到任何一个国家都是值得银行关注的流动巨款，一旦冲击了正常的金融市场，无论是哪个政治领导人都难以承受这个风险。所以，反洗钱、反地下钱庄、反违规操作是我们国家和国际金融严厉打击的对象。我觉得，现在做实业，虽然会遇到很多困难，但是技术上和模式上可以加上合法的金融手段，将互联网、大数据、云计算这些融为一体，或许你们的实业就可以走出一条新路来。”

刘勇听了，眼睛一亮说：“许常委，我觉得您说得很对，但具体怎么去做呢？”

许国说：“具体怎么做，我也不知道。不过我个人意见，比如说刘总你，可以在你的专利的基础上，联合全国在电子工业技术方面厉害的高校，做他们的产学研基地，投资给他们去做尖端领域的产业技术和产品开发，成功以后，利润按比例分成给他们。在销售上，除了自己作销售，也可以进行场景整合整体解决方案，把一个场景下运用你们公司产品的相关产品整合起来进行销售，再搞一个融资租赁公司，对购买整体解决方案和销售方案的公司进行分期付款。一些手机厂商就是这么做的，直接对某些产品进行零价格投标，价格便宜，但后续服务费、零件费可就不便宜咯！这些你们也可以参考一下。”

段总想了想说：“许常委，你的意见很好，可是，我们现在这个状况下怕撑不起来。我们虽然都是年产值过亿的企业，但是从体量上来说，还是中小企业，做这个需要大量的钱作前期支撑啊！”

许国慢条斯理地把面前的小桌板放了下来，说：“融资的问题，除了银行，还有各种政府扶持资金，还可以和其他企业进行合作。这个就要看你们自己的商业操作手段了，我也给不出什么好意见。”

段总点了点头，苦笑着没有再说什么。他始终不明白西江市领导的产业思路。一个制造业大市居然没有详细的高水平产业发展规划，一直推行“腾笼换鸟”政策，笼子空了，但鸟没有引进来，在省内也一直被其他市压制性追赶。由于对金融工作缺乏相应的认识，也没有多少公司上市融资。企业融资难的问题长期得不到解决，企业如何能发展？刘勇也陷入了沉思。

飙驰的高铁列车时速已经达到了300多公里，窗外的山野在飞速地后退，黄色的土壤和枯黄的农田，还有零星的白雪覆盖的地方，无不显示着冬季已经笼罩了整个大地。

中午，三个人一起去餐车吃了一顿午饭。虽说质量不差，但是相对而言，五六十元吃一份商务盒饭也算是中国铁路的特色经营了。

许国一边吃，一边和刘勇聊邛山，他发现刘勇相当了解邛山的状况，便问：“刘总好像对邛山蛮了解啊！难道是找了个邛山妹子做女朋友？”

刘勇哈哈一笑，说：“没有。我是找了个女朋友，不过是西江妹。只是这段时间金主任带我跑了邛山以后，我回家就问我老爸。我老爸原先是四川省计委的退休干部，对邛山比较了解，也就跟我说了说邛山，我才知道点儿东西。不过没有许常委常年驻守在那里那么清楚。”

许国说：“家有一老，如有一宝啊！你老爸这么清楚邛山的状况和历史，那是真正的专家级别。到时候，我可要请你带我去拜望一下老人家，听听老人家的指教哇！”

刘勇说：“没问题，许常委去成都我无比欢迎。到时候我请许常委吃我们成都的串串。”

许国打趣说：“不是火锅吗？”

刘勇说：“火锅？你想吃也行，不过我们成都火锅和重庆火锅是不一样的口味哦，不知道你吃不吃得惯。”

这下连段总也来了兴趣，问道：“都是川味火锅，有什么不同？”

刘勇扒了口饭，说：“大不同咯！重庆火锅常常特别注明‘老火锅’，但是成都火锅一般就不会特别注明。其实这就是重庆火锅和成都火锅不同的一个关键。重庆‘老火锅’一定是用牛油和老卤油做锅底，而成都火锅多使用菜油做汤底。重庆火锅用大块牛油，在牛油融化后加入植物油、葱姜蒜和辣椒、花椒调味，制成红汤；而成都火锅的红汤的主要味道都来自放进去的香料和椒类。众所周知，我们四川人非常喜欢吃辣椒，而重庆火锅更注重麻辣。有人说吃了重庆火锅之后就觉得‘麻得嘴皮子都在跳舞’，而我们成都的火锅虽然辣，但味道没有那么重，麻的少，辣的多。总的来说，重庆火锅清油少、牛油多，干辣椒多，花椒多，味道重，够刺激，就像热情爽辣的重庆美女；成都的火锅用清油，用新鲜辣椒与花椒熬制红汤，味道柔和、细腻，就像成都的妹儿，温柔一刀。还有就是蘸碟也各有讲究，成都火锅的蘸碟除了香油，还可以在其中加入蒜泥、蚝油、醋、香菜等；重庆火锅的蘸碟比较简单粗暴，一般都是麻油加蒜泥，最多依个人口味再加些醋。成都火锅用的锅是鸳鸯锅、田字锅或者锅中锅；重庆火锅是九宫格、十字格或者根本没得格子。吃重庆火锅服务人员根本就不管你，完全是自助；而我们成都火锅讲究享受，服务周到。”

刘勇看看眼前的盒饭，一副无奈的样子，说：“一讲火锅，搞得这个饭都吃不下去了。比起火锅，这个就属于难吃级别咯！”

许国和段总哈哈大笑起来。许国说：“回去西江，我请两位吃我们西江的火锅——打边炉。”

刘勇问道：“别个地方都叫火锅，为啥子你们叫‘打边炉’？”

许国说：“‘打边炉’的‘打’就是指涮的动作。为什么叫‘边炉’呢？据说是因为炉子放在人的旁边，人守在炉边，将食物边涮边吃，所以叫打边炉咯！”

刘勇笑嘻嘻地说："西江的毋米粥火锅倒是蛮有特色，用粥水做底，鲜甜原味，像西江妹，小清新。"

三个人相视大笑。

许国说："各地有各地的特色，各地有各地的风味，潮汕的牛肉火锅和广府的打边炉就完全不一样，跟四川火锅更是天差地别。我在想，在西江搞工业和在邛山搞工业就是完全不同的状况。我有个想法，二位看行不行？"他停下来看看刘勇和段总，两人也定定地瞅着他。许国便不再卖关子，说："我想在大昭搞个产业基地，能跟大昭的特色产业、工业基础相符合。那里劳动力资源是足够的，劳动力价格也不算贵，农业资源也可以，就是不知道搞什么好，你们两位给我出出主意啊！"

段总说："工业的问题最麻烦的就是劳动力问题，尤其是劳动力素质问题。素质不够好，你让他们去折腾那些机械，我不怕机器出问题，我怕人出问题，造成事故。"

刘勇说："不一定。邛山的劳动力素质固然比不上西江，但是在劳动力的使用上可以让他们做能够做且最熟悉的事情。比如说，比如说……"他说着说着忽然沉吟下来，段总觉得奇怪，便问道："比如说什么？"

"嘿！有办法！"刘勇猛地一拍段总的大腿说道，"有个好办法！"

段总一副很幽怨的样子说："刘总，你有好主意也别拍我的大腿啊！我腿疼啊！"

刘勇诡秘地一笑说："邛山的彝族人爱喝酒，那就让他们去造酒哇！搞个食品产业基地呗，以彝家酒水为突破口，兼营牛、羊、马肉加工，还有苦荞茶、盐源苹果，因地制宜，因人制宜，靠山吃山，靠水吃水！许常委你看啊，第一，邛山的酒有特色。彝家的酒嘛，又有民族文化，又有酿酒特色，还有酒的口味，喜欢尝试新鲜的人肯定有兴趣。而且四川出了那么多名酒，技术上面绝对没有问题。第二，邛山开发不够，那里的水天然无污染，酿酒肯定不错，顺带卖点矿泉水、山泉水。第三，农业上面，可以大力推动他们种荞麦酿荞麦酒，种土豆酿伏特加、威士忌，种玉米酿苞谷酒，还有果酒，他们的苹果也有去处了！这样还可以推动他们现代农业的发展。先把产业链集群配套齐全作为支撑，以建设各类特色酒庄基地作为载体，结合酒类研发、国家级检测、酒类会展交易、彝族酒文化历史博览、消费者体验和工业旅游等大量的衍生业务，形成可持续发展的酒类产业生态体系，这样不就可以了吗？剩下的就是招商引资的事情和推动销售的事情，这就容易多了啊！”

许国听完，怔了一下，说：“刘总，你这真是好主意哇！太感谢你了！”他激动地握住刘勇的手用力摇了摇，“我代表邛山人民、大昭人民感谢刘总。”

刘勇不好意思地笑着说：“哪里哪里，就是瞎吹馊主意而已。许常委用得上，是我有幸，是我有幸。”

许国松开手，把手一挥，说：“回到西江，我请两位老总喝酒！”

第二十五章
资本角逐金沙江

“我恭喜你发财，我恭喜你精彩，最好的请过来，不好的请走开，礼多人不怪……”刘德华《恭喜发财》的音乐在西江的大街小巷里酝酿着过年的氛围，西江市4A级景点祖庙热闹非凡。

香港开发商投资的岭南天地商业街，让人眼迷五色的灯笼和彩色旗幡飘扬在富有清末民国岭南风味的骑楼间。简氏别墅在青砖灰瓦石板和那斑驳泛黄的粉墙砌成的宽宽窄窄的古巷中，“几”字形的镬耳屋檐上偶尔会有几只散着步的鸽子或者麻雀。

抬眼望去，店门上黑漆镏金的招牌，墙壁上挂立的“创立于一八七一年”的黄祥华如意油祖铺的牌匾，雕刻着“三英战吕布”灰雕屋檐的万福台，青灰色的水磨砖配着已经陈旧的咸丰年间酿制米酒的陈太吉酒坊的楼身，宽敞的龙塘诗社的骑楼底遮蔽着那红尘中所有来来去去的故事……无不诉说着西江市工商业曾经的辉煌，外墙壁上依旧青翠的爬山虎藤蔓缠绕着千年古镇曾经纷扰过的无数悲欢……

时光倏然慢了下来，人在这里可以慵懒，可以恍惚起来。

星巴克咖啡店内弥漫着浓郁的咖啡香气与悠扬的爵士蓝调，望着木制楼梯，你也许会隐约觉得下一刻将有一个穿着旗袍的妙龄姑娘缓步走下，口中还低低哼唱着粤曲小调。

许国喝着一杯热热的咖啡，看着坐在他面前的段总和陈博士，笑着说：“陈博士，那就这么定了。过完年，我请你去大昭考察，希望你能看得上，在那里投资。”

陈博士祖籍是广东西江市南洋区，其父 20 世纪在香港卖叉烧起家。陈博士在香港出生，因此身上有一种优越感。他扶了扶金丝眼镜，抽了一口古巴雪茄，吐出一串长长的烟圈，用充满香港味的“煲冬瓜”（普通话）笑着说：“我相信段总，也相信许区长，我这次投资内地就是希望能够打造出中国的‘Wine Culture’（酒文化）基地。我知道内地这两年都在搞特色小镇，希望这个项目最后能够打造出一个具有彝族特色的‘Wine Culture’小镇，就像德国的 Munich Beer（慕尼黑啤酒）一样世界知名。我回去拿一个‘Investment Plan’（投资计划）出来给许区长参考。”

许国点了点头。

陈博士笑眯眯地说：“不过，我们香港人做事比较讲效率，我也希望，确定下来以后，政府能够对‘industry’（工厂）进行扶持，我希望这个‘project’（项目）可以尽快拿到批文开展，我也好在香港运作上市。”

许国的嘴角泛起笑容说道：“‘project’能否成功开展和扶持上市取决于陈博士你们对我们的信心和投资力度，如果你们能够把‘project’执行到位，我相信一定是一个双赢的结果！”

“系嘅系嘅！其实随着西部地区投资力度加大，一定会有更多的香港企业到邛山投资，香港的资金也会寻找出路。”陈博士频频点头，起身告辞了。许国回过头，冬日的阳光蓦地从那株百年龙眼树的浓荫间隙中泼洒下来，金灿灿很耀眼。他眯了眯眼睛，用力呼吸了一口冬天那沁凉却充满南国特有的白玉兰花香的空气，一口饮尽温热的咖啡。

回到西江以来，许国和苏醒、张晓铁以及西江著名的冰雪烧米酒的掌舵人都探讨过这个酒水产业园的设想，所有人都赞同这个设想，但是说到牵头投资上面，却基本上都是慎重思考。

不过，张晓铁答应过完年再去大昭考察一下这个项目实施的可能性，如果有可能，再拉上几个西江大企业家一起去投资。没想到，段总今天带着这个香港来的陈博士见他，看上去倒是更有兴趣，也许有机会能把这个产业园搞起来。

回到家，看见邵雪琪瘦削的身影正从厨房端着一盘菜走出来。许国忙迎上去，从妻子手里接过菜，说："阿琪，你怎么在做事，身体受不了啊！"

邵雪琪憔悴的面庞上绽放出一抹笑容，说："边度有嘢啫？奶奶在厨房忙咗成日，做咗好多好食嘅嘢。今日返来在屋企过年，陪下你同晓晓，就过去帮奶奶做下嘢嗜！"

这时候母亲从厨房走了出来，笑着说："阿琪今日精神唔错，帮手做啲嘢，活动下。"

许国想了想，把那盘菜放在桌子上，走进厨房，说："今日我来炒餸，阿妈你同阿琪都休息下。"

许国的厨艺其实还可以，很快，饭桌上就摆了几个家常小菜，炒得还是不错的，色香味俱全。倒是邵雪琪笑着说："去了邛山，做菜手艺见涨啊！说，平常炒菜给哪个吃？"

许国哈哈笑着说："大昭的四川风味、民族风味，偶尔吃还差不多，天天吃，真是不行！有空我就自己买点菜，炒了跟工作组的几个老友一起吃，解个馋。有麦医生啊，曹老师啊，陈绍光啊！”

邵雪琪笑着说：“看来过完年我要去大昭查查岗，看你是不是在大昭做菜给什么美女吃。”

许国挠了挠头说：“美女倒没有，任你查。就是大昭的条件的确不好，和西江没法比，不过天天都忙在工作上，也不怎么觉得条件艰苦，反正有饭吃有床睡觉，宿舍能遮风挡雨就可以了。”

许国的母亲笑着说：“食得苦中苦，方为人上人。去邛山就是去食苦嘅！要享受就唔使去啦！噉吓食饭先。”

吃完饭，许国坐在书房里面，泡了壶红茶，打开音乐，点了支烟坐在那里理思路。忽然手机响了起来，是区委书记冼志豪的电话。

“老许，今天张晓铁和我吃了顿饭，他提出，如果要在大昭搞酒水产业园，他觉得投资太大，会影响他的金融产业的发展战略。因此，要我们去当地要免税三年的政策，然后在德城区划一块地给他建金融大厦的项目。另外，再给他搞个大数据中心的牌照。条件虽说不算苛刻，但要价真的不低！你考虑一下，酒水产业园的项目有没有必要搞，或者说，除了张晓铁以外，有没有其他投资商可以去搞。”

“张晓铁倒是真能漫天要价，不愧是金融上市公司的董事长。”许国说，“死了张屠夫，不吃混毛猪。张晓铁漫天要价，我们就地还价。冼书记你先和他周旋着，我今天刚和一个香港的博士谈过，他的要价可不算高，而且是先回去做投资计划给我们，然后再考察定夺。如果这个人谈得好，投资进去，就不担心张晓铁了。”

“嗯，也可以，我先晾着张晓铁。不过苏醒投资搞学校的事情，你这边有眉目了吗？”

“苏醒已经答应我了，他个人投资 2 亿元，再拉上他的其他合作伙伴，总投资约 4 亿元在大昭建一所国际学校，引进德国的教育模式。嗯，是德国的私立精英学校的教育模式，不是那种边玩边学的‘素质教育’，具体情况苏醒会拿一份可行性报告给我们看。”

“好！苏醒有没有提什么要求或者条件？”冼志豪问。

“没有，他唯一担心的就是当地人承担不起学费，但是如果学费太低，他怕维持不住成本。所以他想加入一个特色项目，那就是足球。到时候和足球俱乐部合作，把有足球天赋的孩子推荐给他们，这样培养费和球员成长以后的转会费都有收益分成，就可以长期赚钱了。不然如果成本太难收回，就算是他想把钱不当钱给捐了，也维持不了太久。当然这样一来，他要的学校面积就比较大了，到时候看怎么给他这块地吧！”

“也是。等苏醒的报告给我们了再来考虑吧。另外，我还是觉得开展远程教育是扶持大昭更多的学生提高能力、提高素质，提高大昭普遍性高质量教育的有效路径。老许啊！建国际学校固然好，但用远程网络共享优质教育资源才是根本。”

“是的，冼书记。不过这个也要硬件条件跟得上才行，现在我们的电信已经在帮着大昭电信一起铺设入校的宽带了。但是，大昭 30 多万人口，分了 46 个乡，一个乡一个中心小学，每个乡的人口平均只有几千，分散得太厉害了，铺设校园宽带需要时间，不然没办法达到传输率的要求。就算先行试点，也只能是靠近县城的几个乡，其他地区铺设宽带还需要时间。”

“老许，别先喊困难！”冼志豪说，“办法总比困难多，你必须把这个事情做好，教育跟上了，脱贫才是真有希望，不然就是镜花水月虚好看。”

“好吧，我一定会做到！不过冼书记你也要给我时间，这事情没法一蹴而就！”

“行。”

放下电话，许国考虑了一下，正想给西江电信的老总打电话，手机却响起了贾一飞的电话。

“肥猫。”

“老许，你猜猜我最近在搞什么？”贾一飞在电话那头很是得意。

“没头没脑的，我猜个锤子！”许国用四川话怼了一句。

“哈哈哈，老许，我也帮助你扶贫来了！”贾一飞的笑声越发爽朗。

“你？你搞扶贫？”许国丈二和尚摸不着头脑。

“不错啊！我和苏醒联手成立了四川川美旅游开发公司，主要就是打算开发大邛山的旅游资源，发展探险、观光、民俗旅游，到时候你和你们西江的扶贫官员要扶持我们哦！哈哈哈，我可是卖身给苏醒才搞了这个项目哦！”

“旅游开发是个不错的项目，你和苏醒两个狼狈为奸，哦，不，是志同道合，到时候肯定能赚个盆满钵满！”许国笑着说。“对了，你卖身给苏醒？卖啥身？苏醒的口味啥时候这么重了？”

“呸呸呸！苏醒是三顾茅庐三催四请地上门来找我，我肥猫才勉为其难出山，背井离乡远去德国帮他搞德国分公司。本来苏醒是要你老许出马，问题是你官瘾太大，我肥猫又正好想去喝德国啤酒，所以就去德国鞠躬尽瘁一回。不过，对了，上次和我们在酒吧一起唱歌的那个鹃子和她男朋友汤圆让我收到手下了。鹃子在我的文化传播公司当主播，我让人捧着她在直播平台当网红，汤圆我放到旅游开发公司帮我搞 App 设计。我蛮看好这两个小家伙！要不是这年头干爹的名声太差，我都想收鹃子当干女儿了。

怎么样？我肥猫够朋友吧！”

许国的下巴差点掉到了地上。对于德国公司问题他虽说心里有点酸溜溜的，但倒也没什么遗憾，毕竟，自己人在官场身不由己。贾一飞在成都做生意，成都上上下下，官场、江湖、商界都吃得开，江湖人称“肥爷”，是个八面玲珑极有决断的人，能帮苏醒也是件好事。贾一飞收了索玛和汤圆而且联合苏醒搞旅游开发，这让他颇感惊喜。虽说距离自己想把索玛打造成脱贫致富青年标杆的想法还有点远，但是对于索玛来说，也不失为一个很好的出路。反正自己手里还有杨苗苗和其他几个创业的年轻人，牌面不差，只是为索玛不能成为标杆有点可惜而已。

许国呵呵一笑，说：“有你肥猫肥爷出马，还不是一个顶十个？”

“那可不！”贾一飞毫不脸红地吹嘘着。

热热闹闹地过了一个春节后，大年初四的早晨，许国接到了刘勇的电话。刘勇先是拜了个年，然后对许国说：“许区，能不能明天约个时间见面聊一聊？”

许国有点奇怪，说：“今天也可以啊！我请你‘打边炉’。”

电话那头刘勇苦笑了一声，说：“许区，我现在还在成都，今晚我就飞过来了，刚订的飞机票。”

许国说：“什么事情这么急？”

刘勇说：“挺多事情的，尤其是关于邛山的事情，有些我有点不清楚，想约你和金主任一块儿聊一下。”

“好吧。”许国说。

次日下午，许国按照导航来到了一家茶庄，进了包间的门，见金石开和刘勇已经坐在根雕茶台旁边了。见许国进来，两人都站了起来，拱手作揖拜年。

金石开精神抖擞，一团喜气，但刘勇看上去却有些憔悴，眉目间有种掩藏不住的郁气，一身名牌西服也被他穿出了休闲乞丐装的味道。

寒暄过后，许国坐下先拿起茶杯浅酌了一口。

嗯，好香的金骏眉。

刘勇开门见山便说：“二位领导，不瞒你们，我现在遇到了一些问题。”他看了看两人继续说，“去年我的厂子遇到了资金压力，我到处找资金，做了大半年的国际金融，遇到的全是各种骗子。现在厂子差点发不出工资了，我抵押了厂房的产权贷了款才算解决了问题。加上工程师和业务员被同行挖得七七八八了，今年开年肯定是个半停工的状态。我打算索性把工厂停下来，集合手里剩下的几百万元资金，去大昭搞食品产业基地。”

金石开问道：“俗话说，不熟不做啊！食品产业你能搞得了吗？是你熟悉的行业吗？而且为什么选择大昭来搞？”

刘勇停了停，白净的脸庞涨得通红，良久才长叹一声：“金主任，许区长，我是彝族人，你们知道吗？”

许国和金石开都吃了一惊。

刘勇说：“这次我回成都的时候，老爷子跟我说，我不是他的亲生儿子！70 年代的时候，我亲生父亲和老爷子是同一个连的战友，我亲生父亲在我刚出生不久就在救火时牺牲了，我母亲悲痛欲绝，不久便病逝了。老爷子就收养了我，把我送到成都，转业复员后他也回到了四川工作。老爷子为了我不受委屈和老妈一辈子没要孩子，把我当亲儿子养，供我读书，长大。这次回成都，老爷子中风了，虽然抢救及时，但是行动不便了，所以老爷子就告诉了我实情。他说，我亲生父亲叫罗洪尔布，是大邛山的贫农阶级，他告诉我有一天我应该回到大邛山去，那里是我的根！”说着刘勇低下头，眼圈有些发红。

金石开伸手拍了拍刘勇的肩头，说：“老爷子也是希望你能够回归本源。”

刘勇抬起头，说：“我是汉族人还是彝族人都不重要，但老爷子的话我必须听。我也想回归大邛山，和你们去扶贫考察后，我也真的想改变大邛山贫困落后的面貌。而且我女朋友也在大昭扶贫，就是那个西江妹，上次在大昭一起晚上喝酒的阿敏。”

金石开哈哈大笑道：“厉害啊！这才多长时间就被你得手了！少女杀手啊！”

刘勇破天荒地有些扭捏，说：“那次晚上喝酒，我对阿敏有感觉，所以就去追她，她答应了，但要求要结束了扶贫工作以后才正式在一起。反正我就这么等着呗！”

许国也不禁伸出大拇指点个赞打趣道：“刘总还是情种啊！”

三个人都笑了笑。

许国缓缓喝了一杯微凉的茶，说：“刘总去搞食品产业园是件好事，我现在在谈一个香港投资商，看他提出的方案吧。如果可行的话，刘总就和他看看怎么合作去做。如果方案不合适，刘总手头的几百万元资金怕有点吃紧，不过到时候也可以和张晓铁或者其他金融投资商合作，加强投资应该问题不大。”

许国想了想又说：“刘总目前的资源主要在什么方面？”

刘勇说：“我的主要资源在两个方面。一是销售网络，我卖了几年的酒，对全国的酒类，尤其是白酒和啤酒的销售网络还是比较熟悉的，朋友也不少。

另外一个方面，我手里有几个高级别的酿酒师朋友，有茅台的、五粮液的，还有一个德国酿啤酒的。这些都是酿酒方面宗师级别的人，如果做产业园，他们就是质量的保证。”

许国点了点头，说：“刘总掌握的这两个是关键资源，我考虑一下，如果可能，我们会专门制定政策进行扶持和助推。嗯，对了，我有个朋友在成都，他年前搞了一家旅游开发公司，目标就是开发大邛山的旅游资源和旅游推广。我想可以这样，刘总回成都以后可以联系一下我朋友，看看你们能否联手合作，把酒文化旅游也搞起来，这样也不失为一个开发路径。你看如何？”

金石开拍了一下刘勇的肩头说：“刘总，不错啊！好资源都往你手里送啊！”

刘勇忙双手端起茶杯，冲许国说：“许区，多谢！今天是喝茶，我这里就以茶代酒，敬你和金主任，希望能够在二位领导的指导下搞好食品产业园。”说完，他便如喝酒一般，一口将茶喝了个干净。

许国和金石开忙说不必客气，也喝了手里的茶。

金石开感慨地说：“刘总是有情怀的人啊！”

刘勇笑笑说：“可惜情怀不能当饭吃啊！”

许国说：“情怀是不能当饭吃，但是如果做事情缺少情怀，就像炒菜没有作料，每顿都是白饭加无味菜，那就没有什么好做的了！有些味道，能够让你辣得满眼泪水，酸得牙齿发软，苦得肝胆破裂，大概这就是情怀。”

金石开说：“但是更多的人都在私底下嘲笑那些有情怀的人。”

许国问道：“为什么要嘲笑那些有情怀的人呢？”

刘勇想了想，说：“太聪明的人，不乐意有情怀。太蠢太傻的人，做不到有情怀。所以两者都不待见这玩意儿。不待见的话自然就会嘲笑，以显示自己超然物外。”

许国低头翻了一下手机，找出贾一飞的微信号，推送给刘勇。刘勇低头一看，却是大大地吃了一惊，说：“许区，这是你朋友？”

许国点了点头，嗯了一声。

“他可是成都城里的牛人之一啊！”刘勇说。

“哦？怎么个牛法？”

刘勇说：“他啊，成都江湖上人称‘肥爷’。虽然只是一个普通商人，开的厂子也算不上特别大，和我差不多，但是人面广阔，交游四海，很少有他摆不平的事情。最重要的是，贾一飞从来都不玩黑道，但是无论成都哪个黑道大哥见到他都得尊一声‘肥爷’，都要给三分面子。传说他武功了得，是峨眉嫡传的真正内家高手，这个没人见过。但是，真有人见过的是，有一次他替他住的小区里的一个老师出头，把几个被弄到外地 KTV 的学生妹要了回来，那个黑社会老大亲自开车送人回来，见了他还诚惶诚恐的。”

许国笑着说：“少年侠气，结交五都雄！他出生于军人世家，他哥哥是成都军区的，我就说这么多，你应该明白了！”

刘勇拍了拍脑袋，咧嘴笑了一下，说：“我马上和这位偶像级大佬联系。”

许国说：“贾一飞这个人比较有欺骗性，看着笨笨的、憨憨的，但是‘面带猪相，心中嘹亮’。他的精明强干不亚于张晓铁这样的成功企业家。你最好对他坦诚，有一说一，他反而会帮你把事情摆平。”

第二十六章 鱼龙混杂

许国再一次仔细地看完了陈博士的投资计划，缓缓从烟盒里抽出一根烟点上，嘴里喷出的淡蓝色烟雾在灯下缭绕着、摇曳着，变幻出各种奇妙的形状。

计划不能说不好，但是似乎又存在着一定的问题。问题在哪里呢？嗯，这是一个特色小镇的建设思路，是围绕着创建彝族人喜欢的酒和特色彝族食品来构思的。

许国想起初到大昭前夕和电子科技大学廖永球教授聊天时的情景。廖教授说，特色小镇建设的特色性主要表现为产业上坚持特色产业、旅游产业两大发展架构；功能上实现“生产 + 生活 + 生态”，形成产业城乡一体化功能聚集区；形态上具备独特的风格、风貌、风尚与风情；机制上是以政府为主导、企业为主体、社会共同参与的创新模式。

从这个角度看陈博士对特色小镇和酒水产业园的理解存在偏差，他提出的特色小镇更像是一个旅游房地产项目，对于生产方面，其实着墨不多，这和许国的初衷有一定的距离。但是，陈博士提到的香港基金投资约 3 亿港元的前景确实很吸引人。许国知道，如果实现了约 3 亿港元的投资，产业园或者特色小镇在硬件和设计特点上将会是大邛山地区首屈一指的，也更容易吸引酒类产业入驻。许国站起身在房间里踱了几步，又再次点燃了一根烟。

次日，陈博士和段总一起来到大昭。许国专门抽时间接待了两人，还陪两人去附近的玫瑰花种植产业基地参观了一番。

陈博士和段总告辞以后，回到下榻的旅馆，草草地吃了晚饭，就休息了。

早上，许国打了个电话给陈安生，请他来县政府讨论他的投资计划。陈安生倒也不怠慢，西装革履地和段总两人前往县政府。

许国和杨兴昌听了陈安生用PPT讲述的投资计划以后，杨兴昌说："陈博士，我有点意见想和你讨论一下。"

陈安生说："请杨县长指教。"

杨兴昌说："你的投资计划基本上在工业旅游和房地产开发上面。先说房地产开发，我们大昭基本没有房地产。第一，主要人口是农业人口和贫困人口，地广人稀，住的地方不缺，缺少的是怎么搞产业搞发展。我们城里的职工和干部，基本上都是按需求划块地自己建房，几层小楼，住上七八口人都没有问题。房地产市场目前没有什么需求，这个方面怕是和你的投资计划相悖。第二，工业旅游本来是个好点子，但是大昭搞酿酒工业关键在于招商引资，这个方面，你的计划没有深入讲述。建设彝族酒工业小镇的设想只是在酒工业如何开展旅游上，要地，要免税，要扶持。但是如果没有酒厂进驻，那就成空炮了。我觉得，陈博士可以在招商引资上面再帮忙动动脑筋，定一个更细致的方向，这样这个小镇的建设才有意义，起码能够增加我们贫困人口的就业，让他们脱贫致富。"

陈安生的心顿时沉了下去，这基本就是一个否决的说法啊！

段总忙出来打圆场，说："杨县长，这个方面是我们思虑不周，当然我们也有资金方面的压力，所以有的想法没有从大昭的实际出发。这样，我们回去再思考一下，回香港再筹备更强大的金融资金，等情况更成熟一点，再提交新的方案过来。"

杨兴昌点头说："好吧！希望下次能看到更实际更有建设性的方案！"说罢杨兴昌站起来离开了会议室。

许国站起身，说："陈博士、段总，我希望你们的方案不是仅仅要土地要政策。投资几个亿，西江也有人拿得出。关键还是要拿出为大昭贫困人口脱贫致富建立工业基础，有长久发展活力的方案，否则就没有意义了！"

回到办公室，许国心里很是焦虑，他对段总和陈安生很失望。他要的不是这样的投资计划。可是张晓铁的投资要求实在是太苛刻了，难以掌控着为大昭提供利益。那肥猫和刘勇能不能合作，能不能有充足的投资，能不能招来理想中的酒厂？许国心里没有底。他忍不住拿起手机想打给谁，可是真拿起手机，却想不到有谁可以提供强有力的帮助。

世事人情，是不是一个人想得越深，就越与人无话可说？许国禁不住又点燃了一根烟。人生路窄酒路宽，或许这个时候只有烟与酒的苦和辣以及那种香醇才能够为他提供一丝慰藉。

转眼间已是农历六月了。高山杜鹃开满了大邛山的每一处山坡、每一处深谷，姹紫嫣红、雪般粉白，让你总是嫌眼睛不够用，无论什么地方，都是摄影爱好者的胜地。

这天，许国接到了一个让他震惊的电话，他结对子扶贫的贫困户阿约尔呷家出了事，老银狐阿约尔呷的儿媳妇、阿约索玛的妈妈阿尔里娓得病死了。

阿尔里娓有病，许国是知道的，他还安排阿尔里娓去西江援大昭医疗队看过病。当时说是有风湿病、胃溃疡、肺部局部感染，但这些病都不是致命性的疾病，怎么就会突然死了呢?

许国只好暂时放下手头的工作，赶去山村。

索玛在妈妈的尸体旁哭得死去活来。许国没有办法，正准备去问问阿约尔呷，却突然看到了一个小姑娘，那女孩正是木铎县的射箭女孩吉乃曲卓。吉乃曲卓看到许国也吃了一惊。许国朝她招了招手，吉乃曲卓便随着许国走了出来。

许国问：“曲卓，你怎么在这里？你和索玛很熟悉？”

“是的，许常委，我和索玛是高中同学，都曾在大昭中学读书，她和我是好朋友，现在又一起在成都读书。”

“那，曲卓，你知不知道索玛的妈妈怎么会突然去世了？”

曲卓低下头，想了想说：“许常委，我就跟你讲讲我知道的事情吧。”

“好！”

“我上次去成都参加训练的时候，专门去了一趟索玛的学校，索玛跟我说，她和汤圆，嗯，索玛的男朋友，一起在川美文化传播公司和川美旅游公司打工赚了点钱，用来还倮伍家的聘礼钱。而且汤圆还跟家里借了钱，差不多快凑够了，结果索玛的爷爷在彝历新年的时候极力反对索玛和汤圆在一起，闹得很不愉快。他爷爷说，索玛反悔和倮伍家的婚约让他们阿约家很丢人，而且说彝族人不能嫁汉人，嫁了汉人就要被赶出家支。索玛妈妈当时就急病了。索玛觉得爷爷这是在干涉她的婚姻自由，就和爷爷吵了起来。索玛妈妈病了，她两个弟弟都是没有办法的，一个弟弟要准备结婚，女方家要 20 万元彩礼，她家又没有钱。索玛心疼妈妈，只好自己掏出钱来给妈妈治病，还去了成都看病。本来差不多都好了，但索玛妈妈担心家里，就又回来了。没想到，才短短一个多月就突然去世了。去世的时候吐了好多血，医生说是肺部感染导致的。我是学护理的，懂点医学，我觉得从肺部感染到突然吐血，时间上有点太快了，但具体原因我就不知道了。”

许国嗯了一声，凭直觉他觉得事情也许没有那么简单。但是这里关系到索玛的家庭，他也不好多问什么，只好从口袋里掏了 15000 元钱出来，放到曲卓的手上，说：“曲卓，这里是 15000 元，是我对索玛家的慰问金，你帮我给索玛 10000 元，让她好好读书，有问题要跟我说；另外 5000 元给索玛的爷爷，让他办好索玛妈妈的后事。我就不在这里多留了，还得回去处理事情。”

曲卓点了点头，说：“许常委，我能留你的电话吗？有什么事情我也可以给你打电话。”

“好！”许国把自己的手机号码留给曲卓后便匆匆离开了。

阿约尔呷苍老的脸上抖动着刀刻斧凿般的皱纹，每一道皱纹里仿佛都藏着从大山深处带来的狠戾。

他站在倮伍拉格面前，直截了当地说：“我要借十万元钱。”

“笑话！”倮伍拉格抬了抬眼皮，看了一眼阿约尔呷说道。然后又抬了抬手，制止了走来的两个手下。他淡淡地说：“无事不登三宝殿，老银狐，你又想借钱了？昨晚上你输得还不够多吗？我听说，索玛给你拿回来了十几万元，这几天你都给输了出去。现在你又来找我借钱，你还得上吗？

你准备拿什么来还？你这个赌棍！”

阿约尔呷咬了咬牙，低声说：“索玛……”

倮伍拉格身后冲出一个年轻人，矮胖粗俗，眉眼间含着一股怨气，出口便道：“索玛在大学里耍朋友，在川美公司当主播，别以为我不知道！你不是打算退婚吗？你还敢拿索玛来说事！”

倮伍拉格冷冷地盯着身子抖得剧烈的阿约尔呷：“我们彝家的年轻人在婚前怎么耍不要紧，但是规矩却不能坏了！我警告你，就算是要退婚，聘礼最少也要退双倍。索玛很快就该大学毕业了，你打算用什么来退聘礼？你还找我借钱，是打算用借我的钱来退还聘礼吗？哈哈哈，哈哈哈——”

倮伍拉格身边的那些手下也仿佛听见了世界上最好笑的笑话似的跟着大笑起来，震得整个办公室嗡嗡作响。

阿约尔呷猛地蹲下身子，从靴筒中拔出一柄雪亮的匕首，一下插在了办公桌上。

匕首是贴着他的手掌边缘插下去的，在坚硬的红杉木桌面上竟硬生生插进去半寸之深。

倮伍拉格和他的手下们的笑声仿佛是被这一匕首割断了一般，蓦然停了下来。

倮伍拉格的瞳孔缩小了，小如针尖，死死地盯着对面的阿约尔呷，好像不认识对方一般。

阿约尔呷的身体不再颤抖，脊背挺得笔直，似乎当年那个闯荡云南乃至缅甸的汉子又再次回来了。

倮伍拉格看到阿约尔呷的眼睛仿佛变成了一种可怕的绿色，是的，就如狼的眼睛一般。

阿约尔呷慢慢地十分坚定地说："索玛会嫁过来的！你说得对，规矩不能坏，索玛的婚约不会改变，我也不会让索玛嫁给别人。"

倮伍拉格说："索玛要是跟那个学生跑了呢？"

"不会！"阿约尔呷说，"索玛是我的孙女，我让她嫁谁，她就必须嫁给谁！家支造就了她，让她读书；我培养了她，也可以毁了她！她的一切都是家支给的！"

阿约尔呷喘了口气，冷冷地道："她大学毕业那天，你们就开着车去成都，直接到大学里把人接回来就是了。警察来了，你们就说这是我们彝家的接亲仪式，警察就不会管了。接回来了，她就是你们倮伍家的人了！"

倮伍拉格深深地吸了一口气，冷冷地道："好！若是索玛提早就跑了，我们接不到怎么办？"

阿约尔呷紧紧地握着匕首，一点一点地从桌子里拔了出来，冷冷地回应道："若是索玛真的跟别人跑了，我就把这只手割下来，亲自放到这里送给你。"

倮伍拉格扬声大笑："若是索玛跑了，你不割手，我也会把你的手砍下来喂狼！老银狐，你是个狠人，但我也不是善人。"

他站起身，拍了三下手掌。门无声地打开了，一个穿着迷彩服的壮汉双手托着一个木盘走了进来，木盘上堆着码得整整齐齐的十万元钞票，红彤彤的，像是被血染过似的。

第二十七章
校园逼婚

许国接到母亲、妻子和女儿要在下个星期来大昭看他的电话，吓了一跳。这三个他生命中最重要的女人一起来大昭，让他实实在在又惊又喜。那可是又盼望又担心。老的老，病的病，小的小，哪一个有点闪失他都会难过一辈子！

杨兴昌听说这事以后，却是哈哈大笑，对许国说：“老许，好福气啊！亲人来看你，更要有成绩。”

许国苦笑着说：“我不怕吃苦，但她们吃苦我可受不了。男人吃苦还带累老娘老婆孩子吃苦，怎么都是没脸的事情。”

杨兴昌说：“老许，我觉得吧，让家属看看你在为人类历史上最大规模的扶贫事业作贡献，也是一件好事。别觉得自己丢人，其实你应该自豪才对。”

许国说：“干这个事业当然是自豪的，可是总还是担心家里人嘛！呵呵。”

杨兴昌说：“能支持你来扶贫，就冲这个，到时候我都要敬你母亲和夫人一杯酒，替我们彝家人说声卡莎莎！”

许国心里其实还是蛮高兴的。这时候他的手机响了，一看，居然是曲卓的电话。许国皱了皱眉，接通了电话。

电话那头传来了曲卓惊慌的声音:“许常委,不好了,倮伍家的人来了。”

许国说：“曲卓，你镇定点，把话说清楚。”

曲卓喘了口气，停了半分钟才说：“今天是索玛的毕业典礼，上午还在拍毕业照，中午吃饭的时候，倮伍家的人开着五六辆车就堵在了宿舍楼底下，说是来迎亲的。现在，学校在跟他们交涉，说他们破坏学校教学秩序。他们野蛮得很，就是堵在宿舍楼前不走。他们说索玛不下来，他们就上宿舍抢亲。”

许国一听，顿时便怒火上涌，大骂道：“还无法无天了！我马上就到成都。”

话虽这么说，但毕竟大昭到成都有五六百公里，开车没有七八个小时到不了地方。许国骂完了又问：“报警了没有？”

曲卓说：“报了警，但他们都穿着民族服装，说是来学校迎亲接人，赶来的警察也没有赶他们走。”

“岂有此理，岂有此理！”许国怒道。“曲卓，你在那里陪着索玛，我打电话给成都的朋友去学校帮忙。”

许国挂掉电话，立刻给贾一飞打了个电话过去。贾一飞一听，也火了，说：“对我肥猫捧的人，居然还敢来玩抢亲这么一出。这帮龟儿子以为自己真是根葱了！我立刻去学校。”

许国打完贾一飞的电话，又拨通了索玛的电话。

索玛在电话那头一下就哭出声了。

许国没有工夫怜香惜玉，口气严厉地说：“索玛，你听我说，现在你如果想嫁，你就出门去；如果真心不想嫁，你就和室友好好躲在宿舍里，我已经让贾一飞过去帮你的忙。我尊重少数民族的风俗习惯，但我绝不容许破坏国家法律的闹事行为。我现在就往成都赶。”

许国放下手头的事情，跑去跟杨兴昌汇报。杨兴昌一听，反而是沉吟了起来。许国忙问：“老杨，你是什么意见？”

“老许，这件事情其实很棘手。这里的黑彝愿意出高价彩礼娶白彝女孩是很少有的，他们倮伍家是大昭骨头最硬的正宗黑彝，家支势力很大，而且彩礼给了，从彝族本身的习惯来说，悔婚是传统所不允许的。况且悔黑彝的婚，会被视为对黑彝社会地位的挑战。我认为，倮伍家这么做，肯定是有目的的，一旦发生激烈冲突，将会对我们在这里脱贫攻坚造成困扰。”

许国冷静地想了想，说：“我已经让我成都的朋友、索玛的老板出面了，冲突主体不是我。可是这件事情无论如何我都应该去一趟。索玛是你们彝家好不容易读出书来的人才，未来可以对大昭发挥作用。倮伍家抢亲会对我们培养新时代有知识有文化的新生力量造成破坏，我绝对不能允许。”

杨兴昌说：“倮伍家抢亲符合彝族的传统习惯法，而且倮伍家得到索玛的目的是什么？不就是因为索玛是人才嘛！嫁到倮伍家，未必对索玛没有好处。”

许国忽然笑了，说：“如果总是讲利益，那人世间何必存在爱情？况且《婚姻法》里规定的是自愿结合，而不是强抢民女！你们的习惯法不应该高于国家颁布的《婚姻法》吧！”

杨兴昌叹了口气，说：“老许，我知道，其实你看不惯我们的很多传统做法，但是你一直都在很好很小心地控制着自己，尽力在你的观念和我们的传统观念中找到平衡。可是我们现在的工作重点是什么？不是改变老乡们的观念和习俗，而是发展经济，提高他们的生活水平和质量。”

许国打断了杨兴昌的话，说道：“老杨，我觉得你的想法有个问题，你忘了改革开放四十年以来，我们党提出的‘与时俱进’。扶贫的过程不能富了口袋穷了脑袋，彝族优秀的传统和特有的文化我们要保留，不符合新时代的观念和思维必须通过我们的努力改革掉。尤其是那种利用民族政策为所欲为的人，有事就拿民族问题来保护自己，没有事就说别人如何如何，这种人和这种观念必须在改革中淘汰出去。我虽然只是援助大昭的外来干部，但是我认为对于这些观念必须从现在改起，要革除他们的错误想法。老杨，不是我打击你，你如果总是维护那些落后观念，总希望和他们妥协，那么我相信你的政治站位和思维方式一定是产生了偏差。我希望在这个方面，你要好好想想。我许国既然是外来干部，就不怕什么黑彝贵族的打击报复，大不了回西江坐一辈子冷板凳！”

杨兴昌愣了一会儿，叹了口气，说：“好吧！既然老许你这么认为，我也没有什么可说的。你去，我看你如何改变这些人！”

许国平静地看着杨兴昌，说：“告辞！”转身便向停车场走去。

“等等。”杨兴昌在后面喊道。

许国回过头望着他。杨兴昌从口袋里掏出一串钥匙抛了过去，说：“我的车给你，自己开车小心些！”

许国把手机设为免提状态，脚踩油门便上了高速朝成都飞驰。

许国心里的确憋着一股气。倒不是因为索玛的事情，他来做扶贫工作，心里一直有一股不平之气，调查、诬告、观念冲突、求告企业捐款投资，哪一样他都觉得不顺心。

车开到雅安的时候，许国突然接到了贾一飞的电话。贾一飞怒气冲冲地骂道："这班龟儿子真是反了天了，老子刚到学校，就听说他们冲到女生宿舍，把汤圆打伤，抢走了鹃子和她的一个同学，也不知道那些警察是搞什么的！我让他们查清楚了车牌号，我手下有个小兄弟懂定位，现在正在追，我看看啊！嗯，这班龟儿子出了成都，上了雅西高速，我正带着几个弟兄在追呢！"

"好！贾一飞，谢了！"许国说。

"谢啥，等追上这些兔崽子，把鹃子抢回来再说。我肥猫这次丢人丢大发了！"

许国立刻大喊道："肥猫，你把那些人的定位共享给我，我看怎么拦截他们。"

贾一飞说："好，我发给你。"

许国一边开着车，一边寻找着地图上的路口。

很快，通过手机上的地图，许国找到了一个高速公路下来去大昭的必经路口。

许国马上点开手机，打通贾一飞的电话，说："肥猫，我在路口截停车队，你们追到路口就来与我会合。"

"收到！"

很快许国从一个高速路口下来，绕路到达了那个路口。

路口很窄，是一条往来双车道的黄土路，路上过往的车很少，很安静。

许国跳下车，一边斜倚在车头抽烟，一边拿着手机看贾一飞共享给他的定位。大约过了 50 分钟，许国看到被定位的车尘土飞扬地朝自己这里疾驰而来。

许国上了车，将车横在路中间。

前面那辆疾驰的奔驰 SUV 只好停了下来，继而从车上下来几个气势汹汹的彝族汉子。

许国拿着手机喊道：“肥猫，我已经截住他们了，你还要多久？”

贾一飞在另一头喊道：“老许，顶住，我们还有十几分钟就到了。”

许国打开手机视频录制功能，放在车上，又打开了车上的全方位行车记录仪摄录保存，然后下了车，把车门给锁死了。

当先过来的一个彝族汉子大声嚷嚷着：“你干吗挡着路？赶紧把车移开，不然就不客气了！”

许国冷笑一声，说：“不客气？有什么不客气的？你们敢犯法，还有什么不客气的！”

那彝族汉子听到这话双眼圆睁，怒吼道：“哪个裤裆没夹紧把你给露出来了？你是谁？你算什么东西？我们彝家的事情你也敢管？”

许国点了根烟，深吸了一口，吐出一团烟雾，笑着说：“我是谁你管不着，但你们犯法的事情我管得着。”

那彝族汉子刚要冲过来，他旁边的一个汉子忽然拉了他一把，低声说：“这车是阿木约布县长的车，你别乱来。”

那个彝族汉子猛地打了个冷战，眼中露出忌惮之色，倒退了好几步。

许国见状大声说道：“你们把阿约索玛交出来！”

那些彝族汉子相互对望了一下，没有人动，也没有人答话。

这时候，另一辆奔驰 SUV 的门一开，一个年轻的穿着彝家新郎礼服的男人下了车。许国虽然不认识，但也猜得出，这个倮伍家的年轻人，就是抢亲的新郎官。

年轻人肥实壮硕，挺着肚子，一摇三晃走到许国面前，说：“这位大哥，我接我未婚妻回家完婚和你有关系吗？你是谁？为什么要我把未婚妻交出来？”

许国吐了口烟，上上下下打量了一下年轻人，说：“你读过书上过学吧？你不知道在学校强行抢人是违法的吗？你不知道阿约索玛是有男朋友的吗？你说她是你未婚妻，人家看见你就躲在宿舍，有这样的未婚夫妻吗？”

年轻人一笑，说：“违不违法我不知道，我只知道现场的警察没有拦着我接人。另外，我今天接亲，可是索玛爷爷叫我们来的，索玛和我之间的事情好像和大哥你没啥关系吧？”

许国没料到这年轻人如此厉害，被他一怼，心里恼火，便冷笑道：“没啥关系，我就不来这里堵你们了！一句话，你把索玛交出来，我放你们过去，各走各路，各找各妈；不交出来，我今天就在这里把路给堵死了！”

年轻人脸色冷峻，阴恻恻地说：“好，那我们可就不客气了！”他把手一挥，那几个彝族汉子便半包围着向许国逼了过来。

许国心里有点慌，毕竟他只有一个人，好汉架不住人多，况且他也不是打架的好手。

正在此际，连着五辆车飞驰而至，一色的悍马 H1，车上下来的个个几乎都是一米八以上的大汉，其中最显眼的就是肥硕的贾一飞。他被这群精悍壮实的汉子簇拥着大摇大摆地走了过来。

年轻人倒是没料到来了这么一群助阵的，脸上露出了惊慌之色。

许国一看贾一飞到了，便笑道：“索玛是这位老板的手下，你抢了人家的员工，人家的大老板亲自来接回去。”

年轻人瞪了许国一眼，看向贾一飞。

贾一飞走过来，说：“你个龟儿跑得恁快，害得老子追了上百公里，啥子话都莫得说，把鹃子交出来，否则老子对你不客气！”

年轻人把脖子一梗，说：“我和索玛的事情，你们凭什么管？”

孟天罡从贾一飞身边闪出，怪笑着说：“你们这些人，认为自己很了不起，最是看不起这个，看不起那个，光天化日之下跑到学校抢人都敢做，现在不敢交人出来？”他的话还没说完，人群中，一个汉子扑了出来，捏着拳头，猛地朝他脸上打过去。

这个孟天罡，脚下退了一步，右手立拳一拨，守在腰间的左拳闪电般击出，正中那汉子的小腹。那汉子捧着肚子，腰弓得像虾米一样，脸色发白，只哼了一声便倒在地上。

这一下，就如同捅了马蜂窝一样，那些倮伍家的汉子像疯了一样朝贾一飞他们扑了过来。

孟天罡大喊：“都别上，今天让老子打个痛快。”

只见他双脚不丁不八，快步上前，一个倮伍家的汉子抬腿就朝他踹过来。那倮伍家的汉子显然是练过武术的，这一记前踢直踹，击向孟天罡的腹部，衣服带风，发出啪啪的声音。踢腿带风响，那是腿部力量到了一定的境界。

孟天罡也不躲闪，沉腰扎马，小腹一收一鼓，一口气从嘴里吐出，同时出拳。这是形意拳中崩拳的打法，一下和倮伍家的汉子的腿碰了个正着。拳脚相交，孟天罡的拳头肌肤鼓起，好似一团铁疙瘩，打得倮伍家的汉子眉头一皱，急忙收脚，显然是有些痛。孟天罡脚步擦地而行，欺身紧逼上前，只见黄土地上随着他的步子，出现了两条长长的印子，正是内家拳经口诀中的“追风赶月不放松”。这种穷追不舍的劲头，正是内家拳打法中的意境。那倮伍家的汉子刚刚收腿退步，就感觉到大地似乎在震动，好像轻微的地震，随后眼睛一花，孟天罡已经贴到面前。骇然之下，那汉子脚步后退，但哪里退得及。

孟天罡一记又快又直的“冲天炮”，嘭地打在傈伍家的汉子的胸口上。顿时，整个人向被高速移动的汽车撞了一下似的，倒退十几步，撞在另一个傈伍家的汉子身上。两个人重重地跌坐在地上，眼冒金星，站都站不起来。

俗话说得好：“打人先打胆。”刚才那几下，兔起鹘落，不过十来秒就被孟天罡撂倒了两个人，围过来的其他人不禁有些胆怯。

一个傈伍家最为高大的汉子猛地飞起腿来，直踢孟天罡的胸腹。孟天罡将身一侧，脚步斜踏，让了过去。就在高大汉子收腿准备再踢的时候，孟天罡已经抢了进来，左腿一弓，膝盖前顶，插进了他的双腿之间，步法如弯弓射箭。这是拳法中最为经典的招式，一腿插进对方双腿之中，然后身体前拱，一个跨步，肩身用力，如老熊撞树，对手立刻就会摔出去。高大汉子自然也不例外，被孟天罡一下抢进了两腿之间的中线，整个人被撞得飞了出去，倒在路旁的泥泞处，滚了一身泥，半天爬不起来。

一见这样，傈伍家的年轻人也发了性子，把身上的服装三两下扯了下来，露出一身匀称结实的肌肉，一看就是在外面打熬过筋骨，练过健身的。他一个助跑，脚步向前一踏，身体仿佛一座山一般横撞过来，速度又快又猛。但见他全身如铁，手臂上一条条肌肉弹起，如树藤交缠，肘尖如钢枪冲刺，刚劲有力。

孟天罡却是微微冷笑，身子如游鱼般晃动，侧身一步让过，一下便抢到了傈伍家的年轻人的左侧。但见他腰一沉，腹部宛如蛇一样向后收缩，双手一下就搭在年轻人的手肘上。随后脚步一点，仿佛失去了重心，整个人的力量都搭在对方的臂膀上，往下一拖，身子一翻就到了年轻人的背后。年轻人正试图稳住脚下，哪里顾得到回防。孟天罡一拳擂下去，结结实实地把年轻人砸到地上。孟天罡顺手一抹，便将年轻人的一只手给拧转到背后，另一只手一个锁喉，便将年轻人制得动弹不得。

其他倮伍家的人既怕他伤害到年轻人，又忌惮孟天罡打法凌厉，都畏畏缩缩不敢上前。

孟天罡随手推开年轻人，说：“就这么几个人也敢来抢亲？”他看也不看倮伍家的人，走到贾一飞面前说：“肥爷，他们应该老实了。”

贾一飞望了他一眼，竖了一下拇指说：“不错。”然后看向倮伍家的人说，“把鹃子交出来。”

一个机灵的倮伍家少年跑到后面的奔驰 SUV 跟前打开门，解开绳子把阿约索玛和吉乃曲卓放了出来。倮伍家的两个伴娘紧跟在索玛左右。

许国当然认得孟天罡，但也无心去问他为什么会在贾一飞身边。这样的“兵王”打这么一群汉子的确是大材小用了。他快步走过去，走向两个女孩。

阿约索玛没有哭，也没有一点受惊的样子。她穿着彝家新娘礼服，身上的金银首饰挂满胸前，眼神中饱含着哀怨，但却美艳绝伦，展现了彝家女孩倾国倾城的容貌。她走到许国面前，忽然跪了下去，说：“许叔叔，肥爷，谢谢你们！”

许国忙伸手去搀。

索玛眼里露出坚定的神色，说：“索玛对不起你们的栽培，今天嫁给倮伍拉日是我的命。”站在索玛旁边的吉乃曲卓面色悲戚，身体颤抖，泪如雨下，突然对着空旷的远山发出了一声撕心裂肺的呼喊：“苍天啊，难道彝家女孩的命运，永远就是这样不能改变吗？”

许国和贾一飞都愣住了。

第二十八章
索玛跳崖

回到大昭的宿舍，许国又累又饿，却一点胃口也没有。脱掉外衣，他一头倒在床上。这时候，手机又响了起来。他抬手拿起来瞄了一眼，是杨兴昌的电话，便坐了起来。

“老许，没吃东西吧？来我宿舍，我们俩喝两杯吧。”杨兴昌说。

许国本想拒绝，但想了想，又答应道：“好，我这就过来。”

走进杨兴昌的宿舍，见房间里沙发旁的茶几上放着四川香肠、夫妻肺片、花生米等林林总总五六样吃食，还有一盘青菜、一盘青椒回锅肉两个热菜，两个玻璃杯中略带黄色的白酒散发着诱人的香气。

许国也是真饿了，坐下来，毫不客气，甩开腮帮子就是一顿猛造，和杨兴昌两人硬是喝了差不多一斤酒才算尽兴。

杨兴昌除了和许国喝酒吃菜，聊了几句工作和闲话以外，出奇地什么都没说，甚至连这次抢索玛的事情都没提。

许国吃得差不多了，靠在沙发上，对杨兴昌说：“这个是什么酒？不是彝家的米酒哦！味道不错，也不上头。”

杨兴昌笑着说：“一人值一马，一马值一杯。什么酒不重要，喝酒才是正理啊！”他举杯喝了一口。

许国随了一口酒，问道：“为什么你们彝族人那么爱喝酒，那么能喝酒啊？”

杨兴昌说：“这个，你可问着我了。反正呢，我们邛山彝族生以酒迎来，死以酒送归，无论什么事情都与酒分不开。我们说，彝人贵酒、汉人贵茶，不论是红白喜事、访亲会友、调解纠纷、逢年过节，家里、路上、街上，只要有人的地方都可以喝酒。什么洗礼酒、成人酒、求婚酒、定亲酒、告慰酒、报丧酒、吊丧酒、丧宴酒、安灵酒、送灵酒、祭灵酒、祭祖酒、待客酒、互助酒、赔礼酒、家支酒、戒酒酒、开戒酒，就没有不喝酒的时候。彝家有句俗语：地上没有走不通的路，江河没有流不干的水，彝家没有喝错了的酒。”

许国呵呵一笑，说：“烟酒不分家。”便抛了一支烟给杨兴昌，又拿打火机给杨兴昌点上，自己也点了一根，猛吸了一口，说：“人生路窄酒杯宽啊！难怪曹操要说，对酒当歌，人生几何？何以解忧？唯有杜康！”

杨兴昌说：“人间悲欢离合，千千万万，各有苦衷福缘，世间没有两片相同的叶子，也不会有相同的一条河流。人生的选择，就像喝酒一样，无论是甜酒苦酒敬酒罚酒，自己该喝的酒就要自己喝下去，喝下去了，才知道自己的滋味。悠悠迷所留，酒中有深味啊！”

许国吸着烟，没有说话。

杨兴昌说：“你知道的，在火把节的时候，我们大昭附近这几个县，都会有‘喝姑娘酒’。女孩子抬着酿的酒在路口给路过的人敬酒唱歌，彝家有句话是，表妹敬酒，表哥饮酒。喝了姑娘的酒就要给姑娘礼物，这样才是男人！”

“呵呵，这个主意蛮好！”许国笑着说。

杨兴昌说：“彝家人喝酒多，规矩也多，所以我经常说要尊重彝家人的规矩风俗。不是我喜欢或者纵容那些规矩，而是‘仓廪实而知礼节’。在没有让彝家人日子好起来，用现代文明的思维来冲击和洗礼以前，任何强行的改变或者扭转，都只会受到更大的反弹。就像喝酒一样，彝家人喜欢事事都喝酒，但是现代社会不能总靠喝酒来推动发展。当他们遇到发展和喝酒不可调和的时候，吃了亏，遇到问题了，他们才会不喝酒，自己从心里去改变。你现在让他们不喝酒，他们反而会觉得奇怪，觉得你是在强迫他们，死活就不肯改，反而会造成矛盾。”

许国摇了摇头，说：“我不能同意。为什么扶贫要扶智？智慧，你们足够了，一个几千年的民族，什么样的智慧道理没有？但是，一方面困守大山，和外界接触不够，封闭保守，思想发展总是不足；另一方面，没有敞开胸怀与时俱进，总是觉得自己的东西好，不愿意进行改变，往往需要外界去花力气努力推动才能改变和接受。但是其中有多少人多少事要为此付出牺牲？这个代价不值得啊！是做世界文明的先行者好呢，还是做古老文明的活化石好呢？我知道的是，先进和落后的社会都具有生产力，生产力都能推动社会的进步。但哪怕罗马帝国时代的文明再迷人，它也是落后生产力下的文明，罗马的皇帝绝对不如现代都市里的普通平民享受到的物质和精神产品多！所以迷恋古老文明美丽光环的应该是考古学家，而不是我们！我们就是应该给老百姓带来更好的生活，以及更多的物质和精神产品享受。”

杨兴昌豁然一笑，说道：“道理的确没错。但是，老许，我觉得很多情况必须要分先后，世间事皆有脉络，来龙去脉不可跳过任何一个环节，只拣选自己想要的来讲道理。不然世间万事，永远说不清对错，那就成了只有立场而无对错，会让人觉得世上所有的人都可怜，都可恨，都是谬误。那还怎么真正讲理？难不成各说各话，道理说不通之后，最后就像美国那样靠导弹说话？第二呢，对错有大小之分，所以需要将法律和数学这两把尺子借来一用。法律讲最低标准的道德，数学呢？测算经济利益的需要。这样是非对错，总归有个评定方式。第三呢，也就是善恶之分。以法律、道德、规矩作为基本准绳，结合各地的风俗、人情、人心、道德，定是非和功过，问是善还是恶。第四，就是知行合一！错则改之，无则加勉。”

许国酒意上涌，敞开衣服说：“人间无趣，就是不愿讲理的人太多了。好人吃亏，只能安慰自己吃亏是福，只能告诫自己宁得罪君子莫得罪小人。而恶人为恶却不知恶，甚至是知恶而为恶。要知道，我们世间的道理，其实一直都在，有人捡起，奉若圭臬，视为珍宝；有人不屑，甚至还有人会踩上几脚。不是道理不对、不好，而是人心出了问题。人心的问题，需要我们去改变，去解决。”

一吏人，二吏火，三吏鬼游荡，四吏贼，五吏鸡鸣天下白。许国和杨兴昌喝得尽了兴，说得起了性，也不知道什么时候，两人已靠在沙发上鼾声如雷，沉沉睡去。

朝阳初升，金灿灿的阳光从高高的山崖顶上刺穿薄薄的晨雾，洒遍了邛山那些绵延的青山和奔腾的江水。深林里的鸟儿婉转地啼鸣着，似乎是在诉说着一个新日子的来临。邛山只是静静地矗立着，无论是风雨还是阳光，它都只是看着那些人间的悲欢，没有任何改变。

细细地听，仿佛在山崖之巅有歌声从云间传来，似乎是古老的彝族哭嫁歌《阿嫫妮惹（妈妈的女儿）》。幽怨、凄楚的歌声在山间回荡，不断重复着：

妈妈的女儿哟，妈妈的女儿哟。生长母家时，睡时枕母臂，饥时食母饭，寒时穿母衣；不下塘汲水，不上山砍柴，挖菜不攀篱，慈母为照理。嫁到夫家去，砍柴登高山，汲水下池塘，挖菜攀刺篱；菜叶若枯黄，夫家说闲话！汲水水浑浊，夫家闲话多！……妈妈的女儿呀，血已经换成酒喝了，肉已经换成肉吃了，骨已经换成钱用了，女儿怎么也得走，旋风顶天也得走，细雨蒙蒙也得走，冰雪盖地也得走，狂风暴雨也得走，洪水泛滥也得走，妈妈的女儿哟，不走不行了……

许国正在办公室里对着电脑写一份关于酒水产业园的报告，他的心里颇是苦恼，毕竟陈博士和段总没能够拿出合乎需求的投资计划，现在来看刘勇去寻找投资和拿出可行性计划也是件难事。难道还要回过头去和张晓铁谈？那投资条件会不会更苛刻呢？他的手机响了起来，是吉乃曲卓的电话。这小姑娘，又是哪一出？许国想了想，接了电话。

“许常委，许常委，不好了！”是吉乃曲卓惊慌的声音。

“怎么了？曲卓，慢慢说。”许国说。

“今天早上，索玛掉下……掉下悬崖了！”吉乃曲卓的声音中带着哭腔。

“啊？怎么回事？她不是去倮伍家结婚了吗？”许国站了起来，大声说。

“是啊！我按习俗陪她去倮伍家，然后，然后晚上，倮伍家的坏蛋就把我支开，把索玛给睡了。我回来后，索玛说账还清了。我当时以为索玛只是生气和难受，就没多想。结果早上，索玛说要去看日出，我就没有陪她去。结果，她好久都没有回来，我去找她，结果在山上看到她的手机，手机里面有一份遗书，她说她要回到邛山了，她再也不离开妈妈了！”

许国的心仿佛被狠狠地揪了一下，说：“你把遗书发给我看一下。”

吉乃曲卓挂断电话，把遗书用微信发了过来。遗书是写给许国的，但称呼已经写成了许爸爸。许国清楚，索玛很早就失去了父亲，近期妈妈也离开了，她已经把自己这个关心和爱护她的人看作父亲。许国看得几乎说不出话来，悲怆的泪水顺着脸庞流了下来。

索玛是绝望的。

索玛带汤圆来到家里试图能够得到爷爷、母亲、弟弟和家支的认可，可是家支在整个彝历新年中对她和汤圆采取的都是拒绝的态度。家支并不认可彝汉通婚，爷爷甚至还说，如果她和汤圆在一起，就要求家支开除她，哪怕她拿得出聘礼的赎金。爷爷和家支还极其反对索玛当网红主播，认为那是伤风败俗的行为和放荡的做法。他们完全拒绝接受索玛在外面做主播的行为，索玛的妈妈打了酒，跪在家支们面前替索玛求情也没有用。令索玛没有想到的是，爷爷居然和弟弟们偷偷将她带回来的十多万元赎金拿走了，还挥霍一空。索玛根本没有办法在短期内再赚那么多钱出来。索玛妈妈又急又气，再加上心疼女儿，就生病了。爷爷和弟弟们除了让毕摩来念经驱鬼以外，没有让索玛妈妈去看病，结果妈妈病重去世了。爷爷和弟弟们拿了给妈妈治丧的钱，却要索玛来承担这些费用。索玛知道，这个钱还是倮伍家出的，她如果不嫁就会连累爷爷和弟弟。

在索玛的眼里，自己所有的努力都逃不过家支编织的人情之网，可是如果被开除出家支，那么她就更加无依无靠了。许国和贾一飞对她的恩情她心里清楚，但她觉得如果这样下去，无论嫁与不嫁都会欠下更大更多的人情，还会连累许国和贾一飞，以及汤圆。

她爱汤圆，但是汤圆才刚刚开始工作，收入并不高，还为她跟家里借了钱，她害怕这样会更加令汤圆在家族和工作中举步维艰。她对自己的命运产生了动摇，因此她绝望地选择了自杀！

她选择嫁给倮伍拉日，并遭到了倮伍拉日的强暴。她觉得这是还债，身子给了出去，债就还清了。

索玛从生她养她、一直长大的悬崖村的崖上跳了下去。她觉得，这样她就可以逃避开一切，回到生命的根源地和爸爸妈妈团聚了。

索玛死前半个月才刚刚和汤圆度过了 22 岁生日。

看完遗书，许国感觉到一种无力的愤怒。可是，匹夫之怒，只能以头抢地耳！

正如杨兴昌所说，他根本就无力在短短几年时间里改变这一切！尤其是存在了上千年的家支宗法社会，那些观念是根植在当地社会文化深处的，需要整个社会经济的持久发展才有可能改变。

许国将索玛的遗书转发给杨兴昌、贾一飞和阿英。

贾一飞回了条信息给许国，说："如果鹃子真的有勇气反抗这个婚姻，我们可以保全她的幸福。但她屈服在命运的捉弄之下，我们就是神仙也没法给她幸福的机会。"

杨兴昌则在信息里写道："可怜，可悲，可怕，可惜，可叹！"

阿英则是一个电话打过来，对许国说："这就是我为什么努力在这里办教育的目的。改变思维方式必须从孩子开始，只有觉醒了一代又一代人的意识，才能给邛山带来根本性的改变。许国，你必须帮我！"

许国苦笑着说：“我自己都是泥菩萨过江，帮你的人是苏醒。”

阿英笑了，笑得隔着屏幕都能感觉到那种凛冽和怜悯。阿英说：“这个世道就是如此复杂，走着走着，杂草丛生，荒山破庙；走着走着，杨柳依依，桃花烂漫；走着走着，穷山恶水，夜色深沉；走着走着，琼楼玉宇，大放光明。走下去，才能遇到不同的世情和不同的风景。苏醒的确是投资人，但是我知道，你许国才是真的汉子，你会真心帮助邛山，帮助孩子们。索玛太软弱了，这个世道对于她这样的女孩子，今天不是被逼嫁，明天也会遭遇到其他的坎坷。你也好，你同学也好，能护着她一辈子吗？她男朋友汤圆不能护着她，她就必须要自己挺起腰杆去想办法对抗。不能对抗，就会被这个复杂的世道吞噬。文艺情怀不是原罪，但人不能总是沉溺在浪漫的文艺情怀里。”

阿英停了停，继续说：“在这个方面我很佩服苏醒，他敢想敢做，哪怕再难再苦。屈膝的时候他可以卑微，抬头的时候他仍然不忘前行。苏醒这个人不愧是上市公司的掌舵人，有枭雄气质。这也符合他的名字，他对自己的路一直很清醒！你呢？踏实，有思路，有能力，就是缺少一往无前的野心。你有对朋友的义气，对弱小者的侠气，对家人的暖心，你是个好人，但不是一个顶天立地的英雄！”阿英长叹一声挂断了电话。

许国满嘴苦涩，茫然地看着四周的白墙，慢慢靠在椅背上，点起了一根烟，让那淡蓝色的烟雾遮盖住双眼。

蜀道难，难于上青天，不亲眼看到不会有切身体会。吴浩玟坐在汽车上，呆呆地望着窗外的风景。这是他第二次来大昭，上次来的时候，睡在他胸口的是索玛。他根本没有心思看外面，只顾着让女朋友睡得舒服些。而现在，索玛没了，她已经永远地回到了她的大山里面。

来到这里，能不能再见到索玛？不，那是鹃子，我的鹃子！

吴浩玟圆圆的脸上不知不觉流下两行清泪。

这次他来大昭是公司批准了的，让他去大昭考察景点开发，并进行平台直播，为川美旅游公司开发邛山旅游做准备工作。

“客车全程基本上都是在高山峡谷间穿行，道路一会儿在山顶，一会儿在峭壁，弯弯曲曲，顺着山势盘旋而行，看得人心惊胆战，目瞪口呆，又特别刺激。山上雾气重重，深不见底，感觉如同在山间飞行一般，雾气在身边挥舞，山石伸手可及。不时可以看到山顶上有成片民居和田地，有人在进行耕作。”吴浩玟尽职地掏出手机一边拍视频一边说。他怕自己如果不工作的话，眼泪会停不下来。

远处一座树木稀少的山头上，横亘着用彝汉双语写的巨大标语：“下足‘绣花’功夫，压实攻坚之责，坚决打赢脱贫攻坚战。”

是的，贫穷就是原罪，就是因为我们没有钱，所以才会有买卖婚姻逼死鹃子。吴浩玟心里暗暗地想，无论如何我都必须有钱，有保护自己、保护他人的钱！

从建昌到大昭的悬崖村，短短 100 公里多一点的路程，客车整整走了 5 个小时，下车的时候，吴浩玟腿都坐麻了。

到了悬崖村的下面，从山脚下出发，吴浩玟开始了登上悬崖村的旅程。他在身上绑牢了手机支架，使手机可以自由地在前后镜头间进行切换。

看着那一眼望不到头的钢梯，哪怕已经爬过一次，但吴浩玟的内心仍然感到震撼，甚至有些恐惧。有些专程来旅游的驴友们在前面攀爬，吴浩玟一边爬一边拍，一边气喘吁吁地解说着。

他每一次休息的地方，都是和鹃子一起爬这座钢梯的时候曾经休息过的地方。他总觉得，鹃子就在某个山崖拐弯处等着他，笑嘻嘻地冲他说："汤圆，你该减肥了！"

吴浩玟爬着，解说着，把他看到的一切都摄入镜头。

过了几天，许国到邛山州的首府建昌接母亲、妻子和女儿。一同随行的还有西江电视台主播江湖海。

母亲苍老了，80岁的老人这一年多下来，操劳得头发全白了。许国记得，自己去年走的时候，母亲的头发还是花白的，仍夹杂着一些不肯老去的青丝，但现在全部都白了。妻子则更瘦了，憔悴得几乎让人都认不出来了，哪里还有当年白裙飘飘的样子，只有那双眼睛仍然清澈，充满了对许国的爱恋。女儿长成大姑娘了，依稀有几分妻子年轻时候的爱娇和顽皮。

看到这三个生命中最重要的女人，许国的眼睛湿润了。她们见到许国也十分开心，女儿扶着病弱的邵雪琪，许国搀着老去的母亲，登上了汽车，一路飞驰着奔向大昭县城。

来到许国住的宿舍，三个女人都有点不敢相信自己的眼睛。其实，许国的宿舍是县政府分给他住的，条件相对还是不错的。只是，屋子里面很简单，一张书桌兼饭桌上放着电脑，一张简单的折叠沙发床冒充待客的沙发，一看就知道是网购产品。厨房里的煤气灶台倒是很干净，一看就知道没怎么做过饭。一台微波炉和冰箱支撑着许国日常自己动手做饭的主要工作，吃了半箱的方便面应该是主力。

许国的衣服堆叠在几个箱子里，放在卧室的地上。

许国一脸无奈地傻笑着，说："本来你们来了应该住这里，不过，这儿条件一般，待会儿我送你们去住大昭宾馆吧！毕竟妈和阿琪身体吃不消，要住好点，休息好点。我每天过去接你们就是了。”

母亲叹了口气说：“比我嘚乡下时好得多。”

邵雪琪笑着说：“扶贫肯定是吃苦的啦！只系条件差啲没所谓。我啲都休息下，你去买啲餸来，今晚我同奶奶煮住家饭你食。”

许国点了点头，说：“好！”他的心里酸酸涩涩的，鼻腔很不争气的有些堵。他忙转过身，走出大门。

走到街上，许国有点茫然，他只好打了个电话给麦医生，问哪里有菜市场可以买菜。

麦医生哈哈大笑，说：“许常委，你打算自己做饭啊？一系我啲几个医生老师上你屋企蹭饭去？不用你买菜，我啲自己买菜带过来。”

许国笑道：“今日我老妈老婆女儿都过咗来了，话要在屋企俾我煮住家饭，我出来买餸，唔知去边度买啫，所以问问你咯！”

麦医生说：“恭喜恭喜，终于可以食住家饭啰！农贸市场在国土局旁边，你过去就见到了。”

“多谢，多谢。”

许国忙挂了电话，一溜烟开着车去到农贸市场买了一堆食材，左手一袋菜，右手一袋肉，几根冒头的青葱和香芹在环保袋外晃头晃脑。

许国终究不忍心让母亲和邵雪琪辛苦，自己抢着把所有打下手的洗菜切菜之类的工作都做好了。邵雪琪穿着围裙，在灶台边上开始忙活，很快就做了四五个菜，煮了个紫菜蛋花汤，摆上桌后，也颇有样子。

晚上，许国去了酒店，看了晓晓和母亲。在母亲的房里，母亲对许国说：“仔呀，你年少丧父，中年也没有过上好日子，我看阿琪身体也不太好，实在不行，工作就不做了吧。”“阿妈，现在脱贫攻坚已经进入到冲刺阶段，我引进了一批企业，其中一些企业的老板都是冲着我来的，我现在辞职恐怕会冷了那些人的心。”

许国从酒店回到自己的宿舍，护士已经帮雪琪打了一针安定剂。望着已经入睡的妻子，许国百感交集，他明白雪琪这是在尽一个妻子的义务，她怕别人笑话他们夫妻分开住宿，也想在生命枯萎之时再陪一陪自己。他坐在床边，凝视着雪琪，恍惚间看到雪琪的眼里渗出了泪花。雪琪吃力地小声问道：“阿妈是不是让你跟我一起回西江？我知道你很为难，阿国，我自己可能时日不多了，我不想拖累你完成自己心爱的事业。你再坚持一下吧，等我手术的时候你回西江陪我几天就行了。人生漫漫，阿国，别轻易放弃。”

子夜，星垂四野，高原小县城的山风拍打着宿舍的门窗。许国看着再次入睡的妻子，心头莫名地涌上了杜甫的两句诗：“飘飘何所似，天地一沙鸥。”他的心里有一种想号啕大哭的感觉。

第二天，许国带着邵雪琪接上在宾馆里住的晓晓和母亲，一起到各个地方看看。之前江湖海已经向许国报告，此行是被市委组织部选派到邛山电视台挂职台长助理，专门拍摄扶贫工作专题片。今天他想拍摄许国一家人的生活情况。许国知道江湖海是长三角大学的高才生，近几年有去长三角发展的愿望，但西江市电视台一直挽留；也听人闲谈过西江“黄大仙”黄尚皇对江湖海说过的一句谶语——“千山鸟飞绝，万径人踪灭”。想到这些，许国心中微微一震，但又一晃而过。

都说人间最美四月天，然而刚刚过了夏至的农历五月一样美不胜收。每年 4 月至 7 月，在大邛山各地，漫山遍野的索玛花盛开后会将整个邛山染成一片锦绣花海。

此时万亩玫瑰产业基地里去年种下的玫瑰已将整个萨腊地坡铺得无比

绚烂。

前方，灿烂的阳光下，就是玫瑰产业基地。

一片碧油油的草地山坡，草丛中有无数的花朵盛开，大如拳头、小如指尖的玫瑰花朵灿烂如云霞，艳丽如少女，层层叠叠地铺了过去。前方，是无边无际的绿色、血红、靛青、雪白、深紫，五颜六色；左方，是无边无际的绿色、血红、靛青、雪白、深紫，五颜六色；右方，还是无边无际的绿色、血红、靛青、雪白、深紫，五颜六色。从看不到边际的，仿佛一个粗心的油画师失手将手里的颜料泼洒满地，灌满了彩色油膏的草地、花丛，到你极目眺望最远的地平线，都一直被这灿烂而充满生机的颜色所覆盖。放眼望去，身着民族服装的彝家农妇，三三两两，徜徉在迎风摇曳、竞相绽放的玫瑰花海里，笑语盈盈、兴致勃勃地采摘着正值丰花期的玫瑰花。

“萨腊地坡曾经是彝族祖先迁徙路上的重要站点，但气候比较恶劣，环境比较艰苦，人民生活比较贫困，大家称其为‘烂坝’。彝族史诗《勒俄特依》说，烂坝这地方，上面天太窄，下面地狭长，杉树穿银衣，柏树背铃子，土块戴首饰，耕种不得粮，牛马洗蹄水。然而，正是这样一个看似无用的地方，却是种植高山玫瑰最好的地方。这里海拔 2600 米左右，空气洁净无污染，气候、水源、土壤等条件非常适合种植玫瑰，因此发展玫瑰的种植、旅游、加工产业是这里脱贫攻坚的重要举措。”萨腊地坡乡党委副书记韩飞说。

“娃娃书记”韩飞真的很年轻，清瘦的脸上还有着没有完全褪去的婴儿肥，看上去依旧稚气，可是他的眼神中却有着一个成熟男人的阳刚之志。

微风过处，美丽的玫瑰海洋随风起伏，就像一位舞女在摆动她那美丽的长裙。花丛中女儿晓晓正比着剪刀手，嘟着嘴卖着萌玩自拍；母亲拄着一根手杖望着无际的花海惊叹不已；而邵雪琪用手机拍了两张花海照片以后，便靠在许国身边，听着陪同参观的韩飞对这里的介绍，不时怔怔地出神，总是好像在想什么。

许国微笑着看着这一切，对邵雪琪说："阿琪，这是我们今年的成果。去年，我们西江捐赠了 116 万元，新建了玫瑰初加工工厂，然后以'合作社 + 农户 + 加工销售'为主的模式，开发出了玫瑰花纯露、玫瑰细胞液、玫瑰酱、玫瑰花茶、玫瑰化妆品等玫瑰系列新产品，等会儿我去给你买几样试试。这都是好东西，最关键是纯天然无污染。"许国回过头对韩飞说："小韩，买的时候可得给我打折哦！"

韩飞半开玩笑地说："必须的。打折好说，但不买可就会被打骨折哦！"

邵雪琪也被韩飞逗笑了。

韩飞说："去年我们收获鲜花 5 万斤，烘干后获得干花 1 万斤。今年估计能收 15 万斤鲜花，10 万斤做玫瑰酱、玫瑰饼、玫瑰花纯露、玫瑰精油等产品用来销售，其余烘干的干花做玫瑰酒、玫瑰茶。这个产业很可能会改变这里的贫困面貌。附近还有一个产苦荞的村在和杭州的食品团队合作，搞了一个'播记苦荞'的品牌，以原生、原味、原种、原香为卖点，打造苦荞茶、苦荞面、苦荞面粉、苦荞酒等产品线，预计今年就可以摘掉贫困村的帽子，村里的贫困户基本可以全部脱贫了。"

"嗯，你们的'一村一品'做得很厉害哦！"邵雪琪望了一眼许国。

"那是，小韩今年的评优也基本稳了！"许国说。

韩飞忙说："这可不敢说，能完成任务心里就很开心了！"

正如周星驰在电影中所说的，欢乐嘅时光过得特别快，又系时候讲拜拜。时间很快就匆匆而去，邵雪琪的病情也要求她尽快回到西江继续医治。

晚上送母亲、妻子和女儿回宾馆以后，老中青三个女人一边整理行装，一边你一言我一语地对许国嘱咐上了。许国没有多说，只是听着、点着头答应着。

邵雪琪把衣服叠好，放进箱子里，想想便说：“阿国，我这次回去手术也不知道结果会怎么样。不过，生死有命富贵在天，这个病能不能治好，或者说能不能再活着多陪你和晓晓几年，就管不了太多了。你在这里扶贫，我也看到了，条件一般，但你自己要注意身体，注意工作强度就好了。我也不求你能够尽快回到西江，我觉得你在这里做的是有意义的事情。做好，做到问心无愧，做到离开的那一天，邛山的人能说你好就好了。我和晓晓你就放心吧。晓晓大了，也该独立了。我在医院，也没有大问题。就是奶奶，年龄大了，虽说身体还好，但是你调回来的时候要多花时间陪陪她。”

母亲凄然一笑，说：“阿琪，你自己保重就好了，唔好想太多，医好咗病。我仲谂住要你多照顾我几年，等你同埋阿国一齐送我咧！”

邵雪琪也笑着说：“奶奶，我呢次手术做完，就返屋企休养，好咗我就同埋你再来邛山探阿国。”

晓晓在一旁说道：“阿爸，我谂住明年暑假来呢度做义工，我同埋你一起扶贫。”

许国开玩笑说道：“欢迎大学生晓晓同志来大昭。”

晓晓扭着身子撒着娇。

第二十九章
钟为谁鸣

苏醒刚回到办公室就接到了董事会秘书长的电话。下个月公司上市的敲钟仪式已经安排好了，而且各方面机构入仓抬升股价的准备也做好了，请他确认出席敲钟仪式的人员名单。

苏醒想了想，拨了个电话给贾一飞，说："肥猫，下个月 8 号就是天醒上市的日子，你准备好港澳通行证，一起来参加敲钟。"

贾一飞说："苏醒，你个龟儿子终于得逞了啊！哈哈，祝贺你啊！"

苏醒悻悻地说："你个猫嘴里也吐不出狗牙来，你把许国叫上，让他也来给我观礼。"

贾一飞调笑着说："要不要我把都阿英主席也叫上给你观礼，美女哟！你可是捐了几个亿给人家的哦！"

"呸！什么好事到了你这头肥猫嘴里都他妈的变味了！请，请来香港，机票、食宿天醒公关部报销。老子还指着这位美女主席帮我做通军方采购、军民融合的工作呢！"苏醒把脚架在大班台上，晃着真皮座椅，从口袋里摸出一包烟，抽出一根点着，肆无忌惮地边吸烟边冲着手机说。

"上市以后，一个星期之内，你这只肥猫必须要去法兰克福。他妈的，巴夫斯那边都快把老子给催疯了。到了法兰克福，你得帮我搞定德国的工业部，我让阿铃晚点回来，先协助你，最好是默克尔大妈亲自出马和你签字。”没人的情况下，苏醒也开始荒腔走板、胡说八道了，显见心情不是一般的好。

最近这段时间，苏醒也是忙得团团转，尤其是阿英让他投资的国际学校很快就要剪彩开业了，而且他还筹集了一笔资金准备作为邛山地区的教育扶贫基金。这个做法不仅赢得了邛山和西江两地领导的赞许，而且还作为扶贫典型登上了国家级报纸的主要版面，电视台也对他进行了采访，等于是给天醒公司做了一个特大的广告。苏醒还打算通过这个基金拉上阿英和军方的关系，搞其他产业的军民融合，这样前途才是一片光明。

放下手机，苏醒又拿起桌子上的座机。他的座机仿照的是 20 世纪五六十年代的老式电话，一部黑色，一部红色，黑色的是通知董事长办公室的董秘们的，红色的是通知研发部的，只要拨内线号码就可以打通。他装这两部电话完全就是看电影看出来的恶趣味，其实，平时他更喜欢用手机。

苏醒打通了董事长办公室的电话，接电话的是秘书长——一个新挖来的国际金融运作高手。

“郎秘书长，你来一趟，我想和你仔细讨论一下欧洲的金融运作计划。上次我们讨论的内容里关于德国分部的资金运作有没有更多的渠道和方式？”

“好的，苏董。我先让其他同事打印一下方案，然后马上过来。”

“嗯，好的，谢谢。”

苏醒放下电话，忽然不由自主地想起了阿英，随口哼了一句京剧《智斗》里的唱词，“这个女人不寻常”。

然后苏醒忽然又笑了起来，是啊，寻常女子哪里能在官场上纵横来去啊！

上市只是万里长征走出去第一步，未来还要做大做强和世界名企掰手腕，哪里容易了？这次见到阿英一定要想办法让她帮忙拉上军方的线，军民融合，成为军方的供应商就可以拥有更多的采购机会。可是，怎么说服她帮忙呢？要知道，这些人一个个都有自己的圈子，进不了圈子就永远只是外人。

苏醒支着下巴，想着：这次在大昭投资学校，能否赚钱还在其次，关键是在当地埋下了一个伏笔。如果阿英能够在邛山当地发挥影响力，这个学校只要能撑过开头的五年，赚钱应该不是问题。然后再把天醒的化工业大数据中心搬进邛山，利用邛山州丰沛的水电资源，不但可以把邛山变成一个类似贵州那样的大数据中心，还可以打造同样的硅谷效应。学校可以扩大成小学到高中的一贯制学校，再开设附属职业学校、技术学校，再和邛山学院、四川大学进行联合，把这里变成化工数据的世界中心，那天醒将成为世界上最为领先的化工集团。

阿英、许国这样的人将是这个大数据中心最好的推动者。许国好说，老同学，多想想办法，哪怕是情面上，也能帮自己一把。可是人家阿英凭什么帮自己呢？就凭用那几亿元投资学校吗？就算是看在投资学校上面，这个情分也用不了几次啊！想到这里，苏醒有点犯愁。

西江市纪委书记梁广荣拿着一沓厚厚的卷宗，在灯下用力揉了揉眉心，发觉满手都是汗水。他抽出一张洁白的纸巾擦了擦手，拿起桌面上的电话拨通了一个号码，说：“喂，第六室吗？让你们主任接电话。”梁广荣的面色很平静：“老彭啊，我已经看完了你们昨天给我的关于‘12·15’事件的卷宗，你们能够从这么隐秘复杂的事件里面发现线索我非常高兴，你把有关材料交市公安局，全力突审胡修成。”

梁广荣端起桌面上浓浓的茶水喝了一大口，舒了一口气。

“老彭，你必须注意，这段时间多收集一些材料。关于那些诬陷中伤干部的材料，你整理下，上报给省纪委，我们要给一些同志摘帽子，免得形成冤假错案。”

挂断电话，他拿着一封举报信看着，自言自语地说：“案情简单又复杂，简单的是一看就知道是编造的，复杂的是实际情况比编得还要离奇。这真是一个奇怪的世界啊！”

请假回到西江的许国下了飞机就直奔医院而去。肿瘤科暗淡的消毒灯光投下了许国疲惫的身影。

上飞机前，他接到了女儿晓晓的电话，说妻子邵雪琪突然病情恶化，出现了昏迷的情况，这下可真把他给吓坏了。

走到ICU的时候，门外已经有一大群人围着蒋广海主任在说什么。有日见苍老的岳父岳母，有母亲、晓晓，还有自己的几个亲戚。

蒋主任看到许国，便推开身前说话的人，径直走过来，皱着眉头拉着许国的胳膊说：“你怎么才回来？阿琪现在的问题很严重，并发症导致呼吸和心肺衰竭，现在还有肾衰竭的情况，很危险！”

“怎么会这样？阿琪不是一直在治疗吗？”许国惶急地问道。

蒋主任瞪着眼睛看了许国半天，看得许国直发毛，然后压着声音责备地说道：“许国，你真是不关心阿琪啊！阿琪的病情出现恶化已经快一个月了，癌细胞扩散的情况你不知道？你就算不知道，也应该看得出阿琪的情况不太好吧！你呀，真不知道你在忙什么！”

许国心里咯噔一下，就像是突然断裂了一根绷得紧紧的弦，眼睛蓦然一热，止不住地呜咽了起来。他忽然那样痛恨自己，恨不得在自己身上砍上个几十刀。他跌坐在冰冷的走廊座椅上，他想放声大哭，甚至想跪下来求蒋主任再努力去救一救阿琪。

可是他什么也没有做出来，满眼只是各种金色的星星在飞舞，耳朵里充满了模糊而又空泛的嗡嗡的响声，眼前的一切迅速地黯淡了下来，黑暗猝不及防地占领了一切。

说起来，这是阿英第一次来香港。

从中学开始，阿英到很多地方旅游过，就是偏偏没有到过香港，对这个“东方之珠”她充满了好奇。

贾一飞说：“香港这个地方，没得好玩，除了是个啥子购物天堂，没得关税，买金银首饰、国际名牌、奢侈品要比国内便宜，其他都一般。你又不是娃娃，要去迪士尼、海洋公园，你又不要拜神，黄大仙庙也不用去，郊野公园、大屿山、太平山哪里比得上邛山好看。我还是建议你去购物，狠狠宰苏醒这个大老板才是正路。”

阿英听得咯咯直笑，仿佛一团盛开在山巅的索玛花。

苏醒则是面如土色，瑟瑟发抖。呃，你以为陪一个女人在购物天堂逛街买东西是件浪漫的事吗？苏醒被贾一飞这个“恶毒”的建议吓坏了。

前一段时间有这么一个视频，一个女孩子带着她的金毛逛街，最后金毛趴在地下，死活也不起来。狗狗都陪不住女人，何况男人呢。

好在阿英也不是那种逛街狂人。从酒店的落地大窗向外望去，太古广场购物中心、香港演艺学院、中银大厦、香港会议展览中心尽在眼底。阿英幽幽地说："等苏总敲了上市钟以后，让你的助理陪我去逛逛这享誉世界的购物天堂就好了。"

苏醒心里松了口气，说："这好说，这好说！这里就在香港兰桂坊附近，逛街喝酒都是好地方。"

贾一飞正想再说点什么，手机突然响了起来。贾一飞一听，原来是川美那边要他开个视频会议，便向苏醒和阿英告了声罪，大步流星地蹿回自己的房间去了。

阿英笑靥如花，说："贾总有事忙去了，要不苏总跟我指导一下你对我们邛山的投资想法，我好配合。"

说起投资的问题，苏醒的兴趣陡然高涨了起来。这不是正好可以谈建立军民融合的机会吗?

苏醒忙说："好，我就跟你聊聊我的投资想法，你多提提意见。首先，我计划在大昭投资 3.3 个亿，分十年全部投入，建立一所九年义务教育一贯制国际学校，包括附属幼儿园。考虑到大昭本地的经济状况，十年之后再考虑盈利问题。其次，我准备把正在建立的天醒的化工业大数据中心搬进邛山地区，和邛山学院、四川大学联合办分院、分校，建立附属的职业学校、技术学校，把这里变成化工数据的世界中心，打造成新的'硅谷'，带动计算机和数据应用行业的集聚效应。这样不仅可以把邛山变成一个类似贵州那样的大数据中心，还可以让天醒成为世界上最为领先的化工集团。再次，我会推动成立一个以教育、培训为主的基金，计划募集 25 亿元至 40 亿元的资金，用于邛山地区的智力方向的投入。最后，天醒计划以邛山为基地，提供乙烯裂解产品中的 DCPD 加氢石油树脂……"

看见阿英一副茫然不解的样子，苏醒忙打住解释道：“就是一种化工产品，用于船舶、车辆的防腐漆以及火箭发射。”

阿英眼波一转，已经知道苏醒在说什么了。她笑吟吟的目光中露出一丝赞赏，却没有接话，只是点点头，表示知道了。

苏醒说：“邛山不适合大搞工业，但是非常适合搞工业服务业，尤其是研究和分析，所以未来我将会把主要的研究基地放在邛山，西江是总部经济。”

阿英柔柔地说：“那，苏总，为此你铺开这么大的摊子，值不值得呢？”

苏醒端起面前的杯子，喝了一口水，说：“如果我说，这些原来就是我上市前已计划好的思路，只是还没有找到地方，现在由于战略需求达到了而落户邛山，你相信吗？”

阿英说：“我信！”

苏醒颔首说：“的确如此。当然如果你对我们天醒有兴趣，我可要去你们邛山州挖角了。我希望如果可以，邀请你担任天醒的董事长顾问或者董事长助理。”

阿英笑得花枝乱颤，说：“我又不懂企业，这么大的一个上市公司，我这个啥都不懂的小女子哪里当得了你的顾问或助理哟！”

苏醒见阿英拒绝得并不坚决，心道：“有门！”忙说：“就是因为你还不是那么懂企业，所以才请你当助理；要是你懂企业，我就请你当副总裁了！”

阿英连忙摆手说：“我做不了，我做不了。”

苏醒只好不再说这个话题。

阿英说：“我呢，有可能会调动去成都工作，时间还没有确定，部门也没有确定。不过呢，我倒是可以提供一些帮助给苏总，比如说做一些牵线搭桥的事情，具体的企业运作肯定还是苏总你们这样的运营高人才玩得转。”

苏醒目光一闪，刚要说话，这时候，贾一飞推门进来了，说：“出事了！”

“怎么了？”苏醒问。

“邵雪琪癌细胞扩散，医院回天乏术，老许急得晕过去了，正在医院抢救呢！”贾一飞说，“我也是才听到这个消息。”

苏醒霍地站了起来，一巴掌拍在桌面上，说：“肥猫，我们这里敲完钟就赶去西江看看。”阿英也很是震惊地站了起来。

贾一飞点了点头。

胡修成坐在一盏白惨惨的灯光下面，虽然没有手铐脚镣之类的东西，但问话的梁广荣的目光就如利剑一样逼视着他的眼睛，凉爽的空调也无法阻止他额头上的汗珠大颗大颗地下坠。

“说吧！现在不是要你交代什么，而是要你印证一些问题。你可以不回答，但是不回答不向我们全面仔细地交代的话，到时候处理你的问题就更没法讲了。”问话的纪委工作人员声音低沉，带着逼人的寒意。

梁广荣靠在椅背上，端着一个大保温杯，面无表情。胡修成依旧不说话。梁广荣把手里的保温杯重重地顿在桌子上，胡修成脸上的肌肉猛地抽搐了一下，抬起头望着梁广荣。

梁广荣声若洪钟，语速不快，却说得非常沉重：“胡修成，你以为你真的做得天衣无缝吗？我数给你听。一、你女儿去加拿大多伦多大学读书是怎么回事？二、你现在被查明的不明来源收入多达400多万元，这些收入是哪里来的？三、举报许国、叶贵诚等人的信是谁写的？四、‘12·15’事件里，开工前后，那个承包商——新兴宏光的老板先后7次去你家和办公室，送了多少钱，你自己不清楚吗？还要不要我继续说，或者是你自己说？”

胡修成白净的脸上已经全是汗珠，衣襟也湿了一大片。

这时候，问话室里面响起了老式挂钟报时的钟声，当，当，当……每一下都似乎敲在胡修成的心头。

胡修成艰难地从面前的盒装面巾纸里抽出一张洁白的纸巾，在头上抹了抹汗。他长长地出了一口气，说：“梁书记，我知道我的问题难逃你的火眼金睛，可是我一直都心怀侥幸。事已至此，我向你，向组织坦白。”

“好，你说。”梁广荣冷冰冰地从嘴唇中蹦出三个字来。

香港联合交易所。

苏醒站在蓝色的 HKEX 的背景下，随行的股东、董事、高管和嘉宾们一个个笑容满面，准备着最后的上市敲钟仪式。

早上 9 点整，巨大的 LED 电子屏幕前放置了一个硕大的挂钟，苏醒格外的精神抖擞，西装革履，脖子上挂着红围巾。台下的贾一飞也破天荒地穿了一身西装，圆滚滚的身材差点把衣服给撑爆了。阿英则是一身纯黑的礼服，脖子上挂着火焰一般的南红项链，眼中充满了赞赏和期许。

随着主持人简短的介绍词，七八名天醒的高管们每人手拿一柄金色布包着的小锤走上了台。每个人眼中都是掩饰不住的激动，都有着对未来无限的期许。是的，未来，未来总是更加美好的，未来总是充满希望的，未来永远都是最美的。

苏醒第一个，也必须是第一个敲响这上市钟声。他挥手扬起小锤朝那座代表着他人生的一个里程碑的钟敲了过去。

钟声荡漾，掌声如雷。

西江市第一人民医院肿瘤科。

邵雪琪再次从昏迷中醒来。她的身边围绕着所有的亲人和苏醒夫妇等好友。

她一个个看过去，母亲、父亲都泪流满面。她觉得很疼，全身每一个细胞都在呻吟着疼。谭润铃拉着阿琪的手，轻轻擦着阿琪额头上细细密密渗出的汗珠，其他亲朋好友已经无法直视邵雪琪。

她转动着眼睛，想从人群中看到许国。晓晓的眼泪就像断线的珍珠一样大颗大颗地滴落在邵雪琪的手上。邵雪琪艰难地举起手，摸了摸晓晓的面颊，说："晓晓，要照顾好自己。"晓晓泣不成声地点着头，跪倒在病床前。

许国瘦了。短短几天，一向风度翩翩的许国几乎瘦得脱了形。他走到床前，轻轻地搂着邵雪琪同样瘦削的身体。

邵雪琪脸上涌起一抹红晕，苍白的面庞上竟焕发出一种无可比拟的娇艳。她吃力地举着手，摸着许国的脸，细声说道："阿国，我好疼。不过，我知道，很快就会不疼了。"

许国想说话，嗓子眼却像堵了一大团棉花，只能发出呜呜的声音，一个字也没能说出来。

邵雪琪说："阿国，这么多年我学会了很多，学会了怎么做你的老婆。可惜，以后要你看着晓晓嫁人了，我陪不了你去世界各地玩了。我告诉你一个秘密，其实我很宅，不喜欢出去的，但是我就是想你陪我出去玩。我喜欢看你和晓晓玩的样子。"她喘了一大口气，继续说："爸爸、妈妈我没有孝顺够，奶奶我也没有照顾好，晓晓我还想看她嫁人，可是我还是想你陪着我。"邵雪琪的眼帘开始垂下去了，声音也慢慢低弱下去："阿国，我真的好希望你不忙，有时间多陪陪我，就像在学校的时候一样。”

“我陪你！”

“别傻了，你要工作，要扶贫，要上进，你不能陪我，我是理解的，你该做什么就去做什么吧！我就是有点累，睡醒了，你再陪我说话。”

“好！我陪你说话。”许国哽咽着说。邵雪琪伸出无力的手在空中抬了抬，望着自己的父母颤巍巍地叫了一声：“爸、妈，原谅我吧！我实在帮不了你们了，阿国把事业看得太重，他去了邛山也帮不了你们，这些年为了他，你们也付出了许多。”邵雪琪的爸妈紧紧地握住她的手，妈妈悉心地为她擦着汗，爸爸已是老泪纵横，像小孩子一样无助。

“阿铃，我真的很喜欢你送我的那块表，我希望带着那块手表一起走，把表放进我的骨灰盒吧，我会好好珍惜的。”

“阿铃，你过来，我最后求求你！这么多年我们一直像亲姐妹一样。其实阿国并不是我唯一的选择，有时我真想选一个爱我的人，而不是我爱的人，我太累了。阿玲，帮我照顾一下我的父母吧！我给你跪下了！”谭润铃哭着说道：“放心吧，我们姐妹一场，他们就是我的父母。”谭润铃转过身对邵雪琪的父母说道：“爸爸妈妈，我会照顾好你们的。”邵雪琪想强迫自己坐起来，但已经动不了了。她死死地盯着晓晓，大家知道她有话最后要对女儿讲。“晓晓，妈妈最放不下你。妈妈知道你高考考的不好的原因，你读西江大学是想陪妈妈走完最后一程。乖女儿，谢谢你，来世我一定还做你的妈妈。晓晓，你还记得那首歌吗？《情义俩心知》，你好久没有唱了，我想睡了，你唱给我听。”

是的，以前邵雪琪失眠的时候，许国也总是唱着这首歌哄她睡觉。

夜就像黑纱一片明晨无人知
你我这晚却有好开始
偶尔结识了在情路上起点处
模模糊糊都想试一试
月亮是冰心一片如银河明珠
见我替你扣上小风衣
照暖了街角让情泛滥不经意
犹犹疑疑轻轻吻一次
凝望着我，你态度带着怀疑
担心爱总有分支
凝望着你，我说愿意任何时
完完全全呈奉我痴

许国轻轻地听着抽噎的歌声，他仿佛看到了那天大学林荫道上穿着泡泡袖白色长裙的女孩正慢慢走过，阳光从树荫处洒下来，炫目并且刺穿了他的灵魂。

晓晓唱着，唱着。邵雪琪的生命枯萎了，她的灵魂慢慢飘远。

周围一片啜泣，突然晓晓发出撕心裂肺的叫声：“妈妈，妈妈！我离不开你啊！”

模模糊糊中许国听到了沉重的钟声震响在他的脑海中。

第三十章
岷江之夜

许国摇晃着从睡梦中醒来，看着空荡荡的床和空荡荡的房间。这里似乎还有阿琪的气息。他坐起来，走到书桌边，又一次抽出一张洁白的信笺，上面是熟悉的阿琪那娟秀的字。

不是遗嘱，而是一封短短的信。

阿国，这是我留给你的最后一封信，从此以后，天人永隔了。作为你的爱人，在分别的时候我有千般的无奈和万般的不舍，但我也深知，人世间，既然有来者，就必定有去者，我不怪任何人。我是一个丰富多彩的人，年轻的时候我也追求爱情，追求优越的生活，追求人前的富贵，也曾寄希望于你，我的爱人，能够让我人前显贵家族荣耀。然而，你生性耿直、善良，你对工作执着，在西江市工作二十多年，你摸爬滚打，纵有万丈雄心、千般豪情，岁月亦将你的青春豪情磨蚀殆尽。当知道组织上派你去邛山扶贫，我第一个感觉就是天塌地陷，对我来讲那就是生离死别。我对你百感交集，无以言对，是恨是埋怨至今我也说不清楚。在医院的那些日子里，我终于想明白了，一个人生命的价值不在长短，而在于对大多数人的贡献，对社会的责任和担当。当我在医院里看到你两鬓华发，我知道，这次组织上安排你去邛山，这是你人生的最后一次机会，也是你事业的一个平台。在邛山，面对着一个需要你的环境，我相信你一定会发挥你的所长，干出一番事业。临走前，我对世界依然充满着爱，我在世界的另一头祝福你。我孤独地来，孤独地去，我也享受孤独。

许国没有流泪，沉默地点燃了一支烟。抽完烟，他把这张信笺叠好，拉开书桌的抽屉，却意外地看到了一个表盒。宝玑表，阿铃送给阿琪的宝玑表。

许国打开表盒，里面的宝玑表依旧精美动人，但多了一个小小的U盘。他把U盘插在电脑上打开，里面是一段MP3格式的音频，播放出来的是邵雪琪的声音。

“阿国，对唔住，我好中意块表，阿铃唔肯收返，我就留低咗！希望唔会对你造成麻烦。依家我嘅病已经好严重了，可能医唔返了，我走咗之后，喱块表你一系就俾返阿铃，估计佢同苏醒都唔会收返嘅！一系你让阿玲放在我的骨灰盒里，我不想连累你。如果未来你揾到一个可以同你走落去嘅人，我唔系埋怨你，只系讲下啫！阿国，保重！”

许国轻轻地点着头，说：“阿琪，你放心，我知道了！”

虽然上市后千头万绪的工作都在等着苏醒，但他还是匆匆赶到西江参加了邵雪琪的送别会。

苏醒脚步沉重地走进了追悼厅。

灵堂里摆放着几个花圈，有西江市委组织部送的，有德城区委组织部送的，再有就是苏醒、阿英、贾一飞和其他亲朋故旧送的，不多。

西江市委组织部送的花圈上的挽联写着："慈颜已逝，风木同悲。"德城区委组织部送的花圈上的挽联则是："绿水长吟芳德，青山永志雅风。"

灵堂里，几个穿着黑色衣服的人在那里低声交谈着，其中一个苏醒认识，是市委组织部的一个科长，想必是市委组织部派来参加吊唁的代表。

苏醒脸色木然，毫无表情。

从挽联上看，苏醒知道市、区两级组织部是根据许国的行政级别选送了两个通用的挽联来吊唁的。

慈颜已逝？又不是送老人家，这算什么话呀！

这里没有市委、区委的更高级别的官员，虽说这是属于邵雪琪应有的规格，但苏醒心里总觉得堵得慌。他插在口袋里的手不禁捏成了拳头。

那组织部的科长看见苏醒便走了过来，伸手说道："苏总，恭喜你上市成功哦！"

苏醒摇了摇头，没有握手，只是淡淡地说道："今天是我同学走的日子，我们不在这里谈这个。"那科长只好将手缩了回去，说道："啊，许区的夫人也是你的同学？"

"是的，大学同学。"苏醒不咸不淡地回了一声。实际上，苏醒对许国去邛山挂职一直颇有微词，现在只不过把情绪发在了别人的头上。

那科长在这里也不好多说什么，只好随便应了声，便踱着步走开了。

这时候谭润铃陪着阿英走了进来，阿英抬头看了看，竟对着灵堂上邵雪琪的遗照怔怔地出了神。她是以私人身份来的，无论如何，她觉得自己和许国在官场上面有交情，私下里也是朋友，更何况她是受邀参加苏醒的公司的上市仪式后途经西江，她觉得这个告别仪式自己一定要参加。

邵雪琪的遗照虽是黑白的，但那是前几年的照片，人看上去显得端庄而秀丽，一双会说话的眸子里带着对未来的期望和无限的活力。

阿英虽然只和邵雪琪接触过一次，但从照片上看，她觉得这样的女子本应有着更美好的生活和未来，如此凋零真是可惋可叹！

猛然，厅中的低语声停了下来。只见许国的腰背突然变得佝偻了，他黑衣如墨，手捧着一个花圈走了进来。

许国将花圈放在了殡仪馆工作人员指引的空地上，然后用手仔细地整理了一下上面的挽联。

苏醒、谭润铃、都阿英、贾一飞以及所有在场的人都为之心头一震。

“百年刹那，把等闲名利，付之云散；再来隔世，是这样夫妻，鹣鲽完盟。”落款是永远爱你的丈夫。

许国的眼睛已是通红肿胀，满脸尽是憔悴，让人对这个中年男人难以直视。他整理完挽联后，转身缓步走到岳父岳母面前，对着两位老人深深地鞠躬道：“爸爸、妈妈，我愿意，此生此世只有邵雪琪一个妻子；我愿意，此生此世，奉养二老终身到老；我愿意，此生此世，不负初心！”

一时间，岳父岳母哽咽难语，满室皆寂。

蓦地，五个穿着黑色演出服的人，戴着黑色的口罩，手提乐器，列队而入。

领头的是一个身穿西服、满头卷发、圆脸细目的中年人，他的气质是如此的优雅。他背后是四位清新脱俗的女演奏家，分别是大提琴、黑管、小号和鼓手。

“魔弦？”阿英一眼便认出这是当世国际顶尖的小提琴演奏大师之一，有“魔弦”美誉的李斯芩。他？他怎么会在这里出现？难道他和邵雪琪也是故交？

组织部的科长也认出了这位名震中外的小提琴演奏大师，禁不住移动脚步迎了上去，嘴里说着：“您怎么来……”

李斯芩侧身向苏醒略点了点头，然后走到厅堂中央，潇洒地拿起他那把由美国名琴协会赠与的制造于1635年、价值600万美元的小提琴，夹在颈下，略一点头，便眼光微闭地演奏起来。

这是他当年在波兰参加维尼亚夫斯基国际小提琴比赛时获得冠军的曲目《夜莺小夜曲》。这也是邵雪琪最喜欢的小提琴曲。

哀婉的乐曲在不大的厅堂里如泣如诉，诉说着两情相悦和无奈分离的痛楚。旁听者双手不禁开始颤抖，泪水奔涌而出。灵堂里传出一片啜泣声，仿佛引领着邵雪琪的灵魂步入天堂。谭润铃和都阿英紧紧地搀扶着已无法站立的邵雪琪的父母，贾一飞则急忙抱住突然昏厥的许母，嘴里呼喊着：“老太太，老太太……”披麻戴孝的晓晓撕心裂肺地哭喊着：“妈妈，慢走！妈妈，慢走！”

时间宛如消失了一样，许国呆立一旁，心如刀绞，只有两行清泪缓缓滴落在胸前的衣襟上。

一曲奏完，李斯芩收起小提琴，从衣服中取出一朵白色的玫瑰放在了邵雪琪的灵前，又深深地鞠了一躬。然后，他走到许国面前，伸出手拉起许国的手用力握了握道：“我尊敬你所从事的事业，也尊敬为你付出和牺牲的亲人！请节哀！”

说完，李斯芩举步便走。在门口处，那组织部的科长追了上去，想要解释什么，却被小乐队的其他成员无声无息地挤到了一旁。只见他嘴唇张合了几下，却没能说出一句完整的话。

苏醒的眼里闪过一种难以捉摸的眼神，嘴角带着一丝资本的傲慢。阿英敏锐地捕捉到了这一闪而逝的眼神，心里突然闪过了一丝悸动——原来，苏醒这个男人既是个资本狂人，也是一个讲义气的人。

众人一时尽皆失语。许国走到众人面前，淡淡地说道："非常感谢大家这两年多来对我们一家人的帮助。"

阿英伸出手，握住许国的手说："是我们应该谢谢你！谢谢你为我们彝家的一切付出和牺牲。"

整个邛山州大昭县几乎全都轰动了。

一个是在大昭县城，一座现代化的国际学校以火箭般的速度拔地而起，这就是享誉世界的中国效率和中国速度。另一个就是邛山食品产业基地的招商引资也以极快的速度展开了。

据《西江时报》报道：以新创立的彝家民族品牌"彝家药酒"为领头羊，邛山现代商贸物流园、彝族民族酒文化博览园项目有力推进。国家级食品工业旅游创新示范区加快创建，彝族民族酒酿酒作坊被列入国家工业遗产。邛山醉彝街、大昭勒俄特依山水世界等景区建成投运，成功牵手各名酒集团和物流企业。招商引资省外到位资金接近200亿元。同时，与德国慕尼黑签署缔结酒文化友好城市关系。彝家药酒酒业公司与德国、法国、乌克兰、智利等国家的著名酒庄达成合作协议，为彝族特产酒走向国际市场迈出重要一步。

许国用百倍的精力投入工作中，杨兴昌也是如此。整个大昭就像一座上足了发条的时钟一样，飞快地奔驰着，整个县城和乡村就像被魔法师施了魔法一样，以肉眼可见的速度改变着面貌。

苏醒身穿笔挺的西装，打着领带，修饰得极为得体，下颌上留着修剪整齐的胡须，整个人显得极有男人味。举手投足间，上市公司霸道总裁的“王霸之气”显露无遗。

苏醒身边的阿英穿得更加漂亮。海蓝色的飘逸长裙，交叉扭结从白天鹅般修长的脖颈处飘落而下，隐约中可以看到那细细的腰肢。这是米兰时装周上香奈儿春夏女装里最受欢迎的一款时装。两颗晶莹剔透的海蓝宝石耳坠在脸庞边微微摆动，洁白的腕上是和手一样洁白的和田羊脂玉手镯。

苏醒的心跳得仿佛初恋时候见到自己最爱的女孩一样，此时他这个经历过无数风浪的霸道总裁像一个情窦初开的小男生一样慌乱。

站在红地毯上的有一身彝家打扮的杨兴昌，公务装扮的许国，装饰整齐的州教育局副局长、县教育局局长以及学校的校长和党委书记。

为国际学校剪彩的时候，苏醒和阿英站在一起。阿英瞥了一眼苏醒，笑着说：“苏总，今天的成功可是你造成的哦！”

苏醒微笑着说：“我已经准备好了最盛大的索玛基金的开幕式，到时会更热闹。”

二十四响礼花冲天而起，无数闪亮的礼花箔纸从天而降，仿佛下了场耀眼的雪。

来观礼和考察的德城区委书记冼志豪在台下鼓着掌，心里很是欢喜。无论如何，这个国际学校的建立，解决了他共享德城和大昭教育资源的构想。是的，这是坚实的第一步，因为他知道，未来大昭的学校都会和德城的主要重点学校进行远程教育共享，大昭的教育扶贫发展将是西江扶贫中的亮点工程。

曹老师和何伟雄也在嘉宾群中。经过这两年的磨炼，何伟雄的舌头算是给捋直了，普通话比过去标准多了。他笑着冲曹老师说："看着学校和各种工程一个个以超级速度建好使用，我这两年感觉自豪了很多，以前建了那么多高档房地产都没有现在建一个学校开心。"

曹老师哈哈一笑，小声说道："脱贫攻坚改变了一切，这世界变化真快！"何伟雄瞪着一双眼睛像不认识似的瞧着他。

曹老师扮了个鬼脸，说："远程教育的设想要依靠现代化的设备来实现，这是硬件设备，但再好的教学楼、再先进的工具也需要懂得操作和实现后一步推进的人员素质。过去，我们的扶贫支教只能让愿意吃苦的老师下来，更多承担教研任务和教学任务的老师不可能到这些贫困地区支教。但是现在通过电教化工具就能够实现了，从人力上和教学质量上都是效率极大的提高。这就是我们通力合作，努力建设这些学校的意义。"

何伟雄摸了摸下巴上的胡子，想了想说："是啊！刚来的时候看到那些破旧的学校和贫困户的房子，心里就想，脱贫的确是一场改变世界的超级攻坚战。现在，这些一个个看起来无法克服的困难，在我们手里被一个个战胜，这种满足感真的比造出世界第一的摩天大楼更加值得自豪，因为这是改写我们国家历史的事件，而我们就是这个攻坚战里并肩作战的战友。"何伟雄用手肘碰了碰曹老师，嬉皮笑脸地说："曹战友，今晚你请我们工程队的兄弟们喝酒吧！这个功劳你得的最大哦！"

曹老师往旁边躲了躲，装出一副"我和这厮不熟"的样子来。

去往建昌的路上，苏醒亲自当司机开着都阿英的奥迪 Q5，至于他自己的奔驰 SUV 则丢给他和阿英的司机们去开。

苏醒看着裹着一件薄薄的小外套，慵懒地靠在副驾驶座上的阿英，不禁问道："阿英，能不能跟我透个底，你能不能来天醒集团？你知道，我需要像你和许国这样的人来帮助我，毕竟这个世界上我们这样的公司最难对付的就是政府机构，但又必须和政府机构打交道。"

"苏醒，你需要的是盟友而不是下属，下属是解决不了你的博弈难题的！"阿英懒懒地说。"下属依靠的是你的力量，而盟友是独立的，只是需要和你达成一致而已。你反而更需要依靠盟友的力量，就像二战的时候，美国和英国始终只是盟友，而不是上下级。罗斯福需要英国的海上力量和全球的殖民地，丘吉尔需要美国的军火、金钱和军事力量，他们互相配合互相利用。而不像杜鲁门和麦克阿瑟，哪怕麦克阿瑟是二战英雄，但他始终都是杜鲁门的下属，一句话就可以解除职务。"

苏醒只好闭嘴，心想："这个女人太聪明了，简直聪明得可怕。"但他心里越发想把阿英挖到手，这样的人，是难得的人才啊！

苏醒决心不惜一切代价也要挖到阿英，做盟友也不是不可以，反正不能成为对头！

奥迪 Q5 一骑绝尘。

建昌是一座号称"春天栖息的城市"，就像昆明一样，四季如春，只是紫外线相对更强烈些。邛海波澜壮阔，螺髻山峻拔绵延、风景如画，数千年的古城墙高耸着，因而建昌又被誉为"中国十大最美古城"之一。

在建昌最高档的岷江酒店前，正在举办一场极其盛大的"天醒化工业大数据中心”落地邛山州的新闻发布会。

出席新闻发布会的不只有苏醒，邛山州政府州长、政府秘书长、工信局局长都来了。不仅如此，国家发改委和工信部也派了司长级官员来参加，由此将这件事的规格提高了许多。

让苏醒都觉得奇怪的是，居然还有军方的高级军官也来到了现场。虽然没有和他谈什么，但苏醒好歹在商场滚打了二十年，心里豁然明白，这是阿英在帮他。但是，阿英为什么要这样帮自己？他心里又是感激又是困惑。

盟友？是的，阿英也需要和自己结为盟友。

阿英在晚宴上特别的美。她穿的是传统的民族服装，色泽以炫目的桃红色为主，宛如一朵极艳丽的桃花盛开在整个会场。那些银亮亮的缀满了头帽和胸前的各色银饰，使她成为晚宴上最令人瞩目的人，与她熟悉的州长和秘书长一直夸赞阿英今天真是漂亮。

苏醒甚至都不敢去看阿英，她太耀眼了！

晚宴结束的时候，苏醒被各路人马灌得昏头昏脑，又陪着那些大小领导到酒店的卡拉 OK 吼了几嗓子，最后到厕所里好好洗了把脸，作揖打躬赔罪后才告辞而去。

苏醒拿着门卡，在电梯里晕头转向地上了酒店的最高一层。他出门在外参加大型活动的时候，秘书通常都是给他订五星级以上酒店的高级商务行政套房，毕竟一个大型上市集团的领导者，吃住都代表着这个集团公司的面子。

当苏醒刷开房门的时候，他被惊呆了。

他忽然想起来，这个门是双门的，而且大得让他心里一直嘀咕，什么房间要这么大的门？

这是总统套房，五星级酒店的总统套房。

套房是欧洲皇室城堡的风格，里面站着一位亭亭玉立的美人。火红的晚礼服，白金镶钻的公主冠，精致美艳的妆容。

苏醒突然发现居然是阿英。

阿英看见苏醒开了门，淡淡地微笑着，毫无半点羞涩，很是大方地朝苏醒招招手，让他进来。

苏醒稳了稳心神，大步走了进来，在宽大的沙发上重重地坐下。他很不解阿英的做法。

阿英像是看出了他在想什么一样，微笑着柔声说："你不明白我的意思是吗？"

"是！"苏醒大声地回答。他心里有些生气，他已经有所明白，但是还是不明白缘由所在，尤其是阿英对他隐瞒了想法。

阿英缓缓坐下，仔细整理好身上的衣服，一丝不苟。

"苏醒，苏总，我想告诉你的是，今天不仅是天醒化工业大数据中心落地邛山州的新闻发布会，也是我，阿都·阿郭·依扎嫫的出嫁之日。"

"出嫁？"苏醒虽说有心埋准备，但听到这话，还是惊得下巴快掉到脚面上了。

阿英脸上染上了一层红晕，娇艳无比。但她还是挺起胸膛，语气平淡地说："是的。今天来的人你也看到了，各方面的人都来了，他们都是我请来的。今天这场活动，也是我一手操办的，你的人只是负责做事而已。"

阿英为什么要这么做呢？这个时候苏醒已经完全不受酒精的影响了，头脑瞬间清醒无比。

"苏醒，你应该很得意才对。我今天帮你就是向你展示我的实力，而且这只是一部分而已。你心里一定在想我为什么要这么做？”

苏醒觉得阿英简直就是一个会读心术的魔法师，冷汗已经从他的后背悄然而下。

阿英微笑着说：“我告诉你，我并不是爱上你了。我对你有好感，但和爱情还差得很远。而且你我这样的人，对爱情这个东西并不会像那些大学校园里的孩子一样来看待。我们之间是合作关系，虽然这么说很对不起今天的场面和这里温馨的环境，显得十分冷酷，但这确实是事实，我们不用回避。”

苏醒点了点头，身体向后面一靠，玩味地盯着阿英。

阿英没有任何动容，依旧微笑着说：“我是土司的后代，家族从明朝到清朝、从中华民国到现在，总能跟得上形势和时代的步伐。现在，这个时代已经发展到高速而且竞争激烈的时候了。我这几年沉在大昭，是想在大昭找出我们这个民族落后的根源所在，以及摆脱贫困落后、真正自强兴旺的方法。”

苏醒点点头，说：“以你的聪明应该找到了根源和解决的方法。”

“是的。根源就是封闭、故步自封。解决的方法就是用教育、开放和实业，拥抱整个世界。想当年，我们这个民族的英雄岭承恩，通过战争打下了邛山彝家百年基业。现在，我要改变彝族贫穷落后的现实。除了紧跟党的脱贫攻坚政策之外，我还希望从外面引进资金、技术、智力资源。可是，有的人我未必看得上眼，有的人我虽然很喜欢，但是他本身缺乏足够的实力。今天我们在车上谈的盟友问题就是如此。我愿意和你结盟，就是因为你有足够的实力，也有足够的意愿帮助邛山，而且你也喜欢我。”阿英的语气虽然狂热，人却极端冷静。

“我不会要求你娶我，我只是想给自己一个交代。所以我让你的助理给我找了婚庆公司，策划了这场只属于我的婚礼。你可以把这看成是一次为了实现我梦想的‘和亲’。我是土司的后裔，我有我的骄傲。”

“好，好，好！”苏醒击掌赞叹道。“不知道你这个代价是否值得，万一你‘和亲’失败了呢？”

阿英站起来，长裙在水晶灯下红得刺目。

“人生本来就是一场赌博，而且这场赌博对于我而言，付出再大的代价，只要赢了就足够了！”

阿英缓缓地解开束着纤腰的红色腰带，红色的晚礼服慢慢地褪落在地上，洁白的胴体在灯下让人目炫而又充满诱惑。

苏醒大步上前，将她一个“公主抱”抄起，朝卧室里走去。

岷江酒店门外，孟天罡驾驶着黑色丰田越野车正在等候。

第二天，苏醒被手机铃声叫醒了，这是他平日的上班时间，早上九点。十年来，他从来都没有迟到过。

醒来的苏醒没有看到阿英，他心里微微有些失望。他很回味昨晚的翻云覆雨。不错，阿英的确是处女，不单只是她的点点落红，而且从她青涩的床第表现也可以这么断定。但阿英确实是极聪明的女子，一旦食髓知味之后，很快便能够从刚刚的激情中找到诀窍，然后是第二次、第三次。

苏醒从来没有那么勇猛过，有那么一瞬间他甚至想过真的娶阿英。

苏醒掀开被子，赤裸裸地从床上起来，正准备到浴室去好好洗个澡。他下意识地拿起手机看了看，上面有一条阿英发给他的微信。他重新坐在床上，点开微信。

“苏醒，你看到这条信息的时候，我已经在去成都机场的路上了。对不起，看你睡得那么香甜，我没有向你告别。前几天我已经接到调令，要去中国驻联合国开发计划署做减贫工作。我想我会在更大的舞台上继续推动中国的扶贫开发工作。我真的很抱歉，我的行为可能有些欠妥，但我不后悔。我悄悄地离开了，我只想把最美好的与你分享。

“其实，我很害怕离别。小时候看到爸爸因各种工作东奔西跑，每次我都会哭成花脸猫。这次，和你一起去参加许国妻子的追悼会，我能感觉到许国的那种肝肠寸断的情感。所以，我走了，我没有与你告别。

“苏醒，我这么匆匆离开，没有把我的资源和帮助你的计划交给你，有点不负责任。不过这个事情你可以放心，很快就会有更多的人主动来找你谈。

“苏醒，我喜欢你，是因为你身上有我最着迷的一种枭雄气质。我认为，一个男人，尤其是一个做大事的男人，就应该是你这样的！我虽然是个女人，但我能应付和面对各种问题，也会尽全力协助你。我走了，我把喜欢留给你，只把爱带走。

“最后，感谢你让我成为一个真正的女人！我很快乐，谢谢！”

苏醒坐在床上反复看了两遍，然后把信息删除了。然而他的心里已深深地打上了阿英的烙印。

阿英走后，索玛基金的开幕式如期举办。是的，索玛基金，这个以索玛花，同时也是以逝去的阿约索玛的名字命名的20亿元的教育培训投资基金的开幕式无比盛大，高朋满座，名人云集。可是这里面最美丽的那朵索玛花却已经香消玉殒，只能在天国注视着人间。

第三十一章
临终的秘密

黄尚皇施施然走到金石开的办公室里。金石开瞥了他一眼，乐呵呵地笑了，说：“老黄，你这是哪个年代的打扮啊？玩艺术的是不修边幅，但也不能折腾成你这副德性啊！”

老黄拿手当梳子，随便整理了一下有点接近鸡窝状态的头发，扶了扶眼镜，自己上下看了看，笑着说：“我这样子没啥问题啊！”

金石开苦笑了一下，盯着老黄那圆领大 T 恤掖在西装短裤里，穿着一双白色袜子配黑凉鞋的奇怪造型说：“你说你，一个堂堂的广州美院油画专业毕业的高才生，历史、文化、古董、玉器样样精通，怎么就是这么副德性？”

黄尚皇一屁股坐在金石开面前的椅子上，满不在乎地说：“专业、学识跟德性扯不上关系，难道你读个经济学就满身铜臭，言必称采购经理指数、GNP 缩减指数？我这破德性是天生的，除了画画、风水、古董，就是女人。这几样玩意儿一折腾，想西装革履人模狗样都不行。”

金石开哈哈大笑，拿起面前的茶壶给老黄斟了一杯茶。

老黄闻了闻，叹道：“好茶啊！”说着细细地品了品这杯老班章，说：

“这么好的茶我还真喝不起，平时就搞点狗屁三五十块一斤的茶叶混混事。”

金石开说：“你说你，这老班章也算不上什么极品，一饼茶也就三百多，不是贵价货，你就弄得自己喝个茶都不买好玩意儿。你画画和倒卖古董的钱全都贴到女人身上了，自己两手空空，我这个扶贫办可扶不了你这种贫！”

老黄说：“可不是呢！没办法，就好这口。老金，看在十来年交情的份上，你给我老黄指条路呗！”

金石开挠了挠头，说：“老黄，你如果愿意，我给你介绍一个朋友。这位兄弟年纪比你轻，但有股子干劲，现在在邛山那里搞酒。你去他那里搞酒文化开发设计，日子应该会好过点。”

老黄有点犹豫，说：“邛山那个地方可是全国最穷的地区之一，你还在那里扶贫，把我忽悠过去，到时候别连回来的高铁票我都买不起。”

金石开哭笑不得地说：“放心吧，老黄。经过我们西江这几年的帮扶，邛山脱贫是肯定的。你去那里搞酒文化绝对是喝头啖汤，亏不了你。何况，邛山姑娘漂亮奔放，适合你去那里看着美女搞创作。”

老黄一听美女，顿时两眼放光，说：“这，嗯，先去看看！起码先看看美女。”

金石开大笑着把一张名片递到了老黄的手上。老黄看了看，记下了上面的电话。然后，端起一杯茶，边喝边说：“邛山那里出产着中国现在最时兴的石头——南红玛瑙，和新疆和田玉、缅甸翡翠鼎足珠宝文玩市场。”

金石开说：“我在邛山见过那东西，只是不大懂。不过这种矿藏的开发，对当地有意义吗？”

老黄点了一支烟，笑了，说：“新疆有和田玉，但新疆的经济因为和田玉大大提升了吗？缅甸翡翠一个指头大小的所谓冰种翡翠就贵到成千上万，缅甸卖了几百年，成了富裕国家吗？卖这些矿藏能挣钱，但是毕竟比不上真正的工业产业能发财，最多也就是一部分人挣点钱发个财，大部分人也就养家糊口罢了！”

金石开点了点头，说：“不错，你去邛山搞酒文化，真要发财可能更快。不过，你好歹结个婚啊！天天在外面浪着泡妞，每次都是人财两空，多少钱都架不住你往那些女人身上乱贴啊！”

老黄说：“千万别搞，真的一结婚，柴米油盐的一粘身，我的创作灵感就死了。我才不结婚，只有浪漫才是创作灵感的源泉。只有获得丰富的情感，不管是开心还是伤感，我才能画出好画，不然一切就味同嚼蜡了。”

金石开差点被老黄的歪论气笑了，只好摇摇头，说：“你还看风水？”

“看啊！风水这东西不仅有门道，还能赚钱。”

“那你不看看你自己的风水？”金石开问。

“没辙，风水师不能看自己的风水。风水改造就是‘改命’，就像一个人先天不足，后天呢，锻炼身体，吃好东西，以强壮身体。但是改造风水有悖于‘道法自然’，所以风水师要承担一定的因果，看风水看瞎了眼睛，看绝了后人，甚至看丢了命都是有的。因此，绝对不能随便看风水。别人的命好改，自己的命就难咯！改自己的命，弄不好就报在自己家人和亲友身上，还不如不改。”老黄侃侃而谈。

金石开无奈地摇摇头，说：“那你还是去找刘总吧，看看他是不是你命里的福星。”

“好嘞！老金，多谢你了！”老黄背起一个黑色的背包，扬长而去。

金石开想了想，拿起电话，拨通了刘勇的号码。

“刘总，彝酒文化产业基地筹备得怎么样啊？我这里介绍给你一位画家黄尚皇，你看看能不能有所帮助。”

刘勇在电话那头说：“现在没别的关键问题了，资金也差不多了，我就是想找一种名酒好酒来做真正的招牌，以打开文化销路。”

金石开说：“那好啊！多筹划考察一下，缺钱缺政策我帮你，缺酒我可帮不上你！”

刘勇说：“那您这位画家大师会不会讲故事？商讨一下，讲个故事出来，现在连直播带货都得会讲故事啊！”

金石开说：“故事人人会讲，各有巧妙不同。”

老黄坐着飞机转机成都连夜就去了大昭，到了酒水产业基地。这老黄是个自来熟，走到什么地方都是个浑不吝的架势。

刘勇见了老黄可算是一见如故、臭味相投，用阿敏的话来说就是：“两个色狼，一对坏蛋。”

毕竟闯荡江湖20年，虽说赚钱不行，但说起讲故事，老黄那可不含糊，张口就来，快能比得上卖拐的赵本山了。

“刘总，我觉得要想把酒文化这个玩好，就得按照我说的，讲彝族传统的酒文化，讲大昭的都家土司的兴衰史，关键是要把故事讲得有鼻子有眼，再加点神话色彩，这就能拿来宣传了啊！”

刘勇说：“你就继续忽悠吧！茅台酒的故事是这么忽悠的吗？”

“你错了，刘总！茅台镇在贵州，那地方的历史清清楚楚，没法乱忽悠。彝族历史几千年，哪里找不出几个故事来？咱们加工一下，添点油，加点醋，这个主打品牌就出来了。而且彝家人好喝酒，只要把酒说成是彝家代表历史文化的酒，就像什么孔府酒、诸葛酿之类，能产生联想就行，有几个人真能跟你考古啊？”

刘勇有点犹豫了，这话不无道理。

老黄掏出2B铅笔和速写本，唰唰几笔，就在上面画了一个彝家男人喝酒的漫画造型，说：“酒呢，除了陈酿的名酒，其他土炮酒都有一个特点，入口舒服后劲大，有点像江南的黄酒。对彝家人来说喝酒是一个惯常动作，对酒的口感有要求，但对醉不醉却没有要求。我想，就用民族酒作为特点，讲一个有噱头的历史故事，只要酒的味道好，川酒的香型加上这个酒的民族特点，打开市场绝对不难。造型设计要漂亮，推广要有力度，民族为本，美女引领，扎根邛山，占领四川，面向全国，放眼世界。”

“都被你老黄说完了，我都没台词了！”刘勇笑着说。

刘勇的父亲刘富国身体不好，打电话让刘勇回成都，已经是差不多交代后事的架势了。刘勇接到电话，便着了忙，和阿敏打了声招呼又跟厂里面的管理人员说了一声就一个人回了成都。

刘富国没有住成都的医院，连高干病房都不愿意住，就住在家里。

刘勇回来扔下行李就往刘富国的房间跑。没想到，刘富国神采奕奕地正站在那里翻一本《毛选》，除了脸色惨白以外，简直比普通人还健康还有精神。

刘勇心里奇怪，便冲刘富国说：“爸，你脸色那么差，怎么还有精神看书？”

“毛主席说的，活到老学到老！”刘富国缓缓地合上书本坐下来说道。

刘勇忙走过去，仔细上下打量刘富国。

刘富国淡淡一笑，说：“刘勇，跪下！”

刘勇差点不相信自己的耳朵了。从小到大，刘富国从来没有这么霸道过，即使他犯错了，也没有打过他，最多也就是揪着他的耳朵讲道理。刘勇看刘富国的样子不像是在开玩笑，就乖乖地朝刘富国跪了下去。

刘富国惨白的脸上露出了笑容，说："儿子，让你跪下，不是罚你，而是要给你讲一个秘密。这个秘密我本来是要带到棺材里去的，不过，我相信老天爷可能还是想要我把这个秘密说出来给你，为你们彝家人带来好日子。"

原来，这个秘密就是刘勇亲生父亲罗洪尔布的死因。

当年刘富国和罗洪尔布一起在军队服役，那一年，发生山火，大火整整覆盖了半个邛山的森林。刘富国所在的部队接到命令后就开到邛山救火救灾。刘富国所在的那个班，一边用扑火拍冲进山里，一边救那些被山火围困的彝家村寨，不知不觉就走偏了路。

"你说，那个老毕摩说的会不会是真的？这深山老林里面居然还有宝藏？"刘富国问班长。

"啷个知道是真是假，但是我们是打过蒋匪军、怼过美国佬、两山轮战过的英雄部队，去看看也没啥子大不了，说不定还会立个功啥子的！"班长是打过法卡山的四川老兵，口气大得很。"刘富国你们四个人开道，普天成殿后，我就不信这次我们班不立个二等功。"

罗洪尔布长得十分精神，个子虽然不高，但浑身都是用不完的气力。他和刘富国最是要好，拿着扑火拍冲在最前面。

刘富国的班长按照毕摩所指的路线绘了一张图，指挥着自己这个小队且战且走。越往山里走，火势越来越小，走着走着，除了潺潺的山水以外，竟然半点火星都没有。

罗洪尔布是小队里面唯一的彝族人，他阴沉着脸对班长说：“这是我们彝家人传说里的鬼谷峡，所有死了的彝家人的魂灵都要到这里来，然后再从这里回昭通去。”

班长笑了，抹了一把脸说：“哪个毛主席的战士还信这些神道道？我们只管去。”

罗洪尔布也不敢顶嘴，噘着嘴跟着班长就走。

说来也怪，一路上各种毒蛇猛兽层出不穷，亏得这些都是军人，而且身边还带着三支半自动步枪，也不管是什么毒蛇猛兽，神挡杀神佛挡杀佛，硬是在天黑的时候杀到了那个地方。但就这样，还是有三个战士负伤而死。

刘富国说到这里，喘了口气，说：“我们到了那里，就让你爹按照记忆画了张草图，把方位给记录了下来。”刘富国的脸色更加苍白了，白得毫无血色。

刘勇刚想去给他端口水喝，刘富国却一摆手，喝道：“不用管我，让我说完。我们剩下的几个人走到那个洞里，才知道那个洞是当年彝人和明军争夺的战场之一，里面有块碑，碑文显示里面藏着的是彝人世世代代秘制的‘彝家药酒’。说来也奇怪，本来受伤了的罗洪尔布走到里面喝了一口彝家药酒，精神立刻便好多了，真的像回了魂一样。”

班长不敢怠慢，去洞里面找了半天，找到了彝家药酒的酒基。

这个地方的确奇异。也许是上千年来彝人在这里酿酒的缘故，这酒竟是血红色的，但倒出来过滤完就和普通白酒一样无色透明，按班长说的话就是“香得不行！”

可是当他们要走的时候，却不知道从哪里冒出来一股山火，由小到大，只是眨眼之间。班长他们往回跑，结果被山火的浓烟熏死在山洞里面。

刘富国当时也被熏得晕了过去，是罗洪尔布救了他。等刘富国醒来的时候，罗洪尔布已经不行了，再怎么喝彝家药酒也回天乏术。

罗洪尔布毫无惧色，把那张记录着彝家药酒位置的路线图塞到刘富国手里，告诉刘富国，他家在大昭，寨子里有媳妇和刚出生的儿子。他让刘富国把这个路线图给他儿子，让他的儿子学会酿这个彝家药酒，为彝人留下祖宗的好东西。

刘富国带好死去战友们的身份牌，带了一把枪和扑火工具，九死一生冲出火海，回到部队。从部队返回后，他找到刘勇的妈妈和刚刚出生的刘勇（罗洪勇）。身体羸弱的刘勇妈妈听到噩耗后悲痛欲绝，不久即病逝，留下刘勇被刘富国带回成都。

刘富国抖抖索索从《毛选》里面取出一张泛黄的图纸，上面细心地标注着路线和经过的山水，有点像作战时的军事标注草图。

“勇儿，你父亲牺牲时社会上正在批资本主义复辟，谁也不敢提彝家药酒。随着地理地貌的变化，彝家药酒的贮藏地我已经记不清楚了，你要费心才能找出来，这绝非易事。目前川黔地区主要以贵州茅台酱香酒、四川五粮液浓香酒为主，你搞酒产业基地必须另辟蹊径，要结合彝族的区域历史和文化传承进行差异化生产，彝家药酒就是突破口，这件事对你父亲也是个交代。”

“勇儿，你听过司马相如和卓文君的故事吗？邛山地区自汉代以来就有酿酒的习惯，彝家人有自己的酿酒技术和工艺，找到彝家药酒的酒基是关键啊。我要走了，要去和你父亲见面了，听我的话照顾好你妈妈！”

“我记住了，爸，你放心！”

第三十二章 孟获城寻宝

听了父亲的话以后，刘勇才知道手里拿的这张泛黄的图纸原来是自己的亲生父亲用命换来的，他不禁两眼含泪，跪在刘富国的床头磕了三个响头。

回到大昭的办公室，刘勇便将黄尚皇请了来，两人在办公室把门一关便商议开了。刘勇从未这样严肃地对老黄说："老黄，老爷子留下的，你看看。"他小心翼翼地打开小包，展现在他们面前的是张半旧的纸片，纸上没有文字，只有些依稀可辨的山水、森林和房屋，较为清楚的是山水间、森林中的几条粗线。他们围着这张图研究了半天，也弄不明白其中的奥秘。

"既然是老爷子临终时留给你的，就说明非常重要，你再仔细看看，图上的山水、森林、房子，见过没有。"

刘勇摇头说："没见过。"

黄尚皇说："大邛山是一个神秘的地方，我听说桂花乡鱼儿坝后面有一大片原始森林，当地人称为城墙岩，也就是传说中的孟获城。三国时期，西南民族首领孟获是位神秘的传奇人物，引起过无数的遐思和争议。孟获城更是充满悬念，被传得神乎其神。'打开孟获城，世上无穷人''金做柱头银做墩，世间难见饿死人'，这些民谣以及众多传说又给孟获城增加了一层神秘的色彩。但孟获城究竟在哪里，谁也说不清，道不明。当年平叛时就有多位战士追踪叛匪进了城墙岩，但没有一个人回来。”

千百年来，城墙岩（孟获城）一直吸引着无数淘金客，民间有歌谣曰：

孟获城啊孟获城，
无处找来无处寻，
走遍云南和四川，
处处传说孟获城。
孟获城啊孟获城，
一年四季不开门，
谁把城门来打开，
卧龙岗上找孔明。
孔明刀枪密如林，
四面合围孟获城，
破城不见人和影，
莫非孟获会腾云。
孟获城啊孟获城，
孟获城里皆金银，
金做柱头银做墩，
坐在城中当富人。
孟获城啊孟获城，
千百年来把你寻，
只要找到孟获城，

世上不会有穷人。

黄尚皇对大邛山三国、明清及当代历史如数家珍。刘勇咧着嘴说："我说老黄，这事我可算找对人了，大邛山这里全都是宝啊！但是如何才能找到彝家药酒？"

"我虽然是玩画画的，但是当年在北京画那些世界名画的复制品的时候，闲着就上潘家园淘宝，还就淘了本手抄本《撼龙经》，而且是全本，可比市面上那些印刷版的要强得多。我呢，除了画画和泡妞以外，全部心思都在这本书上面。不说别的，看风水定星相，我学了个滚瓜烂熟。20世纪80年代末的时候，我呢，那时候年轻力壮、血气方刚，被一个河南洛阳的小寡妇给迷倒了。那小寡妇也才二十多，那身材，啧啧，现在想起来还让人流口水。后来我就想同她好在一起，于是就跟她去了她家。没承想她父亲是个"摸金校尉"，也是文物奇人，风水造诣非凡，和我也一见投缘。我跟他去邙山、西安、咸阳一带玩了两年倒斗，挖了几十个古墓，王侯将相都有。后来她老爹因为倒卖文物被公安抓了，小寡妇作为共犯也被抓了。我运气好，一溜烟跑回广东继续画画才没接着搞这玩意儿。但是你说要找个地方，不是我吹牛，我比一般玩倒斗的都清楚。"

刘勇说："老黄，你就吹吧，就凭你这身子骨，别说倒斗了，怕是见到死人都会晕过去。"

老黄嘿嘿一笑说："死人有啥可怕，拿着大腿骨敲木鱼我都干过。你说吧，要是找出这个地方来，你给我啥好处？"

刘勇摩挲了一下刮得干干净净的下巴，想了一下，说："啥好处？真要是你出力气把这个地方给找到了，给你公司15%的股份，外加10万元辛苦费，你天天画画泡妞都够你糟践。”

老黄说：“股份好说，你后面这话我听着舒坦。要是这彝家药酒真有那本事，给我两坛子，也好帮我他妈的滋个阴补个阳什么的！不行，两坛子不够，反正在我没有死在女人肚皮上之前你得给我管够。”

“呸！这是彝家的药酒，是保健养生提神的，不是春药。”刘勇笑骂道。

“那我不管，反正我好喝酒，虽然也就是三两倒，你给我管够就行，别一副葛朗台的德性。”

“行，这个答应你。”刘勇啪地狠狠地拍了一下老黄的大腿。老黄龇牙咧嘴地说：“刘总，这个拍人大腿的坏习惯你必须改。”

刘勇没理他，说：“那，老黄你说，要准备点什么东西？”

老黄想了想，从打印机里扯了一张 A4 纸出来，用笔在上面写写画画，不一会儿就列了一张清单出来，东西还真不少。什么战术手电、工兵铲、手套、口罩、蜡烛、绳索、水壶，林林总总一二十样，看得刘勇苦笑着说：“知道的是老黄你准备去探险寻宝，不知道的，还以为你打算去盗墓呢！”

老黄却一脸谨慎地说：“刘总，这可不是开玩笑啊！蜀道难，难于上青天，尤其是邛山这地方属于高山地带，地貌原始，山险水急，深山老林里危险的东西太多了，各种飞禽猛兽，甚至自然环境和天气变化都可能要人的命。要是碰上沼泽泥潭之类的，不准备充足，咱们可是命都保不住啊！”

刘勇看老黄说得慎重，只好亲自出马，连网购带跑市场，真就把那些装备给凑齐了。

老黄看了这些东西又清点了一下，就和刘勇两人出发了，对外只说他们俩是出去看老朋友。

两人驱车来到木铎县，雪山脚下，两人背着鼓鼓囊囊的登山包就进了山。

顺山走了一会儿，便看到山边有一座木制小屋，几头半人高的长毛獒犬正虎视眈眈地瞪着他们，看得刘勇和老黄肝儿直颤。

这时候从小屋里走出来一位藏族老人，手提一杆猎枪，操着生疏的普通话冲他们说："二位，从哪里来啊？"

刘勇忙冲老人行了个藏族的礼，说："扎西德勒，我们是从大昭来的，去山里面找个地方。"

老人赶开獒犬，让刘勇和老黄进了屋子。刘勇说："大叔，我们是旁边大昭的。大昭的许县长是我的朋友，批准我们去山里。我们是去找个地方，当年我爹因为救火，在山里面被火熏死了，我爹的战友收养了我，到现在才告诉我我爹死的地方，我是去收捡我爹的尸骨的。"

老人一听便肃然说道："可是20世纪80年代那场邛山大火？"

刘勇点头说是。老人唏嘘道："那次大火多亏了解放军啊！有好些解放军为了救火都牺牲了。我那时候就是看林员，我的老命也是解放军救的。年轻人，你这么去可不行，没有向导，你转着转着就出不来了。既然你是解放军的后代，又是许县长的朋友，那我老头子陪你一起进山，给你做个向导。"

刘勇赶忙推辞，老人说："年轻人，邛山深处没有人烟，我们藏族人就算进山打猎或者采草药山货都到不了那么远。你是许县长的朋友，我不亲自带你们去始终是不放心。其实邛山深处的危险并不是来自毒蛇猛兽，关键是地形复杂，进去容易迷路，带了指南针都不一定管用，有的地方能把指南针都给带偏了。你们要去，一定要多带好狗，还要找个好向导，我和我孙女这几年养了几条獒犬，这次都给你们带上。"

獒并不是特指藏獒这个品种，体型庞大的猛犬都可以叫獒犬，和藏獒并不完全一样，什么那不勒斯獒犬、巴西獒犬，都是极其壮硕的超大型猛犬。

生活在大山森林里的藏族猎手，时常会受到狼群、黑熊、云豹这些野兽的威胁，单凭普通的猎狗家犬很难应付，因此便学会了养獒犬。俗话说九狗一獒，并不是说九条狗里面就能出一条獒。而是用两条凶猛的超大型犬结合，通常用藏獒母犬，一窝同时产下九条小狗，把这九条小狗一生下来就关到地窖里面，让它们自相残杀，最后活下来的唯一一条就是獒。獒犬极其凶猛，三条獒犬足可以猎杀一头黑熊或者野猪，西西里岛的屠夫犬甚至可以咬死一头公牛。

老人养有三条獒和五条猎犬。

正说着话，门被推开了，进来一个背着弓的标致少女。老人介绍说这是他的孙女吉乃曲卓，刚职业学校毕业，学护理专业的，但是箭法厉害，是全国少数民族运动会的射箭选手。别看她岁数小，但从小就跟爷爷老吉乃在林子里打猎，因此山林里的事情她也十分清楚。老吉乃这里的三条獒犬，都是她亲手养的。

老吉乃一说进山的事情，吉乃曲卓不放心爷爷，也要一起去。刘勇是个有主意的人，忙说："吉乃爷爷，您领我们进山，我万分感谢，只要您帮我找到我爹的尸骨，我给您一辈子送酒喝。"

老吉乃很是高兴，说："就这么说定了。"

次日，老吉乃、吉乃曲卓就和刘勇、老黄带着八条狗，牵了头矮小但壮实的川马驮着装备进山去了。

邛山深处属于高寒山区，虽然是阳历8月时分，但平均气温大概只有十五六摄氏度，衣服不厚实绝对要着凉。

吉乃曲卓确实是懂这座大山的女孩，打猎、寻路、找水、分辨蘑菇有没有毒，在深山里怎么找野菜、药材，等等，简直就没有她不懂的。而且山里有些连老黄都从未见过的动物、植物，吉乃曲卓也都能说出，这是什么，在什么环境里生长，或者是什么动物，以什么为食。听得刘勇和老黄两个人大眼瞪小眼，只能说两个字：“服了！”

老黄看见路边的天麻很多，就问老吉乃：“为什么不顺便挖些天麻？”老吉乃没有直接回答，而是用手指着岩边的一株独特的草说：“这就是金腰带，你看它的叶子，一面青，一面红，还带着绒毛，非常好看。如果有阳光，它的叶子还会闪光，有人叫它红绸子。鸡爪连也很难得，是黄连中的极品。还有八爪金龙等，都比天麻珍贵多了。再说挖天麻的时节过了，就是挖出来，也是空心的，卖不上价，也不好卖。”老吉乃说的这些两人都不太懂，有的药名甚至都没有听说过。刘勇又问：“那有没有虫草、三七？”吉乃曲卓说：“有，只是时节不对，不然我们都可以看到，这里全都是宝啊！”

一路上老吉乃只管和刘勇、老黄两人吹牛聊天，吉乃曲卓指挥着猎犬，顺便打点野味，什么兔子、麂子、黄獐之类的。虽说这些都是国家禁止打的保护动物，但是大山里面，只要没有滥捕滥杀，打几只填肚子也没有人管。就这样晓行夜宿，顺着地图上所指的方向走了三四天，一行人终于走到那张地图指示的大概区域了。

老黄虽说是个色胚，但是一路上也不敢调戏吉乃曲卓。一是人家爷爷在；二是吉乃曲卓英气勃勃，箭无虚发；三是还要靠人家爷孙两个带路回来；四是那八条狗时时围着吉乃曲卓转，老黄可不想像兔子似的被狗撵。所以，虽说看着曲卓漂亮，但老黄硬是一路上连半句黄腔也不敢开，就连多瞅几眼都怕被狗追。不过好在老黄虽然好色，但还是很能把持自己，时常拿着罗盘，根据风水学推算方位，钻研地图。

走到这里，老黄站在高处，对着罗盘四下张望，根据《撼龙经》上的口诀开始推算。据说，这个地方有个万人坑。按刘富国的说法，万历年间，明朝的卫所兵和当地的彝人打仗之后，战死的人就被丢在大坑里埋了，说万人坑是夸张，但是千儿八百的死者还是有的。

刘勇问老黄："你看出什么来没有？"

老黄叹了口气说："邛山地区原本是汉朝的越嶲郡故地，是中央王朝控扼和经营川南云贵等民族地区的桥头堡，明太祖把这里列为必守之地，设了四川行都司，屯驻重兵，有五卫八所，驻军人数多达数万。明朝和南明统治邛山近三百年，就在邛山的汉族地区戒守了近三百年，驻军时时刻刻都处于高度戒备状态。明代中期以后，黑彝势力崛起，攻杀各族土司，焚毁土司衙门。当地明朝驻军不敢出击和彝族部落较量，朝廷只好派大将绰号"刘大刀"的刘綎为帅、周光镐为监军，统兵十万征剿彝区。万历四十年，刘綎大小五十六战，在县城天皇岗垒尸为景观，明朝在邛山地区的统治才得以勉强维持。你父亲所说的万人坑应该就是那一次征剿所留。按那个史实方位算，战争发生的最后几场战斗，应该就在这里的东南方向。"

刘勇好奇地问："你查过那些战争？"

老黄咧开嘴笑了，说："你以为做摸金校尉容易啊？要懂历史，会看风水，会勘测地理，没点文化，给你找到了你也进不去。没文化，很可怕的！"

刘勇说："少说废话，你指方位，我们朝着方向去找。"

话音刚落，就听到狗吠叫起来。刘勇拎着折叠工兵铲走了过去，一看，老吉乃端着猎枪，曲卓弯弓搭箭，原来是一只巨型的金钱豹。一般大个头的金钱豹不过两米左右长，一百二三十斤就顶天了。但这头金钱豹的个头快赶上一头大野牛了，有三四米长，身上分布着不规则的黄色斑块，扁平的脑袋，嘴里露出尖利的牙齿，两侧黑亮的眼珠灵活地转动着，发出类似小狗汪汪叫一般的声音，威吓着那三条壮硕的獒犬。

这金钱豹怕是在山谷里活了几十年了，估计没见过獒犬，对这三条比它还凶的家伙似乎也有点发怵。

三条獒犬配合默契，分别从三个方向袭扰这个大个头。虽说金钱豹皮糙肉厚，但也架不住这三条獒犬凶猛的进攻，只好虚晃一下，逼开一条獒犬，掉头就跑。

这三条獒犬得理不饶人，撒腿就追，追上就是一口，咬得金钱豹惨叫不断。也不知那金钱豹的巢穴在哪里，只见它朝着一个方向跑得飞快。曲卓担心她的獒犬，便拿着弓箭追了下去。大家没办法，好在也没从驮马上卸下装备，老黄牵着马就和老吉乃、刘勇一起追了下去。

那金钱豹跑到一处湍急的溪流旁，带着伤跳了进去。三条獒犬也不追了，只是摇着尾巴，亲热地围着曲卓转悠邀功请赏，对刘勇他们眼角都不扫一下。

曲卓摸了摸三条獒犬硕大的头，分别赏了块带骨的牛肉，又给那几条摇旗呐喊的猎犬扔了几块小点儿的牛肉作为犒赏。等其他人追到的时候，金钱豹已经跑得无影无踪了。

走到这里已经气喘吁吁的老黄忽然惊叫道：“刘总，你看。”

刘勇虽然算是年轻力壮，但跑了这一路也不免大口喘气。听到老黄喊叫，定睛一看，咦，那溪水竟然是淡淡的红褐色！

老黄甩下背包，从里面抽出一把洛阳铲，找了个地方就打了进去，双手使劲左右拧动。

老吉乃也赶到了，他一边喘息着一边端着猎枪，警戒着四周。

老黄拔出洛阳铲，带出一管各种颜色的泥土。他蹲下来，用指尖捻了点最下面的土，放在舌尖尝了尝味道，然后说："刘总，应该就在这附近了。"

刘勇问："能肯定吗？"

"能！"老黄自信满满地说，"这土味道苦而涩，下面颜色发白，说明下面的土层有碳酸钙。这下面应该有封土层或者石灰岩，我们找找。"他又小心翼翼地展开地图，拿着罗盘看了看，然后四下顾盼了一番，说："这里应该就是那次大战的古战场区域。"

刘勇说："别急，大家先歇一下。"他抬手看了看手上的防水夜光石英腕表，时间已经是中午一点左右。刘勇掏出手机，手机上连2G信号都没有。他卸下背包，从里面拿出一部卫星电话，样子有点像老式手机，但即使是在深山老林里，信号差不多也是满格的。他把卫星电话递给老吉乃，说："吉乃爷爷，你拿着这部卫星电话，如果我们等会儿有什么险情，你好打电话去求救。"

老吉乃想了想，把卫星电话揣到怀里，把手里的猎枪递给吉乃曲卓，自己则拔出一把藏刀，插在土里，说："这里是传说中的鬼峡谷，据毕摩说，这里是所有死人的阴魂游荡休息的地方。虽说，这是没人证实过的，但你们还是要小心点。我在这里等你们，你们歇息好了，就去找吧。"

曲卓把弓箭背起来，端着枪说："爷爷，你在这里等我们，有问题，我开枪报警给你。"

"好！"

大家稍稍歇息了一下，老黄吃了点带的食物，然后拿着罗盘开始四处搜索。

忽然，听到老黄大喊大叫，曲卓和刘勇忙拿着家伙跑了过去。老黄手舞足蹈地喊着："刘总，你看，你看，那里有个屋子，还有栅栏。"

刘勇顺着老黄手指的方向看去，除了一片茫茫的绿色，什么也没有看到。他疑惑地望望老黄，然后又仔细再看，终于从满是藤蔓植物的枝叶和满山的树木中隐隐约约看出房子的模样。

刘勇忙背起背包，挥动手里的工兵铲一路朝那房子走去。曲卓拿着枪殿后，老黄走在中间。

俗话说，望山跑死马。看起来并不远的房子，三个人真走过去却花了快一个小时的时间，从各种植物中好不容易杀出条血路。

走到门前，只见那些东倒西歪的栅栏上缠绕着无数的藤蔓，刘勇拿工兵铲捅了捅，那些早已朽坏的木栅栏无声无息地就倒了下去。

刘勇用工兵铲开道，砍得枝叶纷飞，慢慢走到那座被杂草树木包围了的房子前。房子前面有两三米高的石头围墙，虽然历经百年风雨，倒塌了不少，但剩下的仍然结实坚固，而且居然还有石头台阶，差点把刘勇给绊倒了。

跟在刘勇后面的老黄说："这是军营，是正规军的军营遗址，选址和布局都极其合理，而且非常符合风水位置。"

刘勇问："你怎么知道这就是军营？"

老黄说："你看，这里设点隐蔽，在树木遮挡下远观近视都不容易被发现；外围有木头寨墙，大门内有类似马面瓮城结构的过渡区；建筑都很低矮，但中间都有宽度一样的过道，可以快速集结在现在这个广场位置。我们站的这里应该就是练兵场，而且你看营房都是卵石垒的墙。别看这里杂草丛生，垒石陈横，但是泉水、道路全都可辨能见，这里必定是兵营无疑。而且从布局上看，这里起码能驻扎上千人，非常正规，如无意外就是明清时代进山征剿彝人的军队的兵营。"

正说着话，老黄脚底下突然拌蒜，跌了个狗吃屎。老黄骂骂咧咧地爬了起来，一看地上，是坚如磐石的一层硬土凸出地面。

老黄蹲下去，用洛阳铲敲了敲那层土，只有一个白印，分毫无损。

老黄冲刘勇说：“刘总，把带的白醋拿来。”

刘勇从包里掏出一瓶白醋，老黄接过来，倒了半瓶在土上面，眼见那坚硬的土层就如被强酸腐蚀了一样，软了下去。

老黄叹了口气说：“这就是军营，而且很可能就是明朝的军营。这个是用糯米石灰浆修的夯土墙，除了明清时代，很少会用来修军营。而且这个军营是参将总兵之类的大将才有资格修，别的官小的，还修不起这个。刘总，”他抬起头盯着刘勇说，“仔细找找，说不定我们还能找到两件文物呢！”

刘勇又好气又好笑地说：“拜托，老黄，我们不是来倒斗的，是来找那个山洞，找我爹的尸骨的！”

老黄说：“不错，但这个兵营的发现，绝对是条线索。你父亲不是告诉你，离山洞大概一里地有个营盘样的房子吗？我先找到位置来定位。”

刘勇点点头说：“好，你赶紧定位。”

这时候，忽然传来一声枪响。刘勇抬头顺着枪响的方向望过去，只见吉乃曲卓正在一步步后退。

只见一个山鬼一般的东西，毛茸茸的身子上披挂着东一片西一块的类似衣服的东西。那东西长着蓝靛靛的面孔，龇在嘴外的黄乎乎的牙齿以及乌漆麻黑的爪子，让人很容易想到鬼怪。那东西缩成一团，惊惧地盯着曲卓。

刘勇忙横起手中的工兵铲挡在曲卓前面。他的心里也惴惴的，生怕这个东西会跳过来袭击他们。那东西蓦然一动，呼啸一声，如老猿啼谷，一下子就蹿到了墙头上。

老黄说：“别怕，这是邛山猿猴，一种体形比较大的猴子。”

刘勇说：“邛山猿猴还会穿衣服？”

老黄说：“这猴子穿的怕是从什么地方扒出来的死人的衣服。”这时候，那只邛山猿猴闪电一般冲向刘勇后面的曲卓。因为刘勇在她前面，曲卓不敢开枪，怕误伤到刘勇，于是只得把手中的猎枪一抬，横架邛山猿猴的爪子。

那只邛山猿猴的力气奇大无比，竟然从曲卓手中夺了那支猎枪。

刘勇忙一工兵铲劈下去，邛山猿猴身子一闪便躲开了。邛山猿猴想举着猎枪打人，但是不知道怎么开枪，也就只能当个棍棒来用。不过猎枪对于邛山猿猴而言还是太长，邛山猿猴个子虽大，但毕竟也只有一米四左右，使唤这把猎枪还是不太灵便，只好拖着猎枪转头就跑。曲卓大惊失色，摘下弓箭便追。毕竟这是她爷爷的枪，丢了可就出大事了。

那邛山猿猴拿着枪等于多了个累赘，跑得算不上快。曲卓、刘勇和老黄紧追不舍。

就这样一逃三追，那邛山猿猴三五下便跑到一个岩壁旁。邛山猿猴被追急了，龇牙咧嘴朝曲卓他们咆哮了一番，见曲卓已经用弓箭对准了它，便丢下枪，再次扑了过来。

曲卓的弓箭是镁铝合金制成的运动反曲弓，以及用滚卷玻璃钢纤维制成的箭，威力不小。但见曲卓毫不慌张，弓开如满月，箭去似流星，邛山猿猴的胸口便中了一箭。那邛山猿猴吃痛不已，拔下玻璃钢箭，跃上山壁，攀岩附石，逃窜而去，身上的破烂衣服也被山石挂得掉了下来。

曲卓见追不上，猎枪也捡回来了，便停下了脚步。

老黄和刘勇追到跟前，见猎枪被抢了回来，这才松了一口气。老黄捡起邛山猿猴身上掉落的衣服，瞧了瞧，苦笑着对刘勇说：“刘总，我还真是乌鸦嘴。这衣服还真是死人的，不知道这个贼猴子从哪里扒下来的。这是明朝时期士兵穿的棉甲，你看，这衣服上面还有没锈完的铁皮和泡钉，这是典型的明军的棉铁复合甲。这个颜色是红色的，而明朝军装统一都是红色的。”

曲卓问：“明朝军队都是穿红色军装的啊？”

老黄点头说：“是啊！明朝是明教发动起义起来的，金庸的《倚天屠龙记》里不是说明教反元嘛。明教是拜火教的分支，崇拜火。明朝认为五德更替它是属火德的，来自蒙古高原上的元朝是金德，火克金，因此明朝的军装就是红色的。而清朝的国号里带水，就是因为水克火。”

刘勇摇摇头说：“这个五德循环搞得乱七八糟的，一句话，贵圈真乱！”

老黄说：“乱不乱是那帮文人的事情，但是明朝军队穿红色军装是肯定的。所以很容易推定这里应该就是明军的驻地，说不定就是刘綎军队的老巢。”

“如果是刘綎军队的驻地，那么战场肯定就离这里不远了！”刘勇说。

三个人说着话就慢慢离开了。天色慢慢暗了下来，老吉乃也和他们会合在一处。大家找了个山洞，点了堆篝火，放出猎犬警戒，便搭起野营帐篷休息。有忠实的猎犬在帐篷周围放哨，就没什么可担心的，在山林中，这些猎犬比人可靠多了。

第三十三章
彝家药酒

睡到半夜，大家都被狗叫声惊醒了。上半夜负责守夜的老黄探出头朝外一看，四下里无数只绿油油的眼睛正看着山洞。

篝火烧得枝叶噼啪作响，八条狗半圆形围拱着洞口，其中，三条獒犬低低地咆哮着，威吓着外面的兽群。

老黄一点都不怕，外面是有狼群，但狼群也怕这些比它们大了半只的獒犬和猎犬。在动物中，同等凶猛的情况下，个头就意味着优势。再加上还有熊熊的篝火，那些野兽也不敢轻易进攻。

吉乃曲卓没有拿弓箭，而是从背包里摸出一把大弹弓来。她捡起一颗圆石子扣上弹弓，啪地打了出去，就听见外面有野兽痛叫哀嚎的声音，是一匹倒霉的狼被打痛了。吉乃曲卓像是受到了鼓励一样，收集了几十颗手指肚大的比较尖锐的石子，手中弹弓一阵乱打，就听得外面乱成一团，不断响起野兽吃痛的哀鸣声。吉乃曲卓正打得兴起，蓦然间，只见一团白影从篝火旁蹿了进来，仔细一看，竟然是一只黄鼠狼。

黄鼠狼在民间又叫“黄大仙”，最是妖气，不比狐狸精差到哪里。这只黄鼠狼皮毛油光滑亮，两眼有神，比一般的黄鼠狼那种贼眉鼠眼的样子看上去要机灵得多。俗话说，咬人的狗不叫，守在这个方向的一头黑毛猎犬不吠不吼，照着那只黄鼠狼的脖子就是一口。黄鼠狼身形宛如闪电一般，闪到一边贴着山洞的壁口。山洞里篝火映照得虽然不亮，但还是可以看见这只黄鼠狼身后冒出大团黄绿色的气体。要知道，黄鼠狼的杀手锏绝对是名不虚传，那臭腺里放出的可是鼎鼎大名的硫化氢。一阵奇臭扑鼻，那黑毛猎犬直接有多远跑多远，而好好的山洞立刻成了积年的粪坑，戴上 N95 口罩也挡不住魔屁贯脑。

老黄顺手从篝火里抽出一根木柴挥舞着跑出山洞，立刻引得外面的兽群一阵骚动。老吉乃第二个出来，朝不远处抬手放了一枪。一头不知名的野兽扑通一声便倒了下去，血腥味刺激得那些野兽发出低沉的咆哮声。

吉乃曲卓忍住臭味，张弓搭箭，抬手就是三支连珠箭射向那只黄鼠狼。黄鼠狼再厉害也只是野兽，它躲开了吉乃曲卓的两支箭，第三支箭却没能躲开。那黄鼠狼尖利地哀嚎了一声，玻璃钢箭贯穿了它的后腿，死死地钉在地上。

这时候大家都没工夫管这只捣蛋的东西，迅速在篝火前布下了两道防线。第一道是外围八条猎犬，呈半圆形扇面防御；第二道就是四个人背靠背，以老吉乃为核心形成一个小圈子。

大家手里都拿着武器。老吉乃的猎枪杀伤力最大，老黄左手火把，右手洛阳铲，吉乃曲卓用的是把雪亮的猎刀，刘勇端着工兵铲。大家心里都很紧张。现在时间还未过夜里十二点，离天亮还有五六个钟头。

所幸的是兽群并没有立刻发动进攻。突然，兽群发生了一阵骚动，几头野狼发出凄厉至极的哀嚎。老黄大着胆子用火把一照，可不得了，竟然是一条巨大的网纹蟒。刚刚也不知道是吞了个什么动物，正在一节节地向肚子里咽，那动物还未死透，在网纹蟒的肚子里面挣扎着。

这下连獒犬都发出了受到惊吓的叫声。

四个人没办法，只得一点一点地后退，离火堆尽量近一点。老黄满头大汗地说："今儿晚上我们都碰上了啥麻烦事？这些畜生一拨接一拨的，他娘的比我去甘肃、宁夏碰到的动物都多！"

老吉乃说："今儿晚上是有点怪，狼、狐狸、黄鼠狼都聚到一起了，还来条蟒蛇。"正说着话，那条巨蟒已经朝这里看过来，绿油油的竖瞳在火光的映照下显得格外恐怖。老吉乃忙说："退，快退过火堆。"四人八狗朝火堆那里拼命地跑。

那巨蟒缓缓地游动着身躯，好像并不急，但其实速度却快得无法形容。一条稍稍落后的猎犬一下就被咬住，还没等发出临死前的号叫，就被巨蟒死死地缠绕着，连临死前反扑的撕咬都未伤到蟒皮半分。

那蟒蛇张开大嘴，咬住猎犬的头，随着肌肉伸缩，不一会儿就将一条一百多斤重的大个头猎犬吞进肚子里。

老吉乃端着枪，站在火堆旁，犹豫着不敢开枪。

老黄忽然沉声说："吉乃爷爷，你可千万别开枪，我觉得有点不对劲，我们先退进山洞里面去。"

退到洞里面，那只精灵般的黄鼠狼已经气绝身亡，舌头吐得长长的，全身干硬，好像被冻死了几天的干尸。但它放的臭屁还有浓浓的余味，幸亏大家戴的都是准备好的 N95 医用口罩，防护力很强。这时候几条狗都躲在洞壁那里恐惧地缩在一起，夹着尾巴，发出求饶般的呜咽声。要知道这些狗都是猛犬，放在城市里面是属于禁养的烈性犬，战斗力极强，哪怕是碰上老虎、豹子这样的猛兽都敢上去搏斗，就算外面的蟒蛇再厉害，这几条獒犬、猎犬也不至于被吓成这个样子。

老黄瞪着眼睛，端着洛阳铲仔细打量着四周。

刘勇不禁问他：“怎么了？”

老黄说：“这里阴气很重，不知道是怎么了。”他蹲下来，拿起一块石头在地上写写画画，嘴里念叨着：“东西垣局并长江，中有黄河入水长。后山屏障如负扆，不瞰秦淮枕水乡。辅弼隐曜入大梁，却是英雄古战场……”

忽然，他惊呼道：“不好，这里是当年的战场，死人的阴煞气汇于此处，百年不得消散。”话音未落，只见那条巨蟒盘成一团，嘴里咝咝有声。

只见篝火闪烁的火苗居然变成碧绿色的，绿色的火光照得人面色发青。一个接近两米的高大身影已经站在火堆旁边，一身好像发霉了一般的绿毛遮挡住面目。

老黄喊道：“这是黑熊，别靠近它。”

老吉乃虽然没见过黑熊，但知道这东西来者不善，抬手就是一枪。

老吉乃的猎枪用的是霰弹，打出去一枪就是几百颗小钢珠，枪弹的冲击力使那黑熊倒退出好几米远。然而黑熊却仿佛没有任何事情，只是发出一声夜猫子啼哭般的怪叫。那凄厉的叫声在山洞中回荡，说不出来的刺耳，听得人心烦意乱，身上直起鸡皮疙瘩。黑熊伸出黑黢黢的尖利的爪子扑了过来。

老黄喊道：“风紧扯呼，跑——”

几个人加七条狗，冲出洞口，也不管什么狼虫虎豹了，拼命往前跑。那些狼、狐狸、黄鼠狼、蟒蛇之类也一窝蜂地四下乱窜，都是被那只黑熊给吓的。

动物最能感觉到危险，它们来到这里围堵老吉乃他们是因为某种东西的吸引，但这黑熊在它们的感知里是极可怕的东西。

那黑熊跑得飞快，眨眼间便赶上了刘勇。刘勇大惊，挥手就是一工兵铲，朝黑熊捅去。那黑熊力气奇大，挥手一格，震得刘勇虎口裂开，满手鲜血，工兵铲脱手飞出几米远，人也跌倒在地。黑熊伸出爪子便向刘勇的脑袋拍过去。

正在刘勇惊慌之际，吉乃曲卓的箭掠过刘勇的面颊，一下射到黑熊的面门。黑熊发出了一声厉吼，倒退两步，伸手就去拔箭。刘勇忙一个驴打滚，顺着山坡滚了下去。老吉乃又是一枪打去。这次老吉乃换的是一颗大口径的中威力弹，也就是自动步枪用的子弹。他身边也不过只有10颗这样的子弹，这下可打疼了黑熊。

那黑熊仰面倒地，口中不断发出凄厉的叫声。

忽然，只见一个矮小的黑影飞奔而来，蹲在黑熊旁边。

难道是一只小黑熊？

黑暗中，吉乃曲卓扬手又射出一支箭。那黑影倏然一闪，躲开这一箭，发出一声尖厉的猿啼，原来竟是白天那只邛山猿猴。

邛山猿猴闪电般扑将过来，吓得吉乃曲卓赶紧就地一滚，堪堪躲开这一扑。

老黄飞身用手中的洛阳铲朝邛山猿猴捅去，邛山猿猴惊怒交加，退开到黑熊附近，不断龇牙咧嘴地嚎叫着。老黄伸手拉起曲卓，转身就跑。

四人也不辨东西南北，只是朝一个方向跑，七条狗跟随着。不一会儿，四人七狗跑入了一个山洞。老黄从怀里掏出一个小小的圆筒，拔掉盖子，随手一晃，一点火苗点亮了黑暗。这是他随身带的火折子，虽然古老却十分精巧。

其他人赶忙四下寻找枯枝败叶，加上刘勇的 ZIP 打火机一起，七手八脚刚刚点起一个小火堆，那黑熊和邛山猿猴就前后脚追了过来。不知是不是惧怕火，它们只是守在洞门前，一声高一声低地号叫着。

老黄说："吉乃爷爷，你再放一枪，吓吓它们。等下我们去后洞看看，有没有其他出路。"

老吉乃点头，端起枪，冲外面嚎叫的地方放了一枪。

清脆的枪声响彻了整个山谷。那黑熊和邛山猿猴似乎被吓着了，躲远了一些，然后继续嚎叫。

山洞里的四个人这才停下来，清点了一下装备，子弹、弓箭都还有，就是不多了。干粮和水基本都丢了，长家伙也只有洛阳铲了。

老黄叹了口气，说："没办法，我们只有朝洞后面走，看能不能找条路出去，在这里等天亮也不是办法。"他拿着洛阳铲当先开道，刘勇拿着 ZIP 跟在后面照明，老吉乃殿后，曲卓在中间。

走了一段路就到了洞的尽头，刘勇不禁有点丧气，说："又是个有底洞，这还怎么走啊？"

老黄拿着洛阳铲东瞧瞧西看看，突然眼睛一亮说："这是土封着的，那边似乎有水声，如果是地下暗河，我们可以顺着暗河出去。"说完，他提着洛阳铲就朝洞壁铲了过去。

很快，老黄就在洞壁上打了个洞。这下，可以清晰地听见水流哗啦啦的声音。

几个人赶紧拿着手里的家伙，猎刀、木棍齐上阵，照着那湿漉漉的洞壁，硬是挖了个半人高的洞。

老黄一马当先，手脚并用爬了进去，随后是刘勇和曲卓。

“这是什么？”刘勇好奇地看向堆在那里的一大排东西，举高手里的ZIP照亮，竟然是垒起来的土陶坛子。

老吉乃带着七条狗，闹哄哄地也钻了进来。

“酒，好酒。”

老吉乃神色有些激动。

对于酒鬼来说酒甚至比饭更重要。

“咣当！”曲卓不知踩着了什么，跌了一跤。刘勇忙转过手里的ZIP过来照亮，只见地上横七竖八地丢着几支步枪和木棍。枪和木棍大多都已经朽坏了，洞壁上插着两把刺刀。

刘勇走过去踢开那些烂枪，伸手握住一把刺刀的刀柄，用力一抽，拔了出来，刀刃在火光下闪动着寒光。

刘勇看看地上，说：“这是63式自动步枪的刺刀，80年代的制式武器。”他又转身四处细看。只见地上端端正正排着一排穿着绿色军服的白骨。是父亲的战友，牺牲在这里的忠骨。

刘勇一阵鼻酸。他跪下，恭恭敬敬地冲这些白骨磕了三个头。

老黄在一旁说：“刘总，外面的黑熊和死猴子怎么办？我们从这个洞出去，从背后干它们？”

刘勇操起刺刀说：“地方已经找到了，我们守到天亮就行，没必要冒险。”

到了相对安全的地方，大家都感到疲倦一阵阵袭来，一看时间都已经凌晨两点多了。

老黄说：“现在是凌晨，刚过子时，阴气正在由最浓开始变淡，大家先别睡觉，点起火来，有火就相对安全些。”

于是大家七手八脚地收集地面上的材料点火，形成了一个小小的火堆。火光映着四个人的影子，在洞壁上摇曳晃动。

猛然，听到一阵猛烈的喘息的声音，几条猎狗怪叫着被甩了出去，生死不知。大家霍然而起，老吉乃端着猎枪仔细一看，原来黑熊和邛山猿猴已经冲了过来，但方向并不是他们几个人，而是洞穴深处的那些酒坛子。

老黄忙说："这些畜生怎么好像也知道这些酒是好东西，老吉乃，开枪，打头。"

吉乃曲卓连珠三箭急速射向那只黑熊，不是为了伤它，而是迟滞它的速度。那黑熊吃了三箭，哇哇乱叫，转头就朝吉乃曲卓冲了过去。吉乃曲卓哪里躲闪得及，眼看就要被那黑熊铁爪穿心。突然从旁边跃出一个巨长的黑影，飞身撞向黑熊。

那黑熊虽是皮糙肉厚力大无穷，但也被黑影撞了个大跟头。那是吉乃曲卓亲手养大的一条獒犬，撞了黑熊，獒犬似乎也受伤不轻，低低地呜咽了两声就一动不动了。趁着黑熊被撞得晕头转向之际，老吉乃朝着黑熊的头部连开了三枪。黑熊扑通一声倒在地上，一动不动了。

处理完黑熊之后，众人开始追击那只邛山猿猴。黑暗中，只听见一声惨叫，紧接着幽洞中传来一阵坠落声。原来黑暗中老吉乃一脚踏空，失足跌入一个深洞中。其他三人不知缘由，仍旧各自为战。

此时，邛山猿猴已经冲到那些酒坛子附近，伸出爪子去揭酒坛的盖子。离它最近的刘勇抡起手里的棍棒横扫过来。邛山猿猴忙缩头一停，躲开这猛烈一击，反爪朝刘勇抓去。刘勇忙闪身去躲，不料，那邛山猿猴竟然极快地反身一扑，将刘勇扑倒在地，张开腥臭的大口，恶狠狠地朝刘勇的脖子咬了下去。

作者：罗颂梓

刘勇脑袋里突然一片空白，进而闪过一个念头，完了，彻底玩完了！念头还未消失，扑在身上的那毛茸茸的身体突然一松，趴了下来。

原来，千钧一发之际是老黄用手里的洛阳铲照着邛山猿猴的脑袋打了一下，将猴头打了个万朵桃花开。

刘勇推开邛山猿猴的尸体，愣怔了片刻才从地上爬起来。

这时候，老黄从身边掏了个塑料杯子出来，从被揭开了一条缝的酒坛里舀了一杯彝家药酒，闻了闻，很香。他用舌尖尝了尝，笑了起来，抿了一口，开心地大叫道：“好酒，好酒！”然后把杯子递给刘勇。刘勇看了看杯子，抿了一小口，只觉一阵异香直冲脑门，满嘴都是一种说不出的清凉甘洌。再多喝一点，不过短短数秒时间，刘勇便觉得整个人的呼吸猛地顺畅起来，进山以来那种萦绕着的憋闷一扫而空。

喜悦稍纵即逝，吉乃曲卓端着一杯酒寻找爷爷，无奈山洞里无人应答。大家顿时大惊失色，点燃三支火把走到洞底寻人。只见爷爷吉乃已经溘然闭上了眼睛，手持胸前佛珠，安然去世。三人悲痛大哭，收殓尸体，抬到洞外。

刘勇扯开喉咙对着远山吼道：“爸爸，爸爸，彝家药酒的酒基找到了……”山谷里回荡着百兽此起彼伏的低鸣声。

第三十四章
高山之巅

10 月 17 日，国际消除贫困日。

下午，大昭县政府小会议室里人头攒动。

西江市委书记齐威率西江党政代表团来到大昭考察，陪同来的还有省政协副主席兼邛山州委书记沐爽以及邛山州各部门的负责人，把大昭县委的官员都给挤到角落里去了。

齐威和沐爽讨论正酣。

齐威说："沐主席，今天是第 6 个国家扶贫日，也是第 27 个国际消除贫困日，全国脱贫攻坚表彰大会暨先进事迹报告会在北京召开。尚义同志代表我们西江向党中央作汇报，西江对口邛山扶贫协作工作组获得了全国脱贫攻坚组织创新奖。这说明几年来，我们新时代'彝海结盟'取得的成绩得到了党中央的肯定。我们西江本着高度负责的精神和强烈的责任意识、担当意识，希望与邛山一起认真查找我们工作的短板。我觉得我们西江将会继续聚焦控辍保学、饮水工程等短板及贫困'临界户'安全住房问题，建设'彝家新村'，同时坚持抓好劳务输出、产业合作等有利于长远的工作，与我们邛山的干部群众一道，如期打赢脱贫攻坚战。"

沐爽微笑着说："我非常赞同齐书记的意见。这些短期目标和长期关注的工作都必须狠抓落实，但是具体在实践中，我认为必须结合因地制宜的原则来进行。在工作中我们发现，某些同志在有些工作实践中，没有抓紧细节，放松了对因地制宜原则的把握，让某些企业做出了有可能损害邛山发展形象的举动。尤其是有些做法，直接利用邛山的负面现象来作宣传进行牟利，而且也没有顾及当地群众对新事物新做法的接受程度，强行推动，从而给部分群众造成了不满情绪。"

齐威眉尖一挑，看着身旁这位位居省政协副主席兼州委书记的老熟人。

沐爽说："其实，我认为精准扶贫要因地制宜。怎么样才能够精准呢？通过开展实地调研，掌握当地的特点和社情民意，只有准确掌握当地百姓生产生活中存在的困难和问题，明确群众的困难原因、群众的期盼，掌握当地的特点和优势，找出制约发展的劣势，准确把握市场需求，才能发掘出适合当地发展的扶贫方案，为脱贫工作打下基础。同时要深入基层，与干部群众座谈，尊重群众的意愿。要通过走访、调研、座谈会等形式充分了解群众的想法，听取群众的意见和建议，多和群众探讨发展思路，尊重困难群众的意愿，让精准扶贫工作顺应民意，这样才能调动基层群众的积极性。"

齐威说："是的，沐主席说得非常对，只有在掌握了准确的情况以后，才能按照实际情况推动发展。同时也应该注意到创新发展，而非因循守旧。如果仅仅保持原先的发展模式，就不需要我们来帮助扶贫脱贫了。我们要创新思维，推动创新落实，才能更好地如期完成脱贫攻坚任务。"

在下面听的许国已经敏锐地发现两位书记虽说是在相互赞同，但是和风细雨里已经完成了几轮交锋。

他当然知道两位书记的板子，实际上都会打到西江市挂职县委常委的几个副县长身上。

金姑县黄大良大搞电子产业转移，普光县陈一龙热衷于“产业引领＋能人带动＋金融帮扶”，喜越县叶贵诚大搞消费扶贫。

许国和杨兴昌在大昭发展上的分歧也隐约有这个意思。

不过，许国认为，像杨兴昌那样保护落后思维，向落后思维妥协，仅在经济和工作上进行引导改善，不能真正解决脱贫中的长期健康发展问题。

为什么扶贫必须先扶智？思想落后，眼光就会落后，进而整个经济发展就会落后。

因地制宜是对的，但是思想和眼光必须超前，不妥协，积极进取，才能带动发展，不然当地群众的发展将会是非常缓慢的。

许国看见杨兴昌冲他笑了笑。

邛山的秋天总是不期而至，只是一次不经意的回首，浓绿的山岭就被秋天的画笔涂抹得林寒涧肃。也许只是一场或者两场秋雨之后，那瓦蓝瓦蓝的天空就猛然间清澈得像深山里最静谧的海子。

许国站在悬崖村的村口眺望着邛山的秋色。

现在的悬崖村大部分人家都已经开始陆续搬迁到山下的彝家新村了，但仍有部分村民没有进行搬迁。不是没有建好房子，而是出于川美旅游开发邛山的探险旅游景点的需求，要等上面的接待设施和接待人员都建设、安排好了，再安排最后搬迁。

这是“汤圆”吴浩玟代表川美旅游向大昭政府提出来的要求。当然还是辛苦了山上的孩子们，每周仍要爬上爬下那条钢管制造的“天梯”。

不过川美旅游通过抖音、微信、YY、虎牙等网络平台大量圈粉，驴友们日渐增多，也确实是不争的事实。

邛山现在整村退出贫困序列的越来越多，悬崖村前两年那种空气中挥之不去的贫困感已经被网络、手机、电器替代了，几乎家家都有同县城家庭一样的现代化家用电器。

许国也感受到了这种改变，他自豪于这种改变。刚刚他还看到在村里挥舞着小国旗，放声唱着《我和我的祖国》的直播网红们拉着村民一起唱歌。

许国忍不住低低地哼唱起来。

忽然，手机响起，是杨兴昌打过来的。

杨兴昌的声音有点哑，但还是很沉稳，说："老许，你在哪里？"

"我在悬崖村这边检查工作。怎么了？"

"嗯，这样的话你下班前能赶回来。你现在出发，回来直接到我办公室。"杨兴昌说。

"好的！我立刻回来。"许国毫不含糊地说着。

杨兴昌披着他那件标志性的擦尔瓦坐在办公桌后面，气哼哼地看着坐在对面的吴浩玟，而吴浩玟则满脸不服气地扭着头望着窗外。

"汤圆？怎么是你？"许国大步走进来，诧异地问了一句，然后找了个椅子坐下，说："老杨，出什么大事了？风风火火地把我喊回来。"

杨兴昌满脸怒容说道："都是你做的好事，把你这个老朋友投资的川美旅游引进我们大昭，他们的旅游直播和宣传简直是乱弹琴！这哪里是在帮我们大昭搞旅游扶贫，简直就是在抹黑我们大昭！"

许国一听，不解地把目光转向吴浩玟。

吴浩玟转过身，对许国说："许常委，我们没有抹黑，我们只是在实事求是地搞直播。悬崖村的孩子爬天梯是事实吧，我们直播出去不对吗？电视台都拍过，我们就不能拍吗？我们拍贫困村出现的农产品摘果滞销，这也错了吗？我们拍摄和直播贫困村存在的各种古老习俗和落后状况，也谈了改善和发展，这也有错？我就不明白了，怎么就不能实事求是地让旅游者了解状况！”

杨兴昌一拍桌子，站起来，指着吴浩玟厉声说：“你那是什么直播？我们大昭有美好的风景，你们轻描淡写地说；我们大昭有脱贫致富的典型，你们随便说说；我们大昭有丰收的果园，你们根本就不去拍。什么贫困什么落后什么艰难什么难看你们拍什么，你们是抹黑还是帮忙，你们心里清楚。”

吴浩玟也大声顶了起来：“大昭本来就是中国最贫困的地方之一，不然国家为什么要来扶贫？贫困的地方怎么就不能拍贫困状况？涂脂抹粉也不能改变事实！我们拍悬崖村的孩子爬天梯，本来事实就是如此，而且只有这样才能打动富裕地区的人，让他们来进行帮扶，也可以帮你们争取到更多的援助。拍脱贫致富典型有什么用，我们又不是来拍纪录片的。我们在这里搞直播、推销农产品，本来就带有扶贫的性质。只有表现落后和艰难，才能卖掉更多的货，你懂不懂？”

杨兴昌大怒，说：“岂有此理！别以为你们川美旅游背景雄厚我就会容忍你们的做法，你们哪个抹黑我们大昭，我就关他的门，停他的业。”

吴浩玟白净圆胖的脸立刻涨得通红，极为委屈地说：“凭什么？你们就是不讲理！就是不愿意接受外来的改变！”

杨兴昌说：“我们怎么就不愿意改变了？我们的传统习俗必须得到尊重，现代生活与传统习俗并不相互排斥。改变邛山的面貌我比任何人都着急，但一个地方的发展变化绝不能急功近利，或者主观上想怎么样干就怎么样干，而是要从最基础的工作入手，教育是核心，产业是抓手。大邛山的山山水水、一草一木，我始终放心不下啊！”

吴浩玟说：“你这是干涉我们的工作！你们就是这样，蛮不讲理，不肯改变落后的思维，不然索玛就不会死！”

正要插嘴和稀泥的许国一下怔住了。对于索玛的死，他依然耿耿于怀。

杨兴昌也怔住了。他不像许国把索玛当成自己的晚辈甚至孩子那样喜爱看重，他觉得吴浩玟是在对邛山固有的思维和传统进行质疑和挑战。这几千年来的民族文化、民族思维，他居然胆敢挑战？杨兴昌回过神来，正要一巴掌拍到办公桌上，却觉得一阵麻痹的感觉瞬间袭来，全身仿佛僵住了一般，一阵剧痛直冲脑部。他知道不妙，忙去怀里掏每天都带在身边的速效救心丸和阿司匹林，但手震颤着，就是不听使唤。杨兴昌双腿一软，跌坐在椅子上。

许国面朝着吴浩玟，并没有看到杨兴昌的神情，还以为杨兴昌被吴浩玟气得说不出话来。他只好打圆场对吴浩玟斥责着说：“还不快向杨县长道歉，你胡说什么？杨县长批评你是为你们川美旅游好，你们的宣传和直播的方式调整一下也不是什么大问题，你如果没有素材和拍摄内容可以来我们工作组，我们带你去拍，有很多感人的素材。你……”

许国发现吴浩玟并没有听他说话，而是用惊骇的目光紧盯着杨兴昌。

许国忙转身看向杨兴昌，见杨兴昌的样子狰狞得可怕，皮肤青紫，整个脸都扭曲了。

许国心知不妙，忙说：“老杨，药在哪里？”

见杨兴昌还有意识，看样子像是去怀里拿东西，许国一个箭步冲到杨兴昌身边，伸手就往他怀里的口袋摸去，同时对吴浩玟说：“快，快打电话叫 120。”

吴浩玟这才回过神来，手忙脚乱地掏出手机拨打 120。

不一会儿，麦医生带着几个身强力壮的男护士冲了上来。麦医生一看杨兴昌的样子，面如寒霜，一边从随身的医疗箱里掏出一包细长的银针，一边张嘴就责怪杨兴昌：“平时早就叫你注意饮食，注意食药，当我哋话系耳边风，噶吓出事咗，麻烦成堆！我平时讲嘢都系放屁咩！”

许国知道麦医生和杨兴昌平日里关系非常好，杨兴昌每个星期都要去麦医生那里做中医推拿。当着麦医生的面，杨兴昌天不怕地不怕的人也不敢抽烟喝酒，生怕被麦医生唠叨，每天被迫吃药打针。

麦医生捡了一根银针，看了看杨兴昌的脸，一下就扎了进去，两根修长的手指快速地捻动着，然后又拿起一根针扎了下去。不一会儿，杨兴昌脸上就扎了七八根针。虽说杨兴昌还没有完全恢复意识，但脸色明显转好，不再那么青紫。

麦医生直起身看了看在那里目瞪口呆的许国和吴浩玟，很无奈地说：“杨县长这下麻烦大了，有糖尿病又不好好保护自己，这下好，带来的并发症是脑卒中。现在我的针灸，只能暂时疏通一下。许常委，你们帮忙和护士一起把杨县长抬上救护车吧！你班契弟，个个都唔啰条命当自己命！”

杨兴昌病倒的消息很快就传到了正在邛山各县考察的两位书记的耳朵里。

沐爽和齐威马上放下考察工作，带着一行人直奔大昭人民医院探病。一下子，新建的大昭人民医院挤满了人。

杨兴昌已经被送到手术室里了。

许国和吴浩玟站在手术室外，沐爽和齐威各自带着随行人员站在离手术室稍远的地方。

许国背着手，在那里踱来踱去，他算是比较沉得住气的。

许国毕竟经历过生离死别，知道此时急也没有用。吴浩玟却怔怔地说：“许常委，杨县长这个病是我气出来的，我也没有想到啊！我只想说清楚我们做得没有错，我是一时冲动才顶撞他的！”

许国烦躁地摆摆手，说：“年轻气盛，锋芒毕露，争辩能解决什么问题？下次不要再冲动了，该学学怎么说话了！”他转过身盯着吴浩玟，说：“我知道你心里放不下索玛，但是你知不知道，当时我去拦车，借车给我的就是杨县长？索玛的死，是你没有能力保护她，也是我们都不能抗衡当地根深蒂固的传统思维所致。这个事情你好好想想，人不能总是冲动！”

这时候，一个黑色的身影冲了过来，是司机达奚阿牛。他满脸泪水，恶狠狠地望着吴浩玟，咬牙切齿地说：“老倌儿那么难，你气他做什么？”

吴浩玟怯怯地说：“我没气他，我只是和他辩论了几句。”

达奚阿牛刚要说什么，这时候，手术室的门打开了，最先出来的是满头大汗的陶慧敏。许国转身便迎了上去，陶慧敏冲他勉强点了下头，却没有说话，一双明亮的大眼睛里全是血丝。她自己一个人跑开了，跑到一个角落用头抵着墙，两手交叉握在胸前，低低地不知道在念着些什么。

许国的心一沉，就看见主刀的孙医生满脸疲惫地走了出来。许国低着声音问：“孙医生，杨县长他？”

孙医生还没有洗手换衣服，头上大颗大颗的汗珠在滚落，这场手术让他耗尽了心力。他叹道：“脑手术还算成功，命现在暂时保住了，就是怕有什么其他并发症。接下来几天，就看他自己能不能挺过去了。”

许国皱了皱眉头。他看到了一张挂满泪水的秀丽的脸，居然是吉乃曲卓。

她也在这里当护士?

吉乃曲卓走到杨苗苗旁边，轻轻地揽了一下她的肩膀。

杨苗苗没有动，她只是在全心全意地祈祷。“保佑杨县长能平安度过吧，他还有太多的事情要做，他还要带领30万大昭人脱贫致富呢。大昭人有这么一个努力为他们脱贫而耗尽心力的县长不容易啊！”她刚刚从羊肚菌基地赶过来，脸上的泪水和汗水混合在一起，眼里尽是悲痛的血丝。

杨兴昌恍惚中似乎走到了一片无边无际的山林，那是一片广袤的山林。他看见先民们扶老携幼从兹兹仆乌出发，沿着古老的《指路经》记载的路线艰难跋涉。从云南的井底坝、大屋基一带渡过金沙江，到勒木甲谷的山麓勒木莫姑，又经过勒木都柯、勒木且窝到达勒木竹核。古侯向东，曲涅向西，向邛山的崇山峻岭中迁移、生息。雪亮的战刀、迸溅的鲜血、男人的生命、女人的眼泪，组成了这条用彝家先民的累累白骨铺就的路。

是啊！曾经雄鹰在这里展翅高飞，骏马在这里任意驰骋，彝家儿女在这里繁衍生息。这里曾经是多么富庶、多么安宁的地方!

太阳真亮啊!

是的，火把节的火照亮了彝家人发展的道路，党的精准扶贫正在让彝家儿女走上更好的金光大道。

爷爷，我没有给你丢脸!

嗯，是爷爷吗?那个穿着红军军服，走在浩浩荡荡的队伍中的年轻人就是当年那个给刘伯承元帅带路的彝族孩子吗?

哦！是的，是爷爷，也是我！我就走在这场革命的洪流中。大昭需要一场彻底的革命，一场脱贫致富的革命，一场荡涤思想的革命，一场扶贫扶智的革命!

我要向前走，我会向前走，我必须向前走！

走下去，走下去，彝家人会在致富路上一直走下去的！

山，高耸入云。林，直抵苍穹。

邛山之巅翻滚着铅灰色的云，从云缝里透出的几缕阳光失去了往日那种热辣和活力，黯黯地洒落着。

山路蜿蜒，达奚阿牛和刘勇分别手持着松枝做的火把走在最前面；以邛山州委书记沐爽和西江市委书记齐威二人为首的数十名两地党政人员都臂缠黑纱，走在队伍的中间；抬着杨兴昌遗体的家属队伍跟在后面。

杨兴昌家支的人来了很多，但是更多的不是家支的亲属，而是大昭各乡各村的普通乡民，他们只是想来送杨兴昌最后一程。老银狐阿约尔呷带领着原悬崖村的村民来拜祭，而他的心里更多的则是对人生的忏悔。

在大昭感念杨兴昌的人太多了，尤其是那些极度贫困村脱贫了的贫困户。

昨夜，“阿克荷”唱了一夜，无数人在唱，他们都在为杨兴昌，为他们的阿木约布指路送行，希望他能够魂归云南昭通，魂归家乡的发源地。

如果从高空中俯瞰这支队伍，可以看见，一队队穿着黑衣的人就好像一条条溪流汇入江河一样，慢慢汇入这支为杨兴昌县长送行的队伍，在邛山大地上汇出一条澎湃的江河。更多的邛山人、大昭人，肃立在道路两旁，朝这支队伍深深地投来自己的目光。那些目光就宛如最热切的火，点燃了他们对未来的希望和对付出者的怀念。

许国昂首挺胸缓步而行。他知道，所有的岁月静好，都需要有人负重前行。他在送别战友，更是在准备肩负起更多使命。他知道自己绝不会退缩。

走到了邛山最高峰，这里十分宽阔平坦，一簇簇极为罕见的金黄色的

作者：罗颂梓

索玛花（小叶杜鹃）满布在这里，仿佛金色的阳光铺满了这座古老的险峰。

这里早就用山木垒好了九层木架，在这邛山之巅，山风凛冽，黑压压的人群却寂静如斯。

许国挺着腰站着，心头只觉微微酸痛袭来，脉搏跳动得是如此急促，脑子里是一幕幕杨兴昌披着擦尔瓦举着一满杯白酒微笑的样子，向他抛过来车钥匙的样子，拍着桌子与他争辩的样子，指点着村寨发展逸兴遄飞的样子。

山顶上是那样的静默，只有偶尔传来的低低的啜泣声，每个人似乎都能听到相互的心跳声。

有人将杨兴昌的遗体抬上了木架，侧身放下。遗体合唇瞑目，两手交叉于胸前，手指轻轻扣拢成拳，头朝向东方，脚朝向西方。沐爽拿过一件杨兴昌常用的黑色擦尔瓦，轻轻给杨兴昌盖上，仿佛生怕惊扰了他的安眠。

沐爽和齐威书记一起接过达奚阿牛手里的火把引燃柴火，只见火光冲天而起，木架熊熊而燃，那火焰越来越大，越来越猛烈，黑纱般的浓烟在铅色的空中扭曲飞舞，就像一条腾空而起的黑色长剑，要穿透一切的阻碍，到达彼岸那最美的地方。

许国没有像其他人一样低下头悼念，而是仰着头望着那刺透苍穹的浓烟，心里默默地说着：“老杨，一路走好！”

第三十五章 烈火英魂

一场大雪，飘飘洒洒，张扬而写意。

邛山州委召开了一个州委扩大务虚会议。会上，州委书记沐爽提出了一个发人深省的问题——为什么国家投入邛山州的资金越来越多，而邛山州的干部、医生、教师、专业技术人员的流失率却这么高？沐爽书记直接把目光投向西江工作组，希望外来的和尚念念经。尚文沉吟了一下把目光投向许国："请许国同志谈谈吧！"官场上讲究四平八稳、知彼知己，谁也不知道沐爽的真实想法。

"邛山州经济总量在省里并不低，刚好过了中位线。可惜经济总量基本靠建昌市，其他国家级贫困县都很惨，省里倒数前十的贫困县有5个在邛山。经济拖后腿的主要是国家级贫困县，可是哪个国家级贫困县是那么容易脱贫的？何况这里有11个国家级贫困县。要总结发展不起来的原因，主要是'四个不具备'。"许国扶了扶眼镜侃侃而谈。"一是没有完善的交通路网。看看邛山的地图路网，再和成都等经济好的地方对比一下就知道了，部分县与县之间至今还没有通公路。二是没有可使用的大片土地。邛山地处横断山区，被数条大江分割，找块平地都难。以大昭县为例，从西江引进了一个冷链项目，规划时给了 50 亩地，但是贫困户移民搬迁也需要地，于是承诺给企业项目的地又收回来了，顾得了这个就顾不了那个。三是没有高素质的产业工人、技术人员。脑袋好一点的人都出去了，外商怎么可能来投资办厂？四是政策没有针对性和整体性，教育和卫生领域基础设施建设非常差。教育现在有非常好的硬件设施，但老师的职业素质和业务水平堪忧；医疗领域软件和硬件都很差，县级医院竟不如发达地区的乡镇医院。为此，州里应该制定留住人才的政策！”

许国的情绪有一点激动，尚文已经坐不住了，不住地向许国递眼色。大昭县委副书记沙国英似乎察觉到许国出了什么状况，也有一点儿着急。

沙副书记打了个圆场，接着说：“还有第五点——邛山的收入也太少了，留不住人。”大家都没有想到沙副书记放了这么一炮，会场里一阵骚动。

分管教育、卫生的副州长附和道：“目前邛山州的工资水平基本上是全省最低的，但邛山州的财政收入在全省近几年一直排第二，仅次于省会成都，那这些钱都去哪儿了？”

分管财政的副州长咳嗽了两声：“资金重点是在扶贫，邛山州的党政干部都把扶贫作为发展的头等大事，即便是财政有钱，但始终还是投入到了扶贫当中，从财政角度来讲，即使我们和成都一样发工资发得起，但是我们也不能这样发啊！邛山州的贫困群众还有这么多，要花钱的地方更多，因此只有委屈大家了。”

沐爽书记喝了一口苦荞茶，不紧不慢地说：“穷则思变，邛山的经济发展实际上核心的问题就在于人才。从世界其他经济体的发展来看，自二战以来，美国等发达国家都把人才的引进和吸纳作为国家发展的重要因素。邛山州要发展，在新的历史时期必须解决好留住人才这个问题。尤其是珠三角的人才有过改革发展的经历，像许国同志家里已经没有什么负担，而且在珠三角地区也没有担任过一把手，我们邛山给他一个机会，可以直接把珠三角的经验克隆在邛山州，在邛山州形成一个东部地区人才‘先行先试’的范例，给东部人才一个平台，以此激励西江市派出的优秀医生和优秀教师发挥才干。”会场的气氛热烈起来。

随后沐爽书记向大昭县委书记拉玛提了一个建议，杨兴昌县长去世以后，大昭的工作千头万绪，急需优秀的干部补充，建议由许国同志任常务副县长，主持县政府的工作。

在座的人一半认可，一半不置可否。大昭县委书记拉玛响应州委书记的建议，表态说，许国同志确实是一个有思想有创新意识的同志，而且能把大昭县的发展作为实现自我价值的一个平台，县里会尽快为许国同志安排好，让他接替杨兴昌县长的工作。

尚文向前倾斜了一下身体犹豫地说：“之前一直是由彝族同志担任县长，现在由许国同志顶替是否合适？”

沐爽书记爽朗地笑着：“老尚，许国是主持工作，不是当县长。”沐爽又向州政协主席康辉看了看，问：“政协有什么建议？”

康辉面露喜色道：“今年州政协委员的提案比较集中的是在北三县建一个机场，增加建昌和成都之间的联系。同时加强北三县同乐山、宜宾的经济融合，创造新的经济增长点。委员们普遍认为邛山被大山包围，修公路成本太高，山区经济通过增加机场来拉动更为合适。”众人听罢纷纷点头称赞。

“大基建才能大发展，”州人大常委会常务副主任连连感叹，“共产党卡莎莎，共产党卡莎莎。”

今天州委书记沐爽表面上摆了一个龙门阵，但会议哪里是务虚，分明是在下一盘大棋。尚文暗想，邛山同西江经济总量大概相差十倍，但其实人与人之间的差距并没有那么大，最重要的是平台和机遇。

2020年的春节是刘勇最开心的一个春节。他其实有点“感谢”那场突如其来的新冠肺炎疫情，除了戴口罩麻烦一点，在大昭，他和阿敏天天过的都是二人世界。当然陶慧敏每天都会去医院参加新冠肺炎的检测预防和宣传工作。

到春节超长假期结束，邛山一共确诊了10例病例。虽说麦医生、阿敏、吉乃曲卓这些工作在一线的医务工作者紧张得不得了，但刘勇却开开心心地在家吃着火锅，喝着彝家药酒，看着手机，摆着龙门阵。这么多年，刘勇可是第一次有这么长的假期，他决定带阿敏游一回邛海。他们租了一条船，寒冷的湖风吹得阿敏脸上红扑扑的，显得格外艳丽。阿敏顺势轻靠在刘勇身上，南方女孩子的温柔尽写在脸上。“求你了，娶我吧！我会煲汤，还会给你生孩子，你要我吗？”刘勇冲着湖水大叫：“我要，我要阿敏！”声音在湖中飘荡，阿敏得意地听着：“叫吧，大声叫吧，多叫几声。”“我服了你！看我怎么收拾你！”刘勇突然停下来，对着阿敏说。船静静漂在湖中，那一刻，世界宁静了。

刘勇想，这次疫情过后，他要带阿敏回成都，顺便赶紧把婚给结了。正在办公室里无所事事地玩着手机打游戏的时候，刘勇突然接到了阿敏的电话。

“我报名参加火灾救援队了，马上就出发，过几天就回来咯！记得想我哦！”阿敏清脆的声音响了起来。

“哎呀，又跑出去！好好好！你去救灾吧，自己小心点。回来我们还要回成都呢！”刘勇不太在意地说。

“好了好了，知道了。回来我给你煲汤啦。拜拜！”阿敏欢快地笑着。

刘勇挂了电话，摸了摸眼前彝家药酒新设计的酒瓶和包装，咂摸了一下嘴。

晚上回到家里，刘勇玩了会儿手机，总觉得心里不踏实，就发了条微信给阿敏。阿敏很快回了条信息，说：“正忙呢！有空给你电话。”刘勇心里有些空落落的，便打开电视，看见新闻里都是这次邛山大火的新闻，不由得有些担心。但他没有再打电话发信息，而是一直在等阿敏的消息。

刘勇醒来的时候天已经亮了，他在沙发上睡了一整夜。刘勇揉了揉有些酸痛的脖子，开了一夜的电视上正在播着新闻，是关于邛山火灾的现场报道。主播江湖海背后浓烟滚滚，幽灵一样的火苗一闪一闪的，噼啪作响的树枝不断映入画面。

“据建昌发布消息，建昌市泸山发生森林火灾，直接威胁城区安全，其中包括一处石油液化气储配站、两处加油站、四所学校以及建昌最大的百货仓库等重要设施。火灾发生后，邛山州建昌市第一时间启动应急预案，成立前线指挥部，调集专业打火队就近支援，组织各类救援力量开展扑救，同时紧急疏散周边群众。前线指挥部接到火场灭火人员报告，专业打火队及救护组在一名当地向导的带领下，在去往泸山背侧火场指定地点集结途中失联，现在正在全面搜救中。具体情况记者还在进一步了解中。本台主播江湖海现场报道。”正在小酒店吃夜宵的黄尚皇，看到屏幕上大群的乌鸦在火光的映照下，成群地在天空中挣扎碰撞的情景后，大吃一惊，捶胸顿足喊道：“吾弟危矣！‘千山鸟飞绝’，此乃凶兆也。”

刘勇的心猛地揪了起来。他掏出手机拨打阿敏的电话，没人接。她也许是正在救护吧！刘勇对自己说。

刘勇坐在电视前看着，脸也没洗，就那么坐着。突然，电话响了起来，是麦医生。

刘勇赶忙接通电话。

“刘总，刘总，你快啲来建昌。”麦医生的声音颤抖着。

“怎么了？阿敏怎么了？”

“阿敏在建昌的医院里抢救呢，你快啲来！”麦医生几乎是哽咽着在说话。

刘勇脸色煞白，抄起车钥匙就跑。阿敏在救护组工作时被包围他们的大火浓烟给呛倒了……

刘勇赶到的时候，麦德龙医生的头正深深地埋在两腿之间，地上濡湿了一片。刘勇分明看见，麦医生标志性的光头上一片花白的短发茬直愣愣地戳着。

刘勇一把抓起麦医生，红着眼睛问：“阿敏在哪里？”

麦医生无力地指了指里面的病房，却说不出一句话。刘勇放开麦医生，大步闯了进去。

阿敏的脸色是灰白的，但是很干净，已经被护理人员擦拭过了。她恬静地紧闭着眼睛，仿佛睡着了一般。

刘勇站在床边，看着阿敏秀丽的面庞，眼泪无声地滴在雪白的被褥上。忽然，他仰起头，发出一声狼嚎般的长长的嘶吼，吼声似乎传遍了整个邛山。

大地一片肃静，远处雪山皑皑，在邛山州人民广场，一具具烈士棺椁摆放在那里，数万群众自发地悼念送行。

黄尚皇带着阿吉阿卓为江湖海送葬，他眼含热泪，神情从来没有这样悲痛过。他声音哽咽，双手在空中挥舞着，撕心裂肺地喊着：“呜呼哀哉，痛哉！湖海老弟，‘出师未捷身先死，长使英雄泪满襟’啊！其父江上陶，乃江西景德镇人士，早年闯海南，走西江，创建陶瓷厂一间，后因遇股灾，负债累累，家徒四壁，身患重病。湖海老弟，为解家困，帮助其父，意欲赴东南沿海另谋高就。又因国家需要，为使民众了解邛山之困境，决然辞去众多高薪邀请，舍小家为大家，其人可敬也！湖海老弟享年34岁，醉心于播音事业，至今未婚，洁身自好，其志令人可佩！然而来邛山之际，其听说邛山有众多孤儿，便拿出自己的薪金供养之，其心之善，我不如也，我不如也。湖海老弟走好啊走好！”黄尚皇失声痛哭，哀声不绝。阿吉阿卓带来了几个被江湖海资助的孤儿，大家一齐呼唤江湖海的名字，广场上的哭声悲痛欲绝。

招楠一身素装，向西江市现场直播这场追悼会。其间，她几度哽咽，清冷的泪水不知不觉已流淌到嘴角。在心底里，她轻声地对江湖海说：“我怎么这么倔犟，一直没有对你说声‘爱你’！”

得知江湖海、阿敏英勇牺牲的情况，州工作组组长尚文指示尽快接江湖海、阿敏的父母从西江赶到邛山。江湖海的父母身患重病无法来邛山，只能委托黄尚皇料理后事。阿敏的父母面对着心爱的独生女儿的尸体，悲痛欲绝。白发人送黑发人，让众多悼念群众泪眼婆娑、唏嘘不已。整个葬礼肃静而悲凉，传递出一种悲壮的气氛。葬礼结束以后，刘勇及州工作组组长尚文一起送阿敏父母返回西江市。在临别时，阿敏父母拿出一个行李箱，这是阿敏委托父母在她牺牲前帮她代买的东西。箱子里头有一套理发工具，还有一些男性生活用品，阿敏父母告诉刘勇这套理发工具是阿敏托他们从西江带来的。阿敏已经偷偷学会了理发，并在西江市定制了婚纱。为了将来更好地在邛山生活，阿敏已经打算未来自己为刘勇理发、做饭。听到这些消息以后，刘勇更加悲痛欲绝，他双膝跪地磕了三个响头说：“爸爸、妈妈，我是你们的儿子，我养你们终身。”他觉得应该把自己的灵魂和身体都留在邛山陪伴阿敏。这里的一山一水都包含着他的感情，也包含着阿敏和亲人们对他的期待，自己一定不能辜负他们的期望，为了邛山，为了逝去的亲人，他要振作起来。

青山处处埋忠骨，经过江湖海、阿敏父母的同意，他们的遗骨都被安葬在邛山公墓。

彝家药酒经过省食品药品监督管理局批复，主要功能为增进血液循环，促进血小板增加，对关节软组织有明显疗效。

早上，刘勇穿着黑色的西装，打着黑色的领带，站在邛山州大昭县彝家药酒酒业公司的门口，面对着东方正在升起的太阳，对同样穿着西装的老黄说：“老黄，邛山是我的祖地故乡，我是彝家人，我的父亲留在了这片土地上，我的爱人也留在了这里，我的事业也将在这里扎根，我会永远留在这里。”

老黄点了根烟，深吸了一口，从嘴里拿出来，走过去塞进刘勇的嘴里，一把勾住刘勇的肩膀，说：“甭废话，我老黄就赖你这儿了，这里的绿水青山就是我的金山银山。你还欠我彝家药酒呢！别以为改个罗洪勇的名字我就不找你要酒了。”刘勇扫了老黄一眼，发现老黄整个行头都变了，头发梳得整整齐齐，衬衫扎到裤子里了，眼神中也褪去了玩世不恭，神奇的大邛山竟使老黄变了一个人。

“老黄,你现在已经是彝家药酒品牌部的总监,你要策划好彝家药酒‘孟获王’‘文君夫人’这两个品牌。良好的开始是成功的一半,不要让彝家的父老乡亲小看我们,现在我们风雨同舟。”

老黄看了一眼刘勇,说:“在当地人心中,孟获是东汉末期彝族人的杰出头领。孟获聪明过人,勇武善战,爱民如子,在雷波县马湖担任部落酋长期间,开垦良田,构筑水渠,开通驿道,支持民间商贸,大面积种植莼菜,为百姓做了很多善事。孟获是彝人心目中的英雄。彝家药酒只要细分好国内酒品市场和保健品市场,一定会大卖。”

刘勇,不,罗洪勇又看了看远处的崇山峻岭,然后和老黄一起大步走出公司的大门,顺手在身上披了一件黑色的擦尔瓦。

第三十六章
邛山的呼唤

“如何完成党中央部署的脱贫攻坚任务？”

齐威扭过头，转身凝望座位后面会议室主墙上的这句话。

“时代是出卷人，我们是答卷人，人民是阅卷人。有人说我是扶贫书记，说我把绝大多数精力都放在了扶贫上，说我可能会调国扶办提拔任用，大有在其位而不谋其职的味道。墙上这幅标语它时常提醒我，共产党的领导要有大的格局、要有历史的责任感和使命感，人民对美好生活的向往就是我们的历史使命。”齐威靠在椅背上，挥舞着手臂，在空中画了个圈。在西江市委常委会会议室办公台前，齐威对洪伟、白雪、梁广荣、尚文等西江的官员们总结道。“市政府办公室张杰华副主任写了一首关于邛山扶贫工作的诗，诗写得很好，杰华同志给大家读一下吧。”张副主任面对着齐威书记带着一丝得意抑扬顿挫地读了起来：

横空叠岭大邛山，山高水低风卷残。

崖悬千丈古林密，猿猴欲渡愁登攀。

屋挂半空星罗布，泥径难行百折弯。

田薄水浅稀稼穑，堪怜赤足豆作餐。

不知诗书少文墨，牛羊豕犬入一圜。

彝海盟血今犹热，一步千年亦艰难！

忽如一夜春风至，党恩浩荡沐青山。

财帛奇谋纷沓来，相扶共闯百年关。

喜见山居村落聚，又闻娇儿着锦还。

农工艺场乡间有，不使背井落孤单。

童音天籁书声朗，播撒真知逐荒蛮。

天使仁心施妙药，祛病除疫却忧烦。

善长仁翁相解囊，商贾大义不落闲。

东西协作齐奋力，誓将彝乡换人间！

“好，好一首《誓将彝乡换人间》！我们的干部能够如期完成邛山的脱贫攻坚任务，不容易！”齐威放下手机，冲白雪严肃地说：“2020 年是脱贫攻坚任务完成的收官之年，我们开局不错，调研摸底，深入基层摸爬滚打；中盘很好，搬迁建设，支教支医，产业招商，授人以渔，做得轰轰烈烈；现在已经到了官子阶段，寸土不让，必须完成党中央部署的脱贫任务！我们的干部考核评价结果如何？”

白雪拿出一份打印的考核表，递给齐威，说：“齐书记，这个上面是我们派出的工作组中所有 33 名政府系统同志的考核评价，第二页是我们支援协作同志的考核评价，请书记审阅。”

尚文接着说：“这两年多来，我们工作组探索形成了‘一核多极’的工作推进模式。‘核’是指驻邛山州府建昌市的工作组本部，‘极’是指邛山州 11 个贫困县的各驻县工作小组。工作组集中办公，专门负责东西部扶贫协作工作，出台了 11 项内部管理规章制度，统一部署督导各项工作；工作小组负责结合县情，抓好工作落实。引导邛山向西江成功输出贫困劳动力 6159 人，协调西江 24 家企业在邛山落地投资超过 14 亿元，开展‘以购代捐’消费扶贫工作，帮助贫困群众销售 1.1 亿元农特产品，签订 4.2 亿元农特产品认购协议，带动脱贫 797 人。在邛山州 11 个贫困县援建 58 个安全住房安置点共 4243 套住房，安排 932.4 万元援助资金支持援建新村发展集体经济。实施‘领头雁计划’，培训第一书记 139 名、致富带头人 1238 名。动员社会力量扶贫，探索开展教育、医疗组团式帮扶工作，取得明显成效。其中，黄大良同志出差遇车祸断了腿，但轻伤不下火线，没有伤愈就提前上班；叶贵诚同志下乡摔伤了手臂，至今都没有完全恢复手臂功能；而许国同志工作期间痛失爱妻，令人感动。我们的同志劳苦功高啊！”

齐威略带伤感而后赞许地点了点头。

白雪说：“这次考核表现较好的几位同志，组织部拟考虑对他们予以晋升职级，请书记和市委进行审核和考虑。”

齐威不置可否地翻了翻考核评价，说：“嗯，到时候拿到常委会上进行讨论吧，多听听其他常委的意见。”

白雪的眼波不经意地闪烁了一下，这里难道还有什么人有障碍吗？

齐威放下考核表说：“2020 年脱贫攻坚就正式进入了最后阶段，如何冲刺脱贫攻坚‘最后一公里’？‘扶上马’后如何‘再送一程’？完成任务很重要，保质保量达到真正的全面脱贫奔小康，巩固好脱贫的成果更重要！”

齐威将身体朝前靠了靠，前胸抵在会议桌上，慢慢地说：“邛山是全国深度贫困地区里条件最差的一个，受当地自然条件、发展状况以及历史文化的影响，发展难度非常大。这样一个地方，如果能够通过扶贫协作使它走上可持续发展道路，将具有特殊的重要意义。因为如果邛山这样的地方都能够实现可持续脱贫，并在此基础上发展起来，全面建成小康社会的话，那么全国其他地方就更应该没有问题了。打造西江—邛山扶贫协作全国样板，意义正在于此。从长远考虑，还需要通过带动当地的贫困人口，以边干边学的方式，改变人们不合时宜的思想观念。邛山地区是从奴隶社会直接跨入社会主义社会的，当地人的很多思想观念、行为方式与现代社会有着很大差距。我们要在帮扶邛山的过程中想办法提升人力资本对当地经济发展的贡献，而人力资本最核心的东西就是健康和教育。义务教育解决了，但怎么提高教育质量，真正改变人的思想观念，提升精神文化层次，还有很多工作要做，还有很长的路要走。只有将短期和长期目标结合起来，打造一种可持续发展的模式，这种扶贫协作才能说是成功的。”

齐威停顿了几秒，继续严肃地说道：“但是我们也应该看到工作中的不足和一些同志存在的问题，下面请市纪委梁广荣书记谈谈。”

“同志们，我先谈谈西江‘12·15’安全生产事故的处理情况。针对这起事故，市纪委提出将胡修成案件移送市检察院进行司法审查的意见，此案背后还牵出五年前西江大桥坍塌一系列交通事件。西江工程领域的问题关键在于忽视交通生产，只抓进度，忽视质量。制度建设一直落实不下来，其实质是买官卖官导致好人消沉、坏人得势，其背后的原因是，原市委常委梁爱民本身就是买官卖官腐败案件的始作俑者，甚至出现了所谓的“四大梁家妇女”违规提拔问题。试问还有多少人愿意老老实实工作？绝不能让老实人吃亏啊！走门路，搞忽悠，可以说这是西江社会经济发展的深层次问题。”接着市纪委书记梁广荣又强调了三点：第一，对国务院扶贫办夏志坚司长对邛山考察工作提出的问题要做认真的反思，特别是要求金融局、财政局和市工信局落实好企业赴邛山投资的相关政策，杜绝扶贫领域弄虚作假、雁过拔毛等现象，要实打实地落实好产业帮扶政策，严禁“换马甲”假投资的做法，要实实在在让西江的企业真正落户到邛山，不能避重就轻，蒙混过关。第二，市纪委目前已经收到关于喜越县个别企业利用消费扶贫以好充次的情况举报。第三，关于个别领导介绍工程队赚钱的举报，当地群众意见很大，扶贫领域反腐败力度必须持续加大。

齐威喝了口水，脸色阴沉地说道：“梁常委的要求我赞同。这次，我收到了邛山州委发给我市的一些请求，其中就有为了延续可持续发展模式让我们优秀的扶贫干部留下来，由挂职变成任职，继续为邛山的减贫发展事业服务的请求。其中包括多名挂职的县常委、县办公室副主任，还有麦医生、曹老师及其他工程技术人员等。这些人不少都是我们拟提拔和拟晋升的同志，我觉得我们西江市领导班子也要纳入考虑范围。下面，由白雪常委谈谈几位同志的调整问题。”

“尚文同志拟担任西江市政府副市长，市委秘书长雍天接任驻邛山州工作组组长一职、拟提拔为西江市政协副主席，德城区委书记冼志豪同志经省委考察拟提拔为梅河市副市长，西江市副市长马家驹同志拟交流到省广汽集团任副总。”白雪常委扭头看了一眼马家驹，同齐威书记交换了一个眼神，接着说道，“另外，国务院扶贫办下了调令，由于金石开的调研文章《从国家西南扶贫工作经验到西北边陲稳定的战略构想》得到有关领导的肯定，拟借调到国务院扶贫办国际合作和社会扶贫司负责协调东部地区对口帮扶西部地区的扶贫协作工作；拟提拔许国、陈一龙、黄大良、叶贵诚为二级调研员。对于他们的工作调整，我们致以祝贺。”白雪说完，会议室里跟着响起了掌声。齐威鼓着掌，倾斜着身子说道：“马副市长平时跑得比较快，这次到省里履职造汽车，会跑得更快啊！”

金石开有些出乎意料，所以没有站起身来鞠躬致谢。

齐威微微一笑，接着说：“还要向同志们通报一下，在不久前结束的全国脱贫攻坚表彰大会暨首场脱贫攻坚先进事迹报告会上，西江对口邛山扶贫协作工作组荣获全国脱贫攻坚组织创新奖。此次，西江对口邛山扶贫协作工作组是全国东西部扶贫协作工作组的唯一代表，也是我们省唯一的获奖集体。今年，我们西江市将进一步加大对邛山贫困地区的投入。自2016年西江结对帮扶邛山以来，我们已经投入财政援助资金超过24亿元，两地携手共建的产业已初具规模，食品加工业产值超过百亿元。”

“但是，西江市经济增长乏力，GDP有可能会被其他市超越，这也是市委要考虑的问题。市委要坚持两手抓，一手抓扶贫，一手抓经济增长。”齐威转头对市长洪伟说：“市政府要尽快提个方案，一定要稳住省内第三的地位。老三不老三，关键看市长啊！”洪伟点了一下头。

会议结束后，市委常委、组织部部长白雪叫住老金，破天荒地同老金握了一下手。白常委面带微笑，她的手白皙而柔软，像雪一般。老金受宠若惊地赶紧掏出笔记本笑着说：“常委有什么指示？”“老金啊，铮铮铁汉这么多年，我知道你受了一些委屈，以后无论到哪里，都要同当地干部搞好关系。”老金低下头像孩子一样说道：“是的，我做得不好，但我一个外地人有时候确实没有办法呀！”随后长长地叹了一口气。

“老金，你这次到北京工作要多摘花、少挑刺，懂了吗？”白雪眼睛看着别处，语气严肃地说，“虽然没有提拔你，但不等于组织不重视你。接下来也要看你在北京的表现，市政协主席对你很看好啊！”

许国一直没有勇气去触碰岳父岳母悲痛的心情。这天岳母打电话告诉许国，全家人准备去德国生活。许国吃了一惊。岳母告诉他，谭润铃为了照顾他们，想让许国的内弟去德国工作，主要是让岳母岳父的生活过得更好。许国听罢告诉岳母：“妈，放心吧！只要你们保重，我就安心了。”

许国的岳父在电话里说道：“阿国啊，我们这次去德国也是没办法，你内弟文化水平低，需要我们去帮下忙。我有两个观点供你今后参考。第一，从经济学上要做好财富的再分配。我们国家目前从共同致富转移到了共同富裕，我们的任何政策都要围绕着共同富裕来制定。第二，要从社会学角度考虑每一项福利政策措施，尽量不要伤及其他人的利益，尽量要满足全体群众的共同利益，这是我们工作的目标和方向。另外，我认为贫困户只有思想‘觉悟’了，才能真正实现社会帮扶和个人脱贫相统一。阿国，一个国家或者一个民族崛起，有两种模式：一是战争崛起，另一个是和平崛起。当今世界发生大规模战争的概率已经很小，因此和平崛起的短板是从整个国家或民族中最弱势的群体入手，只有这样，才能最终实现共同富裕。”大爱无言，大音无声，许国的岳父挂断了电话。

千里之外，窗外的乌云越来越浓。

许国站在窗前，点燃了一支烟，深深地吸了一口。烟雾从鼻腔中缭绕而出，遮挡着他的脸。他的目光沉凝如铁，仿佛要深深地透入那苍莽无尽的群山。

很快，他吸完了一支烟。回到办公桌前，一张A4纸上是密密麻麻整齐利落的正楷。他明白这是他人生中最重要的选择，年过半百，政治上已无发展空间，只有求真务实才是一个共产党员的真正追求。妻子邵雪琪的离去也让他感到平平淡淡才是真，有牵有挂才有大爱。他思念远在千里之外操劳一生的母亲，他最不放心在外地求学的女儿，他压抑不住自己的情感。

他在写信。

他没有用电子邮件，而是用笔写了一封信。

信的抬头赫然是：中国共产党西江市委员会。

…………

我不能预料在扶贫工作结束以后是否会在西江或者邛山工作，但是我个人希望，在结束东西部协作扶贫开发工作以后能够留在邛山继续为邛山人民工作。我个人认为，这里的脱贫攻坚工作仅仅是万里长征走完了第一步，未来，邛山的减贫开发需要继续巩固。

彝族作为中国各民族大家庭中的一员，在其数千年的历史发展中，尤其是近代以来，与边疆各民族一道，为维护国家的统一、边疆地区的稳定和民族团结谱写了新的篇章。

目前，邛山地区部分本地干部感觉做出了点成绩，滋生了骄傲自满情绪，但其实离中央领导的期望仍相距甚远。不进行产业引进和发展，没有长效脱贫机制是应愧对当地老百姓的。我非常担心邛山的财政未来如何正常运转，特别是在资金使用上，花钱越来越大手大脚，甚至提出只要钱，不需要发达地区的技术和人才的主张。当地个别干部热衷于修桥修路等基础设施的投入，没有健全监督机制，非常容易滋生腐败。

试想，脱贫攻坚工作结束后，邛山脱贫的成绩能让全国及世界人民信服吗?

西江市派出的驻邛山州的个别领导干部则把扶贫作为升迁的途径，忙于回西江汇报工作，怠于扎根邛山静下心来工作，当地群众反响很大，久而久之变成了“走读干部”。老老实实干工作的干部进步慢，跑官要官的干部进步快，这是我所忧虑的。

…………

一、道阻且长，行则将至。邛山的农村真穷，农民真苦，特别是彝族妇女比其他地区更苦！邛山的农业发展还未找到长效发展之路，因此它的乡村振兴任重道远。

二、以人才支持为主，转移资金为辅。要有针对性地选择西江市优秀村支部书记挂职担纲，精选少选行政干部，促进人才无缝对接，切忌折腾，使邛山地区经济社会稳定和持续发展。

三、位卑未敢忘忧国。在邛山工作的三年里，自己深感解决贫困问题需经国家做顶层设计，特别是对贫困地区给予各种资源的倾斜。希望中央能够考虑到邛山州得天独厚的资源，通过优质旅游资源的名片，比如命名旅游城市“泸沽湖市”，打造新的经济增长极，以吸引更多的资金和人才来到这个贫困地区。

完成脱贫任务，重在实现一个个阶段目标，切不可冒进。决胜全面小康，贵在扶志，重在扶智。邛山贫困地区的干部群众只有转变观念，才能从根本上打赢这场脱贫攻坚战，为乡村振兴提供坚实的思想支撑和能力保障。

请组织考虑我的建议和请求！

…………

许国看了看桌面上的信，长长地呼了一口气。多年的官场生涯，几近沉浮。面对明争暗斗，他选择了勤奋和努力；面对诬告陷害，他选择了隐忍和妥协。然而今天他最终找到了事业的平台。这是他第一次如此直抒胸臆，第一次如此不计任何个人得失，第一次有如此强烈的盼望和渴求，不是为了自己的前途、命运、职位向组织提出请求。

他站起身，打通了母亲的电话。母亲仿佛就站在他的身后，幽幽地唠叨着："阿国，你去到边度，阿妈就陪你去到边度。大昭县虽然落后咗啲，但系空气几好哇！在西江住养老院，6800蚊一个月，我都莫中意哩个地方。阿妈惊火葬，如果埋在邛山都极好啊！我知道你有胃病，阿琪讲给我听过。你身体也不是太好，要多注意呀！仔啊，你那死去的老爸，真的让你以身许国啊！"电话那头阿妈又抽噎起来……

许国的眼眶里沁出了泪水，母亲似乎仍和小时候照料自己、保护自己一样。他哽咽着调整情绪笑着说："阿妈，我长大了！"

许国眼前似乎浮现出父亲那苍老、清瘦的脸庞。"为天地立心，为生民立命"，父亲的教诲让他明白，作为一名农家子弟、一名共产党员，实现人民对美好生活的向往才是他毕生的追求。"绝不允许人民群众贫困！"许国心里默念着。

雄关漫道真如铁，而今迈步从头越。邛山苍茫如海，远处雷声滚滚，好似万马奔腾。大雨倾盆而下，仿佛是杨兴昌、索玛、江湖海、阿敏、邵雪琪、老吉乃等逝去同志激动奔流的泪水，冲刷着大地，涤荡着心灵。

雨后一束薄光从云层中洒下，万里邛山升腾的云雾被染得火红火红的。邛海波澜壮阔，邛山巍峨连绵，彝家儿女走入新时代。

后记

童年，我对于穷并没有特别的理解，只是感觉到馋。见到任何食物，都有一种饥饿感，母亲说我吃东西从来都是狼吞虎咽。我出生在宁夏的一座煤炭城市，小时候总感觉冬天特别冷，特别漫长。20 世纪 70 年代，我们全家人照了一张全家福。照片当中，我在凛冽的寒冬里光着头，双手抄在袖子里，打着两块补丁的裤子在影像里异常显眼。若干年后，母亲看到这张照片，一脸诧异地说：“那时候的生活，不至于这么穷吧？”然而，历史就是历史，忘记历史就意味着背叛。

人到中年，我主要从事政府扶贫开发工作。广东省对口帮扶的是四川省，每次在广东和四川之间往返，在一望无垠的高空中，冥冥之中总感觉自己的生活经历了许多的“经纬线”。其中，有一条“工作线”在我的意识中越来越清晰，这条线就是胡焕庸线。1935 年，胡焕庸先生根据中国的人口、经济等状况，画出了一条从黑河连接腾冲的线。大约有

96% 的中国人生活在这条线的东南部，只有约 4% 的人生活在这条线的西北部，我国的贫困县也主要分布在这条线两侧。至今，它仍是观照中国减贫事业发展状况的一条“标志线”。每个人的一生，都是理性与感性相互构建的一个历史进程。所谓理性生活，就是一种正确的选择。改革开放后，通过努力，中国进入稳定且高速发展时期，很多贫困地区的人，都跨越了这条线，过上了安稳富足的生活。在国家层面，国泰民安就是最大的减贫保障。对个体如何摆脱贫困，诺贝尔奖获得者班纳吉夫妇通过深入调研印度社会贫困的现象，用调研报告的形式撰写了《贫穷的本质——我们为何摆脱不了贫穷》一书。该书认为绝大部分贫困并不是因灾、因病形成的，因灾、因病只是加重贫困的一个要素，我们应该从风俗习惯、心理、受教育程度以及穷人的风险意识等方面，来挖掘贫困人口形成贫困的原因和本质。这种观点给了我很大的启发——在工作当中，要用观察的角度和思索的态度来了解中国社会巨大的差异。

因为工作原因，我大量阅读过关于贫困问题的各种文献、论文、图书等资料。但是这些理论知识与贫困者一般的认知往往相差甚远，试想，有多少贫困者和普通市民会用学者的思维和理智去看待贫困问题？因此，我就打算用文学作品，用老百姓最能理解的人物和故事去揭示贫困产生的原因，从而让整个社会对贫困现象作出思考和反应。

创作一部长篇小说，既要告诉读者创作的主题和价值观，还要塑造各种典型人物。这部书中塑造了一个叫阿吉阿卓的人物形象。阿吉阿卓智商并不低，但他总想不劳而获，他希望的“扶贫”成果就是白天有酒喝、晚上有女人，是个典型的有着“等、靠、要”思想的人物形象。这个形象既有“哀其不幸、怒其不争”的复杂意味，但更多反映的是摆脱贫困的复杂性和改变人性的艰巨性。这部书中还塑造了一些“以身许国”的参与脱贫攻坚伟大事业的干部形象。他们为国家的脱贫攻坚事业奉献出了自己的家庭、生活，他们都有以天下为己任的情怀，这是他们工作的最重要的动力。

创作这部长篇小说有什么意义呢？首先，要感谢这个伟大的时代，脱贫攻坚是中国首次有国力解决底层社会贫困问题的划时代的大事，而减贫是一个值得人类关注的永恒主题。其次，是书写这些在中国历史上第一次系统建立了中国乡村最底层数据的扶贫人，他们为乡村振兴打下了坚实的基础。解决贫困问题的目标已经初步完成，然而实现共同富裕、追求美好生活才是永恒的，这是中华民族的希冀，也是人类命运共同体的一种呼唤。

本书在创作过程中部分吸收了佛山葛承书、毛永天、杨常青、李金旺、徐航、陈奕、蔡明忠、黄海、黄礼泉、李耀茂、陈再勋、南策炳、李福信、胡安泉、廖流波等挂职同志以及佛山支医、支教和部分社会爱心人士的工作和生活经历，在此向他们表示诚挚的谢意和崇高的敬意！

鉴于自己的学识和写作水平，小说在创作中还存在着一些短板和不足，祈望读者予以批评和指正。

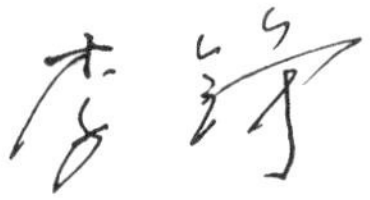

写于佛山岭南天地

2023年6月8日